Horst Christian Bracht

Die Schwedenfratze

Historischer Lympurgroman

SOCIETÄTS**VERLAG**

Satz: Nicole Proba, Societäts-Verlag
Schutzumschlaggestaltung: Katja Holst, Frankfurt am Main
Druck und Verarbeitung: Bercker Graphischer Betrieb GmbH, Kevelaer
Printed in Germany 2010

ISBN 978-3-7973-1229-7

Personen

Die Freunde:
Franciscus (Francis)
Johann Jacob (Hennes, Pater Johann)
Georg Schmidt, Sohn des Turmwächters
Johannes Klas Emmerich, Sohn des Gerbers

Kloster Bethlehem:
Mater Freneghin
Schwester Mathilde, Mutter von Johann Jacob
Schwester Margarete, Mutter von Maria

Franziskanerkloster:
Pater Phillip Högel, Guardian
Pater Ludolf
Pater Ansgar
Bruder Sartorius

Stiftskirche Sankt Georg:
Heinrich Diestel, Stiftskaplan, Dechant
Franz Bauch, Scholaster
Jakob Schmidt, Glöckner, Turmwächter, Küster

Gerber:
Johannes Löhr, Zunftmeister
Wilhelm Emmerich, Lohgerbermeister
Willem, Geselle
Annemarie, Magd
Hans Leonard Pusch, Pächter der Lohmühle

Händler, Handwerker, u. a.:
Jacob Ölp, Tuchmacher
Martin Adam, Schreinermeister, Sohn Matthes, Tochter Adelheid
Dillmanni, Müllermeister Obermühle
Anton Diezinger, Fischhändler
Peter Widerholt, Zimmermeister
Arnt Lindeck, Leyendeckermeister
Johann Philipp Klos, Apotheker
Johannes Mauß, Steinmetzmeister
Johann Müller, Bierbrauer, Ratsherr, Töchter Katherina und Anna
Johannes Raab, Barbier
Herman Kraus, Balneator
Jakob Löw Hadamar, Schutzjude, Geldleiher
Gustav, Abdecker
Jupp, Fuhrmann des Kurfürsten

Amtsträger:
Johann Meelbaum, Bürgermeister
Johann Anton Kalckofen, Schultheiß
Johann Opper, Schultheiß
Jakop Schupp, Stadtgerichtsschreiber
Heinrich Wenzel, kurfürstl. Keller
Nicolaus Nagel, Scharfrichter
Hans Leonard Busch, Scharfrichter
Georg Mallempre, Sendschöffe
Horatio Sibelius, Syndicus in Hadamar
Amtmann Hugo Reinhard von Hattstein

I

Klägliches Wimmern drang aus dem notdürftig verschnürten, borstigen Hundefellbündel. Zur späten, für die Jahreszeit zu milden Winternacht des vierten Tages A.D. 1643 lag es – wie behutsam abgesetzt und dann vergessen – vor der unauffälligen Holzpforte, die nur Ortskundige als Einlass zum Kloster Maria Bethlehem kannten. Der Platz war sicher mit Bedacht gewählt: Die Nonnen würden sich seiner zweifelsfrei annehmen, das verlangten ihr klösterliches Gelübde und ihr christliches Gewissen. Oder etwa doch nicht?

Schlagartig wechselte das Winseln zu einem herzzerreißenden Schreien mit einer Kraft, die man einem Säugling nicht zugetraut hätte. Ein kühler, feiner Nieselregen fiel auf das pausbäckige Gesichtchen. Mit geschlossenen Augen und krauser Nase beschwerte sich das Kind lautstark über die Nässe, die es wohl nicht nur von außen spürte. Auch die unheimliche Dunkelheit und vor allem der Hunger plagten es immer mehr.

Das Wehklagen zerriss die nächtliche Stille; eine Stille der Angst, des Schreckens und der völligen Erschöpfung. Doch nicht nur die Stadtbewohner litten an dieser Stille, sondern auch die fremden Söldner, die noch immer innerhalb der Stadtmauern von Lympurg hausten, ermattet von den langen Märschen und den Kräfte aufreibenden Scharmützeln. Eine unfreundliche Defenestration hatte vor nunmehr fünfundzwanzig Jahren im fernen Prag den barbarischen Krieg ausgelöst. Die kaiserlichen Statthalter, die aus einer beachtlichen Höhe aus dem Fenster gestürzt worden waren, hatten jedoch überlebt. Wohl nicht aufgrund eines Gotteswunders, wie manche eifrige Kleriker damals unter Bekreuzigungen bezeugten, sondern dank ihrer üppigen, prunkvollen Kleider, die den Sturz abfederten. Vielleicht landeten sie auch auf einem Misthaufen im Burggraben, wer weiß. Es folgte die Strafexpedition des brüskierten böhmischen Königs Ferdinand, die später zu einem länderübergreifenden, fürchterlichen

Gemetzel um kirchliche Macht und territoriale Eroberungen eskalierte. Söldner, politisch uninteressiert, obrigkeitshörig und angestachelt mit grenzenlosem Hass gegen die Andersgläubigen, schlugen sich in den Schlachten die Köpfe ein. Sie stachen sich ab, so wie der Wasenmeister die verseuchten Schweine keult. Schlacht bedeutet eben schlachten. Und das im Namen des Herrn, des protestantischen einerseits und des katholischen andererseits. Tausende Landsknechte in bunten Uniformen und Ritter in Kettenhemden fielen in Dörfer und Städte ein. Alle Bürger bis hin zu den Ärmsten zahlten die Zeche nach dem Motto des kaiserlichen Feldherrn Wallenstein: Der Krieg ernährt den Krieg. Die Soldaten gingen nicht gerade zimperlich vor, alles einzufordern, was sie begehrten. Was hätten die Städter der brutalen Waffengewalt auch entgegensetzen können? Jede Gegenwehr wurde mörderisch im Keim erstickt.

Auch die Lympurger waren ihrer dürftigen Habe und des ausgemergelten Viehs beraubt. Die Besetzer nahmen ihnen selbst Tische und Stühle für die Wachfeuer in den entweihten Sakralbauten, die sie als Pferdeställe und Quartiere missbrauchten. Vor acht Jahren hatten acht ausgehungerte kaiserliche Regimenter unter dem Kommando des Obristen Bilandt im Morgengrauen den zugefrorenen Befestigungsgraben gestürmt. Sie hatten die Stadtmauer beim Huttigturm mit Sturmleitern erklommen und die französischen Truppen im Handstreich aus der Stadt getrieben. Als sich das Heer nach drei Jahren endlich ins Wetterau absetzte, glaubten die Bürger aufatmen zu können. Die Freude war verfrüht. Schon rückten die Weimarschen Truppen in Lympurg ein und verlangten erbarmungslos horrende Kontributionen und Schatzung. Die gefürchteten Schweden wüteten barbarisch und unbarmherzig unter der Bevölkerung, obwohl ihr Kommandant Herzog Heinrich von Longueville jeden Übergriff auf die Städter bei Strafe untersagt hatte. Zwar hatten die Kämpfe nachgelassen, die traumatisierten Menschen kamen etwas zur Ruhe und gute Ernten ließen das Volk wieder aufleben. Doch die Gefahr für Leib und Seele war längst nicht gebannt. Hungernde Wegelagerer, marodierende Horden und versprengte Soldaten zogen durch die

Gassen auf der gnadenlosen Suche nach Essbarem und lohnender Beute. Viel konnten sie aber nicht mehr aus den wenigen Einwohnern herauspressen, die – Gott sei gelobt – die mörderische Pestilenz vor sechs Jahren überlebt hatten. So verriegelten sich die Menschen in ihren ramponierten Häusern und legten sich mit wachen Ohren und einem Messer unter der Nackenrolle zum Schlafen.

Es schien, als ob das Kind ihre Nöte, Ängste und Sorgen aus vollem Hals herausschrie. Die Menschen in der Nachbarschaft des Nonnenklosters vernahmen sehr wohl das herzzerreißende Klagen, wagten sich aber in der Dunkelheit nicht vor die Tür. Selbst das Mitleid blieb in dieser Zeit auf der Strecke, genauso wie die Hilfsbereitschaft und die Nächstenliebe. Da konnte der Pfaffe in der Messe noch so eindringlich die christlichen Tugenden anmahnen: Jetzt sorgte jeder nur noch für sich selbst, für das tägliche Auskommen und das Füllen des leeren Magens.

Das hungrige Findelkind plärrte noch herzzereißender. Wollte sich denn niemand seiner erbarmen? Natürlich war die Nachtruhe in der Nachbarschaft dahin. Die Menschen lagen reglos auf dem Bettlager. Sie zermarterten sich die Köpfe, getrieben von einem Rest Mitleid, das noch verkümmert in ihren Herzen wohnte, aber auch von Egoismus, wenn der Verstand riet: Hör nicht hin, lass dich nicht erweichen! Eine fremde Person aufzunehmen, sei es auch nur ein Kind, schmälerte die ohnehin knappen Lebensmittelvorräte. Ein Kind verlangte zusätzliche Aufmerksamkeit, wo doch jede Hand gebraucht wurde, und warf unangenehme Fragen auf. Also zogen sich die Frauen die Decken über die Ohren und die Hausväter überprüften noch einmal die verrammelten Türen. Niemand solle sich erdreisten, nachzuschauen, was dort in der kleinen Gasse unterhalb des Schlossberges allen den Schlaf raubte! Auch die barmherzigen Nonnen vom Kloster Bethlehem schien das flehentliche Kindgeschrei nicht zu beeindrucken.

2

Im Dormitorium brannte eine tropfende Talgkerze. An den penetranten Geruch des verbrannten, ranzigen Tierfetts hatten sich die Nonnen längst gewöhnt. Ein schwaches Licht fiel auf die spartanischen Schlafstellen der acht Insassen des Klosters Maria Bethlehem.

Als Älteste war Mater Freneghin verantwortlich für das Seelenheil der Schwestern. Peinliche Ordnung, eiserne Disziplin und christliche Tugendhaftigkeit forderte sie unnachgiebig ein sowie ein kärgliches Leben nach den strengen Regeln des Heiligen Franziskus. Des Nachts achtete sie wohl mehr auf die Tugendhaftigkeit der Schwestern. Jede Art von Sinnlichkeit – und sei es auch nur ein Gedanke an die Wollust – war ihr ein Graus. Als Kind hatte man ihr eingetrichtert, ein Verstoß gegen das sechste Gebot sei die abscheulichste und verwerflichste Todsünde, die mit ewiglichem Rösten auf glühender Holzkohle in der Hölle bestraft werde. Sie sah ihre klösterliche Aufgabe darin, die Ordensfrauen vor diesem Schicksal zu bewahren. Dennoch war sie sich nicht sicher, ob es bei zwei ihrer Schwestern gelang.

Die Priorin nahm für sich den angenehmsten Schlafplatz gleich links von der Tür in Anspruch. Die angrenzende Küche ließ etwas Wärme in den Schlafraum hineinziehen. Die beiden Novizinnen – neun und zehn Jahre alt – mussten mit den Strohsäcken an der kalten Außenwand vorliebnehmen. Nur die noch jugendliche Schwester Margarete erfreute sich eines außerordentlichen Privilegs: Sie schlief der Mater gegenüber an der warmen Tür. Neben ihr lag, in dicke Decken gehüllt, ein geschnürtes Bündel, das man in einem Nonnenkloster weiß Gott nicht vermuten würde. Tatsächlich, dort schlummerte friedlich ein etwa acht Monate alter Säugling!

Das erste fremde Wimmern ließ Schwester Margarete instinktiv hochschrecken. Behutsam wandte sie sich ihrer kleinen Tochter zu, die aber unbeeindruckt von der nächtlichen Störung tief schlief. Vorsichtig lugte sie zur Mater Freneghin hinüber: Die ehrwürdige Mutter machte keine Anstalten, dem Klagegeschrei nachzugehen. Das hatte die Ordensschwester auch nicht erwartet. Nicht nur einmal hatte sie den donnernden Ausspruch gehört:

„Wir sind ein Kloster und kein Kinderheim!“

Das erste Mal vor etwa fünf Jahren, als Schwester Mathilde schwanger wurde. Sie war von einem französischen Landsknecht brutal vergewaltigt worden. Mater Freneghin hatte immer wieder vor möglichen Übergriffen gewarnt und die Nonnen beschworen, Vorsorge zu treffen:

„Stopft den Muttermund mit feingehacktem Gras und einem Schwämmchen zu.“

Für sie war die Empfängnisverhütung – wenn auch von der Kirche als Sünde verpönt – ein kleineres Übel als eine erzwungene Schwangerschaft. Damals wehrte sich Schwester Mathilde tapfer gegen die rohe Gewalt des brutalen Soldaten. Doch ihr inständiges Flehen war vergebens. Stattdessen wurde sie so übel zugerichtet, dass sich die Mitschwestern sorgten, ob sie sich jemals von den bestialischen Verletzungen wieder erholen würde. Dank der Bittgebete und der Heilkräuter überlebte sie. Schwester Mathilde gebar einen gesunden Sohn, den sie auf den Namen Johann Jacob taufen ließ. Die ehrwürdige Mutter sprach zwar niemals einen Vorwurf aus, doch ihr unverhohlener Zorn über die nachlässige Verhütung war deutlich spürbar. Ob Schwester Mathilde nun die Hölle drohte? Die Klostervorsteherin hatte insgeheim eine Abtreibung erwogen. Doch der schlechte Gesundheitszustand ihrer schwangeren Schutzbefohlenen ließ das nicht zu. Nachdem die Stillzeit vorüber und der schwarzgelockte Junge sauber war, verschwand er plötzlich aus dem Konvent. Mater Freneghin hatte den kleinen Johann Jacob, den alle inzwischen liebgewonnen hatten, zu den Franziskanern außerhalb Lympurgs gebracht. Sie verriet nie, in welchem Kloster er nun aufwuchs. Mathilde peinigten fortan nicht nur seelische Qualen, sondern auch physische Schmerzen. So als habe man ihr bei lebendigem Leib das Herz herausgerissen. In der Beichte hatte sie doch die Absolution erhalten. Warum strafte Gott sie nun so schwer? Häufig versank Schwester Mathilde von nun an in Schweigen, magerte ab und vertiefte sich in stille Gebete.

Wieder fielen schwedische Blauröcke in die Stadt ein. An einem warmen Augusttag drangen angetrunkene Söldner ins Kloster, zerschlugen das hölzerne Mobiliar und schleppten das Brennholz für ihr Wachfeuer den Felsen hinauf zur Stiftskirche. Sie schreckten nicht davor zurück, selbst die Balken und Streben der Kirchtürme zu verheizen. Als dann die Türme einzustürzen drohten, blieb den Söldnern nichts anderes übrig, als in die Stadt auszuschwärmen und alles Brennbare rücksichtslos einzusammeln.

Schwester Margarete, gerade sechzehn Jahre alt, hatte in panischer Angst Zuflucht in der kleinen Hieronymuskapelle gesucht. Ein verhängnisvoller Fehler, wie sich herausstellen sollte. Urplötzlich stand ein hoch aufgeschossener, rotbärtiger Schwede vor ihr. Er riss sie vom Betstuhl und warf sich auf sie, direkt vor dem Marienaltar. Einen Augenblick dachte sie daran, sich zu wehren. Doch dann hatte sie vor Augen, wie brutal ihre ältere Mitschwester Mathilde zugerichtet worden war. Also flehte sie, bettelte den lüsternen Betrunkenen an, sie zu verschonen. Aber der geile Kerl ließ sich nicht erweichen und schlug ihren grauen Rock übers Gesicht. Wehrlos schloss sie die Augen, betete still zur Jungfrau Maria und ließ es geschehen. Ohne ihr einen körperlichen Schaden – abgesehen von der Entjungferung – zuzufügen, verschwand der Söldner. Anstatt Margarete nach dem Überfall zu trösten, schimpfte die Äbtissin. Sie habe unbedacht den Schutz der Gemeinschaft verlassen und somit das Unglück herausgefordert. Zur Strafe durfte sie das Kloster acht Wochen nicht verlassen und musste in den Stundengebeten ein Ave Maria zusätzlich beten.

„Ich hoffe nur zu deinem Seelenheil, dass du sorgsam verhütet hast!" Darauf blieb Schwester Margarete jedoch die Antwort schuldig. Sie war sich nicht sicher. War es Gottes Wille, dass auch sie schwanger wurde? Die entsetzten, strafenden Blicke der Äbtissin würde sie niemals vergessen, als sie ihr unter Tränen gestand, sie sei in anderen Umständen. Am nächsten Morgen, gleich nach der Laudes, berieten sie im kargen Refektorium, was zu tun sei: Solle sie abtreiben, brühheiße Bäder nehmen, ein Gebräu aus Sade, Raute, Fenchel und Petersilie trinken oder nach der Hebamme rufen, die das ungeborene Kind mit Haken und Zangen aus dem Mutterleib entfernen würde? Die werdende Mutter konnte kaum glauben, zu welch bestialischen Gedanken die Nonnen fähig waren, angestachelt von Mater Freneghin. Einzig Schwester Mathilde widersprach energisch und beharrte auf dem Standpunkt, Gott schütze jedes Leben, auch das ungeborene. Mater Freneghin dagegen erklärte mit der ihr verliehenen Autorität, das Leben beginne erst mit der Geburt des vollwertigen Menschen. Eindringlich forderte sie das „Wegmachen der Teufelsbrut". Schwester Margarete befürchtete, die Äbtissin werde sie noch bezichtigen, sich mit dem Satan eingelassen zu haben. Deshalb bestand sie darauf, Rat beim Guardian des Franziskanerklosters einzuholen. Seinem Urteil würde sie sich beugen. Ein geschickter Schachzug. Auch wenn das Kind unter schrecklichen Umständen gezeugt wurde, so war es doch ihr Kind, und das wollte sie nicht verlieren. Pater Phillip Högel, der amtierende Klostervorsteher, hatte sie vor sechzehn Jahren getauft. Ihm hatte sie ihre Schwangerschaft in der Beichte zuerst anvertraut. Zu ihrer großen Erleichterung legte er ihr als Buße zehn Ave Maria und zehn Vaterunser auf, erteilte die Absolution und entließ sie mit den Worten:

„So wie die Empfängnis Mariä die Zustimmung des Herrn fand, steht auch deine Empfängnis unter dem Schutz des barmherzigen Herrn, meine Tochter. Gottes Wille geschehe. Amen."

Sie hatte sich nicht in ihm getäuscht. Der Guardian verurteilte ohne Wenn und Aber jeden Gedanken an eine Abtreibung. Es stehe dem Menschen nicht zu, dem Herrgott ins Handwerk zu pfuschen. Nach biblischer Auffassung werde die Seele dem männlichen Embryo bereits am vierzigsten Tag nach der Empfängnis eingehaucht, dem weiblichen erst am achtzigsten. Da schon zwei Monate seit der gewaltsamen Empfängnis vergangen seien und man nicht wissen könne, ob es ein Knabe oder ein Mädchen werde, gelte zum jetzigen Zeitpunkt eine Abtreibung als gemeiner Mord, belehrte er die Äbtissin. Außerdem erinnerte er an die Lebensweisheit des Heiligen Franz von Assisi:

„Weiche dem Schmerz nicht aus. Dein Kreuz kann dich reifer machen und gibt dir die Chance, mitzutragen am Kreuz Christi."

Mater Freneghin kapitulierte vor diesen gewichtigen Argumenten und schluckte jeden weiteren Einwand zähneknirschend hinunter. So gebar Schwester Margarete eine gesunde Tochter, die sie vom Guardian auf den Namen Maria taufen ließ, den Namen ihrer Mutter.

„Ehrwürdige Mutter, hört Ihr denn nicht das kindliche Schreien? Wollt Ihr den armen Würmling den streunenden Hunden überlassen? Heilige Jungfrau Maria, erbarme dich und erhöre mein und des Kindes Flehen!“ In eine schwere Wolldecke gehüllt stand Schwester Mathilde vor ihr, so als ob sie sich trotzig über ein klösterliches Gebot hinwegsetzen wolle. Die Nonnen fuhren vom Bettlager hoch. Wann hatten sie Schwester Mathilde das letzte Mal sprechen hören? Zwei andere Schwestern griffen zu den Decken und gesellten sich zu ihr. Mühsam, wie von Rheuma geplagt, erhob sich Mater Freneghin. Etwas Unverständliches murmelnd schlurfte sie in die Küche, reichte den Schwestern stumm eine Kerze und schürte das Herdfeuer an. Schlaftrunken gesellten sich die anderen Ordensfrauen um den Küchentisch, auf dem ein tropfendes Bündel lag. Das Würmchen schrie nun mit aller Heftigkeit, als wollte es sämtliche Aufmerksamkeit einfordern.

„Unglaublich, das Kind wie eine Teufelsbrut in ein Hundefell zu wickeln“, ereiferte sich Mater Freneghin. „Schnürt das Bündel auf und verbrennt sofort den Pelz.“

Die beiden Novizinnen ekelten sich, als sie die noch blutige Tierhaut angewidert ins Feuer warfen.

„Lieber Gott, mach, dass das Bobbelsche den kleinen Unterschied zu uns aufweist“, flüsterte dabei die junge Novizin ihrer kindlichen Freundin zu.

„Wobei der Unterschied nicht zu klein ausfallen muss“, erwiderte diese mit einem unterdrückten Lächeln.

„Lumpen, nichts als dreckige Lumpen hat die Mutter für das Kleine übrig, ab ins Feuer damit“, befahl Mater Freneghin. Erschrocken sahen sich die Nonnen an. „Worauf wartet ihr, die Lumpen ins Feuer, aber schnell, wir wollen uns doch keine Pestilenz ins Haus holen.“

Allmählich kam der Säugling zum Vorschein.

„Allmächtiger Gottvater!", schrie Mater Freneghin entsetzt auf und faltete die Hände zu einem stillen Stoßgebet. Ein Knabe sah sie mit großen blauen Augen an. Der Schreck vor dem plötzlichen Aufschrei hatte ihn für einen Moment verstummen lassen. Liebevoll und ergriffen blickten die Nonnen auf den vor Kälte zappelnden Buben, so wie sie vor elf Tagen das Christuskind in der Krippe der Stadtkirche bewundert hatten. Sie konnten nicht ahnen, dass der Knabe nach dreiunddreißig Lebensjahren – wie einstmals auch Jesus – von einem Blutgericht zum Tode verurteilt werden würde.

„Schwester Margarete, wie alt schätzt du den Bankert?"

„Ehrwürdige Mutter, das Kind dürfte fünf bis sechs Wochen alt sein."

„Gott sei gelobt! Also kein Judenkind, sonst wäre es schon beschnitten."

Die vorwitzigen Novizinnen beugten sich neugierig dicht über den Jungen, so als wollten sie die Feststellung der ehrwürdigen Mutter noch einmal im Detail überprüfen. Dabei verzogen sie die Nase, denn der Knabe stank erbärmlich. Schwester Mathilde brachte eine verbeulte Zinkschüssel mit warmem Wasser und begann das schreiende Kind zu waschen. Anschließend übergab sie den Kleinen der Schwester Margarete, die ihn ohne zu zögern an die Brust legte. Wie die Klosterfrauen so dastanden und dem gierig trinkenden Säugling zusahen, riss sie Mater Freneghin aus ihrer fürsorglichen Beschaulichkeit:

„Der Junge kann nicht hier bleiben. Mein Kloster ist kein Waisenheim. Bei euern Kindern habe ich ja noch ein gewisses Verständnis aufgebracht, aber ein fremder Bankert findet in unserem Konvent keinen Platz. Er wurde bei Nacht abgelegt, wo die Stadttore verschlossen sind. Also sollte sich die Mutter noch innerhalb der Mauern aufhalten. Das rohe Fell weist darauf hin, dass der Junge wahrscheinlich von einer Lohgerberfrau stammt. Gleich morgen früh wird sich Schwester Mathilde im Löhrviertel umhören. Es muss doch gelingen, den Knaben der Mutter zurückzugeben. Jetzt ist aber Zeit für die Vigil, folgt mir in die Kapelle. Schwester Margarete ist davon suspendiert, sie soll sich um den Bankert kümmern."

3

Am nächsten Morgen, gleich nach der Laudes, in der sie bei aufgehender Sonne mit Psalmen, Gebeten und Hymnen den auferstandenen Christus lobpriesen, verließen Schwester Mathilde und eine Mitschwester das Kloster. In der nahegelegenen Franziskanerkirche erbaten sie Gottes barmherzigen Segen für den bedauernswerten Würmling, der doch unter solch unglücklichen Umständen sein Leben beginnen müsse. Anschließend eilten sie voller Erwartungen durch die Barfüßergasse zum Kornmarkt. Zu ihrer Überraschung hatten sich aufgeregt schwatzende und wild gestikulierende Menschen versammelt, obwohl es noch viel zu früh für das tägliche Markttreiben war. Etwas Schreckliches musste die Menschen zusammengetrieben haben. Vom Fischmarkt aus sahen sie die Katastrophe: Die Lahn war in einem Jahrhunderthochwasser weit über die Ufer getreten und hatte das Löhrviertel unter Wasser gesetzt!

„Mein Gott, die armen Menschen wurden von einer Sintflut überrascht!" Schwester Mathilde schickte ein Stoßgebet zum Himmel und bekreuzigte sich. Das Wasser reichte fast bis zu den Dächern der kärglichen Hütten. Sogar die Tuchrahmen der Wollweber hinter der Stadtmauer waren in den braunen Fluten verschwunden. Selbst das Stadttor im Diezer Turm war bis zur Hälfte in den Wassermassen versunken. Es schien, als habe sich über Nacht ein riesiger See westlich der Stadt aufgetan. Der Winter hatte sich in jenem Jahr überaus mild eingestellt. Ergiebiger Dauerregen und die einsetzende Schneeschmelze ließen die Lahn sechsundzwanzig Fuß über den Normalpegel anschwellen. Sie überflutete den gesamten Landstrich zwischen Lympurg bis hin nach Diez, wo der Ort gänzlich im Hochwasser versank. Ungläubig vernahmen die Nonnen die Erzählungen der geschockten Städter. Der Diezer Pförtner hatte den Brückenturm nicht rechtzeitig verlassen können. Niemand habe ihm zu Hilfe eilen können, und so sei er elendig umgekommen. Sie sahen, wie der

Schultheiß Nachen mit Leitern beladen ließ, um die vom Wasser eingeschlossenen Menschen zu bergen, die aus den Fenstern der Obergeschosse oder von den Dächern nach Hilfe schrien. Tierkadaver schwammen bereits in den Fluten. Den Auftrag der ehrwürdigen Mutter konnten die Nonnen nun vergessen. Stattdessen erhielten sie eine plausible Erklärung, warum eine verängstigte Mutter den Kleinen vor dem Kloster ablegte: Wahrscheinlich habe sie sich noch rechtzeitig vor den Fluten retten können, sei aber obdachlos geworden und wollte wenigstens ihr Kind in sicherer Obhut wissen. Sicherlich werde sie das Kind wieder abholen, sobald sich das Hochwasser verzogen habe.

Nach ihrer Rückkehr erstatteten die aufgelösten Schwestern ausführlich Bericht. „Unser Klostergarten an der Diezer Pforte steht unter Wasser?“, knurrte Mater Freneghin.

Heilige Maria, nur unser überschwemmter *Hortus* bekümmere sie, hatte sie denn kein Mitleid mit den armen Menschen? Warum hatte der Herrgott sie nur so hartherzig werden lassen? Sie beließen es bei dem Gedanken. Woher sollten sie wissen, dass die Klostervorsteherin nichts anderes kannte als unbarmherzige Strenge. Mit drei Brüdern war sie auf einem Bauernhof im Goldenen Grund aufgewachsen. Als Kind lernte sie nur Schufterei und Prügel kennen, die sie sowohl von ihrem betrunkenen Vater als auch von den älteren Geschwistern erdulden musste. Im Haus wurde zugeschlagen, bevor man noch ein Wort herausbekam. Als sie zehn Jahre alt war, verging sich ihr betrunkener Vater bei der Feldarbeit an dem Mädchen. Er drohte ihr höllische Prügel an, wenn sie nicht schweigen würde. Doch das Mädchen wandte sich an die Mutter, die sie kurzum ins nächste Kloster steckte. Seit dieser Zeit wollte Freneghin nichts mehr von ihrer Familie wissen. Verbittert, geschunden und zutiefst verletzt sah sie ihre klösterliche Aufgabe einzig darin, die ihr anvertrauten Nonnen vor einem ähnlichen Schicksal zu bewahren.

„Ehrwürdige Mutter, der Knabe sollte getauft werden!“

„Normalerweise sollte das Findelkind ein Säckchen Salz um den Hals tragen, als Zeichen, dass es noch nicht getauft ist.

Getauft oder nicht, ich kümmere mich darum. Morgen, am Epiphaniasfest, ergibt sich sicherlich die Gelegenheit nach der heiligen Messe."

Die Stiftskirche Sankt Georg, hoch auf dem Felsen gelegen wie die biblische Stadt auf den judäischen Bergen, platzte aus allen Nähten. Der Besuch der *Festa Decanalia* zum Dreikönigsfest war ein Muss. Nach altem Brauch hatte man sich am Vorabend Stärke angetrunken, um für das neue Jahr Kraft und Gesundheit zu tanken. Kein Wunder, dass so mancher nicht ganz nüchtern in der Kirche erschien. Die Kirche bot einen sonderbaren Anblick: Ein Fremder hätte meinen können, er habe sich in einen gewaltigen Pferdestall verlaufen. In den Seitenschiffen hatten die schwedischen Söldner Stroh für die Rösser ausgelegt. Ein beißender Gestank nach Pferdemist, Alkohol, Männerschweiß und ungewaschenen Kleidern verschlug den Kirchenbesuchern den Atem. Der Boden des Langhauses war mit schwarzen Marmorgrabplatten gepflastert und bis zum Querschiff knöcheltief mit Stroh bedeckt. Offensichtlich schliefen die Söldner darauf. Der Herzog von Longueville, Kommandant der Weimarschen Truppen und ein tiefgläubiger Mann, hatte das Querschiff und den Chorraum dem Klerus der Stiftskirche überlassen. Zum Weihnachtsfest hatte er mit dem Stadtrat vereinbart, dass allen Christen zu den Messen Zugang gewährt werden solle. So erteilte er den Befehl, dass seine Söldner zum feierlichen Hochamt mit Vigil, Orgelspiel und Glockenläuten zu erscheinen und sich gebührlich zu verhalten hätten. Unter dem Baldachin am Ziborienaltar begrüßte der Stiftskaplan Heinrich Diestel eine illustre Gemeinde: Ehrbare Lympurger Christen und die raubeinigen, angetrunkenen Besetzer. Die Nonnen des Klosters Maria Bethlehem hatten sich in der Nähe des Taufsteins versammelt. Dieser befand sich gleich rechts vom Grabstein des Gaugrafen Konrad Kurzbold, der A.D. 910 das Georgsstift gegründet hatte. Die eiserne Grabplatte auf sechs Säulen stand mitten in der Vierung und war, mit einer Pferdedecke verhängt, zu einem Abstelltisch entweiht.

Der Täufling schrie aus vollem Hals, so dass die Pferde verstört herüberschauten und unruhig an den Stricken zerrten, die an den Säulen festgezurrt waren. Endlich, als die Kirchenbesucher mit dem kirchlichen Segen nach Hause eilten, wandte sich der Stadtpfarrer an die Nonnen.

„Gelobt sei Jesus Christus. Ihr wollt heute ein Findelkind taufen lassen? Und ihr wisst nicht, ob es bereits getauft ist?“ Mater Freneghin bestätigte und bat dennoch um die Spende des Sakramentes.

„Recht so, sollte der Knabe, woran auch immer, ungetauft sterben, würde er mit der Erbsünde beladen für immer in die Hölle fahren. Das wollen wir doch nicht zulassen. Habt ihr denn einen Taufpaten?“ Die Klostervorsteherin deutete auf Schwester Margarete. Doch der Kaplan schickte einen Ministranten zum Organisten, er möge von der Empore herunterkommen. Ein dünner, hoch aufgeschossener Mann mit einer unförmigen Brille erschien.

„Hier stelle ich euch unseren Schulmeister Franz Bauch vor, er wird sicher gern den Taufpaten übernehmen.“ Der Scholaster des Georgstiftes spielte an diesem Tage aushilfsweise die Lympurger Orgel. Er war sonst Organist in der Dietkirchener Lubentiuskirche. Bauch fühlte sich geschmeichelt und nickte zustimmend, schließlich war das Stift sein zahlender Arbeitgeber.

„Franz oder besser Franciscus, das wäre doch der passende Name für den Kleinen. Schließlich hat er doch Zuflucht bei den Franziskanerinnen gefunden. Einverstanden?“

Schwester Margarete meinte, ein schwaches Lächeln auf dem pausbäckigen Engelsgesicht des Kindes zu erkennen. Seine rechte Faust – klein und rot – zuckte und wischte über die Wange mit den Grübchen. Ohne eine Antwort abzuwarten, begann der Pfarrer mit dem Taufgebet, träufelte anschließend dreimal Wasser über die Stirn des Knaben und sprach dabei die entscheidenden Worte:

„Ich taufe dich im Namen des Vaters, des Sohnes und des Heiligen Geistes auf den Namen Franciscus. Und wenn du schon getauft bist, so gilt meine Taufe nicht.“

Dann salbte er die Stirn mit Chrisamöl. Anschließend legte er dem Winzling ein gebleichtes Leinentuch an, das die Nonnen anstelle eines Taufkleides mitgebracht hatten. Diestel sprach ein weiteres Gebet und zündete schließlich eine Talgkerze an mit den Worten, die Kerze erinnere an Jesus, das Licht der Welt, der uns die Augen öffne und uns Orientierung biete. Nach dem gemeinsamen Vaterunser nahm der Stiftskaplan die Klostervorsteherin zur Seite:

„Wir müssen noch den Eintrag im Taufbuch festlegen."

Auf Vorschlag des Kaplans einigten sie sich auf folgende Notiz:

„Franciscus, geboren 6. Dezember A.D. 1642.

Mutter: Magdalena, lebte vor der Stadtpforte.

Pate: Franz Bauch, Organist und Schulmeister im Stift Sankt Georg, wohnhaft in Dietkirchen."

„Warum habt Ihr den 6. Dezember als Geburtstag festgelegt, und wie seid Ihr auf den Namen Magdalena gekommen?", wollte Schwester Margarete wissen.

„Das hat der Stiftskaplan bestimmt, wobei er an den heiligen Nikolaus dachte, den zweiten Schutzpatron der Stiftskirche. Maria Magdalena gehörte zu den Frauen, die Jesus und seine Jünger begleiteten. Welche Rolle sie wirklich spielte, ist nicht überliefert. In meinen Augen war sie eine Sünderin, so wie die ehrlose Mutter, die ihren Sohn ausgesetzt hat."

4

Das Hochwasser hielt sich beharrlich. Es zog nur langsam ab, was Mater Freneghin zunehmend beunruhigte. Sie bestand darauf, den Bankert so schnell wie möglich loszuwerden, während alle Ordensfrauen den freundlich lächelnden Franciscus immer mehr ins Herz schlossen. Vor allem das Wickeln, das über zwei Stunden in Anspruch nahm, war ein willkommener Höhepunkt im streng regulierten, klösterlichen Tagesablauf und wurde von der Äbtisstin argwöhnisch beäugt. Der Säugling wurde wie eine Mumie mit Binden eingebunden, Arme und Beine fest angelegt und verschnürt. Man glaubte, die leicht verformbaren, schwachen Gliedmaßen würden auf diese Weise nicht verkrümmt oder gar verkrüppelt werden. Die Bauersfrauen in den Dörfern hängten dann das Bündel an einen Wandnagel. So war es vor Ratten sicher, und sie gingen seelenruhig aufs Feld. Franciscus dankte die liebevolle Fürsorge mit einem Lächeln, ein richtiger Wonneproppen. Nur Schwester Margarete sorgte sich, ihre kleine Tochter Maria würde beim Stillen zu kurz kommen. Der Junge entwickelte einen unbändigen Hunger. Wenn die Äbtissin kurz vor Mitternacht die Schwestern unsanft weckte, um sie zur Vigil zu führen, dann beschwerte sich Franciscus lauthals über die Unruhe. Mater Freneghin schockierte die Nonnen mit den Worten:

„Schreiende Säuglinge sind vom Teufel besessen!“ Nicht nur einmal sprach sie von „Teufelsbrut“. Sie schürte eine diffuse Angst, mit der vor allem die jungen Novizinnen verunsichert wurden, deren jugendlichen Verstand Freneghin mit teuflischen Visionen aus der Hölle verwirrt hatte. Zudem erzählte sie ihnen unglaubliche Horrorgeschichten über den *Incubus*.

Die blauen Augen des Knaben strahlten eine Fröhlichkeit aus, die alle verzauberte. Langsam wuchs der leichte Flaum zu einer blonden Haartracht heran, und das kleine Grübchen in der linken Wange deuteten sie als himmlisches Zeichen seines Schutzengels. Nein, ein Wechselbalg konnte der Knabe niemals sein, oder vermochte der Satan die Menschen auf so perfide Art zu täuschen? Andererseits hatte die Priorin unheilahnend auf das pfenniggroße Feuermal im Nacken hingewiesen:

„Ein *Stigma Diaboli*, ein Satansbiss!“, rief sie erschrocken mit einer beschwörenden Gebärde aus.

Nach drei Wochen hatte sich das Hochwasser endlich zurückgezogen. Das Löhrviertel stand bis zu den „Waden“ im Schlamm. Der Scharfrichter, zu dessen Pflichten auch die Müllbeseitigung zählte, hatte dem Weiermeister zusätzliche Helfer gestellt. Diese befreiten nun in mühevoller Schinderei den Stadtbach von stinkendem Schlamm und Unrat. Ohne den fließenden Graben würde die Stadt in Dreck und Fäulnis ersticken. Eine pestbringende Rattenplage wäre die Folge.

Mater Freneghin gab die leise Hoffnung auf, dass sich die Mutter des Jungen melden würde. So machte sie sich nun selbst in das Löhrviertel auf, um nach ihr zu fahnden. Angewidert stapfte sie durch den knöcheltiefen Matsch und raffte dabei ihr schwarzes Habit mit den weiten Ärmeln unziemlich bis zu den Knien hoch. Der Zunftmeister der Lohgerber würde ihr sicher weiterhelfen können.

Doch sie hatte sich getäuscht. Der Besuch der Ordensfrau kam dem älteren, sehr autoritär wirkenden Meister Johannes Löhr höchst ungelegen. Ihn plagten wahrhaft andere Sorgen: Alle Lohgerberhäuser standen während der Flut im Erdgeschoss unter Wasser, ebenso die Gerbgruben mit der ätzenden Lohe, die Abortgruben und vor allem die Herdstellen. Eine Gerberfamilie, die direkt an der Lahn wohnte, harrte noch in den höheren Stockwerken ohne warme Mahlzeiten aus. Andere beseitigten schon mühselig die dreckigen Spuren im Haus, die das Hochwasser hinterlassen hatte. Um die aufdringliche Nonne rasch wieder loszuwerden, antwortete Löhr auf ihre sonderbare Frage, er kenne jede Frau der Zunft, und beteuere, dass kein Lohgerberweib im letzten Jahr in Umständen gewesen sei. Zudem wisse er von keiner Magd, die geschwängert worden sei. Auch wenn die ehrwürdige Mutter aufgrund des Tierfells mit Recht eine Lohgerberfrau verdächtige, als Mutter des Findlings komme kein Weib aus seiner Zunft infrage. Sie solle vorsichtshalber noch bei den Weißgerbern nachfragen. Aber er vermute eher eine Mutter außerhalb der Stadt. Es wäre wohl auch unklug, das Kind in Lympurg auszusetzen. Denn wenn ein Säugling hier plötzlich verschwände, wäre das doch aufgefallen. Mater Freneghin wandte sich danach an die Weißgerber, doch auch sie verneinten eine Neugeburt.

Missmutig und über alle Maßen verärgert kehrte die Äbtissin zum Kloster zurück. Beim Blick auf die Sebastianskirche der Franziskaner suchte sie kurzentschlossen den Guardian auf.

„So liegt es nun in Euren Händen, den Säugling aufzuziehen. Nehmt es als Prüfung unseres Herrn", beschied ihr Phillip Högel. Doch so einfach ließ sich die Priorin nicht abspeisen:

„Ich dulde keinen Bankert bei mir im Kloster!"

„Versündigt Euch nicht, ehrwürdige Mutter. Der Junge ist ein Geschöpf Gottes und Eurer Fürsorge anvertraut. Meint Ihr denn, der Junge wäre besser im Findelhaus untergebracht, wo die meisten Kinder sterben? Oder wollt Ihr ihn einer Amme übergeben? Habt Ihr das Geld dazu? Ist Schwester Margarete nicht willens, das Kind zu stillen? Wartet noch eine Zeit ab, vielleicht meldet sich dann die leibliche Mutter."

„Und wenn nicht? Ich päpple keinen Knaben in meinem Konvent auf."

„Also gut, ich nehme den Jungen im Franziskanerkloster auf, sobald er feste Nahrung annimmt und trocken ist."

Mater Freneghin hatte ihr eigentliches Ziel erreicht. Sie überlegte, wie sie die übliche Stillzeit von zwei Jahren verkürzen könnte. Im Kloster wies sie Schwester Margarete an:

„Ab sofort gibst du dem Säugling zusätzlich Wasser mit Honig. Der Junge muss auch so schnell wie möglich vorgekaute Nahrung erhalten, Haferschleim und Honigwasser mit eingelegtem Brot." Schwester Margarete befolgte die Anweisungen, schließlich hatte sie keine Erfahrung mit einem Knaben. Es war ihr nur recht, die spärlich fließende Muttermilch für ihre Tochter Maria zu reservieren. Auch sollte sie den Kleinen höchstens zwei Jahre lang windeln:

„Macht er sich danach noch ein, setzt es eine Ohrfeige!"

5

Der Knabe gedieh prächtig trotz der wässrigen Brotsuppen. Die jungen Novizinnen kümmerten sich rührend um Franciscus und Maria. Sie ließen ihnen Geborgenheit, Zärtlichkeit und Zuwendung angedeihen. Für jedes Kind bastelten sie Holzspielzeuge sowie eine hölzerne Puppe, welche die Kleinen ständig mit sich herumschleppten.

Im Frühjahr A.D. 1645 zogen endlich die schwedischen Truppen weiter. Die Stadt atmete erleichtert auf. Im Mai marschierte der französische Marschall Geleen mit fünftausend Söldnern über die Lahnbrücke in die Stadt. Die Stadtbewohner fürchteten neues Ungemach und verrammelten wieder die Haustüren. Doch die Angst schlug bald in Jubel um: Die Truppen marschierten zum Hammertor in der Nähe der Franziskanerkirche wieder hinaus Richtung Wiesbaden. Der Krieg hatte an Heftigkeit verloren. Die Söldner waren kampfesmüde und sehnten sich nach ihren Familien. Die Friedensgespräche in Münster und Osnabrück hatten bereits vor fünf Jahren begonnen. Alle erhofften sich ein Ende des schrecklichen Krieges.

An einem schwülen Junitag verkündete Mater Freneghin den entsetzten Schwestern aus heiterem Himmel, es wäre an der Zeit, sich von dem kleinen Franciscus zu verabschieden. Die Novizinnen brachen in Tränen aus. Kurzerhand schnappte die Klostervorsteherin den Jungen, der sich wehrte, und zerrte ihn unsanft auf die Straße. Empört drehten sich die vorübergehenden Menschen um. Unglaublich, wie konnte die Ordensfrau nur so hart mit dem Kleinen umgehen, der in seinem ehemals weißen Hemdchen mit seiner Holzpuppe im Arm einem blond gelockten Engel ähnelte. Franciscus plärrte. Nicht nur aus Angst vor der ungeliebten Nonne, die ihn fortwährend strafend ansah, sondern auch wegen der vielen Steine, die sich in seine weichen Fußsohlen bohrten. Doch Freneghin, den Blick starr auf die Klostermauer der Franziskaner gerichtet, hastete weiter. Sie zerrte das Kind hinter sich her, so wie der Büttel einen Verbrecher in den Turm zieht.

Ein kahlköpfiger Mönch öffnete die kleine Luke in der Klosterpforte. Er erkannte Mater Freneghin und schloss die schwere, mit Eisen beschlagene Eichentür sofort auf.

„Frater, ich bringe euch den kleinen Franciscus, wie mit dem Guardian abgesprochen. Hier, nehmt noch seine Taufurkunde.“ Sie drückte dem verdutzten Mönch das Dokument in die Hand, drehte sich angewidert um und verschwand ohne einen Abschiedsblick für den Kleinen. Kopfschüttelnd hob der Franziskaner den jammernden Knaben auf seinen Arm. Er trug ihn unter beruhigenden Worten ins düstere Refektorium, wo die Barfüßermönche gerade speisten: Hirsebrei mit Brot und Gemüsebrühe, Pastinaken und Obst als Beilage. Dazu tranken sie zwei Becher Wein und einen halben Liter Bier. Die Ordensregel ermahnte sie, die Mahlzeiten schweigend einzunehmen. Wohl aus Furcht, der Wein könne die Zungen lösen und bei zu viel Alkohol zu Streit führen. Verlangten sie nach Salz, rieben sie die Hände aneinander. Wenn sie die Handkante an die Gurgel legten, dann baten sie um Wein oder Bier. Sie konnten so geschickt mit den Händen umgehen und wussten so viele Zeichen, dass sie sich verständigten, ohne den Mund aufzumachen. In diese Stille platzte das ungestüme Geplärr des Jungen, als wolle er die neue Gemeinschaft lautstark begrüßen. Der Guardian Phillip Högel führte den verschreckten Kleinen an das Ende des langen Holztisches.

„Hier stelle ich euch ein neues Mitglied des Konvents vor. Franciscus, als Findelkind von den Schwestern aufgenommen und getauft in der Stiftskirche, übergebe ich der Obhut von Bruder Ludolf. Jetzt bist du für zwei Knaben verantwortlich. Erziehe ihn mit Gottes Hilfe zu einem Christen nach unseren Observanzen.“

Sein Wort verkörperte das klösterliche Gesetz. Deshalb wurde der Prior von den Brüdern hinter seinem Rücken auch ‚Kodex auf zwei Beinen’ genannt. Der ergraute Guardian kannte seinen Spitznamen, doch das störte ihn nicht sonderlich. Dennoch bedachte er seine Anordnungen mit größter Sorgfalt und drückte sich meist so aus, als ob er eine Niederschrift verfasste. Seine gütige Strenge, die harten, aber gerechten Strafen sowie seine warmherzige und fürsorgliche Art vermittelten dem Konvent einen Vorgeschmack auf das Fegefeuer. Dennoch gab er seinen Brüdern die unerschütterliche Gewissheit, am Jüngsten Tag ins himmlische Reich aufgenommen zu werden.

Franciscus war nun in seiner neuen Gemeinschaft angekommen. Bruder Ludolf setzte ihn auf seinen Schoß und reichte ihm einen Löffel Brei. Doch Franciscus ängstigte sich, verweigerte bockig das Essen und plärrte trotzig. Erst als er eine kleine Hand auf seinem Arm spürte, verstummte er. Neben ihm saß ein anderer Junge, der ihn beruhigend ansah: Johannes Jacob. Er war mit seinen sieben Jahren sehr aufgeweckt und mitfühlend. Schließlich hatte ihn ein ähnliches Schicksal ereilt, als er vor wenigen Wochen vom Kloster in Hadamar nach Lympurg gebracht worden war. Schluchzend sah Franciscus ihm in die Augen, die Hand auf seinem Arm wirkte beruhigend und tröstend.

„Ich bin Hennes, wie heißt du?“, flüsterte er ihm zu. Franciscus sah ihn stumm unter Tränen an.

„Ich nenne dich Francis, einverstanden?“

Dann hielt Hennes einen Löffel Brei vor seinen Mund, und Francis aß.

6

Anfangs war ihm die ungewohnte Umgebung unheimlich: der lange, dunkle Kreuzgang vom Refektorium zum unbeheizten Schlafsaal, die vielen barfüßigen Mönche in den dunkelbraunen Kutten, die lauten Choräle in der Kirche, begleitet vom dumpfen Orgelspiel, und der weitläufige Garten, den er bald lieben lernte. Der Guardian bestimmte Pater Ludolf nicht ohne Grund zum Betreuer der Kinder. Er hatte die fünfzig schon überschritten, war gebeugt von harter Arbeit, dickbäuchig, gottesfürchtig, stets freundlich und nachsichtig. Mit seinen gütigen, fröhlichen Augen und dem faltigen, von Wind und Wetter geprägten Gesicht hatte Ludolf schnell das Zutrauen von Francis gewonnen. Ging Ludolf in den Garten hinaus, wich der Kleine nicht von seiner Seite, wie ein Küken, das seiner Mutter folgt. Bruder Ludolf kümmerte sich väterlich um die beiden einzigen Jungen im Konvent, als wären sie seine eigenen Kinder. Im großen Dormitorium schliefen sie neben ihm auf den Strohmatten. Im Refektorium speisten sie an seiner Seite, wobei Pater Ludolf darauf achtete, dass sie sich gebührlich benahmen. Gemeinsam verbrachten sie anfangs die meiste Zeit im *Herbularius*, dem Arbeitsbereich von Ludolf. Der Kräutergarten lag direkt hinter der Krankenpflegestation, daneben erstreckte sich der *Hortus*, der Nutzgarten mit Gemüse und verschiedenen Obstsorten. War Ludolf mit Francis im *Herbularius*, benannte er die verschiedenen Kräuter und erklärte deren Heilwirkung. Francis erwies sich als wissbegieriger Schüler, er liebte es, an den Pflanzen zu riechen, sie zu schmecken. Oft schleppte er seine Holzpuppe herbei, sie habe Bauchschmerzen oder blute am Arm. Dann pflückte Pater Ludolf die passenden Kräuter, und Francis verarztete seinen Liebling unter seiner kundigen Anleitung. Den Fingerhut hatte sich Francis als Lieblingsblume auserkoren. Nicht nur wegen der wunderschönen, roten Blütentrauben, sondern eher wegen der beschwörenden Worte von Pater Ludolf, der Fingerhut sei zwar ein wirksames Heilmittel gegen Herzkrankheiten, jedoch sei die Pflanze überaus giftig, und sollte er davon etwas essen, müsse er sterben. Das erste Wort, das Francis zum Erstaunen des Mönchs sprach, war „Uht", wobei er auf seinen geliebten Fingerhut zeigte. Später gesellten sich „ja" und „nein" hinzu, so dass sein erster Satz „Uht nein" unmissverständlich zu deuten war: Francis würde nicht vom Fingerhut essen!

Auch später zog es Francis zu der hoch gewachsenen Pflanze. Immer wieder nahm er die Blätter in seine Hände, immer wieder schauderte er vor der tödlichen Gefahr. Unbegreiflich, dass diese so wunderschöne Blume den Augen schmeichelte, die Sinne der Menschen täuschte und doch so hinterlistig den Tod bringen konnte.

„Der Fingerhut lacht dich mit seinen betörenden Farben an. Doch manchmal steckt ein teuflischer Plan hinter der verlockenden Schönheit, die deinen Blick vernebelt und dir schaden kann. Hüte dich vor der Verführung der Sinne, sie kann dich umbringen!" Dieser beschwörende Rat von Bruder Ludolf, so laut wie die Posaunen von Jericho vorgetragen, hatte sich tief in sein Gedächtnis eingeprägt.

„Aber in der Kirche sind so schöne Engel zu sehen, muss ich mich auch davor fürchten?"

„Engel sind Gottesgeschöpfe, nicht irdisch. Der Himmel kennt keine Hinterhältigkeiten. Mein Rat gilt nur für das menschliche Leben auf Erden."

Francis hatte seine erste Lektion gelernt.

Im August des folgenden Jahres wüteten zum Verdruss der Lympurger wieder Soldaten in der Stadt. Diesmal suchten kaiserlich-bayerische Truppen ein Quartier. Sie rückten von der Wetterau über Friedberg und Braunfels heran und überschritten bei Villmar die Lahn. Erzherzog Leopold Wilhelm ließ sich in der trutzigen Burg Runkel nieder, während die Truppen ein riesiges Feldlager zwischen Dehrn, Schadeck, Ahlbach und Niedertiefenbach aufschlugen. Die Söldner boten einen erbärmlichen Anblick: Die Uniformen hingen ihnen wie Fetzen an den ausgemergelten Leibern. Als man sie für den Krieg anheuerte, war ihnen großzügige Beute versprochen worden, die ihnen zusätzlich zum Sold winken sollte. Doch die Realität sah anders aus: Die Verpflegung war miserabel, Sold blieb meistens aus und an Beute war kaum Lohnenswertes vorhanden, was sie den armseligen Bürgern nehmen konnten. So manche Dörfer hatten sie auch aus Wut und Enttäuschung niedergebrannt und alles mitgenommen, was nicht niet- und nagelfest war: Kessel, Kroppen, Kleidung, Tuche, Wagen, Pferde, Tische, Bänke und sogar die Pflüge. Mit den Weibsleuten trieben sie es schamlos und brachten große Schande in die Familien. Die kaiserlichen Truppen zogen für die katholische Liga in den Krieg. Sie wussten genau, welche protestantischen oder calvinistischen Dörfer sie hemmungslos im Namen des Herrn plündern und schänden durften. Die Menschlichkeit legten die Soldaten ab, wie ein zerschlissenes Beinkleid. Lympurg bildete zwar neben Hadamar einen einsamen katholischen Brückenkopf in der überwiegend evangelischen Region. Doch wer glaubte, die Stadt würde verschont, hatte sich getäuscht. Diesmal quartierten sich die Soldaten nicht in den Kirchen ein, sondern in den Wirtshäusern und in der Abtei Erbach am Lahnufer. Die Stadt wurde verpflichtet, die Soldaten zu beköstigen. Zum Glück war die Ernte gut, die Speicher waren noch gefüllt und die Müller fleißig. Aber die Stadtkassen waren leer und nur durch höhere Steuern zu füllen. Zudem stiegen die Preise ins Unermessliche. Das Leben war voller Unsicherheit, Furcht und ständiger Todesgefahr. Als Folge der großen Not verwahrlosten auch die Sitten der Bürger. Die Leute begannen zu stehlen. Sie raubten, was sie fanden, meist von zu viel Branntwein angetrieben. Die Menschen zweifelten am gerechten Gott. Warum ließ er einen so grausamen Krieg zu? Wollte er die Menschen bestrafen? Wofür? Wodurch hatten sie sich seinen Zorn zugezogen? Gab es vielleicht eine andere Erklärung? Im Aberglauben suchten sie nach Schuldigen für die Not, so wie man früher den Juden die Pestilenz in die Schuhe schob. Sie sahen am Himmel schreckliche Gesichter und deuteten die zahlreichen Missgeburten als Hexenwerk. Hexenflug, Hexensabbat mit orgiastischen

Ausschweifungen, Satanskult, Teufelsbuhlschaft und Schadenzauber erfuhren eine neue Blütezeit. Die Verfolgung des Hexenwahns lag jetzt aber nicht mehr in den Händen kirchlicher Inquisition, sondern der weltlichen Gerichtspraxis. Es reichte eine einfache Denunziation, und schon griff der Schultheiß nach dem „Hexenhammer“ aus dem Jahre A.D. 1487. Das *Malleus Maleficarum* genannte Handbuch diente dem Strafrichter als Leitfaden für den Prozess, einschließlich der Hexenprobe und der Folter als Beweisführung. In Weilburg wüteten schon die ersten Hexenprozesse.

Bruder Ludolf ermahnte die Kinder, das Kloster in dieser unsteten Zeit nicht zu verlassen. So verbrachte er mit Francis die meiste Zeit im Kräutergarten. Bald lernte er auch eine andere Verwendung der Heilpflanzen kennen. Francis konnte natürlich nicht die gerötete Nase, die stetige Fröhlichkeit und die Alkoholfahne von Bruder Ludolf deuten. In dem hölzernen Geräteschuppen des Gartens hatte sich Bruder Ludolf ein kleines Reich gesichert, in dem er seinen Magenbitter ansetzte. Gemeinsam pflückten sie Thymian, Beifuß, Löwenzahn und Giersch und banden die Stängel mit einem Faden zusammen. Francis beobachtete sehr genau, wie Bruder Ludolf die Kräuter in ein Glasgefäß mit gebranntem Korn tauchte. Auf einer Konsole standen bereits mehrere angesetzte Behälter, fein säuberlich mit einem Datum versehen.

„Dass du mir nicht davon trinkst, Francis. Der Likör ist nur etwas für gestandene Männer. Da musst du noch warten.“ Als Francis ihm andeutete, wenigstens einmal probieren zu wollen, ließ er ihn einen winzigen Schluck kosten. Francis spuckte ihn angewidert aus.

Im Gegensatz zu Francis zogen die Kräuter seinen klösterlichen Bruder Hennes nicht sonderlich in Bann. Der hielt sich lieber im Skriptorium auf, dem hellen Raum mit den großen Tischen, Bänken und Stühlen. In den tiefen Schränken wurden Papier, Tinte und Federn aufbewahrt. Die schwarze Tinte mischte der Skriptor aus Galläpfeln, Vitriol, Gummi und Wein an. Wenn sie getrocknet war, erhielt sie einen bläulichen Schimmer und veränderte sich nicht mehr. Hennes sah fasziniert den Schreibern zu, wie sie Bibeltexte abschrieben und die Seiten mit kunstvollen Malereien verzierten.

„Warum schreibt ihr die Texte ab, ihr habt doch auch eine Buchpresse?“

Die Klosterbrüder belehrten ihn: „Wir nehmen den Druck, um einen Text zu vervielfältigen. Das Buch kann vielen Lesern zugänglich gemacht werden. Aber es gibt besondere Schriften, von denen wir nur ein Original in Handschrift herstellen. Als Soldaten Gottes kämpfen wir mit unseren Arbeiten für das Seelenheil der Menschen. Jedes Wort, das wir schreiben, wird beim Jüngsten Gericht für unser Heil sprechen.“

Das imponierte Hennes gewaltig. Er entschied, später auch als Soldat Gottes zu dienen.

7

Mit der Zeit genoss Francis das geregelte Leben im Kloster, den Unterricht und vor allem die Freiheiten, die Bruder Ludolf ihm und Hennes einräumte. Über seinem Hemdchen trug er nun einen wollenen Überwurf, eine Art Mönchskutte, und lief natürlich barfuß, wie es sich für den Orden gehörte. Neben Hennes wirkte er bald nicht mehr wie ein Kleinkind. Man vermutete nur einen Altersunterschied von zwei Jahren. Oft tollte Hennes mit ihm im Klostergarten herum. Sie spielten Verstecken, und Hennes lieh ihm sogar sein Steckenpferd, das Bruder Ludolf für ihn gebaut hatte. Langsam fand Francis inniges Zutrauen zu ihm wie zu einem leiblichen Bruder. Selbst wenn Hennes bei der Messe ministrierte, trottete er neben ihm her wie ein Schatten des geübten Messdieners. So ging ihm mit der Zeit die Liturgie in Fleisch und Blut über, obwohl ihm die in Latein gesprochenen Bibelworte wie Texte aus einem Buch mit sieben Siegeln vorkamen. Das blond- und schwarzhaarige Ministrantenpaar war außerordentlich beliebt bei den Patres: Alle wollten Hennes und Francis für ihre Messen einsetzen, so auch der Stiftskaplan Heinrich Diestel.

An einem trockenen Mittwochmorgen holte dieser beide mit der Genehmigung des Priors ab. Er führte sie die Lange Treppe hinauf zur Stiftskirche Sankt Georg. Francis stand zum ersten Mal staunend vor der gewaltigen Kirche mit den fünf Türmen und der rot-gelben Fassade im goldenen Licht der Morgensonne.

„Warum steht die Kirche so hoch oben auf dem Felsen?", wollte Hennes wissen.

„Kirchen werden immer nahe zum Himmel gebaut, mein Sohn", belehrte ihn der Stiftskaplan, „aber vielleicht gibt es noch einen anderen Grund. Was glaubst du wohl, was die Menschen früher auf dem Lahnfelsen gemacht haben?"

Hennes hob unwissend die Schultern.

„In alten Zeiten, als die Menschen noch an Gespenster glaubten, als der schreckliche Lindwurm und andere Tierdämonen in den Höhlen des Felsen hausten, als unheimliche Geister um den Berg schwirrten, da haben die Menschen hier oben den heidnischen Göttern Blutopfer dargebracht, um sie zu besänftigen."

„Wo haben dann die Menschen gewohnt, wenn hier auf dem Felsen böse Geister hausten?"

„Sicher nicht hier in der Nähe des Felsen, wahrscheinlich gegenüber auf dem Greyffenberg. Der Spuk und Fluch, der auf diesem Felsen lastete, konnte später nur durch ein Gotteshaus gebannt werden. Der weise und kleinwüchsige Gaugraf Konrad Kurzbold errichtete eine kleine Basilika direkt neben seiner Lintburc an der felsigen Kante zur Lahn. In der Überlieferung war der Gaugraf ein sehr mutiger Mann. Er soll dem König Otto dem Großen das Leben gerettet haben. Er erlegte mit einem Schwertstreich einen entsprungenen Löwen, welcher auf den König losstürzte. Wahrscheinlich hat ihn der König fürstlich entlohnt, und so ließ Kurzbold hier später eine größere Stiftskirche errichten. Nicht ohne Grund wurde der tapfere Drachentöter Sankt Georg zum Schutzpatron der Kirche erhoben. Zu Ehren des mutigen Gaugrafen, und um endgültig alle bösen Dämonen auf dem Felsen zu vertreiben."

Hennes blickte sich furchtsam um. Ob es hier noch immer spukte? Sie standen mitten im Friedhof. Warum musste man immer am Gottesacker vorbei, um in die Kirche zu gelangen, fragte er sich und beschleunigte fröstelnd seine Schritte. Der Ort gruselte ihn. Am Hauptportal zeigte Francis, der die mystische Erklärung des Stiftskaplans zum Glück nicht ganz verstanden hatte, ehrfürchtig auf zwei Figuren.

„Links seht ihr den unbekannten bärtigen Baumeister der Kirche mit dem Maßstab in der Hand. Er sieht aus wie ein müder Wanderer und scheint die Besucher zu fragen, ob ihnen sein Werk gefalle. Rechts stützt sich der Bauherr Heinrich von Isenburg mit langem Haar und Schaube auf sein Schwert als Zeichen, dass er Gericht halten durfte", erklärte der Kaplan. „Seht ihr die Tauben in der grünen Girlande unter den Figuren? Zwei Tauben, die klauben an den Trauben, sagt man. Das ist das Wahrzeichen des Lympurgers Stiftssiegels."

„Warum?", fragte Hennes.

„Die Bibel und die Kirche sprechen in Sinnbildern. Die an der Traube pickenden Tauben bezeichnen die Seelen, die sich an der Ewigkeit laben. So hat jede bildliche Darstellung im Gotteshaus ihre eigene Bedeutung."

Hennes gab sich mit der Antwort zufrieden. Die Worte der Geistlichen hatten meist etwas Mystisches an sich, da durfte man nicht nachfragen.

In der Kirche schlug ihnen der Gestank von Pferdemist entgegen. Die Soldaten waren zwar verschwunden, die Spuren der rüpelhaften Besetzer waren aber noch nicht vollends beseitigt. Auch der säuerliche Geruch war geblieben. So wie es jedem Besucher ergeht, so erging es auch Francis: Er blickte mit offenem Mund nach oben auf die farbenfrohen Fresken. Das Langhaus war vom Ruß der Lagerfeuer geschwärzt. Die Morgensonne warf ein helles Licht durch die bunten Glasfenster. In seiner Begeisterung wies er auf eine Zeichnung gleich an der ersten Säule: ein Ritter auf einem Pferd.

„Das ist der heilige Martin, mein Sohn", lehrte ihn der Pfarrer, „er teilt seinen Mantel, um eine Hälfte dem frierenden Bettler zu geben."

Überall lag noch Stroh auf dem steinigen Boden, den einige Frauen mit groben Reiserbesen kehrten. Francis war vom gewaltigen Bau zu abgelenkt, um die Nonne zu bemerken, die freudig zu ihm herübersah. Erst als Schwester Mathilde auf ihn zukam und sich mit offenen Armen hinhockte, lief er mit flinken Beinen auf sie zu und umarmte sie.

„Mein lieber Franciscus, geht es dir gut?", schluchzte Schwester Mathilde mit bebender Stimme. Er antwortete nicht, sondern krallte sich noch fester um ihren Hals. Mathilde strich ihm liebevoll über die bis zu den Schultern reichenden blonden Locken. Heinrich Diestel ließ ihn gewähren. Hennes gesellte sich zu ihnen und wartete geduldig ab, bis Schwester Mathilde ihn irritiert fragte:

„Und wer bist du, mein Junge?"

„Hennes", antwortete er kurz.

Ein heftiger Stich fuhr ihr durchs Herz. Die schwarz gelockten Haare, die braunen Augen, den kleinen Leberfleck auf der Nase erkannte sie sofort. Röte schoss in ihr ins Gesicht, ihr Herz hüpfte vor heller Freude.

„Ich habe dich hier noch nie gesehen. Woher kommst du?“

„Aus dem Kloster Hadamar. Jetzt bin ich im Kloster Lympurg.“

Siedend heiß durchfuhr sie ein unbeschreibliches Glücksgefühl: Wie groß mein verlorener Sohn schon geworden ist, ein aufgeweckter, hübscher Junge, mein kleiner Johann Jacob! Sie strich ihm liebevoll und stolz über den wuscheligen Kopf, unschlüssig, ihn vor heller Freude an die Brust zu drücken.

„Kommt Kinder, wir wollen weiter“, mahnte der Stiftskaplan. Gehorsam folgten die Knaben und ließen Schwester Mathilde stehen. Ihr Herz pochte bis zum Hals. Sie versuchte, ihren inneren Aufruhr zu unterdrücken. Gott musste sie wohl erhört haben. Ihre seelische Qual schien wie weggeblasen. Von nun an würde sie öfters in der Stiftskirche Dienst verrichten, aber ihr Geheimnis würde sie im Herzen hüten. Gäbe sie sich als Mutter von Johann Jacob zu erkennen, unterbände Mater Freneghin auf der Stelle jeden Kontakt.

Im Chor warteten bereits andere Ministranten aus dem Stift. Hennes und Francis wurden als *Ceroferare* eingeteilt, als Leuchterträger. Die anderen Messdiener waren älter, ihnen wurden wichtigere Aufgaben zugewiesen. Hennes liebäugelte zwar mit dem Dienst des *Thuriferars*, des Rauchfassschwingers, doch der war dem zwölfjährigen Georg vorbehalten, dem größten Ministranten, den der Kaplan zudem auch zum ersten Messdiener ernannte und der die Knabenschar anführen sollte.

„Ihr seid neu hier. Wenn ihr Fragen habt, dann kommt zu mir“, meinte Georg zu Hennes und Francis. So begann eine intensive Freundschaft, die die drei Jungen ihr Leben lang begleiten sollte.

8

Hennes liebte es, die Stadt zu erkunden. Vor allem die mächtige Ringmauer zog ihn magisch an. Sie war dreißig Fuß hoch und fünf Fuß breit. Der Weg zum nahe gelegenen Huttigturm war nicht so weit. Von den wenigen Soldaten in der Stadt drohte keine Gefahr mehr. Deshalb erlaubte Pater Ludolf Hennes, Francis bei seinen Ausflügen mitzunehmen. Sie sollten aber nicht die Stadt verlassen und sich von der Greyffenpforte fernhalten. Dort sprengten immer wieder Reiter aus Eschhofen ungestüm über die Zugbrücke in die Stadt. Francis krallte sich fest in die Hand seines Freundes, der ihn zunächst zum nahen Rossmarkt hinausführte. Es war ein trüber Tag, die Septembersonne hatte sich hinter einer grauen Wolkenfont verzogen. Es nieselte ein wenig, aber das störte sie nicht. Nur wenige, abgemagerte Pferde wurden von den Bauern angepriesen, deren Körper sich von den dürren Gerippen der Tiere kaum unterschieden. Fast keine Käufer waren interessiert. Noch plagte sie die Angst, Soldaten könnten ihnen die Pferde wegnehmen. Andererseits begann der allgemeine Handel zögerlich, nachdem er im Krieg völlig zum Erliegen gekommen war. Zum Glück hatten die Truppen die schweren Webstühle nicht als Beute weggeschleppt. Die Weberinnen machten sich fleißig an die Arbeit, und etliche Lympurger Wollweber boten die Tuchwaren wieder in Franckfurt an. Zugtiere waren deshalb unentbehrlich.

Die Jungen sahen dem Markttreiben interessiert zu, wie die Gebisse und die Hufe der Pferde geprüft wurden, der erbärmliche Ernährungsstand bemängelt und letztendlich der Kauf mit Handschlag besiegelt wurde. Hennes hielt vorsichtig Abstand zu den Tieren, während Francis immer wieder seine Hand ausstreckte, um die Pferde zu berühren.

Im Getümmel brach urplötzlich ein heftiger Streit aus:

„Das Tier hat Rotz! Wie kannst du diesen räudigen Gaul in die Stadt bringen? Ich rufe das Rossgericht an!“

Schon waren drei Hufschmiede zur Stelle, die im Auftrag des Stadtschultheißen für Ordnung sorgten und Streitigkeiten als bestellte Gutachter schlichten sollten. Sie führten das Tier abseits, rochen an dem Sekretfluss der Nüstern und lamentierten, während sie den Rappen beschauten. Sie konnten sich nicht auf ein eindeutiges Urteil einigen. Natürlich harrten die Rossmarktbesucher neugierig aus, wie der Streit wohl ausginge, und bildeten einen Bannkreis um das Tier. Hennes und Francis hatten sich einen guten Platz an vorderster Front der Menschenmenge gesichert. Die schadenfrohen Kommentare schlugen mit der Zeit in Hass gegen den Pferdehändler um. Schließlich forderten sie eine harte Bestrafung. Dabei war ihnen der arme Bauer sicher egal, der Skandal jedoch nicht, über den ließe sich doch ausführlich tratschen.

Nach einer Stunde erschienen der eilig herbeigerufene Wasenmeister und der gefürchtete Schultheiß Johann Anton Kalckofen höchstpersönlich. Der Wasenmeister kam von der Brückenvorstadt hinter der Lahnbrücke, der Schultheiß vom Rathaus am Fischmarkt. Die Menge machte dem herrischen Paar respektvoll Platz. Nun war das Urteil des Abdeckers gefragt, eines hutzeligen, gebückten Mannes mit traurigen Säuferaugen. Sein Gesicht war von Blattern und Pickeln entstellt. Die Pflicht, hier zu erscheinen, schien ihm nicht zu gefallen. Als wenn ihm die Pestilenz am Leib klebte, wichen die Marktgaffer zurück. Der talggesichtige Wasenmeister nahm einen kurzen Ast, den er im herumliegenden Stroh fand, und pöterte damit in den Nüstern des Pferdes herum. Durch die Menge ging ein entsetztes Raunen, der Gaul schlug aus. Dann hielt er den Stock in die Höhe, ekliger Schleim tropfte herab.

„Seht selber, der Rappen hat Rotz.“

Der belämmerte Bauer sprang ihm sofort wütend an die Gurgel, wurde jedoch vom Gerichtsbüttel zurückgehalten.

„Bist du meschugge? Du machst mir mein Tier mies, dabei witterst du doch nur dein Geschäft, Abdecker. Glaubst wohl von mir bezahlt zu werden und kannst auch noch die Decke und das Rosshaar behalten. Dann nehme ich mein Pferd wieder zu mir auf den Hof."

„Das wird dir auch nicht helfen, spätestens in zwanzig Tagen ist dein Gaul tot!", konterte der Schinder gelassen.

Der Schultheiß Kalckofen machte kurzen Prozess. Er war dafür bekannt, nicht lange zu fackeln, wenn er einen vermeintlichen Übeltäter erwischte. Streng, aber gerecht, war sein Ruf schon seit den vielen Jahren, die er im Amt war.

„Kaffer, ihr habt ein krankes Pferd zum Verkauf angeboten und gegen die Marktregel verstoßen. Das Tier wird dem Abdecker überstellt. Büttel, ihr bringt den Bauern ins Lochgefängnis zum Huttig."

Der Abdecker zog das unruhige Tier weg. Die Menge bildete eine Gasse und hielt sich von dem kranken Rappen fern. Jede Berührung scheuend, sonst wären auch sie dem Tod geweiht. Der Büttel legte den armen Bauern in Fesseln und führte ihn ab.

„Ab nach Kassel, in Lympurg verkauft niemand ein krettich Tier!", schrie Kalckofen ihm in Rage hinterher. Die Menge folgte hämisch johlend dem gefesselten Bauern.

Francis konnte sich nicht sattsehen, doch Hennes zog ihn ängstlich weiter. Vorbei an der verfallenen Pfarrkirche Sankt Laurentius mit dem Armesünderfriedhof erreichten sie den achteckigen Stadtturm Huttig. Unter dem schadenfrohen Gekreisch der Leute verschwand der Bauer im Lochgefängnis, wo er an den Stock geschlagen wurde. Die Menge hatte nun ihre Sensationsgelüste gestillt und verzog sich. Hennes schlich inzwischen den Turm hinauf, Francis in seinem Schlepptau. Zum Glück war der überdachte, mit Eichendielen belegte Wehrgang nicht besetzt. Wozu auch, das Gros der Soldaten war inzwischen abgezogen. Francis konnte mit Mühe durch die Schießscharten schauen, wenn er sich auf die Zehenspitzen stellte. Sie sahen hinaus auf die Lahn, wo nur einige Lastkähne mit Getreide beladen zur Obermühle schipperten. Die Fischer hatten ihre Netze von den Nachen ausgeworfen, schwere Gäule treidelten die Boote flussaufwärts. Drei Enten, den hungrigen Marodebrüdern entkommen, tummelten sich auf dem Wehrgraben. Welch friedliches Bild im Gegensatz zu dem Gezänk auf dem Rossmarkt.

„Hier, an dieser Stelle, waren die Schweden über den zugefrorenen Graben gestürmt, haben mit Leitern die Mauern erklommen und die Stadt im Handstreich erobert“, erklärte Hennes. Francis sah ihn ungläubig an, was wusste er schon vom Krieg.

„Lass uns weitergehen. Ich zeig dir noch etwas.“

Hennes kannte sich gut aus, er war nicht das erste Mal hier oben. Nach einer Weile deutete er aus einem Schießloch auf einen Hügel im Süden der Stadt:

„Das ist der Galgenberg, dort werden die Verbrecher aufgehängt! Kannst du den Galgen erkennen? Der steht noch da vom letzten Mal und wartet auf ein neues Opfer.“

Um seine Worte zu unterstreichen, legte Hennes seine Hand an die Gurgel und rollte mit den Augen, so als ob ihn der Henkersstrick erdrossele. Francis fand das gar nicht komisch. Dass der Galgen einmal auf ihn warten sollte, konnte er damals noch nicht ahnen.

„Meinst du, der Pferdehändler wird auch hingerichtet?“

„Nein, nein, aber Mörder und Räuber.“

Bei Hennes war eine Vorliebe für dieses Thema nicht zu übersehen, genauso wie das Unbehagen, das Francis bei den gruseligen Schilderungen seines Freundes spürte. Es war spät geworden, und Hennes mahnte zur Eile, Bruder Ludolf warte sicher schon. Am klotzigen Hammertor verließen sie flugs die Wehrmauer.

„Hier sind aber viele Pferdewagen“, meinte Francis.

„Die kommen alle von Franckfurt und wollen nach Cölln. Sie fahren quer durch die Stadt und beim Brückenturm an der Lahn wieder hinaus. Das nächste Mal laufen wir den Wehrgang weiter bis zum Katzenturm. Dann zeige ich dir die Brückentürme. Wir sind spät dran, hörst du das Angelusläuten?“

9

Der unentwegt plappernde Francis entwickelte sich zur Freude von Bruder Ludolf zu einem eifrigen und geschickten Gehilfen in seinem Kräutergarten. Bruder Ludolf erteilte ihm zur Belohnung seine erste klösterliche Aufgabe: Er durfte von nun an regelmäßig in die Strohmatten der Mönche Thymian, Lavendel und andere Kräuter legen. Sie sollten Flöhe und Wanzen fernhalten. Francis war stolz. Zudem bewies er eine erstaunliche handwerkliche Begabung, ausdauernden Fleiß und besaß für sein Alter schon ausgeprägte Muskelkräfte. Hennes dagegen war eher ein stiller Typ, wissbegierig und intelligent. Die Klosterbrüder im Skriptorium mochten ihn und ließen ihn sogar Schriftproben anfertigen. Sie erkannten, dass er bald eine wertvolle Kraft bei ihren Schreibarbeiten sein werde.

Eines Tages wies der Guardian Bruder Ludolf an, die Kinder seien nun alt genug, am Opus Dei teilzunehmen: an der Vigil, der Laudes und der Vesper. Von den anderen Stundengebeten seien sie aber befreit. Vor allem die mitternächtliche Vigil behagte den Kindern ganz und gar nicht. Bruder Ludolf musste sie nachts wachrütteln und sie vom Strohlager aufrichten. Aber auch daran gewöhnten sie sich, und so schlurften sie am Ende der zweireihigen Prozession mit gefalteten Händen schlaftrunken in die kalte Sebastianskirche. Bruder Ludolf hatte sie zuvor auf die praktische Bedeutung der Vigil hingewiesen: „Vor allem im Winter muss der Kreislauf in Gang gehalten werden, um Erfrierungen im Schlaf zu vermeiden."

An einem sonnigen, trockenen Augusttag nahm Bruder Ludolf einen Handkarren und beschied den Kindern, Mehl von der Obermühle zu holen. Es war kein weiter Weg über den Rossplatz hinunter zur Mühlenpforte. Bald standen sie an der träge dahinfließenden Lahn vor dem großen Mühlenrad, das sich in eintöniger Gleichmäßigkeit drehte.

„Meister Dillmanni, wir brauchen vier Säcke Roggenmehl, und bei dieser Gelegenheit sollen sich die Kinder in der Mühle umsehen“, begrüßte Bruder Ludolf den Müller, einen kleinen, gebeugten Mann mit einer mehlbestaubten Mütze und Schürze. In dem ungepflegtenVollbart klebten Kleie und Mehl. Überhaupt schien er sich seit Tagen nicht die Müllerschminke aus dem Gesicht gewaschen zu haben. Seine rastlosen Augen ließen Unsicherheit erkennen, so als habe er etwas zu verbergen. Aber das war wohl bei jedem Müller so. Schließlich galten sie mit Recht als unehrlich, hinterlistig und auf ihren Vorteil bedacht. Wie oft fielen sie dabei auf, Mehl für sich abzustauben oder es gar mit einem versteckten Beipass abzuzweigen.

„Der Müller besitzt nur einen ehrlichen Körperteil: den Müllerdaumen, denn den taucht er nicht ins Mehl, wenn er in den Sack greift“, hieß es. Zudem hätten die Müller die fettesten Schweine, die sie mit gestohlener Kleie mästeten.

Die Kinder betraten erwartungsvoll die mehlverstaubte Mühle, bestaunten den sich drehenden Mahlstein und ließen sich von Bruder Ludolf den Mahlvorgang erklären. Dillmanni hörte zu und bemerkte, wie Bruder Ludolf stutzte, als er den leeren Klammerbeutel im Sichter zum Trennen von Mehl und Kleie besah. „Mein mechanisches Beutelwerk ist ausgefallen. Ich muss wieder mit dem Handsieb arbeiten“, entschuldigte sich der Müller. Dabei konnte er dem Franziskanermönch nicht in die Augen sehen. Er fühlte sich ertappt, denn genau an diesem Punkt trennten sich die Spreu vom Weizen und der ehrliche vom unehrlichen Müller.

„Gut für die Schweine und auch für Euch, nicht wahr?“, entgegnete der Mönch. „Aber wagt es nicht, uns zu übervorteilen, Meister Dillmanni, sonst schmort Ihr in der Hölle!“

„Gott stehe mir bei“, dabei bekreuzigte er sich, „Ihr bekommt, was Euch zusteht.“

„Und lasse er sich in der Kirche sehen. Wann habt Ihr das letzte Mal gebeichtet?“

„Pater Ludolf, Ihr wisst, dass sich meine Arbeit nach dem Wasserstand der Lahn richtet. Läuft der Mahlgang leer, ist meine Mühle hin. Das versteht Ihr doch."

„Ihr habt meine Frage nicht beantwortet!"

Eine Glocke am Mahlgang schlug an.

„Entschuldigt mich bitte, ich muss Korn nachfüllen. Nehmt Euch die Säcke, sie liegen dort drüben." Dann verschwand er eilig.

Bruder Ludolf lud seinen Handkarren voll. Hennes half ihm dabei, während Francis den verknöcherten Esel des Müllers streichelte und den fetten Schweinen zuschaute. Bevor sie die Mühle verließen, warfen sie noch einen kurzen Blick auf die Walkmühle der Wollweberzunft, die auf der kleinen Insel am Einfluss des Mühlengrabens lag. Dann verließen sie das Lahnufer.

„Warum warst du so streng mit dem Müller?", wollte Hennes wissen.

„Die Müller sind ein eigenartiges Pack, sie betrügen die Bauern. Sie lassen sich nie in der Messe sehen, und viele Menschen glauben, sie seien mit dem Teufel im Bunde. Wisst ihr, woran man einen Müller erkennt?" Die Kinder schüttelten den Kopf.

„An seinem platten Daumen, denn er legt seinen Daumen an den Mühlstein, um die Qualität des Mehls zu prüfen. Übrigens, ist die Obermühle eine Bannmühle. Meister Dillmanni hat das Recht, Umherziehende aufzunehmen, die Schutz suchen. Oft ist auch unehrliches Gesindel dabei. Und Strafen kann er ebenfalls verhängen. Ein Landstreicher hatte einmal bei ihm Zuflucht gesucht und ihm einen Laib Brot gestohlen. Daraufhin hat er ihm die Haare abgeschnitten und sie an den Türpfosten genagelt."

„Bist du denn sicher, dass er dich nicht betrogen hat?", wollte Hennes wissen.

„Nein, aber wenn er mir zu wenig Mehl gegeben hat, dann wird unser Herrgott ihn bestrafen. Wir wollen uns nicht zu seinem Richter erheben."

„Und wenn er betrügt, dann kommt er doch ins Fegefeuer, nicht wahr?", fragte Francis.

„Das ist nicht ganz richtig, mein Sohn. Dann kommt er direkt in die ewige Verdammnis der Hölle."

„Und muss dort auf glühenden Kohlen schmoren." Francis lachte schadenfroh. „Und wer kommt ins Fegefeuer?"

„Ins Fegefeuer gelangen die armen Seelen, die reumütigen, die gesalbt sterben. Sie haben die Gewissheit, dass sie einmal in den Himmel kommen. Gott will an seiner Seite aber nur die reinen Seelen dulden, frei jeder Sünde. Im Fegefeuer werden sie daher geläutert und von ihre Schuld gereinigt."

„Und wie lange müssen sie dort qualvoll warten, um in den Himmel zu kommen?"

„Das hängt ganz von ihrer Unwürdigkeit ab. Bittgebete helfen, die Zeit zu verkürzen. Deshalb nimmst du jetzt auch an den Stundengebeten im Kloster teil. Auch wenn es dir manchmal etwas mühsam erscheint, Francis. Manche gottesgläubigen Wohlhabende haben aus Furcht vor einer langen Bußzeit im Fegefeuer Gotteshäuser oder Altäre errichtet und der Kirche viel Geld vererbt. Auch die Lympurger Stiftskirche ist so entstanden. Als Gegenleistung halten die Stiftsvikare für sie wöchentliche Messen und erbitten Gottes Gnade für sie."

„Wie lange müssen sie beten?"

„Das kann bis zum Jüngsten Tag dauern, wenn die Toten auferstehen und Gott über sie richtet. So lange sollten die Gelder schon reichen."

10

An jenem denkwürdigen Mittwoch, dem 28. Oktober A.D. 1648, fanden sich Francis und Hennes pünktlich in der Stiftskirche ein, wo der Vikar des Marienaltars eine Gedenkmesse halten wollte. Nur wenige Kirchenbesucher waren bei dem kühlen Herbstwetter erschienen. Das Fest der Apostel Simon und Judas erfreute sich keines besonderen Zuspruchs. Aber der Vikar musste das Vermächtnis des Altarstifters erfüllen und die wöchentliche Totenmemoria feiern. Schließlich lebte er von den Pfründen des Stifters, und die wollte er nicht verlieren. In der Sakristei streiften die Ministranten den schwarzen Talar über, darüber das weiße Chorhemd, das an das Taufkleid erinnern sollte. Als sie dem Vikar zum Marienaltar folgten, begannen plötzlich die Glocken zu läuten. Nicht nur die Glocken der Stiftskirche, alle Glocken der sieben Lympurger Kirchen ertönten mit voller Lautstärke. Der Vikar stutzte einen Augenblick. Welchen Anlass gab es denn für das unerwartete Geläut? Dann begann er die liturgische Feier. Unruhig sah sich Hennes in der fast leeren Kirche um. In der ersten Bankreihe kniete einsam Schwester Mathilde und winkte verstohlen herüber. Hennes stieß Francis an, um ihm auf die Nonne aufmerksam zu machen. Francis wollte zu ihr hinlaufen, doch Hennes hielt ihn zurück. Überschwänglich winkte Francis zurück. Woher sollte Hennes wissen, dass das Zeichen ihm galt, dass sie mit ihren liebevollen Blicken sehnsüchtig an ihm klebte? Im Seitenschiff entdeckte er dann Georg mit einem Korb in der Hand. Der signalisierte aufgeregt, sie sollten anschließend zu ihm kommen.

Irgendwie klangen die Glocken beunruhigend, so als wäre der Jüngste Tag gekommen. Francis fürchtete sich.

„Es ist Frieden, der Krieg ist vorbei!“, rief Georg ihnen nach der Messe zu.

Der Vikar wartete an der Sakristeitür auf seine Messdiener, vernahm die Worte ebenfalls und bekreuzigte sich gleich dreimal.

„Was hat das zu bedeuten?", fragte Francis völlig ahnungslos.

„Jetzt brauchen wir die Soldaten nicht mehr zu fürchten, sie gehen nach Hause. In Münster haben sie einen Friedensvertrag unterschreiben. Die Menschen in der Stadt tanzen vor Freude!"

Rasch legten sie die Ministrantenkleider ab und liefen zu ihrem Freund zurück ins Langhaus.

„Wollen wir schauen, was in der Stadt los ist?", fragte Hennes.

„Ja, können wir, aber vorher muss ich noch zur Türmerwohnung rauf. Ich habe Brot gekauft."

Sie stiegen die steinerne, enge Wendeltreppe im rechten Seitenschiff zur Empore hinauf. Die Enge und die Dunkelheit bedrückten Hennes. Doch Georg stapfte unbeirrt weiter nach oben zum *Triforium*, bis sie endlich, ziemlich aus der Puste gekommen, auf der Höhe des Dachstuhles die drei kleinen Wohnräume des Turmhüters erreichten. Von der schwindelnden Höhe aus war der Ausblick über die Dächer der Stadt umwerfend.

„Wie klein doch die Menschen da unten sind!", entfuhr es Francis. Hennes war der Ausblick von dieser Höhe unheimlich. Seine verschwitzten Hände zitterten. Der Glöckner läutete noch. Jakob Schmidt war gleichzeitig Küster und Turmwächter in den Diensten der Stadt und somit einer der bestbezahlten Bediensteten des Bürgermeisters, schließlich hatte der Türmer die Stadt vor Feuer- und Feindgefahr rechtzeitig zu warnen. Georg stellte den Korb mit Brot und Gemüse auf dem einzigen Tisch ab. Endlich verstummte der Glockenlärm.

„Kommt mit, wir steigen zu den Glocken hinauf", meinte Georg.

„Hallo, ist da jemand?", rief eine tiefe, laute Stimme.

„Vater, ich bin es, Georg. Wir kommen zu dir rauf."

Sie kletterten eine verdreckte Holzleiter hinauf. Hennes ekelte sich vor dem Taubenkot und dachte an die pickenden Tauben am Hauptportal. Francis dagegen ergriff mutig die Sprossen. Er war nur darauf bedacht, die steile Leiter irgendwie hinaufzukommen, die für seine kleinen Beine nicht gerade geschaffen war. Dabei wischte er mit seiner wollenen Kutte den Taubendreck ab, aber das störte ihn nicht. Dann standen sie vor dem Geläut, das eben noch so gewaltige Klänge hatte erschallen lassen. In der mächtigen Marienglocke hätte Francis bequem stehen können.

„Der Türmer ist dein Vater?"

Georg nickte kurz. Ein stämmiger, bärtiger Mann in einem abgewetzten, braunen Wams und einer wollenen Mütze erwartete sie.

„Wen hast du denn da mitgebracht?"

„Das sind meine Freunde Hennes und Francis. Sie wollen sich mal umsehen."

„Na, dann kommt, ich zeige euch die Glocken, wenn ihr schon mal hier oben seid. Aber passt auf, wohin ihr tretet."

Die gewaltigen vier Glocken, je zwei auf jeder Etage, beeindruckten Hennes und Francis so sehr, dass sie sich nicht sattsehen konnten. Mit einem kleinen Hammer schlug der Glöckner die größte Glocke an und entlockte ihr einen dumpfen, sehr lauten Ton. Hennes hielt sich instinktiv die Ohren zu.

„Jetzt könnt ihr euch vorstellen, welchen Lärm die Glocken machen, wenn sie alle auf einmal läuten."

„Kann ich mit meinen Freunden rübergehen zur Sturmglocke?", fragte Georg seinen Vater.

„Wenn ihr mir versprecht, vorsichtig zu sein, meinetwegen. Und nur einer auf der Leiter, nicht alle drei auf einmal. Das Holz ist schon morsch! Georg, du gehst voran und hast ein Auge auf die beiden!"

Über die hölzerne, stockdunkle Brücke, die beide Kirchtürme unterhalb der Dachhauben in luftiger Höhe miteinander verband, tasteten sie sich an der Hand fassend hinüber zum nördlichen Turm. Noch einige Stufen abwärts, dann standen sie vor der alten, ofenschwarzen Sturmglocke. Ein Schauder ging von ihr aus. Hatte sie doch die ungeheuere Feuersbrunst vor dreihundert Jahren verkündet, die halb Lympurg in Schutt und Asche gelegt hatte, so als ob ein Meteor vom Himmel gefallen sei. Auch die verheerenden Wasserfluten hatte sie angekündet, die das Vieh aus den Ställen schwemmte. Ebenso die fürchterlichen Stürme, die über die Stadt brausten. Sie läutete auch beim Erdbeben, das die Bevölkerung in wahnsinnige Angst versetzt hatte, so dass sie vor den Toren in rasch aufgeschlagenen Zelten ausgeharrt hatte.

„Hier seht ihr die Zuckerhutglocke, man nennt sie Sterm. Sie ist schon vierhundert Jahre alt und hat einen eigenen, verschleierten Klang, damit man sie gleich erkennt, wenn kriegerische Gefahr droht“, erklärte Georg. „Wollen wir noch eine Etage tiefer steigen? Dann kommen wir in den Raum, in dem die Soldaten Wache gehalten haben. Aber ich weiß nicht, ob noch jemand da unten ist.“

„Mir ist schon etwas mulmig“, meinte Hennes mit aschfahlem Gesicht. „Lasst uns lieber wieder hinuntergehen.“

An diesen Tagen läuteten alle Glocken dreimal eine Stunde lang, die Menschen tanzten in der Stadt und sangen ein *Te Deum Laudamus*.

II

Das Unglück ereignete sich in einer lauen Sommernacht des folgenden Jahres. Die schlafenden Mönche wurden von einem hellen Glockenschlag zur Vigil geweckt. Francis hatte den ganzen Tag im Garten gearbeitet, Kräuter gepflückt, Unkraut auf den Komposthaufen gekarrt, zum Schluss noch Wasser aus dem Klosterbrunnen geschöpft und die Pflanzen gegossen. Bruder Ludolf ließ ihn allein, er konnte sich auf Francis verlassen. Nur gelegentlich schaute er dem fleißigen Jungen zufrieden zu und zog sich dann in seine Scheune mit seinem Likör zurück. Natürlich war Francis hundemüde. Der nächtliche Glockenschlag riss ihn aus seinem tiefen Schlaf. Sein klösterlicher Ziehvater ermahnte ihn, zur Vigil aufzustehen. So trottete er mit schlafverklebten Augen den Klosterbrüdern im Kreuzgang hinterher. Kein Wunder, dass er den Mönchen nicht folgen konnte. Er erreichte die schwere Eichentür zur Sebastianskirche zu spät, die Franziskaner waren bereits in das Gotteshaus eingetreten. Die Tür fiel gerade zu. Er beeilte sich, sie noch aufzuhalten, aber sie war zu schwer für ihn. Das Tor fiel ins Schloss und zerquetschte den kleinen Finger seiner rechten Hand. Er schrie auf vor qualvollen Schmerzen. Bruder Ludolf drückte erschrocken die Tür wieder auf. Francis saß wimmernd am Boden und hielt seinen rechten Arm vor der Brust verschränkt. Inzwischen war auch der Guardian auf das Unglück aufmerksam geworden und wies den Klostermedicus Ansgar an, den Kleinen zu versorgen.

„Das sieht ganz nach einen Bruch aus; der Finger ist verdreht, die Knochen sind zersplittert. Ich gebe ihm etwas von der *Tinctura Laudanum* zu trinken, einem Gebräu aus Weidenrinden mit einer Spur Opiumsaft, das lindert zunächst seine Schmerzen. Anschließend werde ich den Finger mit in Eiweiß getränkten Leinentüchern an den Ringfinger fixieren. Mehr kann ich nicht für den armen Jungen tun."

Bruder Ludolf trug Francis zurück ins Dormitorium. Dort behandelte der Arzt den Finger, während die anderen Mönche die *Nocturnen* beteten und eine *Oration* für Francis einschlossen.

Am nächsten Morgen wachte Francis mit großen Schmerzen, Kopfweh und einer verbundenen Hand auf. Hennes strich ihm mitfühlend über die Haare.

„Was ist mit meiner Hand?", schluchzte Francis.

„Dein kleiner Finger ist zwischen die Tür und das Schloss gekommen und gebrochen. Es wird wohl Wochen dauern, bis die Knochen wieder zusammenwachsen. So lange musst du tapfer sein. Ich werde dir einen Kräutersaft gegen deine Schmerzen mischen", klärte ihn Bruder Ludolf auf.

Tränen kullerten seine Wangen hinunter. Hennes wollte ihm ein Brot mit Honig reichen, doch Francis mochte nichts essen. So verbrachte Francis den ganzen Tag mit seinem Freund im Dormitorium. Ab und zu schauten Bruder Ludolf und der Medicus vorbei und verabreichten ihm einen ekligen Heilsaft. Hennes erzählte gruselige Märchen von Hexen, Werwölfen und bösen Geistern, um Francis von seinen Schmerzen abzulenken. Die meisten Geschichten hatte er von Georg gehört, der sich einen Spaß daraus machte, Schrecken und Grauen in plastischen Bildern auszumalen.

Der Guardian wies Bruder Ludolf an, in den nächsten Tagen beim Essen aus dem Buch Moses vorzutragen, die Stelle, die auch *Levitikus* genannt werde und Verhaltensregeln für Priester enthalte. Daran schloss sich eine Predigt des Guardians an, in der er die fürsorgliche Obhut für die Kinder anmahnte. Deutlicher konnte der Guardian sein Missfallen über die vernachlässigte Aufsichtspflicht seines Bruders Ludolf nicht vortragen.

Ein paar Tage später tollte Francis bereits mit dem Arm in der Schlinge im Klostergarten herum, zerrieb die Blätter seines geliebten Fingerhutes und schnupperte daran. In dieser Zeit der Untätigkeit besuchte er jeden Tag Bruder Ansgar, schaute ihm zu, wie er seinen Verband wechselte und neue Salben auftrug. Dabei entdeckte er zum ersten Mal sein Interesse an der Heilkunst. Gewöhnlich wandten sich die Bürger mit ihren Zipperlein ans

Kloster. Sie hätten auch das städtische Hospital in der Nähe des Diezer Turms außerhalb der Mauern aufsuchen können. Doch die dort praktizierenden Ärzte genossen keinen guten Ruf. Nur wenn eine stationäre Behandlung unvermeidbar war, bat man sie um Hilfe. Normalerweise ging man früher zum Bader, aber die Badstuben waren auf Anordnung der Stadtväter während des Krieges geschlossen. Die herumziehenden Chirurgen, Zahnbrecher und Quacksalber erfreuten sich dagegen großer Beliebtheit auf den Jahrmärkten, auch wenn sie hohe Standgebühren zu entrichten hatten. Aber ihr Geschäft war einträglich, priesen sie doch in bühnenreifen Darbietungen ihre Wundermittel an. Die selbst ernannten Wanderärzte verstanden zwar nicht viel von der Medizin. Umso mehr aber vom Verkauf ihrer Wunderdrogen, deren angebliche Heilwirkung sich erst zeigte, wenn sie sich aus dem Staub gemacht hatten.

So blieb den Kranken nur der Gang ins Kloster. Bruder Ansgar versorgte sie, meistens ohne auch nur einen Albus zu fordern. Dafür dankten ihm die Kranken mit Eiern, Hühnern oder Wein. Der Klostermedicus war nicht nur für seine Großzügigkeit bekannt, sondern vor allem für sein Können. Bruder Ansgar stammte vom Rhein, aus Oberwesel. Seine Eltern und seine sechs Geschwister lebten im Schatten der mächtigen Schönburg. Der Vater befand sich im Dienst der Franziskaner, die schon seit vierhundert Jahren in Oberwesel beheimatet waren. Er war für die klösterlichen Weingärten zuständig, fromm und überaus streng. Schon als kleinen Buben schickte ihn sein Vater in den Weinberg und anschließend noch in die aus roten Backsteinen gebaute Stiftskirche Unser lieben Frau. Dein Leben sei mit harter Arbeit und frommen Gebeten ausgefüllt, war die Devise seines Vaters. Die prunkvolle Ausstattung des Gotteshauses und die feierlichen Messen beeindruckten den Kleinen so sehr, dass er überglücklich war, als ihn seine Eltern ins Franziskanerkloster brachten. Neun Mäuler zu stopfen und zusätzlich das Hauspersonal zu füttern, war keine leichte Aufgabe für seine Eltern. Da legte sein Vater ein gutes Wort beim Klosterabt ein, um seinen Jüngsten bei den Mönchen unterzubringen. Im Kloster sei man sicher dem Himmel ein Stück näher, und das Kirchenleben sei angenehmer; genau das, was er sich erträumte, dachte er damals.

Ansgar sollte sich nicht getäuscht haben. Das Klosterleben liebte er mit jedem Tag mehr. Die klösterliche Disziplin, der geregelte Tagesablauf störten ihn nicht. Im Gegenteil, er fügte sich und lernte von klein auf, sein Leben in den strengen Dienst des Klosters und des allmächtigen Herrn zu stellen. Der Abt erkannte seine ausgesprochene Zuneigung zur Heilkunde und schickte ihn nach dem Klostergelübde zum Medizinstudium auf die Universität nach Trier. Danach war er im Rahmen der allgemeinen Caritasdienste für das *Infirmarium*, den Krankensaal der Mönche, das *Hospitium* für die Pilger und für das *Hospitale pauperum* der armen Leute zuständig. Eines Tages bat der Kurfürst von Trier den Abt, einige Brüder dem Kloster in Lympurg zu überstellen, da er beabsichtige, es auszubauen. Ansgar folgte dem Ruf, damals einundzwanzigjährig. Nun lebte der stets hinter seiner Hornbrille verschmitzt lächelnde Medicus schon siebzehn Jahre lang im Barfüßerkloster zu Lympurg. Seine Brüder schätzten ihn, nicht nur wegen seines rheinischen Humors, seiner trinkfesten Geselligkeit und seiner Hilfsbereitschaft, sondern auch wegen seiner Bildung und Weisheit.

Zwei verdreckte Gestalten schleppten einen alten Mann herein. Seine Kleidung war zerlumpt, und er stank nach Kuhstall. Die Patienten erschraken und wichen ängstlich zur Seite. Bruder Ansgar verband gerade eine blutende Stirnwunde. Francis saß in der Ecke und beobachtete aufgeregt das Treiben.

„Medicus, helft ihm, er stirbt!“, rief der jüngere Knecht mit seiner verdreckten Mütze über den klebrigen Haaren, der andere prokelte aus Angst in seinen Zahnstummeln herum. Sie hievten den leblos wirkenden Mann, ohne lange zu fragen, auf die Liege. Eine dort sitzende Patientin sprang empört herunter und zerrte verstört ihr braunes Leinenhemd zurecht, das sie für den Medicus hochgeschoben hatte.

„Wer ist der Mann?“, fauchte Ansgar die Knechte an.

„Bauer Heinrich, von Creuch. Wollt Ihr uns abweisen?“

„Nein, bleibt hier. Was fehlt ihm?“

„Er hat Fieber und Schmerzen.“

Der Medicus sah ihm prüfend ins aschfahle Gesicht und die glasigen Augen. Dann fuchtelte er wild mit den Armen, als wolle er Hühner wegscheuchen:

„Alle sofort raus hier, auch du, Francis. Lasst mich mit dem Mann allein. Er könnte eine ansteckende Krankheit haben. Kommt morgen wieder. Die Knechte bleiben."

Fluchtartig verließen die Hilfesuchenden das Kloster und rannten in Panik davon. Francis wollte voller Neugier zuschauen, aber Ansgar packte ihn unsanft und zerrte ihn hinaus: „Geh in den Garten, hier kannst du nicht bleiben!"

Dann zog er einen langen, schwarzen Wachstuchmantel an, streifte sich Handschuhe über und setzte eine schwarze Gesichtsmaske mit einem sonderbaren Adlerschnabel auf, die sein Gesicht verdeckte und nur zwei Augenschlitze offen ließ. Der Pestmantel, so glaubten die Gelehrten der medizinischen Fakultät, schütze den Arzt vor den gefährlichen Miasmen und verhüte, den tödlichen Pesthauch einzuatmen.

„Seit wann hat er die Schmerzen?"

„Schon seit einer Woche. Gestern hat er dann das Bewusstsein verloren."

„Streift ihm das Oberkleid ab", befahl er barsch den Knechten. Sein anfänglicher Verdacht bestätigte sich: Der Körper war übersät mit fleckigem Ausschlag, das hohe Fieber war auch ohne zu fühlen zu erkennen. Ein übler, fauliger Geruch stieg ihm in die Nase.

„Der Mann hat Läusetyphus, auch Fleckfieber genannt. In seinem Wams haben sich die Kleiderläuse eingenistet und ihn so zugerichtet."

„Kannst du ihn retten?"

„Ihn vielleicht nicht mehr, aber euch, denn ihr seid sicher schon angesteckt."

„Ihr macht uns Angst, Mönch. Vor drei Wochen ist die Bäuerin verstorben. Auch sie hatte über Fieber und Schmerzen geklagt. Seid Ihr sicher, dass er stirbt? Und warum soll uns das gleiche Schicksal drohen?"

„Wann habt ihr eure Kleider das letzte Mal gewaschen? Juckt es euch nicht, wenn ihr euch zum Schlafen hinlegt?"

„Wir arbeiten von früh bis spät, da kommen wir nicht aus den Klamotten. Und hat nicht jeder mit dem Ungeziefer zu tun?"

„Flöhe, Wanzen, Läuse sind bei Gott nicht harmlos. Sie stellen eine tödliche Gefahr dar. Der Läusetyphus ist ansteckend wie die Pestilenz. Vermeidet jede unnötige Berührung mit dem Körper des Bauern. Geht jetzt erst einmal zu Bruder Ludolf in den Kräutergarten. Er soll euch getrockneten Hanf, Thymian und Koriander geben. Lasst mich mit dem Kranken allein. Geht, geht."

Das arme, ausgemergelte Bäuerlein starrte ihn mit müden, glasigen Augen an. Ahnte er, dass es um ihn geschehen war, wie damals um die Bäuerin? Seine Hände zitterten und suchten den schwarzen Mantel zu fassen. So als habe er den leibhaftigen Gevatter Tod vor sich, den er nun um Gnade und Aufschub bitten wollte. Ansgar wich ihm aus und holte aus der Schublade des Schränkchens einen Becher mit Krankensalbe. Ein Blick genügte ihm, um festzustellen, dass der Bauer nicht in der Lage war, zu beichten und die eucharistische Wegzehrung zu empfangen. So salbte er die Stirn des sterbenden Mannes und sprach:

„Durch diese heilige Salbung und seine mildreichste Barmherzigkeit lasse dir der Herr nach, was immer du gesündigt hast. Amen."

Mitten im Segen kehrten die Knechte mit einem Sack voller Kräuter zurück.

„Was habt Ihr mit ihm gemacht?", fragten sie.

„Seine Seele gerettet. Mit der Letzten Ölung kann er nun mit reinem Gewissen vor Gott treten. Mehr kann ich nicht für ihn tun. Bringt den Bauern sofort in Quarantäne ins Hospital bei der Annakirche. Nicht zurück auf den Hof, das wäre euer Todesurteil."

„Wofür haben wir dann die Kräuter geholt?"

„Sie sind für euch bestimmt. Daheim schmeißt ihr sofort das Stroh aller Bettlager fort und füllt sie mit frischem Stroh. Dann mischt ihr den Thymian und den Hanf unter, das vertreibt das Ungeziefer. Die Bettwäsche müsst ihr auskochen, ebenso eure Kleider, besser noch ihr verbrennt alles. Dann zieht euch frische

Wäsche an. Zuvor müsst ihr aber ein heißes Bad nehmen, in das ihr die Korianderkräuter legt. Wascht euch gründlich, vor allem die Haare am Kopf, die Bärte und wo ihr sonst noch Haare habt. Ich gebe euch noch Koriandersaft. Davon nehmt ihr abends einen Schluck, aber nicht mehr, bis das Fläschchen leer ist. Zusätzlich betet ihr täglich ein Vaterunser."

„Mein Gott, was haben wir nur verbrochen, dass er uns so straft. Haben wir denn nicht genug gelitten unter den schwedischen Soldaten, die uns das Vieh stahlen? Bitte betet für uns, für die Bäuerin, Gott hab sie selig, für den sterbenden Bauern und auch für uns."

„Ich werde für euch beten, versprochen, aber noch könnt ihr euch selbst helfen. Nun geht mit Gott."

Abrupt entließ er sie in ihr Schicksal, er schmiss sie förmlich hinaus. Die wollene Decke auf der Liege, auf welcher der Kranke gelegen hatte, verbrannte er. Dann wusch er sich gründlich und nahm vorsorglich einen Schluck seines Heilsaftes. Anschließend räucherte die Stube mit Weihrauch aus, um die Miasmen zu vertreiben, die unheilbringenden Dünste der Erde.

12

Enttäuscht, dass sich Francis immer öfter beim Medicus Ansgar aufhielt und Hennes im Scriptorium verschwand, widmete sich Bruder Ludolf wieder allein seinem Kräutergarten. Sorgfältig entfernte er die von Krankheiten befallenen Pflanzen, schnitt die gesunden Kräuter ab, legte sie behutsam in einen Korb und breitete sie dann an einem schattigen Platz zum Trocknen aus. In der prallen Sonne würden sie verdorren und ihre Heilkräfte verlieren. Auch wusste er genau, wann die Kräuter ihre Wirkung in voller Intensität entwickelten, zu welchem Zeitpunkt und bei welcher Mondphase er ernten durfte. Manche Kräuter verloren des Nachts ihr Aroma, wurden stumpf und waren für Heilzwecke nicht zu gebrauchen, wenn er sie zur falschen Zeit schnitt. Immer öfter gönnte er sich eine Pause, setzte sich auf die Holzbank vor dem Lagerhaus unter eine ausladende Linde und nippte an einem Zinnbecher mit seinem Magenbitter, der auch bei seinen Brüdern als „Bruder Ludolfs Bitterling" geschätzt wurde. In den Mußestunden dachte er viel über sein Leben nach. Über seine Kindheit in der sechsköpfigen Familie, über den ärmlichen Bauernhof, die harte Arbeit im Feld. Seine sechs Jahre ältere Schwester Elsbeth passte auf ihn auf; sie erzog ihn. Ob er eine Last für sie gewesen war? Sie müsste jetzt bereits über sechzig sein, ob sie wohl noch lebte? Im Alter von sieben Jahren brachte ihn sein Vater ins Kloster. In den ersten Jahren besuchte ihn Elsbeth noch, aber dann riss jeder Kontakt ab. Über vierzig Jahre lang führte er nun ein geordnetes, sorgenfreies und abgeschirmtes Leben. Die strengen Regeln des Ordens waren ihm in Fleisch und Blut übergegangen. Niemals empfand er sie als Bürde oder Bewährung für ein späteres Leben nach seinem Tod, sondern als Chance, sich einen ehrenvollen Platz im Himmel zu sichern. Zudem war er von ernsthaften Krankheiten verschont geblieben. Abgesehen von einer Rückenverkrümmung, die man bei Frauen als Witwenbuckel bezeichnete. Aber dagegen war kein Kraut gewachsen.

Gleichwohl plagten ihn Sorgen. Nach der Laudes hatte ihn der Guardian Pater Phillip Högel zur Seite genommen. Er hatte ihm eröffnet, Franciscus sei nun alt genug, um das Kloster zu verlassen und in einer bürgerlichen Familie aufzuwachsen. Der Orden vermöge nur einen Novizen zu behalten, und das wäre Hennes. Der stelle sich sehr geschickt im Scriptorium an. Ludolf möge überlegen, wohin Franciscus gehen solle. Der Gedanke ließ ihn frösteln. Wieder einmal bestätigte sich, dass man seine Gefühle für einen lieb gewonnenen Menschen erst dann richtig einordnen und erleben kann, wenn man ihn zu verlieren droht. Mit den beiden Kindern hatte Gott ihm die Gnade geschenkt, zu spüren, welches Glück väterliche Liebe bedeuten konnte. Es behagte ihm gar nicht, das künftige Schicksal von Francis in seinen Händen zu sehen. Wer würde ihn aufnehmen? Francis war handwerklich begabt, von kräftiger Statur, belastbar und von rascher Auffassungsgabe. Eine Handwerksfamilie wäre sicher der richtige Platz für ihn. Doch als unehelich Geborener war ihm jede zünftige Lehrstelle versagt. Kein Zunftmeister würde wohl von den strikten Regeln abweichen. Andererseits war Francis klug genug, seinen eigenen Weg zu finden. So blieb nur übrig, eine gottesfürchtige, umsorgende Familie zu finden, die ihm ein gutes Zuhause geben konnte. Er nahm noch einen Schluck seines Magenbitters, kaute danach einige Petersilienblätter, um die Atemluft zu reinigen. Dann machte er sich auf den Weg zu Bruder Ansgar. Der hatte mehr Kontakt zu den Bürgern, kannte sich in der Stadt aus. Bruder Ansgar nahm gerade den Verband von Francis' Hand ab. Was darunter zum Vorschein kam, behagte ihm gar nicht.

„Gut, dass du kommst, Bruder Ludolf. Wir haben ein ernstes Problem", meinte er und bedeutete Ludolf, sich den Finger genau anzusehen. Der kleine Nagel war fast schwarz, aber das sei doch nicht ungewöhnlich bei Quetschungen, gab er ihm zur Antwort. Doch dann drehte Ansgar den Finger um: Die Fingerkuppe war ebenso schwarz bis zum Gelenk. Ansgar gab ihm ein Zeichen mit dem Kopf. Ludolf solle ihm nach draußen folgen. Der Finger sei nicht durchblutet. Er sterbe langsam ab, stellte er fast entschuldigend fest. Als einzigen Ausweg sehe er nur, das letzte Fingerglied zu amputieren. Und das möglichst bald, damit der Wundbrand nicht fortschreite. Ludolf spürte einen stechenden Schmerz in seiner Brust. Seine grauen Haare sträubten sich. Er rang nach Luft, ein kalter Schauer lief seinen gekrümmten Rücken hinunter. Auch das noch!

„Gibt es keinen anderen Weg als die Verstümmelung?"

13

Ansgar führte das Skalpell, Ludolf assistierte ihm. Das zarte Fingerglied war schnell abgetrennt, die Wunde wurde mit siedend heißem Öl verschlossen und verbunden. Francis schlief derweil und kämpfte im Traum mit den bösen Dämonen, die nach seiner Seele trachteten. Dank der starken *Tinctura Laudanum* musste der arme Francis bei der Operation im Kloster keine Schmerzen leiden. Sie stellten sich erst später ein. Wieder war Francis für die nächsten Tage ins Dormitorium verbannt. Wieder leistete ihm sein mitfühlender Freund Hennes Gesellschaft.

Bruder Ludolf suchte noch einmal den Medicus auf. Er musste doch sein Problem mit ihm beraten, das ihm zum ersten Mal den Schlaf raubte. Vorsorglich hatte er ein Fläschchen Magenbitter mitgenommen. Der schärfte die Gedanken.

„Muss es denn wirklich sein, den Francis aus dem Kloster zu schaffen? Ich hatte mir schon vorgestellt, in ihm einen Helfer zu finden. Der Junge stellt sich geschickt an", ereiferte sich Ansgar.

„Den Guardian werden wir nicht umstimmen können. Seine Entscheidung nimmt er niemals zurück. Schon aus Prinzip, das weißt du auch. Lass uns lieber darüber nachdenken, wem wir Francis anvertrauen."

Eine Zeitlang saßen sie stumm beisammen und nippten genüsslich an dem Bitterling.

„Vielleicht käme der Lohgerber Wilhelm Emmerich in Betracht", brach der jüngere Klosterbruder mit zaghaft leiser Stimme das Schweigen.

„Francis bei den Lohgerbern? Das meinst du doch nicht ernsthaft. Francis in das stinkende Armenviertel zu verbannen. Nein, das bringe ich nicht übers Herz."

„Sicher ist das nicht die beste Adresse Lympurgs, aber ich kenne die Familie: gottesfürchtig, ehrbar, von Grund auf solide. Vor sechs Jahren hat Emmerich seinen Sohn durch eine tragische Krankheit verloren. Vom Alter her würde Francis ihn ersetzen können. Frau Emmerich war nach der Geburt ihres zweiten Sohnes vor vier Jahren bei mir in Behandlung. Sie kann keine Kinder mehr bekommen."

„Was war das für eine Krankheit?"

„Der Junge hatte Milzbrand."

„Milzbrand, die typische Infektionskrankheit der Gerber? Nein, ein solches Schicksal möchte ich Francis nicht zumuten."

„Nun mal den Teufel nicht an die Wand. Francis hat eine robuste Konstitution. Bei ihm sehe ich kein übermäßiges Gesundheitsrisiko."

„Ich hatte mir eher eine wohlsituierte Kaufmannsfamilie vorgestellt und nicht einen Handwerker, der am Hungertuch nagt."

„Ein reiches Elternhaus willst du für ihn? Und welcher Kaufmann würde ein Findelkind aufnehmen, unehelich geboren, ohne bürgerliche Rechte? Glaubst du wirklich, ein ehrbarer Tuchhändler würde jemals seine Zustimmung geben, einen Bastard in seine Familie zu holen?" Wieder nahmen sie schweigend einen Schluck des bekömmlichen Kräuterlikörs.

„Und dieser Emmerich hat einen guten Leumund?"

„Der Zunftmeister verbürgt sich für ihn. Er sei der Beste unter den Gerbern."

Am nächsten Morgen, die Sonne brannte schon unbarmherzig und ließ einen schwülheißen Tag erwarten, machte sich Pater Ludolf auf den kurzen Weg durch die Stadt hinunter ins Löhrviertel. Er könne sich ja den Emmerich mal ansehen. Vorbei am Fischmarkt, der seine Nase schon ziemlich strapazierte, gelangte er zu den Gerbern in der Nähe des Lahnufers und des Katzenturms. Sein Geruchssinn wurde auf eine harte Probe gestellt. Es stank ekelerregend nach Abtritt, fauligen Häuten und beißender Lohe. Einen Augenblick überlegte er, umzukehren. Nein, das konnte er seinem Francis wahrhaft nicht zumuten. Das Viertel war nicht umsonst an den Stadtrand verbannt, aber immerhin noch innerhalb der Stadtmauern.

Nachdem er die enge Löhrgasse hinuntergegangen war und den breiten Stadtgraben überschritten hatte, stand er vor dem

Haus des Emmerichs. So wie es ihm Bruder Ansgar beschrieben hatte. Das dreigeschossige Fachwerkhaus mit dem Stall war größer, als er es vermutet hatte. Im Schieferdach waren offene Luken zu erkennen. Wahrscheinlich befand sich dort der Trockenboden für das fertige Leder. Noch unschlüssig starrte er auf das Zwerchhaus, den kleinen Giebel über dem Hauserren. Ein Junge streckte sein blasses Milchgesicht neugierig aus dem winzigen, offenen Fenster heraus: Das musste wohl Emmerichs Sohn sein.

„Wohnt hier der Gerbermeister Emmerich?", rief Ludolf hinauf.

„Ja, warum?", hallte es zurück. Ludolf öffnete entschlossen die Haustür, wobei er zu seinem Erstaunen bemerkte, dass ihn der beißende Gestank nicht mehr störte.

Ein leichter Luftzug strömte ihm in der offenen Tür entgegen. Die Gerberei im Erdgeschoss schien menschenleer zu sein, aber überraschend aufgeräumt und sauber. Dann hörte er ein Hantieren aus einem Nebenraum. Eine junge Magd kniete vor dem Herd und schürte das offene Feuer an. Sie erschrak, als der barfüßige Mönch in seiner braunen Kutte wie aus heiterem Himmel vor ihr stand.

„Ist der Gerbermeister im Haus?"

„Der muss oben sein in der Zurichtstube, ehrwürdiger Vater", meinte sie, machte einen flüchtigen Knicks und wies auf die einfache Stiege hin. Meister Emmerich arbeitete am Falzbock mit einem zweigriffigen Falzeisen, ein dürrer Mittfünfziger mit krausem Backenbart. Wohl wegen der Hitze arbeitete er unter seiner ledernen, gelben Latzschürze mit freiem Oberkörper, der von zahlreichen Insektenstichen vernarbt und von der schweren Arbeit gebeugt war. Er legte das Falzeisen zur Seite, wischte sich den Schweiß von der Stirn und zündete sich die Westerwälder Tonpfeife an, die Glut war offensichtlich gerade erloschen.

„Meister Emmerich, Gott zum Gruße", rief Pater Ludolf bereits von der Treppe. Der Meister wunderte sich über den unverhofften Besuch.

„Gott zum Gruße. Ein Barfüßermönch bei mir? Was verschafft mir diese Ehre?"

„Kann ich Euch einen Moment sprechen?“

Emmerich bot ihm einen Schemel an und setzte sich zu ihm. Bruder Ludolf erzählte ihm nun von Franciscus, für den er ein neues Zuhause suche. Auch berichtete er ihm über sein Gespräch mit Bruder Ansgar.

„Ja, meine Frau ist über den Tod unseres ersten Sohnes nicht hinweggekommen, vor allem, nachdem sie keine Kinder mehr bekommen kann. Aber wir haben noch den kleinen Johannes Klas. Ihr sagt, dieser Franciscus ist ein Findelkind? Getauft? Unehelich?“

„Getauft in der Stiftskirche vom Stiftskaplan persönlich. Die Schwestern vom Kloster Bethlehem hatten ihn als Säugling aufgenommen. Wer ihn vor der Klosterpforte abgelegt hat, weiß nur unser Herr.“

„Also doch ein Bastard. Es tut mir leid, aber mehr als fünf Personen kann ich nicht ernähren.“

„Wieso fünf?“

„Neben der Magd Annemarie arbeitet noch der Geselle Willem bei mir. Der wäscht gerade Häute in der Lahn.“

„Aber ein Bettlager hättet Ihr schon für Franciscus, nicht wahr?“

„Sicher, im Zwerchhaus wäre noch Platz. Erzählt mir mehr über diesen Franciscus.“

„Ein aufgeweckter Junge, freundlich, hilfsbereit, handwerklich begabt und zupackend. Ihr hättet mit ihm eine wertvolle Hilfe.“

„Die ich von meinem Klas nicht erwarten kann. Klas ist kurzatmig, nicht belastbar, hockt den ganzen Tag in der Kammer und schaut aus dem Fenster. Er tut mir schon leid.“

„Franciscus könnte sich um ihn kümmern.“

„Ihr wollt ihn mir aufschwatzen. Gewiss wäre ich für eine weitere Hilfe dankbar. Aber ich müsste den Jungen füttern und Kleider kaufen. Nein, das gibt meine Gerberei nicht her. Die Schuhmacher fragen, Gott sei gelobt, wieder verstärkt nach Leder, aber noch nicht ausreichend, selbst für uns nicht.“

„Lasst mich einen Vorschlag machen. Franciscus kann bis zu seinem achten Lebensjahr jede Woche zweimal ins Kloster zum

Unterricht kommen. Meinetwegen kann er Euren Johannes Klas mitbringen. Sie werden bei uns Lesen, Schreiben und Rechnen lernen. Danach erhalten sie ein warmes Essen und ich gebe ihnen zusätzlich einen Laib Brot mit auf den Heimweg. So bekommt Ihr zwei Brote die Woche."

Emmerich wurde sichtlich nachdenklich.

„Und eine Flasche Wein."

„Einverstanden, auch eine Flasche Wein pro Monat."

„Gibt es im Kloster eine Schneiderei?"

Emmerich bestätigte, die Mönche schneiderten alle klösterliche Gewänder.

„Dann sorgt Ihr auch für seine Kleider."

„Gut, ich werde das regeln. Aber was er anzieht, bestimmen wir. Und wie gesagt, das gilt bis zu seinem achten Lebensjahr."

„Und wenn er krank wird, behandelt Ihr ihn ohne Kosten für mich."

„Auch das. Franciscus kann jederzeit Bruder Ansgar aufsuchen, der wird sich über seinen Besuch freuen. Übrigens kennt sich Franciscus gut in meinem Heilkräutergarten aus. Auch der steht ihm jederzeit zur Verfügung."

Emmerich paffte dicke Qualmwolken, ein Zeichen, dass er reiflich überlegte. Bruder Ludolf schwieg und gönnte dem Gerber die Zeit zum Nachdenken.

„Für meinen Klas wäre ein Bruder schon gut. Aber ich muss das noch mit meiner Frau besprechen, die ist noch in der Stadt. Und natürlich will ich mir den Kleinen ansehen. Wollt Ihr einen Becher Bier?" Ludolf war nicht abgeneigt. Während sie die Holztreppe hinunterstiegen, wies Emmerich die Magd Annemarie an, zwei Becher Bier zu bringen. Vor den drei Gerbgruben blieb Pater Ludolf unvermittelt stehen.

„Ich habe noch etwas vergessen. Franciscus muss weiterhin als Ministrant zur Verfügung stehen. Sowohl bei uns in der Sebastianskirche als auch in der Georgskirche. Das ist meine Bedingung, und glaubt ja nicht, für diesen Dienst eine Entschädigung zu erhalten."

„Dann ist der Junge ständig unterwegs und kann mir bei der Arbeit nicht helfen. Also, dann muss ich das noch einmal überdenken.“

Das stark mit Lorbeerblättern gewürzte Bier schmeckte abscheulich. Vom Gerstensaft war rein gar nichts zu schmecken. Ludolf widerte die warme Brühe mit ihrem ekelhaften Geschmack nach Gewürzen, Essig und undefinierbaren Substanzen an. Währenddessen trank Emmerich schon den nächsten Becher in einem Zug aus. War Emmerich ein Säufer? Ludolf musterte sein Gesicht: Tiefe Furchen hatten sich über den buschigen Augenbrauen eingegraben, die spitze Nase war etwas gerötet; markante Falten verliefen von den Mundwinkeln bis in den schwarzgrauen Backenbart. Ludolf meinte, deutliche Anzeichen von Magenproblemen bei ihm zu erkennen. Wer weiß, mit welch aggressiven Kräutern seine Frau das Bier angesetzt hatte. Und dann noch das ununterbrochene Qualmen. Seine im rechten Mundwinkel hängende Tonpfeife hatte schon deutliche Spuren an seiner Lippe hinterlassen. Der Mann war kein abhängiger Trinker, sondern schlichtweg krank.

„Lassen wir uns noch etwas Zeit. Irgendwann wird sich Franciscus bei Euch melden und eine Flasche meines Kräuterlikörs vorbeibringen. Schickt Ihr die volle Flasche wieder zurück, vergessen wir mein Anliegen. Behaltet Ihr sie aber, deute ich das als Eure Zustimmung.“

14

Francis saß mit seiner verbundenen Hand in der Schlinge still in der Ecke des Arztzimmers. An diesem verregneten Tag suchten nur wenige Kranke das Kloster auf. Einer sollte Francis jedoch im Gedächtnis bleiben: Ein edler Herr in feinem Samtwams mit dem Degen an der Seite, einem breitkrempigen Filzhut auf dem Kopf und spitzen, hellbraunen Stiefeln aus weichem Cordobaleder an den Füßen trat in den Raum. Ohne Gruß wandte er sich sofort an Ansgar:

„Pater, ich habe Magenschmerzen. Könnt Ihr mir eine Arznei verabreichen?“

„Gott zum Gruße. Ich bin Pater Ansgar, und wer seid Ihr?“

„Oh, entschuldigt meine Unhöflichkeit. Gott zum Gruße, Pater Ansgar. Ich bin Jacob Ölp, Tuchmacher aus Lympurg.“

„Ihr sagt, Ihr habt Magenbeschwerden. Seit wann?“

„Ehrlich gesagt, schon seit langem. Von einem Wandermedicus habe ich in Franckfurt vor zwei Wochen einen Kräutersaft erhalten, aber die Beschwerden sind nur schlimmer geworden.“

„Habt Ihr denn nicht vom Schicksal des Landgrafen Phillip von Hessen-Butzbach gehört?“

„Nein, warum fragt Ihr?“

„Nun, dem hat ein Quacksalber vor fünf Jahren ein Spiritusbad als Kur verordnet nach wiederholten Schlagflüssen. Es gab eine Explosion, und der Landgraf starb infolge der Verbrennungen. Unfassbar, was diese Wunderheiler anrichten. Was habt Ihr dem Quacksalber für den nutzlosen Kräutersaft bezahlt?“

„Einen Taler und zehn Albus.“

„Seid Ihr bereit, denselben Betrag für das Kloster zu spenden?“

„Wenn Ihr mir versichert, die Schmerzen zu beseitigen...“

„Beim Klostermedicus gibt es keine Garantie, nur die Gewissheit, sorgfältig zu untersuchen und zu therapieren. Wenn Ihr nicht an mein *Curatio* glaubt, sucht lieber einen Quacksalber auf.“

Verwundert nestelte Ölp seinen prall gefüllten Geldbeutel von seinem schwarzen Ledergürtel mit der goldenen Schnalle und knallte einen trierischen Gulden auf den Tisch. Der entsprach zwar nicht dem Reichstaler, wie er in Franckfurt gezahlt wird, aber Ansgar übersah es großzügig.

„Zieht die Schaube aus, legt Euch auf die Pritsche und macht Euren Bauch frei!“

Unter seinem seidenen Unterkleid zeigte sich ein schmächtiger Oberkörper. Die Rippen sprangen deutlich hervor. Mit der Hand drückte Ansgar nun vorsichtig die Magengegend ab, bis der Tuchmacher vor Schmerzen aufschrie. Der Medicus zog die Augenbrauen hoch. Er wiegte mit dem Kopf, so als wisse er die Ursache schon. Ein kluger Medicus runzelt stets zuerst die Stirn. Jacob Ölp stand der Schreck ins Gesicht geschrieben:

„Bin ich ernsthaft krank?“

„Das kann ich noch nicht sagen, Herr Ölp. Nach Galen, dem berühmten Arzt der Antike, sollen sich die vier Körpersäfte Blut, Schleim, gelbe und schwarze Galle im Körper in einem ausgewogenen Verhältnis befinden. So wie die vier Elemente Feuer, Wasser, Erde und Luft auch im Einklang stehen sollen. Das ist bei Euch wohl nicht der Fall. Kann es sein, dass Ihr ein jähzorniges Wesen habt?“

„Was fällt Euch ein? Was hat das mit meiner Krankheit zu tun?“, brauste er auf.

„Wollt Ihr mir meine Frage beantworten oder nicht?“

„Nun, gewiss bin ich ein ungeduldiger Mensch und verliere auch mal meine Contenance.“

„Dachte ich mir doch. Die Körpersäfte bestimmen Euer Temperament. Eine *Abundantia*, der Überfluss der Säfte, oder der *Corruoptio*, die Verdorbenheit der Säfte, führen zu Krankheiten. Ihr habt zweifelsfrei eine *Abundantia* von gelber Galle. Sagt mir noch, was Ihr normalerweise esst.“

„Ich kann mir jeden Tag Fleisch leisten, scharf gewürzt mit Pfeffer, Muskat und Ingwer.“

Bruder Ansgar drückte derweil seien Daumen tief in die Magengrube. Der Patient schrie:

„Seid Ihr des Teufels? Wie könnt Ihr mir so wehtun?"

Doch Ansgar wies ihn unbeeindruckt mit ruhiger Stimme an, sich wieder anzuziehen. Dann nahm er ein Buch mit dem Titel *Causae et Curare* zur Hand und zitierte daraus, wobei er den lateinischen Text übersetzte:

„Dass manche Menschen an verschiedenen Krankheiten leiden, kommt vom Phlegma, das in ihnen im Überfluss vorhanden ist. Das Phlegma bildet im Magen eine kalte Feuchtigkeit, welche die guten Kräuter und Früchte schädigt. Wenn die verschiedenen Phlegmen durch unmäßiges Essen und Trinken geschüttelt werden, dann sprudeln sie auf wie Wasser, das im Warmbad auf das Feuer gestellt wurde, und versenden gleichsam feurige Tropfen und schießen sie wie Pfeile in Euer Fleisch, in Euer Blut und Eure Adern. Wer diese Veranlagung hat, braust öfters im Zorn auf, vergisst ihn aber rasch wieder, weil er die Gutmütigkeit liebt."

„Mein Gott, das hört sich nicht gut an. Wer hat denn so einen Unsinn geschrieben?"

„Das Buch stammt von der Klosterfrau Hildegard von Bingen aus dem zwölften Jahrhundert. Auch heute noch gilt es als wichtiges Lehrwerk für uns Mediziner."

„Schluss mit der Theorie. Ich will kein Medicus, sondern gesund werden. Also, was gebt Ihr mir zur Linderung meiner Qualen?"

„Euer Bauchweh hat eine Ursache. Wenn sie nicht beseitigt wird, bleiben die Schmerzen. Auch wenn sie mit Medizin erträglich werden. Ihr seid dürr am Körper, aber ein Schlemmer beim Essen. Zudem esst Ihr zu scharf. Aus diesem Grund gibt Euer Magen den Eingeweiden zu viel Feuchtigkeit. Die Speisen bewegen sich ständig hin und her und werden nicht gar, sondern verhärten, verfetten und verursachen so die Magenschmerzen. Fett und Öl lösen dann im verschleimten Magen Geschwüre aus. Und genau das ist bei Euch der Fall: Ihr habt einen Ulcus."

„Mein Gott, könnt Ihr ihn behandeln?", fragte er kleinlaut.

„Natürlich, aber das geht nicht mit einer Medizin, Jacob Ölp. Ich muss Euch zur Ader lassen, um den schädlichen Schleim und den Verdauungssaft zu beseitigen."

„Einverstanden, soll ich meinen Arm freimachen?"

„Nein, nicht heute. Der Aderlass soll bei abnehmendem Mond erfolgen, nur dann trennen sich die faulen Säfte vom Blut. Kommt in fünf Tagen wieder. Bis dahin verzichtet Ihr auf den Pfeffer. Der ist zu scharf und schadet Euch, weil er Euer Blut austrocknet und Euer Fleisch abmagern lässt. Vermeidet auch grobes Brot, frisches Obst sowie Käse und gebratene, fette Speisen. Stattdessen esst Ihr Weizenbrot, das Ihr in eine Brühe tunkt, junge Hühner und leichte Fischgerichte, so wie es auch bei uns Mönchen der Brauch ist, und lasst das Fleisch der Vierbeiner weg. Wenn Ihr wollt, könnt Ihr die Speisen mit Ingwer und ein wenig Muskat würzen."

Dann wandte er sich an Francis, der der Untersuchung wissbegierig folgte, und gab ihm einen Zettel für Bruder Ludolf, er möge die genannten Kräuter zusammenstellen.

„Mein junger Assistent wird Euch jetzt einige getrocknete Kräuter aus dem Herbularius holen: Ackerwurz, Kamille, Salbei, Leinsamen, Pfefferminze, Süßholz, Weißkohl und Weizen. Die Kräuter zerreibt Ihr in einem Mörser und kocht sie in einem Liter von gutem, ungewürztem Wein auf. Dann seiht Ihr den Sud durch ein Tuch. In den nächsten fünf Tagen trinkt Ihr davon jeweils einen Becher morgens auf nüchternen Magen und abends vor der Bettruhe. Aber erwärmt den Saft, der Magen wird es Euch danken. Habt Ihr mich verstanden?" Ölp nickte gehorsam.

„Gut, noch etwas: Ihr solltet bis Mittag nichts essen, damit der Absud in Ruhe wirken kann. Bleibt lieber noch im Bett und legt Euch abwechselnd auf die Seite und den Rücken für die Dauer eines Vaterunsers und eines Ave Marias. So werden die Magenwände mit dem Heilsaft besser ausgekleidet. Schließlich kann ich den Ulcus nicht genau lokalisieren."

„Ihr wollt mich kasteien, Pater Ansgar. Kein Pfeffer, kein gebratenes Fleisch, kein Käse. Ich kann doch nicht nur von Brotbrühe und Fisch leben."

„Lasst die Nahrung Eure Medizin sein und die Medizin Eure Nahrung, sagt Hippokrates. Aber macht, war Ihr wollt. Befolgt Ihr aber meinen Rat, dann werdet Ihr schon nach fünf Tagen eine Linderung verspüren. Ihr werdet schon nicht verhungern."

Francis kehrte mit einem Sack voller Kräuter zurück und meinte verschmitzt mit geröteten Ohren:

„Bruder Ludolf verlangt für die vielen Kräuter einen halben Gulden, hat er gesagt."

„Ihr wollt mich ausnehmen. Ihr meint, von mir kann man es ja einheimsen. Das Kloster zockt genauso ab wie der gierige Kurfürst von Trier. Alles das gleiche Pack, nur auf seinen Reibach bedacht", schimpfte der Edelmann mit hochrotem Kopf und machte Anzeichen, zu gehen. Bruder Ansgar wies in ruhiger Stimme den Francis an, er möge die Kräuter wieder zurückbringen, und meinte zu Jacob Ölp, er könne sich die Kräuter auch in der Apotheke besorgen.

„Bleib hier, Junge, ich nehme die Kräuter." Er warf das Geld unwirsch auf den Tisch und verschwand mit einem derben Fluch auf den Lippen.

„Francis, du Schlitzohr, warum hast du gelogen? Bruder Ludolf würde niemals einen halben Gulden für die Kräuter verlangen. Du musst ihm deine Sünde beichten."

„Ich wollte dir nur helfen. Schließlich hast du doch auch von ihm Geld genommen", stammelte Francis.

„Das ist richtig, mein Junge. Wenn er bereit war, dem Quacksalber so viel zu bezahlen, dann sollte meine Behandlung das auch wert sein. Du weißt, ich nehme normalerweise kein Geld von den Kranken, schließlich sind wir Franziskaner gemäß unseren Regeln der *Caritas* verpflichtet. Die armen Menschen danken mir dafür mit Worten oder Naturalien, weil sie meine Hilfe schätzen. Jacob Ölp aber ist ein betuchter Händler und gewohnt, für jeden Dienst zu zahlen. So wie er seine Tuche verkauft, kauft er sich auch die Arbeit von Menschen. Für ihn kommt niemals in Betracht, jemandem ein Dankeschön zu schulden oder etwas anzunehmen, was er nicht entlohnt. Und je mehr er blechen muss, desto wertvoller ist in seinen Augen die Konsultation. Er wird nun die Kräuter mit größerer Einsicht einnehmen, denn wir haben ja einen halben Gulden dafür berappt. Merke dir, eine Dienstleistung wird von den meisten Menschen nur dann als wertvoll eingestuft, wenn sie bereit sind, dafür eine entsprechende Entlohnung zu leisten." Francis hatte wieder eine Lektion gelernt.

15

Die Operationswunde heilte rascher als erwartet. Francis besah sich seinen verkürzten kleinen Finger ohne Wehleidigkeit, eher mit medizinischem Interesse. Mehrmals hatte er Bruder Ansgar gebeten, ihm die Operation und die Gründe für die Amputation ausführlich zu erklären. Bei ihm machte sich sogar ein gewisser Stolz breit, wenn er auf die Verstümmelung angesprochen wurde und Mitleid erregte. Schließlich kannte er keinen anderen Menschen, der ein gleiches Schicksal ertragen musste. Zum Glück konnte er bald seinen Ministrantendienst als Leuchtenträger wieder aufnehmen. Am Michaelisfest, dem Sonntag nach der Herbst-Tagundnachtgleiche, putzten sich die Lympurger heraus. Sie feierten am frühen Morgen in der Georgskirche das Hochamt mit Vigil, Orgelspiel, Glockenläuten und einer anschließenden Prozession durch die Straßen. Dieses Schauspiel wollte sich keiner entgehen lassen. Hennes und Francis führten voller Stolz die Gruppe der *Ceroferare* an. In Zweierreihen zogen sie hinter dem in grünem Ornat gekleideten Stiftskaplan in den Chorraum der Kirche ein. In einer der vorderen Bankreihen – die erste war den Würdenträgern vorbehalten – hatten sich die Schwestern des Klosters Bethlehem einen Platz gesichert. Wahrscheinlich hatten sie sich schon frühzeitig eingefunden, um möglichst nahe am Altar sitzen zu können. Die Schwestern erkannten Francis sofort unter den *Ceroferaren*. Sie strahlten vor Glück, vermieden aber aus Furcht vor Mater Freneghin, ihre Freude offen zu zeigen. Nur die beiden Novizinnen winkten verstohlen, und Francis sah mit hochrotem Kopf stolz zu ihnen herüber. Schwester Mathildes Herz klopfte wild. Hitze stieg in ihr Gesicht, als sie ihren Johann Jacob voller Mutterstolz erblickte.

Der Altar war von Feldfrüchten, Gemüse, Obst und Getreide umgeben. Eine aus Kornähren gebundene Erntedankkrone stand neben dem Atzmann, dem Lesepult des Subdiakons. Einige Kirchenbesucher legten noch weitere Erntegaben vor den Altar. Der Chorraum glich einem Marktstand, von dem sich jeder gern bedienen würde. Doch die Früchte sollten nach dem Gottesdienst an Bedürftige verteilt werden, und davon gab es wahrlich genug.

Nach der Wandlung erschien der Küster mit dem Klingelbeutel, den er mit einer langen Stange durch die Bankreihen reichte, wobei er aufmerksam beobachtete, dass jeder seinen Obolus entrichtete. Es muss wohl nach der Kommunion gewesen sein, als Francis das Missgeschick widerfuhr. Er hatte eine Stufe übersehen, stürzte zu Boden und ließ scheppernd den Leuchter fallen. Hennes wollte ihn noch auffangen, hatte aber nur eine Hand frei. Francis schämte sich. Die Nonnen schlugen vor Schreck die Hände vors Gesicht und bekreuzigten sich. Er rappelte sich schnell auf und wollte die herausgefallene Kerze in den Leuchter stecken. Doch diese war gebrochen.

„Verbeuge dich und hol dir eine neue Kerze aus der Sakristei", flüsterte ihm Hennes zu. In der Sakristei saß der Küster am Tisch und blickte sich erschrocken um, als ob er bei einer Sünde erwischt worden wäre.

„Was willst du denn hier?", fauchte er den Ministranten an.

„Ich brauche eine neue Kerze", erwiderte Francis kleinlaut mit Tränen in den Augen.

Während der Küster im Schrank nach einer neuen Kerze suchte, entdeckte Francis den Grund für die überraschende Aufgeregtheit des Küsters: Auf dem Tisch lagen die Münzen der Kollekte sowie eine eigenartige Zange. Daneben ein kleiner Haufen von Kupferstückchen. Er war zu jung, um zu begreifen, was hier vor sich ging: Georgs Vater, Turmwächter und Küster zugleich, betätigte sich als Kipper und beschnitt die ungeränderten Kupfermünzen. Im Krieg war das Edelmetall rar und teuer geworden. Deshalb knappsten findige Betrüger die Ränder der Münzen ab, um damit neue Münzen prägen zu lassen.

Francis stutzte einen Moment. Georgs Vater machte sich an den Münzen der Kollekte zu schaffen? Das müsse doch eine Sünde sein. Nein, das hätte er Georgs Vater niemals zugetraut. Verstört nahm er die neue Kerze und beeilte sich, in die Kirche zu kommen. Dort machte man sich gerade zur Prozession auf. Vorweg wurde die Erntekrone getragen, dann folgten die Ministranten und Vikare. Der Stiftskaplan in seinem goldbesetzten Ornat, aus dem die knöchellange, weiße Albe hervorschaute, trug feierlich die prächtige Strahlenmonstranz – der Glöckner hatte sie gottlob im Krieg gerettet – unter dem Baldachin. Es folgten der Dechant, die Kanoniker, die Würdenträger und schließlich die Gemeinde, ein Kirchenlied singend als Dank für die Früchte der Erde und der menschlichen Arbeit. Die schier endlose Prozession zog die Eulengasse hinunter und erreichte über die Salzgasse den Kornmarkt, wo ein gemeinsames Gebet vorgesehen war. Dann ging es zum Hammertor hinaus auf den Greyffenberg zur Kreuzkapelle. Francis lief schweigend neben Hennes her, der ihn immer wieder wegen seines Missgeschicks tröstete. Doch Francis war mit seinen Gedanken beim sündigen Türmer. Nach dem Gottesdienst überredete Georg seine beiden Freunde zu einem Besuch des Michaelismarktes.

16

Der beliebte Jahrmarkt hatte seinen festen Platz auf dem ‚Kalkofen' außerhalb der Stadtmauer. Die Jungen verließen die Innenstadt durch die Graupforte, nachdem sie zuvor einen schnellen Sprung ins Franziskanerkloster gemacht hatten, um Bruder Ludolf um Erlaubnis zu bitten. Doch der hatte nichts gegen den Ausflug einzuwenden. Galt doch während des dreitägigen Marktes, solange das Marktfähnlein wehte, der Königsfrieden, und den traute sich niemand zu brechen. Im Eilschritt erreichten sie den großen Marktplatz zwischen dem roten Turm und der äußeren Befestigungsmauer. Was es dort nicht alles zu kaufen gab: Spezereien und Galanteriewaren aus fremden Ländern, kostbare Stoffe, Suppenhühner, Gänsefedern, Bürsten, Rosenkränze und vieles andere mehr. Im Töpfermarkt boten zahlreiche Meikes kunstvolle Westerwälder Tonwaren an mit grauer Salzlasur und blau bemalt, die reißenden Absatz fanden.

Francis war vor allem von den angebotenen Gewürzen angetan. Auf seine Fragen beschied ihm der Händler, das seien Gewürze aus Indien, die die Seefahrer von weit herbrachten. Staunend schnüffelte er die fremden Gerüche, bat, einmal probieren zu dürfen, und spuckte den scharfen Pfeffer angewidert aus. Jetzt wusste er, was den edlen Herrn Jacob Ölp krank machte und warum Bruder Ansgar empfahl, nicht zu viel von diesem Gewürz zu essen.

Hennes zog ihn weiter zu einem Bärenführer, der seinen braunen Zottelbär mit scharfkralligen Tatzen an einer Kette tanzen ließ. Francis versteckte sich hinter Georg, er hatte einen Bammel vor dem wilden Tier. Da waren ihm die Wandermusiker lieber, die mit Lauten, Trommeln, Pfeifen und Gesang die Menschen in Bann hielten, damit sie bereitwillig ihre Geldbeutel zückten. Plötzlich machte sich ein Geschrei breit. Die Marktaufseher hatten zwei Frauen zur Rede gestellt, wobei Francis immer wieder das Schimpfwort „Schottenfällerin" vernahm. Was das wohl bedeuten möge, fragte Hennes den älteren Georg.

„So genau weiß ich das nicht. Aber offensichtlich hat die schwarzhaarige Frau mit den großen Ohrringen einen Händler mit ihren Reizen so abgelenkt, dass die andere mit den weiten Röcken unauffällig etwas von seinen Waren einsackte."

Die Menge warf ihnen Schimpfworte zu, die Marktaufseher riefen den Büttel, der sie zur Leibesvisitation abführte.

„Auf dem Jahrmarkt tummeln sich immer wieder Betrüger und Diebe. Sie lenken die Menschen ab und sind ungemein geschickt beim Stehlen. Doch die Marktaufseher kennen alle Tricks."

„Was geschieht mit ihnen?", fragte Francis.

„Meist werden sie an den Marktpranger gestellt und dann der Stadt verwiesen."

Hennes bewunderte inzwischen einen ehrwürdigen Mönch, der Reliquien zum Kauf anbot. Eine junge Frau in einer pelzbesetzten Schaube sprach mit ihm.

„Wer ist auf dem Bild dargestellt?", fragte sie.

„Die heilige Margareta von Antiochia, die Patronin der Schwangeren und der Fruchtbarkeit. Nehmt es, es wird Euch beschützen und in der Not Mut geben."

„Was soll es denn kosten?"

„Betrachtet es als Geschenk der heiligen Mutter Gottes, Gnädigste", meinte der Mönch mit einer huldvollen Geste und fügte hinzu: „Gott segne Euren Leib, gnädige Frau!"

Die schwangere Frau nahm die Hinterglasmalerei ehrfürchtig in die Hand, wandte sich suchend um und rief ihren Mann, der inzwischen schon an einem anderen Stand Taschenuhren begutachtete. Sie wies ihn an, dem Mönch eine großzügige Spende zu geben.

„Vergelt's Gott *in nomine patris*. Wir werden Euch in unsere Gebete einschließen."

„Dürfen denn Mönche solche Heiligtümer verkaufen?", wunderte sich Francis und wies auf die Amulette, die angeblich Reliquien von Heiligen enthielten und einen besonderen Schutz versprachen. Georg meinte, eine Kutte mache noch keinen Mönch. Vielleicht sei er einmal aus einem Kloster verbannt worden und tingele jetzt auf den Jahrmärkten. Überhaupt tummelten sich hier Gauner, die nichts anderes im Sinn hätten, als den Menschen die Gulden aus der Tasche zu ziehen. Zum Beweis zog er seine Freunde zu einer Gruppe Menschen, die um einen Holztisch versammelt waren.

„Schaut euch mal die Leute an, wie sie im Würfelspiel ihr Geld verspielen. Wenn einer gewinnt, dann der Mann mit dem schwarzen Hut, der alle zum Spielen auffordert. Doch zum Schluss haben sie weniger im Geldbeutel als vorher."

Ein Marktschreier lenkte sie vom Glücksspiel ab:

„Leute, kommt und lasst euch heilen. Kann wirksame Salben machen, frische Wunden behandeln, den Staren stechen, den Brand löschen, euch die Ader schlagen, desgleichen balbieren und den Zahn ausbrechen."

Tatsächlich sahen sie einen knöchrigen, bärtigen Mann auf einem Schemel sitzen. Die Frau des Quacksalbers hielt seinen Kopf, und der angebliche Medicus riss ihm mit einem Ruck einen faulen Zahn heraus. Die Menge johlte. Der Patient schrie vor Schmerzen. Als er erleichtert über die peinvolle Prozedur nach seinem Geldbeutel greifen wollte, um den geforderten Lohn zu entrichten, griff er ins Leere. Entsetzt rief er nach den Marktmeistern:

„Man hat mich bestohlen!"

„Beschuldigt Ihr den Zahnbrecher?"

„Nein, den doch nicht. Der hat mir doch meinen eitrigen Zahn gezogen."

„Lieber Mann, dann kann ich Euch nicht helfen. Passt besser auf Euer Geld auf. Hier wimmelt es nur so von Gaunern." Dann wandte er sich an den vermeintlichen Medicus:

„Salbader, zeigt mir Euer medizinisches Zeugnis!"

„Gestrenger Herr, ich habe im Krieg bei den kaiserlichen Truppen als Feldscher gedient. Meine Papiere sind in der Schlacht bei Lützen, als wir dort den schwedischen König Gustav Adolf erwischten, verloren gegangen. Aber überzeugt Euch selber von meinen Künsten. Braucht Ihr eine Tinktur, eine Salbe, plagen Euch Schmerzen?"

„Soso, ein Piesacker wollt Ihr gewesen sein. In Lympurg dulden wir keine Quacksalber ohne Papiere. Heute könnt Ihr noch bleiben, bis die Marktfahne eingezogen wird. Aber morgen früh seid Ihr verschwunden."

„Der Mann schuldet mir noch einen Gulden. Außerdem sollte er noch Kamille zum Spülen mitnehmen."

„Jetzt lasst es mal gut sein und macht kein Gewese. Die Kamille kann er sich in der Stadt beim Apotheker besorgen. Euren Lohn müsst Ihr wohl in den Wind schreiben."

Achselzuckend fügte er sich dem Spruch der Obrigkeit, während seine Frau die rechte Hand in einer Tasche des Kleides verschwinden ließ. Hennes hatte den Hergang sehr genau beobachtet. Er zögerte einen Augenblick, dann zupfte er den Marktmeister am Ärmel und flüsterte ihm etwas ins Ohr.

„Frau, lasst doch mal sehen, was Ihr da in der Tasche versteckt", herrschte der sie an. Doch sie drehte sich um, als ob sie nichts gehört hätte.

„Ihr scheint mir ziemlich abgefeimt, was versteckt Ihr da?" Spornstreichs ergriff er die Hand der Frau und zog sie aus dem Kleid. Sie hielt den prallgefüllten Geldbeutel noch in der Hand.

„Das ist mein Säckel!", ereiferte sich der um einen faulen Zahn Erleichterte.

„Könnt Ihr das beweisen?"

„Natürlich, darin ist auch ein kleines Amulett mit dem Bild des Heiligen Jacobus, das habe ich von einer Pilgerreise mitgebracht."

„Du rotznäsiges, vermaledeites Blag. Das wirst du mir büßen", keifte die Frau in einem furiosen Wutanfall. Noch nie hatte jemand Hennes so zornig angesehen, noch nie hatte er solchen Hass verspürt. Die feurigen Augen machten ihm Angst. Seine Mundwinkel zogen sich bereits herunter, in seine Augen stiegen erste Tränen. Georg schnappte Hennes an der Hand und wollte ihn davonzerren. Doch Francis stellte sich furchtlos vor die Quacksalberfrau, schnalzte mit den Fingern und streckte ihr hämisch die Zunge heraus, was Hennes davon abhielt, loszuplärren.

Das Geschäft des Wunderdoktors war abrupt beendet, als das Amulett tatsächlich im Lederbeutel zum Vorschein kam. Der Büttel führte ihn und seine diebische Frau ab. Die Menge beschimpfte und verspottete sie schadenfroh. Hennes aber lobten sie, klatschten ihm auf die Schulter wie einem Helden, der eine Schlacht gewonnen hat. Und der gepeinigte Zahnpatient meinte zu ihm, indem er in sein Geldsäckel griff:

„Der Lohn, den der Zahnbrecher von mir gefordert hat, steht dir zu, mein Junge."

Hennes zögerte, dann nahm er starr vor Aufregung den Gulden an.

17

Im Kloster war ihr erregtes Geplapper nicht zu bremsen. Bruder Ludolf hörte ruhig, doch nicht ohne Stolz auf seine Jungen, zu. Solchen Mut hätte er dem sonst so zaghaften, ängstlichen Hennes nicht zugetraut. Was er denn mit dem Geld machen wolle?

„Dafür kaufe ich mir Schreibfedern", entschied Hennes. Er lief ins Skriptorium, wo er noch einmal sein Abenteuer ausführlich schilderte und viel Lob erntete.

Bruder Ludolf weihte seinen Schützling derweil in die Geheimnisse der Kräuterernte ein: „Wir ernten von den Gewürzpflanzen die Blätter, die Blüten, die Knospen, die Früchte, die Wurzeln oder die Knollen, je nachdem, wo die Heilkräfte auftreten. Weißt du noch, was wir vom Johanniskraut nehmen?"

„Da nehmen wir nur die Blüten."

„Richtig, und die pflücken wir, wenn das Kraut blüht. Das ist doch klar, nicht wahr?"

„Und von der Pimpernell brauchen wir die Wurzeln."

„Genau, die ernten wir aber erst in der Winterzeit oder zu Frühlingsbeginn."

So gingen sie von Kraut zu Kraut. Bruder Ludolf erklärte ihm, dass die Blätter vor der Blütezeit, die Knospen im Frühling, die Früchte nach ihrer Reife und die Zwiebeln im Herbst geerntet würden. Als sie beim Fingerhut anlangten, deutete Francis auf die Blätter. Ludolf ermahnte ihn nochmals, sehr, sehr vorsichtig zu sein.

„Bedenke, dass man nur bei trockenem Wetter erntet, bei Tageslicht und niemals frühmorgens, wenn der Tau noch auf den Blättern liegt. Schau dir jedes Blatt oder jede Blüte genau an. Nur die gesunden können wir gebrauchen. Auch wenn wir sie anschließend verdörren lassen. Beim Trocknen sollen die Kräuter nicht übereinander liegen und niemals der prallen Sonne ausgesetzt sein."

„Kannst du mir noch sagen, wie die Kräuter zu Heilmitteln bereitet werden?"

„Das ist das große Geheimnis der Apotheker. Sie wissen, ob die Heilpflanzen gekocht oder nur eingeweicht werden, ob sie kalt verwendet oder heiß verabreicht werden."

„Werden nicht alle Kräuter gekocht?"

„Nein, sicher nicht, das kommt auf das jeweilige Kraut an. Es gibt verschiedene Verfahren. Da haben wir zuerst den *Infus*, den Aufguss. Dabei werden die Kräuter in einem Becher mit heißem Wasser übergossen und eine Weile stehen gelassen."

„So wie beim Kamillentee?"

„Ja, wie bei einem Tee. Eine andere Möglichkeit ist die Zubereitung eines *Dekokts*, eines Suds. Hierbei wird die Pflanze selbst im Wasser zum Kochen gebracht."

„Schmeckt das nicht zu bitter?"

„Du willst mal probieren? Geh und hole mir ein paar Salbeiblätter. Ich koche schon das Wasser."

Sie ließen die Blätter wenige Minuten im kochenden Wasser ziehen. Dann nahm Francis einen Schluck. Er war begeistert vom angenehmen Geschmack. Bruder Ludolf fügte hinzu, dass der Salbeisud den Husten lindere.

„Aufguss und Sud sind die häufigste Form für die Verarbeitung. Aber es geht auch mit kaltem Wasser. Das nennen wir *Mazerat* oder Pflanzenauszug. Nach dem Einweichen wird Alkohol hinzugefügt. Das ergibt dann eine Tinktur."

„Hast du mir eine Tinktur gegen die Schmerzen gegeben?"

„Das war ein Aufguss, denn der Alkohol in der Tinktur ist für Kinder zu stark. Bruder Ansgar hat dir aber zuerst eine *Tinctura Laudanum* gegeben, eine sehr wirksame Medizin aus verschiedenen Kräutern und Drogen."

Francis mauserte sich allmählich zu einem Kräuterexperten.

18

Es war an der Zeit, dass der Tuchmacher Jacob Ölp zum Aderlass erscheinen sollte. Francis trieb sich nach der Prim schon ganz aufgeregt bei Bruder Ansgar herum.

„Willst du wirklich die Ader vom Kaufmann aufschneiden?"

„Natürlich. Im Blut des Mannes sind schädliche Säfte, die beseitigt werden müssen. Erinnerst du dich, dass ich ihm gesagt hatte, er habe zu viel von gelber Galle? Ich schneide in die Ader seines Arms ein kleines Loch. Daraus wird sein Blut strömen. Das Blut wird sich erschrecken. So fließen mit dem Blut gleichzeitig die Fäulnis- und Verdauungssäfte heraus."

„Aber wie erkennst du, dass es sich dabei um schädliche Säfte handelt?"

„An der Farbe, mein Junge. Erst wenn das Blut wieder die richtige Röte hat, sind die krankheitserregenden Säfte entfernt."

„Welche Farbe haben denn die schädlichen Säfte?"

„Das Blut kann sehr trübe sein und schwarze Flecken zeigen. Das trübe Blut zeigt an, dass die Säfte in ihrer Kälte absterben. Die schwarzen Streifen im Blut beweisen, dass die Schwarzgalle abstirbt. Aber der Ölp wird wohl keine schwarzen Flecken im Blut haben, denn dann wäre er todkrank. Wahrscheinlich wird sein Blut nur etwas getrübt sein."

„Und das Loch in der Ader?"

Ihr Gespräch wurde jäh unterbrochen. Tatsächlich trat Jacob Ölp in den kleinen Raum, und diesmal versäumte er nicht, höflich zu grüßen.

„Pater, ich muss Euch danken. Der Aufguss hat mir sehr geholfen. Ich fühle mich schon viel besser."

Francis zog die Augenbrauen hoch und verkniff sich nicht, ihn zu berichtigen:

„Bruder Ansgar hat Euch keinen Aufguss verschrieben, sondern einen Absud, einen *Dekokt*!"

„Francis, ob Aufguss oder Sud, der Mann wird es schon richtig zubereitet haben. Habt Ihr den Pfeffer weggelassen?"

„So wie Ihr mir geraten habt. Ich habe nur Brühe, Fisch und Hühnerfleisch gegessen. Die Bauchschmerzen haben deutlich nachgelassen."

„Führt die Diät noch so lange fort, bis die Schmerzen vollends abgeklungen sind. Ich rate Euch aber, mit dem Pfeffer sparsam umzugehen. Euer Magen wird es Euch danken."

„Nun erklärt mir, warum der Aderlass nur bei abnehmendem Mond erfolgen soll."

„Ich will Euch gern die Gründe erklären. Aber vorher sollten wir uns über Eure freiwillige Klosterspende verständigen."

Etwas mürrisch und ein „ Es hat ja geholfen" murmelnd, legte er einen halben Gulden auf den Tisch.

„Nun zu Eurer Frage. Bei zunehmendem Mond lassen sich die faulen Säfte in Eurem Blut nur sehr schwer trennen, weil der Blutfluss zu träge ist. Bei abnehmendem Mond aber gerät das Blut in eine zunehmende Erregung und Strömung. So wie bei einer Überschwemmung das stinkende Treibgut herausgeschwemmt wird, so trennen sich auch die krankheitserregenden Säfte vom Blut. Bei Euch sind schlechte Flüssigkeiten im Blut, die haben sich mit Eurem Blut vereinigt, denn Ihr habt zu scharf gegessen."

„Gut, dann schreitet zum Aderlass."

Jetzt griff er zum Schröpfschnepper und ritzte ihm in die Armvene, das Messer schnappte zurück, und sofort floss Blut heraus. Francis drängte sich neugierig zu ihm, um die Farbe des Blutes zu erkennen. Ölp wandte sich talggesichtig ab, der pulsierende Blutfluss war ihm ein Gräuel.

„Schau, Francis, das Blut ist trüb. Ein Zeichen, dass jetzt die faulen Säfte herausfließen. Bald wird das Blut wieder hellrot werden. Jetzt, siehst du?"

„Das hat aber lange gedauert. Der Becher ist fast voll."

Blässe stieg ins Gesicht des Patienten, als sei ihm speiübel. Ansgar wies ihn an, den Finger noch eine Weile auf den Einstich zu drücken.

„In den nächsten drei Tagen geht Ihr der Sonne aus dem Weg. Das helle Licht versetzt das Blut in Erregung und kann Eurem Herzen Schaden bringen. Habt Ihr noch Kräuter für den Sud?"

„Die Magd hat alle verbraucht."

Ansgar bat Francis, noch einmal die Kräuter von Bruder Ludolf zu holen. Diesmal brachte Ludolf sie nach einigen Minuten selbst vorbei. Inzwischen ruhte Jacob Ölp schweigend auf der Liege. Er starrte zur Decke, als ob er eine schmerzhafte Operation ertragen hätte.

„Wie ich hörte, seid Ihr Tuchhändler?", fragte Ludolf den Patienten. „Darf ich Euch einen Moment draußen vor der Tür sprechen?"

Ölp rappelte sich langsam hoch. Sie gingen hinaus und ließen Ansgar und Francis ratlos zurück.

„Ich habe eine große Bitte", begann Ludolf zögerlich. „Unser junger Francis wird bald das Kloster verlassen. Zu diesem Zweck müssen wir ihn einkleiden. Im Kloster haben wir aber nur die braunen, schweren Tuche für unsere Kutten. Könnt Ihr mir Tuch für ein Winterbeinkleid und eine Joppe geben, sowie etwas leichteren Stoff für das Leibchen? Als Gegenleistung biete ich die besten Kräuter aus meinem Garten an und ein Gebet für Eure Seele."

19

Schwester Margarete vermied es, die Kapelle des Klosters Bethlehem allein aufzusuchen. Zu stark waren ihre Erinnerungen an jenen schändlichen Tag, als sich der schwedische Hüne geifernd auf sie warf. In den klösterlichen Stundengebeten senkte sie den Kopf und schaute nicht zum Altar der Kapelle. Die heiligen Hieronimus, Antonius und Johannes der Täufer, denen die Kapelle geweiht war, würden es ihr nachsehen. Wollte sie in ihrer spärlichen Freizeit ein Gebet sprechen oder die Beichte ablegen, dann ging sie gewöhnlich gemeinsam mit ihrer Tochter Maria die wenigen Schritte zur Franziskanerkirche hinunter. Dort entzündete sie ein kleines Talglicht. So kniete sie sich mit der kindlichen Novizin in die erste Bank, die Hände zum Gebet gefaltet. Die schwere Tür zum Kloster öffnete sich, und Francis erschien. Ohne die Betenden zu beachten, marschierte er an ihnen vorbei zum Taufstein, wo er Weihwasser in einen Krug füllte.

„Franciscus, bist du es, mein Junge?“ Er drehte sich um und sah in das freudige Gesicht von Schwester Margarete. Schnell stellte er den Krug auf den Boden, lief zu ihr hinüber und schlang die Arme um ihren Hals.

„Mein Junge, ich freue mich so, dich zu sehen. Oh, was ist mit deinem kleinen Finger geschehen?“, fragte sie erschrocken.

„Hab ich mir gequetscht. Bruder Ansgar hat ihn operiert. Die fehlende Kuppe stört mich nicht mehr. Ich musste auch gar nicht viel weinen.“

„So ein tapferer Junge. Groß bist du geworden.“ Francis musterte derweil das Mädchen an ihrer Seite.

„Ich muss jetzt aber wieder weiter, Bruder Ludolf wartet auf das Weihwasser. Soll ich euch mal besuchen im Kloster?“

„Ach das wäre schön, Franciscus. Aber Mater Freneghin wäre das sicher nicht recht. Ich weiß ja, wo ich dich antreffe. Du bist jetzt als Ministrant öfters in der Stiftskirche?“

„Der Stiftskaplan hat mich als *Ceroferar* eingeteilt. Auch ministriere ich beim Vikar am Marienaltar. Ich kann auch schon ein wenig Lateinisch: *Pater Noster, qui es in caelis…*"

Schwester Mathilde stimmte ein: „*Sanctificetur nomen tuum, adveniat regnum tuum…*" So sprachen sie gemeinsam das Gebet des Herrn. Schwester Margaretas Herz quoll vor Freude und Liebe über. Francis nahm den Krug auf und verließ mit einem Lächeln den Kirchenraum. Sogleich berichtete er seinem Ziehvater, was sich soeben in der Kirche abgespielt hatte. Als Bruder Ludolf nichts dazu sagte und ihn nur nachdenklich ansah, fragte Francis aus heiterem Himmel:

„Ist Schwester Margarete meine Mutter, so wie die Maria auf dem Stiftsaltar die Mutter des Jesuskindes ist?"

„Nein. Schwester Margarete ist nicht deine Mutter. Wir kennen deine Mutter nicht."

„Aber Schwester Margarete hat mich doch als Kleinkind aufgenommen, als ich so alt war wie das Jesuskind, nicht wahr?"

„Richtig, sie hat dich als Säugling großgezogen."

„Und wie bin ich dann zu ihr ins Kloster gekommen?"

„Lass mich das am Beispiel Moses erklären. Er wurde im fernen Ägypten geboren, wo die Pharaonen regierten. Einer dieser Herrscher erließ ein Gesetz, wonach alle Kinder der frommen Juden getötet werden sollten. Aus Furcht hat die Mutter des kleinen Moses ihren gerade geborenen Sohn in ein Schilfkästchen gelegt. Dann setzte sie ihn vorsichtig auf dem großen Fluss, der Nil heißt, aus. Ein Wasserschöpfer hat das kleine Schiffchen mit dem Säugling gefunden und zur Tochter des Pharaos gebracht, und die hat Moses dann großgezogen."

„Ich bin die Lahn heruntergetrieben?"

„Nein, man hat dich vor der Klosterpforte abgelegt. Die Nonnen haben dich aufgenommen."

„Und wer ist mein Vater? Der Vater von Georg ist Turmwächter. Was ist meiner, wo lebt er?"

„Auch das wissen wir nicht. Wir kennen weder deine Mutter noch deinen Vater. Du bist ein Findelkind."

„Findelkind", wiederholte Francis nachdenklich. „Ist Hennes auch ein Findelkind?"

„Hennes kennt seine Eltern auch nicht."

„Deshalb sind wir jetzt bei euch?"

„Genau. Solange du ein Kind bist, bleibst du bei uns. Aber bald wirst du uns wieder verlassen, mein Sohn."

Francis erschrak: „Warum und wohin soll ich denn gehen?"

„Francis, ich möchte, dass du zu einer guten Familie kommst. Zu einem Vater, einer Mutter und vielleicht einem Bruder, so wie Georg auch."

„Und Hennes?"

„Hennes wird im Kloster bleiben und im Skriptorium helfen."

„Aber ich kann dir oder Bruder Ansgar auch helfen!"

„Natürlich. Darüber würden wir uns auch freuen. Aber der Guardian hat entschieden, dass du besser in einer Lympurger Familie aufwachsen und ein Handwerk erlernen sollst. An seine Anordnung müssen wir uns halten."

Tränen kullerten Francis' gerötete Wangen herunter, maßlos enttäuscht rannte er davon und suchte bei Bruder Ansgar Trost.

20

Einerseits war Bruder Ludolf froh, dem Jungen nun die Wahrheit gesagt zu haben, andererseits schmerze es ihn, Francis zu verlieren. Hennes ahnte nichts vom bevorstehenden Schicksal seines Freundes, doch er spürte dessen Verzweiflung. Sein widerborstiges Schweigen und der wütende Gesichtsausdruck waren nicht zu übersehen. Je mehr Hennes auf einer Erklärung für seinen plötzlichen Starrsinn beharrte, desto trotziger reagierte Francis.

„Heute habe ich für euch eine wichtige Aufgabe", meinte Bruder Ludolf nach der Laudes. „Francis, du kennst doch den Tuchmacher Jacob Ölp. Ihr nehmt euch jetzt den Handkarren und geht die Fleischgasse hinunter immer der Nase lang bis zur Plötze. Dort fragt ihr, wo der Wollweber wohnt. Ich vermute, schräg gegenüber der Stadtwaage in der Salzgasse. Von ihm werdet ihr wollenes Tuch und vielleicht Leinen erhalten."

Die Kinder zogen schweigend den Handwagen die Fleischgasse hinunter, wobei sie darauf achteten, dass die Räder nicht in den rottrüben, stinkenden Stadtbach gerieten. Ihre Nasen waren den bestialischen Geruch der Fleischabfälle sowie der verschiedenen Abwässer nicht gewohnt. Entlang der Gasse standen dicht aneinandergereiht die Schirnen der Metzger. Fliegen umschwirrten das Fleisch, das dort zum Verkauf ausgelegt war. Hungrige Köter strichen um die Fleischstände in der Hoffnung, herunterfallende Fleischreste zu erwischen. Francis schien den Trubel an den Schirnen nicht zu bemerken. Stumm trottete er neben Hennes einher und beantwortete seine Fragen mit einem abwehrenden Blick. Schließlich fand sich Hennes mit der üblen Laune seines Freundes ab.

Das Haus von Jacob Ölp war in der Plötze schnell gefunden. Es war ein recht stattliches, dreigeschossiges Fachwerkhaus. Die Andreaskreuze im Fachwerk zeugten von Wohlstand. Im Erdgeschoss türmten sich die Berge von Schafwolle, welche die Knechte wuschen und schlugen. Auf ihre Frage, wo denn der Tuchmacher Ölp sei, bedeutete man ihnen, sie sollten die Holztreppe nach oben gehen. Ein Höllenlärm schlug ihnen von den Webstühlen entgegen. Und mitten darin entdeckten sie zu ihrem Erstaunen Georg, den Sohn des Glöckners.

„Was macht ihr denn hier?", fragte er die beiden Freunde.

„Das Gleiche wollte ich dich gerade fragen", erwiderte Hennes.

„Ich bin jetzt bei meinem Oheim in der Lehre. Ich darf das Handwerk des Wollwebers erlernen."

Francis schien plötzlich all seine Qualen zu vergessen. Sein Freund hatte eine Lehrstelle? Hatte Bruder Ludolf nicht auch davon gesprochen, er solle ein Handwerk erlernen? Wenn Georg dazu bereit und zudem auch noch stolz darauf war, dann wäre eine Lehre vielleicht doch nicht so schlecht.

„Macht dir die Lehre Spaß?", fragte er. Hennes sah ihn mit großen Augen verwundert an. Warum interessiert er sich so für die Lehre?

„Natürlich, die Tuchmacherei ist spannend. Mein Oheim meinte, ich dürfe später auch mit nach Franckfurt zur Herbstmesse. Kommt, ich zeige euch, wie ein Wolltuch gemacht wird." Er führte sie an den Kämmerinnen und Spinnerinnen vorbei und erklärte ihnen die Webstühle. Francis schlich voller Neugier um die sechs Weberinnen herum und besah sich die Arbeiten mit gesteigerter Aufmerksamkeit. „Anschließend werden die Tuche zur Walkmühle am Katzenturm gebracht. Danach werden sie auf die Tuchrahmen in den Gärten der Vorstadt gespannt. Na, Francis, hast du nicht Lust, auch ein Handwerk zu erlernen?"

Er hatte wohl dessen großes Interesse richtig gedeutet. Vielleicht hatte es Bruder Ludolf nur gut mit ihm gemeint? Jedenfalls wollte er ab sofort seine Abneigung gegen den Beschluss des Guardians ablegen. Sollte Hennes doch im Kloster die Schreibkunst erlernen. Er wolle hinaus in die Stadt und vielleicht auch in die Welt außerhalb Lympurgs, so wie Georg. Der wusste genau, was er wollte, und war zudem noch stolz darauf.

„Weshalb seid ihr gekommen?", fragte Georg noch einmal.

21

In den nächsten Tagen, an denen es schüttete wie aus Kannen, hockte Francis bei Bruder Ansgar. Er beobachtete gespannt, wie er einem Kranken Schröpfköpfe auf den Rücken setzte. Der junge Mann klagte über Rückenschmerzen.

„Schröpfen ist eine mildere Form des Aderlasses, aber im Prinzip mit derselben Wirkung. Auch hier werden die schädlichen *Humores* dem Körper entzogen, die sich zwischen dem Fleisch und der Haut befinden“, erklärte der Medicus und ritzte dabei den Rücken einige Male an. Er erhitzte die Luft des Schröpfglases mit einer brennenden Kerze und setzte es sofort auf die blutende Stelle zwischen den Schulterblättern. Francis' Blicke zeugten von einer solchen Wissbegierde, dass ihn Bruder Ansgar schließlich selbst ein Schröpfglas anlegen ließ.

Nach dem Mittagsmahl übergab Bruder Ludolf Francis eine Flasche Magenbitter, die er dem Gerbermeister Emmerich bringen solle. Hennes kenne sicher den Weg in die Löhrgasse.

„Wir laufen den Wehrgang bis zum Katzenturm. Da muss doch das Löhrviertel sein, oder?“, meinte Hennes übereifrig. Der Katzenturm zog ihn magisch an, ging doch von ihm etwas Unheimliches aus.

„Meinetwegen lauft ihr die Stadtmauer bis zur Lahn hinunter. Wenn ihr dann die Gasse am Löhrturm stadteinwärts geht, seid ihr schon in der Löhrgasse. Beim Emmerich könnt ihr euch ein wenig umsehen und beim Ledergerben zuschauen.“

Am Hammertor, wo die zahlreichen Fuhrwerke aus Franckfurt in die Stadt einfuhren, stiegen sie den Wehrgang hinauf. Sie schlenderten fröhlich plappernd am Roten Turm vorbei und erreichten die Diezer Pforte, wo sie einen Blick auf das Bürgerhospital mit der Annakirche warfen. Im weiteren Verlauf erzählte Hennes:

„Vor vielen Jahren hat einmal der Bürgermeister einen gefesselten Verbrecher hier oben zum Lochgefängnis führen wollen.

Plötzlich sprang der verurteilte Dieb die Mauer hinunter und riss den Bürgermeister mit sich. Der erholte sich nicht von seinen Verletzungen und starb. Der Gefangene aber überlebte, wurde gefasst und aufgehenkt." Dabei hielt er seine gespreizte Hand an die Gurgel, stellte sich auf die Zehenspitzen, streckte die Zunge heraus und riss die Augen auf.

„Du willst mir nur Angst machen und hast dir die Geschichte ausgedacht!", meinte Francis ärgerlich. Die schaurigen Geschichten von Verbrechern mochte er nicht mehr hören.

„Nein, Francis. Georg hat davon erzählt, und Bruder Ludolf hat die Geschichte bestätigt. Schau, da drüben sind die Tuchrahmen, wo die Wolltuche von Georg aufgespannt werden."

Nun erreichten sie den runden, massigen Katzenturm. Francis wunderte sich, er konnte keine Katzen hier herumschleichen sehen. Der Name habe nichts mit den Samtpfoten gemein, klärte ihn Hennes auf. Eher komme er von ‚Karzerturm'. Andere wiederum führten den Namen auf die Geschütze zurück, die als Katzen bekannt seien und dort einmal gestanden hätten.

„Ich hoffe, wir werden den Turm nie von innen sehen. Denn dort sperrt man die Schwerverbrecher gefesselt an den Stock bei Wasser und Brot ein." Francis schwirrte der Kopf, überall befanden sich gruselige Gefängnisse in den Türmen. Gab es denn so viele Verbrecher in Lympurg? Vom Turm ging etwas Bedrohliches aus. Ob er damals instinktiv ahnte, dass er selbst einmal darin landen würde?

22

Sie warfen noch einen kurzen Blick auf die Untermühle und standen schließlich am seichten Ufer der träge dahinfließenden Lahn. Einige Gerber wuschen rohe, zum Teil blutende Felle. Sie passten auf, dass sie ihnen nicht davonschwammen. Das Haus des Emmerich in der Löhrgasse war schnell gefunden. Die Gerberfrau schüttete gerade einen Eimer Wasser auf die Pflastersteine. Was denn die Jungen hier wollten, erkundigte sie sich. Doch dann fragte sie, ohne eine Antwort abzuwarten:

„Wer von euch ist denn der Franciscus?"

Francis bekam eine Gänsehaut und rote Ohren. Woher kannte sie seinen Namen?

Erwartungsvoll stiegen sie die Holztreppe im Haus hinauf. Noch im Hinaufgehen rief die Frau den Meister, der auch sofort nach Franciscus fragte. Francis ahnte mit klopfendem Herzen und hochrotem Gesicht, was ihn jetzt erwartete. Familie, Handwerk, hinaus in die Stadt, schwirrte es ihm im Kopf herum. Sein Magen rebellierte, ihm war speiübel, nicht vom beißenden Gestank nach Leder und Lohe, sondern vor Angst.

„Mein Junge, kannst du dir vorstellen, bei uns ein neues Zuhause zu finden?", platzte der Meister heraus. So hatte sich Bruder Ludolf die erste Begegnung des Gerbers mit Francis wahrlich nicht vorgestellt. Francis würgte, sein Herz klopfte wie rasend. Zitternd suchte er die Hand von Hennes. Doch der konnte nicht im Geringsten ahnen, was hier vor sich ging.

„Francis soll bei Euch wohnen? Davon hat mir Bruder Ludolf nichts gesagt. Wir sollen nur eine Flasche Likör abgeben. Hier nehmt sie, wir wollen weiter."

„Nicht so eilig, wartet noch. Wir haben etwas zu bereden", sprach Emmerich und rief nach Annemarie. Sie solle Apfelsaft bringen, der Junge sei ja ganz blass vor Aufregung. Die Magd stapfte mit einer Kanne und Keramikbechern die Treppe herauf. Sie stolperte fast auf der letzten Stufe, als sie die beiden Jungen erblickte. Natürlich hatte sie vor einigen Tagen das Gespräch des Meisters mit seiner Frau über Franciscus belauscht. Im Haus war es sehr eng, da blieb kein Wort ungehört. Welcher der beiden Jungen war wohl Franciscus, überlegte sie und konnte gerade noch vermeiden, etwas zu verschütten.

„Nun pass doch auf, du Dabbes", raunzte der Meister das spindeldürre Mädchen an, während seine Frau ihr den Krug abnahm und einschenkte. Verstohlen verkroch sich die Magd in eine Ecke.

„Warum schimpft Ihr die Magd aus, Meister Emmerich? Sie war doch nur gestolpert", entrüstete sich Francis, dem jede Ungerechtigkeit zuwider war. Annemarie verspürte ein bisher nie empfundenes Gefühl. Noch nie hatte sie ein Fremder in Schutz genommen. Mit klopfendem Herzen lächelte sie Francis zu, doch der bemerkte die Geste nicht. Stattdessen musterte er nun den bärtigen Emmerich mit seiner tönernen Pfeife im Mund genauer. Sollte dieser mürrische Mann sein neuer Vater werden? Die tiefen Mundfalten um den krausen Bart mochten auf eine Magenverstimmung hinweisen, so wie beim Meister Ölp. Wahrscheinlich hatte er auch zu viel gelbe Galle, weil er so dürr und aufbrausend war. Sein dreckiges Hemd unter der gelben Lederschürze und die speckige Lederkappe wiesen ihn sicher nicht als wohlhabend aus. Zudem trank er wohl zu viel Alkohol, denn er griff zum zweiten Mal zu seinem Becher mit Bier. Seine jüngere, dralle Frau dagegen strotzte vor Gesundheit und vermittelte einen freundlichen Eindruck, jedenfalls strahlten ihre gutmütigen Augen auf den ersten Blick Geborgenheit und Wärme aus, so wie er es von Schwester Margarete kannte. Eigentlich passte die lebensfrohe Frau nicht zu dem griesgrämigen Meister.

„Franciscus, entschuldige bitte." Der Meisterin war aufgefallen, dass der Junge sich überrumpelt fühlte. „Mein Mann hat dich übertölpelt. Ja, es stimmt, Pater Ludolf hat uns gefragt, ob wir dich bei uns unterbringen könnten. Du scheinst sehr aufgeweckt zu sein, ohne Gebrechen und zudem mutig. Ich würde mich freuen, dich in unserer Familie aufzunehmen."

Francis blickte Hennes fragend an, doch der zuckte ratlos mit den Schultern. Er schaute noch einmal zur Magd hinüber, die verstohlen ihre rotbraunen Zöpfe unter dem Kopftuch zwirbelte. Francis erntete ein bittendes Lächeln, dem er nicht widerstehen konnte.

In diesem Moment erschien Johannes Klas, der Sohn der Emmerichs. Sein blasses Gesicht und seine magere Statur ließen auf den ersten Blick eine angeschlagene Gesundheit vermuten.

„Gut, dass du dich sehen lässt, mein Junge“, sagte die Meisterin. „Das ist Franciscus, unser neues Familienmitglied.“

Mit seiner heftigen Reaktion hatte wohl niemand gerechnet. Er stapfte mit den Füßen auf den Boden, schrie: „Ei, den brauchen wir hier net!“, und lief davon.

„Unser Klas ist ein Eigenbrötler, der beruhigt sich wieder. Zudem kränkelt er ein wenig, deshalb bleibt er stets in seiner Kammer.“

„Was fehlt ihm denn?“, fragte Francis.

„Er ist schwach auf der Lunge, hat keine Kraft. Vielleicht ist sein Herz zu schwach.“

„Bruder Ansgar kann ihm sicher helfen. Ich werde mit ihm sprechen.“

Meister Emmerich erhob sich ungeduldig.

„Also, mein Junge, mit Pater Ludolf habe ich vereinbart, dass du an zwei Tagen in der Woche zum Unterricht ins Kloster gehst. Dort wirst du auch weiterhin als Ministrant zur Verfügung stehen. Du kannst mir bei der Arbeit zur Hand gehen, wenn du willst. Annemarie kann dir jetzt die Kammer zeigen, wo du schlafen wirst.“

Sie kletterten die schmale Stiege zum Turmzimmer hinauf. Klas hockte missmutig am winzigen Fenster und beachtete sie nicht. Der kleine Raum war durch einen Stützbalken geteilt. Links war das Strohlager für Klas und rechts das von Annemarie.

„Kannst neben Klas schlafen, Franciscus. Hier oben sind wir ungestört. Der Meister ist manchmal etwas aufbrausend, aber im Grund hat er ein weiches Herz. Und die Meisterin sorgt gut für uns. Nur vor dem Gesellen Willem sollten wir uns in Acht nehmen. Dem traue ich nicht.“

23

Stumm grübelnd gingen die Jungen zum Fluss hinunter. Sie folgten dem Steiger, dem schattigen Fußweg unterhalb des goldlachsbewachsenen Felsens, der Lahn entlang bis zur Obermühle.

„Jetzt begreife ich, was deine Seele bedrückt, Francis. Bruder Ludolf hat dir gesagt, dass du das Kloster verlassen musst?"

„Der Guardian hat das entschieden. Aber Bruder Ludolf hat mir nicht gesagt, dass ich beim Gerber unterkommen soll."

„Aber dort hast du die Chance, ein Handwerk zu lernen, so wie Georg. Und dann kannst du uns immer noch im Kloster besuchen. Versuche es doch erst einmal. Wenn es dir bei den Emmerichs nicht gefällt, kommst du eben zurück zu den Franziskanern."

Im Kloster angekommen, erkundigte sich Bruder Ludolf zunächst, ob der Emmerich die Flasche Kräuterlikör behalten habe. Dann ließ er sich die Eindrücke schildern. Er war bestürzt über die tölpelhafte Art des Lohgerbers. Andererseits erleichterte es ihn, dass Francis nun die ungeschminkte Wahrheit erfahren hatte, auch wenn sich Emmerich dabei nicht gerade geschickt angestellt hatte. Für den strafenden Blick von Francis hatte er Verständnis, auch für seine Bockigkeit. Wortlos wandte sich Francis von ihm ab. Er rannte zu Bruder Ansgar, der gerade ein gebrochenes Bein schiente. Nachdenklich hockte er sich in die Ecke und verfolgte die Wundversorgung. Jedoch nicht mit der gewohnten Aufmerksamkeit.

„Du bist so still, mein Sohn?"

Zunächst erhielt Ansgar keine Antwort. Doch aufgrund des penetranten Geruchs, den Francis verbreitete, ahnte er, wo Francis gewesen war. Erst als der Patient mit einer Krücke hinaushumpelte, sprudelte es aus Francis heraus. Ansgar hörte geduldig zu.

„Francis, der Guardian will nur dein Bestes. Er glaubt, du bist außerhalb der Klostermauern besser aufgehoben. Den Hinweis auf Emmerich habe ich Bruder Ludolf gegeben. Ich kenne die Familie. Sie ist fromm und warmherzig und wird dir ein gutes Heim geben. Zudem ermöglicht dir der Lohgerber vielleicht, sein Handwerk zu erlernen."

„Aber der Klas, der mag mich nicht. Und vor dem Gesellen soll ich mich in Acht nehmen."

Francis beschrieb die Symptome, die ihm selbst bei dem Gerberjungen aufgefallen waren. Dabei ließ er sogar diagnostische Vermutungen einfließen. Bruder Ansgar beruhigte ihn. Dem Kleinen könnte er sicher helfen, er solle ihn vorstellen.

„Muss ich dort auch die Stundengebete sprechen?", fragte er verlegen. Langsam reifte in seinem Herzen eine Entscheidung, die sein Leben verändern sollte.

24

Pater Phillip Högel, Guardian der Franziskaner, traute seinen Ohren kaum, als er von Bruder Ludolf hörte, was der mit dem Gerber vereinbart hatte.

„Zweimal in der Woche sollen die beiden Kinder mit uns speisen? Und dann nehmen sie einen Laib Brot mit und noch eine Flasche Wein im Monat? Wahrlich ein gutes Geschäft für den Gerber! Hat der Mann das denn verdient?"

„In Gottes Namen ja, Bruder Phillip. Wilhelm Emmerich hat sich einen guten Leumund als pflichtbewusster Stadtknecht erarbeitet. Dann erwarb er das Anwesen in der Löhrgasse. Als er darum nachsuchte, eine Lehrstelle als Lohgerber antreten zu dürfen, konnte er den Schultheiß als Fürsprecher gewinnen. Die Pestilenz A.D. 1637 hatte auch zwei Lohgerber hingerafft. Da übertrug ihm der Zunftmeister die freie Meisterstelle."

„Mich interessiert nicht, wie er zu seinem Handwerk kam, sondern seine Frömmigkeit. Schließlich trage ich die Verantwortung dafür, Franciscus zu einem guten Christen zu erziehen."

„Emmerich besucht eifrig mit allen seinen Schutzbefohlenen die heiligen Messen in der Stiftskirche, wenn ihr das meint. Der Stadtkaplan wird es dir bestätigen. Emmerichs Erstgeborener liegt auf dem Stiftsfriedhof." Ludolf fügte noch hinzu, dass die Gerberfrau nach der Geburt des zweiten Sohnes keine Kinder mehr gebären konnte. Francis werde ihr über diesen Schmerz hinweghelfen. Er sei sich sicher, Francis in fürsorgliche Hände zu geben.

„Nun, dann in Gottes Namen. Auch wenn ich mir eine wohlhabendere Familie für Franciscus gewünscht hätte. Verpasst dem Jungen noch eine gebührliche Kleidung. Nicht dass er dort in Lumpen oder ständig in der Kinderkutte herumläuft. Das wirft kein gutes Licht auf uns."

Zufrieden verließ Bruder Ludolf den Abt. Doch in seinem Herzen fühlte er eine tiefe Traurigkeit, seinen Francis nun definitiv zu verlieren. Auf dem Weg zu seinem Schuppen, wo er sich einen Schluck von seinem Magenbitter genehmigen wollte, hielt ihn ein Bruder an, der an der Klosterpforte Wachdienst hielt:

„Da wartet draußen eine Frau Emmerich, die will dich sprechen, Bruder."

„Schickt sie zum *Herbularius*", antwortete er und beeilte sich, sein geliebtes Elixier zu trinken.

Die Frau des Gerbers hatte er sich viel älter vorgestellt. Ihre schwarzen Haare versteckte sie geziemend unter einer weißen Haube. Über die grobe, rote Leinenbluse hatte sie eine gewebte, breite Stola gewickelt, die bis zum wollenen Rock herabhing. Nach seinem ersten Eindruck passte die wohlgestaltete Frau nicht so recht zum grobschlächtigen Gerber. Sie strahlte weibliche Energie aus. Dennoch, die sanften Augen vermittelten Warmherzigkeit, mütterliche Fürsorge und Gutmütigkeit.

„Ihr seid Pater Ludolf?", sprach ihn die wohlproportionierte Frau mit leiser Stimme an.

„Gott zum Gruße, Frau Emmerich. Ihr habt Euch für meinen Francis entschieden?"

„Ei, wir nehmen den liebenswürdigen Jungen gern auf. Doch lasst mich zunächst die derbe Ungeschicklichkeit meines Mannes entschuldigen. Im Umgang mit Menschen mangelt es ihm manchmal am notwendigen Feingefühl."

„Vergessen wir das, wann wollt Ihr Francis abholen?"

„Jederzeit. Sein Ruhelager ist bereits gerichtet."

25

Francis erlebte unruhige Nächte voller Albträume. Der Guardian hatte ihm eröffnet, dass an Mariä Himmelfahrt die Zeit für die Trennung gekommen sei. Während Francis als Leuchtenträger neben Hennes zum feierlichen Hochamt in die Sebastianskirche einzog, suchten seine Augen gespannt die Gläubigen in den Bänken ab. In der zweiten Reihe erkannte er die Schwestern Mathilde und Margarete mit den Novizinnen. Sie winkten ihm diskret zu. Ob sie denn ahnten, was heute mit ihm geschehen würde? Francis schenkte ihnen ein freundliches Augenzwinkern. In einer der hinteren Reihen stand Annemarie und hob freudestrahlend den Arm. Neben ihr hockten der Meister Emmerich mit seiner Frau in Sonntagskleidern. Klas blätterte teilnahmslos im Gebetbuch. Francis seufzte und machte eine verstohlene Handbewegung, die wohl nur die Magd registrierte, denn sie setzte sich wieder.

Während der Messe wirkte Francis abwesend. Hennes flüsterte ihm immer wieder zu, was zu tun sei. Nach der Kommunion, bei der auch die Emmerichs den Leib Christi empfingen, formierten sich die Patres und Ministranten zu einer Prozession in den Kräutergarten. An Mariä Himmelfahrt wurden die Kräuter eingesegnet. Der Guardian sprach ein Gebet, in dem er Gottes Segen für die Heilkräfte der Kräuter erbat. Dann ging er durch die Pflanzenreihen und besprengte sie mit Weihwasser. Die Glocken läuteten, als er der Gemeinde zum Schluss der Feier den Segen spendete. Langsam leerte sich der Klostergarten. Familie Emmerich blieb zurück und wartete geduldig, bis Francis mit dem Guardian und Bruder Ludolf aus der Sakristei erschien.

„Francis“, begann der Guardian. „Ich übergebe dich in die Obhut des Meisters Emmerich. Möge er dir ein würdiger Vater sein. Meister Emmerich, ich ermahne Euch, Francis fromm und mit Liebe zu erziehen. So, als ob er Euer leiblicher Sohn wäre.“ Dann segnete er den weinenden Jungen. Bruder Ludolf drückte ihn mit feuchten Augen an seine Brust. Er schenkte ihm ein Kettchen mit einem Medaillon des heiligen Sebastian, der würde ihn stets beschützen. Unschlüssig stand Francis da wie ein Häuflein Elend. Emmerich räusperte sich verlegen, seine Frau wischte sich verschämt eine Träne aus dem Auge, Klas starrte teilnahmslos in den Kräutergarten, und Annemarie reichte ihm endlich die Hand:

„Komm Franciscus, lass uns gehen."

Wie in Trance ergriff er die Hand und wandte sich der Klosterpforte zu. Die Familie folgte ihnen, während die Mönche zurückblieben und einen Abschiedsgruß erwarteten. Doch Francis drehte sich nicht mehr um.

26

In seinem neuen Zuhause lernte er nun den Gesellen Willem kennen, einen hochgewachsenen Mann um die dreißig. Er hatte seine zweijährigen Wanderjahre bereits hinter sich. Sie hatten ihn bis nach Wien geführt, wo er sich mit Milzbrand infizierte. Glücklicherweise überlebte er die gefährliche Gerberkrankheit. Das machte seine Arbeitskraft wertvoller, da ihm dieses Schicksal nunmehr ein zweites Mal erspart bleiben würde. Über verschiedene Aufenthalte in der Schweiz gelangte er schließlich vor sechs Monaten nach Lympurg mit dem festen Entschluss, hier die Meisterprüfung abzulegen.

„Du bist also der Franciscus", begrüßte er das neue Familienmitglied; es sollte das erste und einzige Mal sein, dass er ihn mit seinem Namen ansprach. „Da hast du aber Glück, dass dich der Meister aufnimmt. Das Klosterleben stelle ich mir furchtbar vor."

Was weiß der schon vom Kloster, dachte Francis und zog es vor, nicht zu antworten. Willem nahm sich einen Becher Bier und stieg eine Melodie pfeifend die Treppe hinauf, Annemarie verschwand in der Küche, die Meisterin ebenfalls. Klas verkroch sich bockig in seine Kammer. So saß er nun allein dem Meister Emmerich am Tisch gegenüber, der an seiner Westerwälder Tonpfeife zog. Immer wieder füllte er den Becher aus dem Bierfass nach, das für jeden zugänglich an der Treppe zu den oberen Stockwerken stand.

„Habt Ihr auch Vieh?", fragte Francis, wohl nicht aus Wissbegierde, sondern eher um der unbequemen Stille zu entfliehen.

„Ja, im Stall steht ein Schwein, und Hühner haben wir auch. Die Magd füttert sie mit den Fleischresten der Häute oder mit Küchenabfällen. Und du wirst ihr dabei zur Hand gehen. Übrigens, wie sollen wir dich rufen? Franciscus oder Francis, wie dich der Guardian genannt hat?"

„Bleiben wir bei Francis, Meister. Wie soll ich Euch rufen?"

„Sag einfach Meister zu mir und zur Frau Meisterin. Ach ja, deine häuslichen Pflichten. Also, du wirst täglich das Wasser für die Küche vom Brunnen holen. Die Magd wird dir den Weg weisen. Für die Gerberei holst du das Wasser aus der Lahn. Auch mache ich dich dafür verantwortlich, die Nachttöpfe auszuleeren. Klas wird dir das zeigen. Und wage es nicht, sie aus dem Fenster zu schütten! Bei Einkäufen in der Stadt wirst du die Magd begleiten."

„Wann beginne ich mit der Lehre?"

„Das hat noch etwas Zeit. Erst muss ich mit dem Zunftmeister sprechen. Hüte dich vor den Gerbgruben und der ätzenden Lohe und auch vor dem Kalk. Pass also auf, wohin du mit deinen nackten Füßen trittst. Da kannst du dir schnell den Milzbrand holen."

„Und wann kann ich zum Unterricht ins Kloster gehen?"

„Sagen wir mal am Dienstag und Donnerstag. Und den Klas nimmst du mit, verstanden? Diese Woche aber bleibst du erst einmal hier. Nächste Woche könnt ihr dann gehen. Bringt einen Laib Brot und eine Flasche Wein mit."

Inzwischen war der Tisch gedeckt. Zur Feier des Tages gab es fettes Schweinefleisch mit Sauerkraut. Der Meister sprach ein kurzes Tischgebet. Fröhlich plaudernd nahmen sie die Mahlzeit ein. Francis staunte, im Kloster musste absolute Stille beim Essen herrschen. Aber das sollte nicht der einzige Unterschied zum Klosterleben sein.

„Zeigst du mir den Brunnen?", fragte Francis die Magd zögerlich.

„Erst muss ich Dibbes und Pfannen abwaschen, Franciscus."

„Sag Francis zu mir", bat er und stieg die Stiege zur Dachkammer hinauf. Klas schaute aus der Fensterluke und malte Löcher in den blauen Himmel.

„Was siehst du da unten?" Er drängte sich auch ans Fenster. Klas reagierte nicht. Sein Blick fiel auf die leere Gasse, die Turmspitzen der Stiftskirche und den Stadtgraben. War es ein Wink des Himmels, dass Francis vom Fenster aus die Turmwohnung des Glöckners sehen konnte?

„Soll ich die Nachtgeschirre in den Stadtgraben schütten?", fragte er Klas, der seinen Platz am Fenster verteidigte. Er rückte keinen Fingerbreit zur Seite. Klas antwortete nicht. „Kannst du schon lesen und schreiben?", setzte Francis nach.

„Nein, du?“

Mit einem Satz sprang Francis die Stiege hinunter. Er bat Annemarie um ein Stück Papier und einen Stift. Damit wollte er Klas zeigen, wie man schreibt.

„Nimm doch eine Schiefertafel und etwas Kreide “, meinte die Magd.

Zurück bei Klas, der schon neugierig wartete, schrieb er ein A und ein B auf die Tafel.

„Wenn es noch nicht klappt, wischst du die Buchstaben einfach weg und schreibst noch einmal“, meinte er. Doch Klas legte die Tafel trotzig zur Seite und gaffte wieder auf die Löhrgasse. Inzwischen rief Annemarie herauf, sie könnten jetzt zum Brunnen gehen. So schlenderten sie mit zwei Eimern bewaffnet Hand in Hand hinüber zum Brunnen. Dieser befand sich am Fuße der großen, blühenden Kastanie inmitten der nahen Gärten mit den Tuchrahmen.

„Hier ist unser Gemüsegarten, der zählt auch zu meinen Aufgaben. Im Sommer muss ich täglich gießen.“

„Habt ihr auch Kräuter?“

„Nein, aber vielleicht fragst du die Meisterin, ob du ein kleines Beet mit Kräuterpflanzen anlegen darfst.“

Ein eigener Kräutergarten, das wäre doch eine tolle Sache, überlegte Francis. Bruder Ludolf würde ihm sicherlich ein paar Pflanzen abgeben, vielleicht Thymian, Lavendel, Fenchel und sogar einen Fingerhut?

27

Die erste Nacht war recht kurz. Der Platz neben Klas reichte gerade für einen Strohsack. Klas hustete mehrfach, atmete fast röchelnd. Francis sorgte sich um den Jungen, der ihm zudem immer wieder seinen Ellbogen in die Rippen stieß. Er wurde das Gefühl nicht los, ein ständiges Rascheln von Flöhen im Strohsack zu vernehmen. Annemarie dagegen schlief tief. Sie schien trotz der milden Nachttemperatur zu frösteln, denn sie kuschelte sich in ihr Laken wie ein Welpe. Als die Turmuhr der Stiftskirche fünf Mal schlug, meinte Francis, noch kein Auge zugemacht zu haben. Annemarie schälte sich mit einem Seufzer aus dem Betttuch. Noch schlaftrunken zog sie das grobe Linnenkleid über das Unterkleid. Dann schnürte sie die braune Arbeitsschürze um. Schließlich bedeckte sie ihr Haupt sittsam mit dem Kopftuch und stolperte die Stiege hinunter ins Schlafgemach des Meisters, das direkt unter dem Zwerchhaus lag. Mit nackten Füßen schlich sie an den Schlafenden vorbei und machte sich an ihre häusliche Arbeit.

Sollte er noch liegen bleiben? Im Kloster würde bald die Glocke zur Laudes rufen, denn durch das winzige Fenster fiel bereits das schwache Tageslicht. Er sollte jetzt wie gewohnt beten, aber er kannte doch nur die lateinischen Psalmen der Stundengebete. Hatte Bruder Ludolf nicht gemeint, Gott erhöre jedes Gebet, auch wenn es nicht auf Lateinisch gesprochen werde? Also bekreuzigte er sich, blickte auf das kleine Holzkreuz am Stützbalken. Er dankte dem lieben Gott für die Nacht, obwohl sie recht kurz gewesen sei, und bat um den Segen für einen guten Tag in seinem neuen Heim. Dann erhob er sich vorsichtig, um Klas nicht zu wecken. Er zog das neue Beinkleid und das Leinenhemd an, das Annemarie am Abend bereitgelegt hatte, schnappte sich das Nachtgeschirr und stieg die schmale Treppe hinunter. In der Küche schürte Annemarie das offene Herdfeuer an. Francis sah sich um: Über der Feuerstelle hing ein Schüsselbrett mit hölzernem und tönernem Ess- und Kochgeschirr. Neben dem Herd stapelten sich Kienspäne und längliche, braune Lohekuchen. Die Wände waren von Ruß geschwärzt. Durch ein winziges Fenster erhellte die Morgensonne etwas den Raum. Gegenüber dem Ofen stand in der Raumecke ein schwerer Holztisch, dahinter eine Eckbank. Der Lehnstuhl war offensichtlich dem Hausvater vorbehalten. An der Seite des Tisches zog Annemarie eine Schublade heraus, um die Fladen und einen Kanten Brot herauszunehmen. Sie begrüßte ihn mit einem freundlichen „Hallo, wie war die erste Nacht bei uns? Hast du was geträumt?"

Noch wortkarg antwortete er, zum Schlafen zu aufgeregt gewesen zu sein. Er beugte sich über einen Wasserzuber und schlug sich Wasser ins Gesicht.

„Oh je, das Wasser war zum Kochen gedacht", rief Annemarie erschrocken.

„Und womit wascht ihr euch?"

„Dort drüben steht der Zuber mit dem Lahnwasser, aber wir waschen uns selten."

Entschuldigend bot er sich sofort an, neues Wasser vom Brunnen zu holen. Doch Annemarie hielt ihn zurück, das merke doch niemand. Er lief zum Stadtgraben, schüttete den Nachttopf aus, hockte sich brav an den Tisch und sah Annemarie bei der Küchenarbeit zu. Wie sie denn zu den Emmerichs gekommen sei, wollte er wissen.

Sie stamme von einer Köhlerfamilie aus dem Westerwald, wo sie in einer Hütte gehaust hätten, die jeden Moment in sich zusammenzufallen drohte. Als einziges Mädchen wuchs sie mit vier Brüdern auf. An ihre entbehrungsreiche Kindheit erinnere sie sich nur mit Grauen. Ständig wäre sie von den Brüdern gehänselt worden: „Annemarie, fitter die Kih, fitter die Spatzen, dass se platze!" Als Jüngste war sie zu schwach, um sich zu wehren. Eines Tages wäre der Meister Emmerich zu Besuch gewesen, um sich die Eichenwälder anzuschauen. Die Lohmüller bezogen von hier die Rinden, um sie zu Lohe zu verarbeiten. Bei dieser Gelegenheit hatte ihre Mutter – sie war wohl irgendwie mit Emmerichs Bruder verwandt – mit ihm vereinbart, dass Annemarie bei ihm als Magd dienen solle. Sie solle etwas lernen, das wäre hier im Westerwald nicht möglich. Außerdem wären sie zu arm, um alle Mäuler stopfen zu können. Sie ernährten sich vor allem von Waldpilzen und Beeren. Fleisch gab es nur dann, wenn der Vater ein Stück Wild mitbrachte. Darüber durften sie aber niemandem etwas sagen. So verschlug es sie nach Lympurg, in der stillen Hoffnung, hier einmal einen reichen Mann kennenzulernen. Anfangs fühlte sie sich in der Stadt nicht wohl: die schmalen Gassen, die vielen Menschen, alles zu eng, zu turbulent. Nun war sie schon vier Jahre bei den Emmerichs.

„Hast du Heimweh?", fragte Francis.

„Nein, ich vermisse meine Eltern nicht, auch nicht meine Brüder. Ich habe sie seither nie mehr gesehen. Die Meisterin ist jetzt meine Mutter."

Annemarie hatte also auch eine neue Mutter akzeptiert, warum sollte er das dann nicht auch? Wie gerufen erschien die Meisterin und schaute zunächst in den Kessel über dem Herdfeuer, in dem ein Gemüseeintopf köchelte.

„Ei, wir brauchen noch etwas Fleisch für die Hollpotria. Nach dem Frühstück geht ihr zum Katzoff, bringt auch Reisigbündel zum Anfeuern mit. Danach holt ihr noch Kohlrabi aus dem Garten."

Der Tisch, der aus groben Kieferbohlen gezimmert war, füllte sich allmählich. Alle griffen schmatzend zu den knochenharten Fladen, den sie in der sauren Milchsuppe aufweichten. Dazu gab es gequollenes Weizenmus mit gekochten Früchten aus dem eigenen Garten. Francis sehnte sich ins Kloster zurück. Das Fladenbrot klebte an seinen Zähnen, die vom Schmirgelsand der Mahlsteine knirschten. Die Früchte waren mit ekliger Hirse vermengt, und die saure Suppe schmeckte fad. Nach dem kargen Frühstück schnappte sich Annemarie einen Weidenkorb. Sie marschierte mit Francis die menschenleere Rosengasse hinauf zur Plötze, dem Platz der Tuchmacher vor dem Diezer Tor. Annemarie bat Francis, der Meisterin nicht zu petzen, dass sie den Weg durch diese Gasse nahmen. Sie hatte es ihr strikt verboten, aber das war nun mal der schnellste Weg. Von der Plötze aus sahen sie schon die

Fleischschirnen. Annemarie steuerte gezielt den Metzger Dapprich in der Mitte der kurzen Gasse an. Hier war sie sicher, dass er sie nicht mit altem Fleisch betrügen würde.

„Wie viel Geld hat dir denn heute die Meisterin mitgegeben?"

„Neun Albus darf das Fleisch kosten, mehr nicht", antwortete sie.

„Das reicht nur für Wellfleisch", meinte er und wickelte fettes Bauchfleisch ohne zu wiegen in ein altes Stück Papier.

Sie gingen zur Fahrgasse hinauf, um noch Reisigbündel zu kaufen. Francis zeigte ihr das Haus, in dem sein Freund Georg das Tuchmacherhandwerk erlernte. Ob der Meister ihm auch eine Lehre gestatten würde? Doch Annemarie zuckte nur mit den Achseln, das könne sie nicht sagen.

28

Der Tag war drückend schwül. Eigentlich wie geschaffen, um ein kühlendes Bad in der Lahn zu nehmen. Aber der Geselle Willem ordnete gebieterisch an, er solle zwei Eimer Lahnwasser holen und sie am großen Kupferkessel bei den Gerbergruben abstellen. Francis hatte gehofft, dass Klas ihm dabei helfen oder ihn doch wenigstens begleiten würde. Doch der ließ sich nicht sehen. Also schleppte er die schweren, für ihn zu schweren Eimer die Löhrgasse hinauf. Immer wieder musste er sie auf dem kurzen Weg von der Lahn absetzen, denn sie zerrten schmerzhaft an seinen kurzen Armen. Kaum hatte er die Eimer wie befohlen vor den Gruben abgesetzt, warf Willem einen Blick hinein und gab ihm aus heiterem Himmel eine schallende Ohrfeige:

„Rotzlöffel, willst du uns umbringen?"

Francis stand fassungslos mit roter Wange da, wie vom Blitz getroffen. Annemarie stürmte aus der Küche und warf Willem einen wütenden Blick zu. Sie nahm Francis, der Rotz und Wasser heulte, in die Arme, wollte ihn trösten. Doch der riss sich los, drehte sich auf der Stelle um und flitzte zur Haustür hinaus. Noch nie hatte ihn jemand geschlagen. Wenn er doch wenigstens wüsste, warum. Er war sich keiner Schuld bewusst. Die erste Erfahrung einer körperlichen Züchtigung ließ seine heile Welt wie ein Kartenhaus zusammenstürzen. Er fühlte sich erniedrigt, maßlos enttäuscht und verstoßen wie ein gedemütigter Hund. Nur weg! Er rannte so schnell, dass er beinahe den Stadtgraben übersehen hätte, die Löhrgasse hinauf bis zur lebhaften Fahrgasse. Ein Ausscheller lenkte ihn von seiner unbändigen Wut ab. Mutig unterdrückte er seine Tränen. Der Rufer kündigte ein knarrendes Fuhrwerk an, das die Fahrgasse vom Schuhmarkt polternd heraufkam. Sofort klappten die Fischhändler die Schirnen herunter und die Menschen sprangen in die Hauseingänge. Schon rumpelte der schwer beladene Pferdewagen an Francis vorbei. Normalerweise wussten die Fuhrleute um das gefürchtete Nadelöhr in den engen

Gassen von Lympurg. Am Cöllner Heumarkt, wo die Fuhrleute gewöhnlich im Wirtshaus einkehrten, waren die maximalen Belademaße der Wagen angegeben, wenn sie durch Lympurg fahren wollten. So mancher Fuhrmann erbat in der kleinen Brückenkapelle den Beistand des Heiligen Antonius, noch bevor er über die Lahnbrücke in die Stadt hineinfuhr. Die gefährliche Enge der Gassen, der krumme und teilweise abschüssige Fahrweg ängstigte auch so manchen Zuggaul. Die Kutscher trieben die Rosse laut schreiend an, damit sie ja nicht stehen blieben. Mit rascher Fahrt fuhr der zweispännige Wagen die leergefegte Gasse entlang. Er war hoch und schwer beladen mit Säcken, die über die Ladefläche ragten. Wahrscheinlich waren sie auf der langen Fahrt verrutscht, oder der Fuhrmann kannte die maximalen Lademaße nicht, denn schon kratzten die ersten Säcke an den hervorspringenden Hauswänden. Goldgelbe Gerste quoll heraus; die Ladung war sicherlich für die Brauerei in der Barfüßergasse bestimmt. Kurz vor dem Rathaus ahnte der vorauseilende Ausscheller, dass der Wagen die engste Stelle nicht passieren könne. Wahrscheinlich hatte er das mit geübtem Auge schon bei der Brückeneinfahrt erkannt. Er gab dem Kutscher eindeutige Zeichen zum Anhalten. Als hätten sie darauf schon gewartet, sprangen die mit braunen Kapuzenmänteln bekleideten Säcker von allen Seiten herbei: Hier gab es eine lohnende Arbeit für sie! Sie hievten die Säcke herunter, trugen sie geschultert bis zum Kornmarkt, wo sie das Fuhrwerk wieder beluden und vom Kutscher einen horrenden Lohn forderten. Strafe musste sein!

Francis stand unschlüssig in der Salzgasse. Wohin sollte er nun gehen? Zum Kloster? Der Guardian würde ihn sicher sofort wieder zum Emmerich schicken. Zu den Nonnen ins Kloster Bethlehem? Hatte Schwester Margarete nicht gesagt, die Oberin würde dies nicht zulassen? Zum Gerber zurück? Nein, das wollte er auch nicht. Nachdenklich blickte er zum Haus des Tuchmachers Ölp hinüber. Entschlossen suchte er im Haus nach seinem Freund Georg und berichtete ihm aufwühlt, was sich zugetragen hatte.

„Kein Wunder, dass Willem zornig war. Du hast das Wasser an der falschen Stelle geschöpft. Weißt du denn nicht, dass etwas höher, flussaufwärts der Stadtgraben in die Lahn mündet? Wenn du bedenkst, dass der Graben von der Fleischgasse kommt, an der Plötze und dem Schießgraben vorbei ins Löhrviertel fließt, wo auch ihr den Abtritt hineinschüttet, kannst du dir vorstellen, was in deinen Eimern so herumschwamm. Du musst das Wasser hinter dem Stadtgraben näher zur Brücke entnehmen."

Zum Trost schlug Georg dem weinenden Francis vor, den Nachmittag im Turm der Stiftskirche gemeinsam mit Hennes zu verbringen.

29

Bis zur Vesper könne er bleiben, meinte Hennes, der seinen jüngeren Klosterbruder tröstete und auf den brutalen Gesellen schimpfte. Auf dem Weg hinauf zur Stiftskirche gestand Georg, er habe auch einmal eine Ohrfeige vom Meister erhalten. Er hatte eine Wollweberin mit einem Lausbubenstreich so erschreckt, dass sie Ausschuss produzierte. Sein Vater hatte damals kein Mitleid mit ihm gezeigt und gemeint: „Wen Gott liebt, den straft er auch."

Sie stiegen die steinerne Wendeltreppe zum linken Kirchturm hinauf und erreichten den ehemaligen Wachraum der Soldaten unterhalb der Sturmglocke.

„Das ist jetzt mein Reich. Manchmal übernachte ich auch hier und beobachte, wie die Stadt erwacht. Soll ich euch ein Geheimnis verraten?"

Die beiden Jungen sahen ihn erwartungsvoll an.

„Als das schwedische Heer damals die Stadt besetzte, versuchte mein Vater so viel wie möglich von dem Kirchenschatz zu retten. Er versteckte die goldenen Kelche, die silbernen *Ciborien* und eine Monstranz aus Messing mit den Reliquien der heiligen Anna. Ich habe ihm dabei geholfen. Wir haben sie im Beinhaus der Karnerkapelle Sankt Michael unter den Knochen vergraben. Da unten traut sich kaum einer hin, auch nicht die Krieger."

„Und da liegen die Kelche und Monstranzen noch heute?", wollte Hennes wissen.

„Mein Vater hat natürlich dem Stiftskaplan davon erzählt, aber der meinte, es sei noch zu früh, sie herauszuholen."

„Und das ist dein Geheimnis?", fragte Francis.

„Nein. Wartet ab. Ich habe auch etwas versteckt, wovon ich noch niemandem etwas erzählt habe. Auch nicht meinem Vater. Kommt mit!"

Sie folgten ihm durch einen Holzverschlag und standen erwartungsvoll auf dem Deckenboden des Langhauses. Dort zeigte er ihnen die Öffnungen, durch die die großen Kerzenleuchter heruntergelassen wurden, damit der Küster die Kerzen im Haupthaus anzünden könne. Als sie über der Vierung ankamen, kroch Georg die lehmverschmierte Decke hinunter fast bis zur Dachtraufe. Sie sollten ihm aber nicht folgen. Das sei zu gefährlich. Mühsam schleppte er ein in dreckige Lumpen gewickeltes Paket heran. Gespannt vor Aufregung schlichen sie in sein Reich zurück. Dort entfernte er die Lappen. Zum Vorschein kam eine hölzerne Figur, die einen Reiter auf einem Schimmel darstellte. Der Ritter hatte ein schwarzes Kettenhemd an, nur das weiße Gesicht schaute heraus. In der linken Hand hielt er eine Lanze, die er in den Schlund eines Drachens gerammt hatte. Der Drache hatte seinen langen Schwanz bereits um ein Bein des Pferdes geschlungen.

„Das ist aber eine schöne Statue", staunte Francis. „Ist das der heilige Martin, dessen Bild in der Kirche zu sehen ist?"

„Nein, Francis, das ist der heilige Georg. Man erzählt, vor langer Zeit bedrohte ein fürchterlicher Drache die Einwohner einer Stadt irgendwo in Palästina. Zunächst versuchten sich die Menschen mit Opfertieren zu retten, die sie dem Drachen zum Fraß vorwarfen. Aber das feuerspeiende Ungeheuer ließ sich nicht besänftigen. Dann beschlossen sie, ihm einen Menschen anzubieten. Sie losten aus, wer sich dem Drachen opfern sollte. Das Los fiel ausgerechnet auf die Tochter des Königs. Die war zu Tode erschrocken. Man stieß sie vor das Stadttor. Dort wartete sie auf ihr schreckliches Schicksal. Schließlich tötete der edle Ritter Georg mutig das Ungeheuer. Die Königstochter war gerettet."

„Der heilige Georg ist der Schutzpatron der Kirche!", meinte Hennes oberschlau.

„Genau, darum ist die Statue auch so wertvoll für die Stiftsherren. Wenn die mich einmal zum Turmwächter berufen, gebe ich sie der Kirche zurück. Bis dahin aber schwört ihr mir, das Geheimnis zu bewahren!"

Francis blickte Hennes verständnislos an. Wie man denn schwören würde? Georg nahm ein Messer aus seinem Beinkleid. Er ritzte seinen linken Zeigefinger auf und forderte seine Freunde auf, das Gleiche zu tun. Dann legten sie die blutigen Finger zusammen und gelobten zu schweigen. Der mystische Blutschwur verband sie nun viel stärker, als es eine Blutsverwandtschaft vermocht hätte, die Hennes und Francis sowieso nicht kannten.

Es dämmerte schon, und Hennes beeilte sich, rechtzeitig ins Kloster zu kommen. Er würde Bruder Ludolf erzählen, was Francis widerfahren war.

Die untergehende Sonne stand bereits rotglühend über der Lubentiuskirche. Im Kloster gingen die Franziskaner zum Stundengebet. Annemarie würde das Abendbrot vorbereiten, schoss es Francis durch den Kopf. Doch er zeigte keine Anstalten, nach Hause zu gehen. Georg deutete sein Verhalten, er wollte die Nacht bei ihm verbringen.

30

Hinter der Stiftskirche, zur Lahn gelegen, stand das Hundshaus. Hier war normalerweise die Stadtwache untergebracht. Nur noch drei Hovowarte fristeten dort ihr Dasein. Die Wachmannschaft hatte die Stadt bereits eingespart. Mit ihren kräftigen Körpern, dem breiten Kopf und den sabbernden Schnauzen verbreiteten die Hunde Angst und Schrecken. Der Rat hatte den Turmwächter verpflichtet, für die Tiere zu sorgen. Neben dem Glöckner war Georg ihre einzige Bezugsperson. Denn zu seinen Aufgaben gehörte es, die Hunde morgens und abends zu füttern.

„Francis, nimm die Fressnäpfe und nähere dich vorsichtig den Wachhunden. Wenn ich dabei bin und sie von dir gefüttert werden, dann akzeptieren sie dich."

Doch die Heidenangst vor den ungestüm bellenden Tieren konnte Francis nicht ablegen. Georg redete beruhigend auf die Kläffer ein. Sie drängten sich am Holzzaun und verlangten gierig nach ihrem Fressen. Francis schob tapfer die Näpfe durch die Zaunlatten und versuchte die Hunde mit Worten zu beschwichtigen. Sofort stürzten sich die Hunde darauf und verschlangen in Windeseile das Futter. Georg gab Francis drei große Beinknochen, er solle sie in die Nähe des Wachhauses werfen. Als die Hovowarte abgelenkt waren, schlich sich Georg in das Gatter und holte die Fressnäpfe heraus. Also hatte auch er ziemlichen Respekt vor den Angst einflößenden Kötern, wunderte sich Francis.

„Meine Eltern werden sich freuen, wenn du heute mit uns zu Abend isst."

Francis war es durchaus recht. Diese Nacht würde er keinesfalls bei der Gerberfamilie verbringen. Sie sollten spüren, dass er gekränkt war. Georgs Eltern nahmen den Jungen ausgesprochen freundlich auf. Sie beruhigten ihn und rieten ihm, am nächsten Tag doch wieder nach Hause zu gehen. Nachdenklich schaute

Francis den Glöckner an. Hatte er sich damals tatsächlich an der Kollekte vergriffen? Warum konnte ihm der Türmer nicht in die Augen sehen, und warum begegnete er ihm mit solch einer übertriebenen Freundlichkeit? Hatte er ein schlechtes Gewissen? Aber schließlich musste er die Mauschelei selber vor dem Herrgott verantworten. Die Frau des Glöckners säbelte dicke Scheiben vom Brotlaib und vom herzhaften Schinken. Francis verspürte unbändigen Hunger, hatte er doch das Mittagsmahl beim Gerber versäumt.

Die laue Nacht verbrachten die beiden Freunde in Georgs Turmzimmer, wo sie mit Decken ein provisorisches Nachtlager hoch über den Dächern der Stadt aufschlugen, so wie es wohl die Soldaten während des Krieges auch gemacht hatten. Außer den stündlichen Schlägen der Uhrglocke war nur das schrille *Kikiki* eines Turmfalken zu vernehmen. Ein Falkenpärchen habe sich im Dachstuhl des Turmes eingenistet und füttere nun die Jungen, erklärte Georg. Vor Aufregung war im mystischen, dunklen Turm an Schlaf nicht zu denken. In eine Decke eingehüllt ließen sie sich vom hellen Mondlicht verzaubern, das sich in der ruhigen Lahn gespenstisch widerspiegelte.

„Die schwedischen Soldaten haben hier oben im Winter sicher auch Feuer gemacht. Sieh nur den Ruß an der Decke. Zum Glück ist der Turm nicht abgebrannt. Aber das wäre ihnen wohl auch egal gewesen. Mein Vater hat erzählt, dass sie unglaublich grausam mit den Menschen umgegangen sind. Bei einem Bauern in Creuch suchten sie zum Beispiel nach Beute. Doch der hatte wohl nichts mehr. Da haben sie ihn gefesselt auf den Erdboden gesetzt, ihm ein Sperrholz ins Maul gesteckt und einen Melkkübel voll garstiger Jauche in den Leib geschüttet. Das nannten sie den Schwedentrunk."

„Wie kann ein Mensch nur so grausam sein?", entrüstete sich Francis. Doch Georg fuhr unbeirrt mit seiner Gruselgeschichte fort:

„Einem Gefangenen haben sie die Hände und Beine zusammengeschnürt, ihn ans Feuer gesetzt und die Fußsohlen mit feuchtem Salz eingerieben. Dann haben sie eine alte Geiß geholt, die das Salz abschleckte und den Armen so kitzelte, dass er sich fast zu Tode lachte."

„Haben sie deinen Vater auch gequält?"

„Nein, der Feldmarschall hatte ihnen befohlen, Kleriker oder Kirchendiener in Ruhe zu lassen. Aber daran haben sie sich auch nicht immer gehalten. Denn man erzählt, ein Söldner habe sich an einer Nonne des Klosters Bethlehem vergriffen. Er wurde standrechtlich erschossen."

Von fern war ein eigenartiges Jaulen zu hören, die Hovowarte schlugen unruhig an.

„Hörst du die Wölfe heulen? Wahrscheinlich kommen sie bei Vollmond wieder bis an die Stadtmauern heran, um nach Knochen zu suchen. Im Westerwald gibt es so viele Wölfe, dass sie wie Hasen abgeknallt werden. Wir haben heute Vollmond. Da kommen auch die Werwölfe aus den Verstecken."

Francis mummelte sich fröstelnd tiefer in seine Decke und sah Georg fragend an. Wer denn die Werwölfe seien?

„Es gibt Menschen, die sind vom Teufel besessen und verwandeln sich bei Vollmond für eine Nacht in einen Wolf. Der Satan hat ihnen so große Kräfte verliehen, dass sie die Stadtmauer überspringen können. Dann dringen sie in die Häuser ein und rauben die Seelen der Menschen. Wer zu fett ist, um über die Mauer zu springen, verwandelt sich sofort wieder in einen normalen Menschen. Die Werwölfe können sogar Menschen töten. In Bedburg bei Cölln wurde vor vielen Jahren ein Bauer hingerichtet, weil er als Werwolf dreizehn Kinder umgebracht haben soll."

„Und woran erkennt man einen Werwolf?"

„Man sieht es ihnen nicht an. Aber sie benehmen sich wie die Hexen, die auch vom Teufel besessen sind."

Die letzten Worte hatte er schon nicht mehr gehört. Völlig übermüdet fiel Francis in einen tiefen Schlaf und träumte, wie sich der Geselle Willem in einen Werwolf verwandelte.

31

Wenn ihr den Menschen ihre Verfehlungen vergebt, so wird euch euer himmlischer Vater auch vergeben, sagt Matthäus in der Bibel. Verzeih dem Gesellen, Francis. Gott wird es mit Freude sehen. Sei ein tapferer Junge und gehe zurück zu den Emmerichs."

Francis' ursprünglicher Zorn war längst verflogen. Seine Wut auf Willem hatte sich gelegt, denn schließlich sah er ein, einen Fehler gemacht zu haben.

„Kann ich noch einige Kräuter mitnehmen? Lavendel und Thymian? In meinem Strohlager wimmelt es nur so von Flöhen. Und für den Klas benötige ich noch etwas gegen Husten. Ich würde ihm gern einen Aufguss oder Absud zubereiten."

Bald hatte er den kleinen Sack mit den Kräutern gegen die lästigen Plagegeister gefüllt. Gegen den Husten von Klas gab ihm Bruder Ludolf getrocknete Holunderblüten mit. Wahrscheinlich würde Klas von dem Sud in der Nacht schwitzen. Das sei gut, denn das treibe die kranken Säfte aus seinem Körper.

Seine unbeschadete Rückkehr nahm vor allem Annemarie mit großer Freude auf:

„Musst nicht gleich flennen und weglaufen, Francis. Ich helfe dir doch. Der Meister hat den Gesellen deinetwegen gescholten. Der wird sich jetzt in Acht nehmen. Wo hast du denn geschlafen? Im Kloster?"

Francis erzählte ihr von der abenteuerlichen Nacht hoch über den Dächern Lympurgs, bat sie aber, darüber zu schweigen. Sein Ausweichquartier wolle er nicht preisgeben. Als ihn der Meister ansprach, machte sich Francis auf eine Schelte gefasst. Doch er ermahnte ihn nur. Er solle wenigstens Bescheid geben, wenn er beabsichtige, die Nacht woanders zu verbringen, und fragte ihn, was er denn da im Sack habe.

„Meister, in meinem Strohlager tummeln sich Flöhe. Ich habe Kräuter mitgebracht, um sie zu verjagen. Und für Klas habe ich

Hollerblüten dabei. Ich werde einen Absud daraus machen. Den soll Klas trinken, dann hustet er nicht mehr so viel."

Emmerich wiegte den Kopf bedächtig hin und her. Der Bengel wolle bei ihnen Doktor spielen? Doch seine Frau beruhigte ihn, Holunder sei ein altes, ungefährliches Hausmittel. Sie nahm die Kräuter dankbar an und verschwand in der Küche. Francis stürmte unterdessen die Stiege ins Zwerchhaus hoch, unterwegs konnte er dem Gesellen mit den kräftigen Händen nicht ausweichen.

„Da bist du ja wieder. Das nächste Mal holst du das Wasser weiter stromaufwärts hinter der Bachmündung, verstanden?"

Ein zaghaftes „Ja, ja" murmelnd, stieg er die schmale Treppe zur Dachkammer hinauf. Klas malte Buchstaben auf die Schiefertafel. Ohne ihn weiter zu beachten, machte sich Francis an seinem Schlafsack zu schaffen und streute die Kräuter hinein. Fragenden Blickes sah Klas zu. Die Kräuter seien gegen die Flöhe, belehrte ihn Francis. So als wäre es die natürlichste Sache der Welt. Ob er auch welche in sein Schlaflager haben wollte? Sofort sprang Klas auf und breitete die offene Seite seines Strohsacks aus. Francis hatte genug Lavendel und Thymian dabei, um auch seinen und den von Annemarie damit zu füllen.

„Klas, dich plagt ein quälender Husten in der Nacht. Ein Hollerabsud wird deinen Husten lindern. Und wenn wir gemeinsam ins Kloster gehen, bringe ich dich zum Medicus Ansgar. Der wird dich untersuchen."

„Warum? Ei, ich bin doch nicht krank", entrüstete sich Klas und mühte sich ab, ein ‚A' auf die Tafel zu kritzeln. In diesem Moment stieg die Meisterin die Stiege herauf, reichte Klas einen Becher mit heißem Holunderaufguss. Klas trank ihn gehorsam. Er war es gewohnt. Seine Mutter verabreichte ihm seit Kindheit an bitter schmeckende Säfte oder heiße Kräutertees, meistens nach alten Rezepten ihrer Mutter, die – Gott hab sie selig – im Taunuswald Kräuter gesammelt hatte. Das verschwieg sie aber, um nicht als Tochter einer Kräuterhexe verschrien zu werden.

„Kannst du mir noch andere Buchstaben zeigen?" Zum ersten Mal wandte er sich an Francis mit einer Bitte. In großen Lettern schrieb Francis KLAS auf den Schiefer. Die Meisterin schaute zufrieden zu in der Gewissheit, die Jungen würden sich schon aneinander gewöhnen.

„Francis, ich glaube, der Geselle erwartet dich in der Wasserwerkstatt“, meinte sie, wohl um ihrem Klas die gewohnte Ruhe zu gönnen. Mit klopfendem Herzen meldete er sich schüchtern bei Willem. Der tat, als wäre nichts vorgefallen.

„Pass auf, Junge. Diese Ochsenhaut habe ich bereits in der Lahn vom gröbsten Dreck gereinigt. Nun werden wir das Fell äschern, damit ich die Borsten entfernen kann. Zieh Handschuhe und Holzschuhe an. Dann streichen wir die Haut mit Kalk und Holzasche ein und legen sie mit den Äscherzangen in die Grube.“

Francis fragte, wozu denn das gut wäre. Willem erklärte, dadurch würden die Tierhaare gelockert und die Oberhaut geschmeidiger, um diese mit den Borsten zu entfernen. Schließlich brauchten sie für die Weiterverarbeitung nur die darunter liegende Lederhaut. Eifrig machte sich Francis an die Arbeit, wobei er mit Argusaugen Willem beobachtete, um ja keinen Fehler zu machen. Willem spannte eine bereits geäscherte Haut auf den Gerberbaum und schabte mit dem Schereisen zunächst die Fleischreste ab. Jetzt erkannte Francis, warum es beim Lohgerber so bestialisch stank. Die faulen, graublauen Fleischreste raubten ihm den Atem.

„Das Abgeschabte sammelst du im Eimer, das nimmt der Kerzenmacher gern für die Talgkerzen. Und lass um Himmels willen die Handschuhe an. Jetzt werde ich noch die Borsten abscheren. Die bekommt später der Bürstenmacher.“

32

Am nächsten Dienstag verließen die Jungen Hand in Hand das Haus. So wie sie durch die Stadt den Fahrweg entlang zum Franziskanerkloster schlenderten, hätte jeder die Kinder für Brüder gehalten: einer blond, etwas größer, älter und kräftiger, der andere etwa zwei Jahre jünger, dunkelhaarig, schmächtiger, etwas blass um die Nase und kurzatmig. Er brauchte immer wieder eine Pause zum Verschnaufen. Der Absud hatte Klas einen ruhigen Schlaf bereitet. Er wachte zwar schweißgebadet auf, fühlte sich aber ausgeschlafener, was er auf das neue Kräutergetränk zurückführte. In der Barfüßerstraße, kurz vor dem Franziskanerkloster, zeigte Klas auf eine geschnitzte Figur über dem Hauseingang.

„Die hat ja zwei Gesichter!"

„Man nennt die Figur Januskopf. Georg hat mir erzählt, dass Janus ein römischer Gott war, der Eingänge und Ausgänge bewacht."

Allmählich respektierte er Francis als seinen größeren, klugen Bruder, von dem er noch viel lernen konnte. Bruder Ludolf wartete bereits auf sie. Im Speisesaal setzten sie sich an den großen Tisch. Francis übte sich im Addieren. Klas begann mit den ersten Schreibübungen und stellte sich gar nicht ungeschickt an. Als die Konzentration etwas nachließ, meinte Bruder Ludolf, sie sollten jetzt beim Bruder Ansgar vorbeischauen.

Das Arztzimmer war leer. Ansgar freute sich überschwänglich, Francis wiederzusehen. Er begrüßte Klas mit einer solchen Herzlichkeit, dass dieser sein abweisendes Fremdeln ablegte.

„Francis sagte, du atmest so schwer. Dann lass mich doch mal nachschauen. Zieh dein Hemd aus." Zögerlich setzte sich Klas mit bloßem Oberkörper auf die Pritsche. Ansgar tastete ihn ab, klopfte mit den Fingern auf den Rücken und legte ein Ohr auf die flache, knöchrige Brust, während Klas mit offenem Mund atmen sollte. „Mein Junge, dich plagt das Asthma. Francis wird dir einen Absud von Huflattich und Johanniskraut zubereiten. Lass die Kräuter zehn Minuten in kochendem Wasser ziehen. Dann seihst du den Sud ab und süßt ihn mit Honig. Davon trinkst du zwei Tassen am Tag. Und vor dem Schlafen trinkst du noch einen Becher heißen Holundersud. In einer Woche will ich Klas noch einmal untersuchen. Alles klar, Francis?"

„Alles klar, Bruder Ansgar", antwortete Francis, nahm den verdutzten Klas an die Hand und führte ihn in den Kräutergarten.

„Kannst du dir das alles merken? Ich habe nichts verstanden", schluchzte Klas. Doch Francis beruhigte ihn, er wisse genau, was zu tun sei, und führte ihn in den Garten. Klas staunte, was Francis über die Kräuter und deren Wirkung wusste. Natürlich zeigte er ihm auch seinen geliebten Fingerhut und belehrte ihn über die tödliche Gefahr, die von dieser Pflanze bei falscher Anwendung ausgehen konnte. Sein Ansehen bei Klas stieg mit jeder Minute.

Bruder Ludolf rief zum Essen und ermahnte Klas, bei Tisch Ruhe zu bewahren. Klas fühlte sich in eine andere Welt versetzt und wagte kaum, beim schmackhaften Hirsebrei mit dem frischen Gemüse zuzugreifen. Francis flüsterte Hennes, der neben ihm saß, etwas zu. Hennes erhob sich und verneigte sich kurz zum Guardian. Aus der Klosterküche holte er einen großen Becher mit heißer Milch, die er auch noch mit Honig süßte. Nach dem Essen bat Francis um seine wollene Schlafdecke aus dem Dormitorium, seine bei den Emmerichs sei zu dünn. Mit der Decke, einem Laib Brot, den Kräutern und einer Flasche Wein vollbepackt, machten sie sich entlang der Fahrgasse auf den Heimweg.

„Was willst du mit der Decke?", fragte Klas verwundert. Francis antwortete, die sei für Annemarie, die friere so in der Nacht. Aber er sollte dem Mönch nichts sagen.

Unterwegs trafen sie Georg. Er wollte für seinen Oheim einen Krug frisches Bier aus dem Brauhaus holen. Mit wichtiger Miene beschrieb er seine Arbeit in der Wollwerkstatt. Klas und Francis lauschten mit roten Ohren. Voller Stolz berichtete er, er dürfe bald nach Franckfurt mitfahren, um Tuche zu verkaufen. Bei seinen Freunden rückte er zum Vorbild auf, dem sie nacheifern wollten.

„Ich hoffe nur, wir werden nicht von Räubern überfallen, so wie es früher einmal geschah. Aber wir fahren mit mehreren Gespannen und einem geharnischten Reiter mit Gewehr."

„Hast du keine Angst?“, fragte Klas. Er malte sich aus, selbst auf dem Fuhrwerk zu sitzen. Aber Georg ignorierte achselzuckend die Frage und meinte zu Francis, er könne jederzeit wieder zu ihm in den Turm kommen, seinetwegen auch mit Klas, sofern dem nicht bange sei. Klas schwieg. Er hatte nicht verstanden, worum es ging, und Francis klärte ihn auch nicht auf.

Daheim nahm der Gerbermeister dankbar die Flasche Klosterwein entgegen, die Meisterin das dunkle, knusprig gebackene Roggenbrot und die Heilkräuter für Klas. Annemarie strahlte überglücklich über die wollene Decke. Jetzt hatte Francis vollends die Herzen seiner neuen Familie erobert. Klas berichtete überschwänglich vom Kloster. So aufgekratzt hatte ihn seine Mutter schon lange nicht mehr erlebt. Sie bereitete sofort den Kräutersud zu, wobei sie sich an die genauen Anweisungen von Francis hielt. Der Meister hatte sich schon einen Becher Wein eingegossen und bedeutete Francis, sich zu ihm zu setzen. Er habe etwas mit ihm zu besprechen. Schon wieder die Flasche in der Hand, das Glas noch leer, hielt er einen Moment inne. Dann begann er bedeutungsvoll:

„Ich habe leider keine gute Nachricht für dich“, er goss sich den zweiten Becher ein. Francis erschrak. Der Tag war so glücklich verlaufen. Allen hatte er eine Freude bereitet, und nun kam der Meister mit einer schlechten Nachricht! Ob er wieder einen Fehler gemacht hatte?

„Francis, ich habe den Zunftmeister wegen deiner Lehre gesprochen. Er sah sich dein Taufzeugnis genau an. Nach seiner Meinung gehe aber daraus nicht eindeutig hervor, dass du ehelich geboren bist. Ich konnte auch keinen Geburtsbrief von dir vorlegen. Die strenge Sozialkontrolle der Zunft verlangt, wer ein zünftig Handwerk erlernen will, der muss seine eheliche und ehrbare Abkunft nachweisen.“

„Ich darf bei Euch nicht in die Lehre gehen?“, schluchzte Francis enttäuscht mit einer Träne im Auge. Sein sehnlichster Wunsch zerplatzte wie eine Seifenblase.

„Mein Junge, verzage nicht. Offiziell darf ich dich noch nicht als Lehrjungen beschäftigen, allerdings habe ich eine Probezeit vereinbart. Du darfst also die braune Schürze des Lehrjungen bei mir tragen. Später wird sich der Zunftmeister selbst ein Bild von dir machen. Vielleicht können wir dann eine Ausnahme erwirken."

33

Inzwischen bescherte der Herbst die ersten kühlen und stürmischen Tage. Die Ernte war in diesem Jahr reichlich, die Speicher in den Obergeschossen der Stadthäuser füllten sich allmählich, nur nicht beim Gerbermeister. Der Trockenboden war zu feucht, um neben den fertigen Ledern auch verderbliche Waren zu lagern. Das Zwerchhaus diente als Schlafraum, einen weiteren Dachboden gab es nicht. Alles, was die Familie für den Winter bevorraten musste, wurde in der Küche verstaut. Meist war dann Meister Schmalhans zu Gast und die Kinder waren froh, sich zweimal in der Woche im Kloster sattzuessen. Francis schwänzelte ständig um Willem herum, begierig, von ihm zu lernen. Der Geselle mit seiner gelben Lederschürze erwies sich trotz seines ungehobelten Benehmens als geduldiger Lehrmeister. Er zeigte ihm, wie die Häute nach dem Äschern entkalkt, danach noch einmal gründlich gereinigt und mit einem Streicheisen auf dem Gerberbaum von den letzten Fett- und Oberhautresten befreit wurden. Immer wieder wurden die Häute gewässert. Francis schleppte unermüdlich Lahnwasser – diesmal von der sauberen Entnahmestelle – herbei, bis ihn seine Arme schmerzten.

Klas konnte die Tage kaum abwarten, an denen sie zum Kloster pilgerten. Das Schreiben ging ihm schon mit großem Geschick von der Hand. Zum Erstaunen von Francis fühlte sich Klas immer mehr zu Hennes im Skriptorium hingezogen. Ihn interessierten nicht die Schriften, sondern die Abbildungen in den Büchern, an denen er sich nicht sattsehen konnte. Als ihm der Skriptor einmal ein Blatt Papier und einen Malstift in die Hand drückte, begann Klas das Gesicht von Hennes zu malen. Keiner forderte ihn dazu auf. Niemand zeigte ihm, wie er sein Bild einteilen solle. Niemand gab ihm einen Rat, aber jeder erkannte in der Zeichnung das Gesicht von Hennes wieder, nicht nur andeutungsweise, sondern haargenau. Schnell entpuppte sich sein eigentliches Talent: Er war ein begnadeter Zeichenkünstler! Der Skriptor war voll des Lobes und reichte die Zeichnung sogar im Kloster herum. Von nun an begann Klas unter der Anleitung des klösterlichen Zeichenlehrers Sartorius wie besessen zu zeichnen und fieberte jeden Tag seiner Lehrstunde entgegen.

An einem nasskalten Septembertag entschied Willem:

„Heute füllen wir die Gruben. Dafür brauchen wir Lohe, getrocknete und zermahlene Eichenrinde. Die werden wir jetzt von der Lohmühle am Brückentor holen."

Schweigend zogen sie gemeinsam den unförmigen Kastenwagen über die stark befahrene Lahnbrücke. Francis musste schon tüchtig an der Deichsel zerren, denn den Karren, alt und ziemlich ramponiert, hätte ein Mann allein wohl nicht von der Stelle bewegt. Ob früher der Meister mit dem Gesellen zur Lohmühle gegangen war? Francis dachte mit Grauen daran, welcher Anstrengungen es bedurfte, den beladenen Wagen heimwärts zu ziehen. Er schaute von der Brückenmitte über den Fluss zur Stiftskirche hinüber. Welch malerisches Bild! Die Kirche hoch oben auf dem steilen Felsen spiegelte sich in der trüben Lahn, trotz der verhangenen Wolken. Nur nicht stehen bleiben, solange der Karren in Bewegung war. Als sie am äußeren Brückenturm ankamen, hatte sich im Turm eine Menschentraube versammelt. Die Torwächter hatten das Fallgitter heruntergelassen und ließen die zahlreichen Fuhrleute nicht mehr passieren, weder stadteinwärts noch hinaus. Am Fußweg rechts von der Tordurchfahrt waren Feldfrüchte gestapelt: Bohnen, Kürbisse, Kohl, aber auch Säcke mit Äpfeln und Walnüssen. Die Knechte zogen sie über einen Ladebaum hinauf in den trockenen Boden des Turms. Dieser diente – wie die obersten Stockwerke der Fachwerkhäuser in der Stadt – als Fruchtspeicher. Aber die Turmwächter hatten das Tor nicht wegen des Einbringens der Früchte verrammelt. Im Turmdurchgang zeigten einige vornehm gekleidete Männer auf die Leibung im südlichen Spitzbogen des Tores. Neugierig blieb Francis stehen und beobachtete, was dort wohl vor sich ging.

„Das ist der Bürgermeister Johann Meelbaum mit dem Steinmetz Johannes Mauß und einigen Ratsherren. Sie streiten wohl über die sonderbare Plastik, die der Steinmetz am Torbogen anbringen soll", mutmaßte Willem aus den gehörten Wortfetzen.

Der Bürgermeister war ein kleiner untersetzter Mann mit eisengrauen Haaren, harten Augen und ruhelosen, zappeligen Händen. Er war für sein aufbrausendes Wesen bekannt. Meelbaum duldete keinen Widerspruch und fuchtelte mit den Brokatärmeln seiner pelzverbrämten Schaube beschwörend in der Luft herum. Sichtlich erregt sprach er auf die Männer ein. Die auffällige Fasanfeder auf seinem ausladenden, schwarzen Filzhut wiegte beim Lamentieren hin und her.

„Meister Mauß, Ihr werdet doch imstande sein, eine abschreckende Maske zu hauen."

Ein anderer Ratsherr im edlen Samtgewand mischte sich in das Gespräch ein:

„Und wenn die Schweden noch einmal zurückkommen?"

„Papperlapapp", entrüstete sich Meelbaum, „der Krieg ist vorbei, die Schweden sind längst abgerückt." Er zeigte auf die Leibung des Spitzbogens. „Seht nur dort, neben dem Falz des Fallgitters. Haben die Schweden da nicht ein ‚S' und die Jahreszahl 1634 eingeritzt? Was bilden die sich ein? Wir müssen ein Zeichen setzen. Sollten sie jemals zurückkommen, dann soll ihnen die Fratze bedeuten, dass wir sie in unserer Stadt nicht dulden. Die haben genug Schrecken verbreitet. Denkt doch nur an den armen Bürger, dem die Barbaren seine Frau genommen haben."

„Von wem sprecht Ihr?", warf ein anderer ein.

„Ein Lympurger Stifter hat uns dreißig Gulden für eine Steinmetzarbeit hinterlassen mit der Auflage, ungenannt zu bleiben. Aber ich kenne sein grausames Schicksal."

Plötzlich hörte man aus der Ferne Trommelschläge, als ob eine Armee auf dem Weg nach Lympurg sei. In heller Aufregung liefen die Menschen zusammen und schrien lauthals mit schreckerfüllten Gesichtern: „Die Blauröcke kommen zurück!"

„Das kann doch wohl nicht wahr sein", entrüstete sich Meelbaum. „Also, dann verschieben wir unser Vorhaben. Aber aufgeschoben ist nicht aufgehoben!"

Tatsächlich näherte sich ein Trupp schwedischer Söldner der Stadt. Die Gruppe um den Bürgermeister löste sich auf und zog sich eilig in die Stadt zurück. Die fliegenden Händler vor dem

Brückentor sowie die fremden Bäcker und Metzger packten hastig ihre Verkaufsstände zusammen und verkrümelten sich. Willem zog Francis eilig in die Lohmühle des Pächters Hans Leonard Pusch gleich neben dem Brückenturm. Dort landeten die Lastkähne mit geschälten Eichenrindenstücken am seichten Ufer an. Über ein riesiges Wasserrad angetrieben, zerstampfte die Mühle mit einem Höllenlärm die trockene Eichenrinde zu pulvriger Lohe.

„Meister Pusch, mit Gunst, wir brauchen Lohe."

„Geselle Willem, mit Gunst, die könnt Ihr haben", war die Antwort des Meisters. Er wies auf den Lagerraum im Holzschuppen. Davon möge man sich bedienen. Mit schweren Holzschaufeln beluden sie den Handkarren, bis nichts mehr auf den Wagen passte. Willem zahlte ohne jegliches Gefeilsche den geforderten Lohn. Die Zunft schrieb den Preis exakt vor, nicht nur den Einkaufspreis der Lohe, sondern auch den der Häute sowie die Verkaufspreise des Leders. So sollte allen Gerbern ein geregeltes, auskömmliches Einkommen garantiert werden.

Überraschend zog Willem den Handkarren, der sich kaum von der Stelle bewegen ließ, nicht über die Brücke, sondern zum nahen Gasthaus „Zum Schwarzen Bären". Die Gaststube war gerammelt voll mit den wartenden Fuhrleuten. Bier und Wein flossen in Strömen, und die Gäste schwatzten in ausgelassener Stimmung. Es roch nach verschüttetem Alkohol, Schweiß und kaltem Tabakqualm von den zahlreichen Tonpfeifen, welche die Männer zwischen die gelben Zähne klemmten. Einige spielten Karten, wobei Francis sofort erkannte, dass es bei dem Glücksspiel um Geld ging. Offensichtlich kannte man den Willem hier, denn er wurde mit großem Tamtam begrüßt. Willem bestellte eine Kanne Bier und Apfelsaft für Francis. Die Wirtin, eine junge, quirlige Frau mit großen Brüsten, trug ein buntes, tief ausgeschnittenes Kleid und Ohrringe. Sie stellte die Getränke auf den Tisch, umarmte Willem fröhlich und küsste ihn sogar mitten auf den Mund. Lachend gab der ihr einen unkeuschen Klaps auf den prallen Hintern. Jetzt erkannte Francis, warum Willem sich gern in dem Wirtshaus aufhielt.

34

Die Schweden blieben tatsächlich in der Stadt und quartierten sich im Bürgerhospital und in den Wirtshäusern ein. Die Sakralbauten verschonten sie diesmal. Dennoch, allein ihre Anwesenheit verbreitete Angst und Schrecken unter den Bürgern. Die eigentliche Aufgabe der Soldaten hatte sich durch den Friedensvertrag erledigt. So suchten sie nur ein Dach über dem Kopf sowie ein sättigendes Mahl. Sie gossen sich fassweise Bier und Wein hinein und sahen die Weibsleute als Freiwild an. Die Gerberkinder verließen das Haus nur, wenn es unbedingt erforderlich war. Sie begleiteten die furchtsame Annemarie wie eine Eskorte bei ihren Einkäufen. Mit dem Stecken in der Hand würde Francis sie tapfer verteidigen, sollte sie ein betrunkener Schwede belästigen. Klas stimmte ihm unerschrocken zu. Überhaupt lebte Klas richtig auf. Die Medizin hatte seine schwächliche Konstitution wesentlich gebessert, sein ehemals milchblasses Gesicht strahlte nun in gesunder Hautfarbe. Niemand hätte angesichts seiner sprudelnden Geschwätzigkeit seine ehemals wortkarge Bockigkeit erahnt.

An jenem Mittwoch regnete es Bindfäden. Zum wöchentlichen Ministrantenunterricht stapften die Kinder klitschnass die schmierige Eulengasse zur Georgskirche hinauf. Der Stiftskaplan hatte Klas als *Ceroferar* eingeteilt. Nun trottete er bei den Messen mit würdiger Miene und der brennenden Kerze in der Hand neben Francis einher, so wie ehedem Francis neben Hennes ministriert hatte. Dieser durfte inzwischen als *Kruziferar* das Kreuz tragen.

Vor der Stiftskirche stutzte Francis und sah sich besorgt um. Irgendetwas stimme hier nicht, keine Seele war zu sehen, meinte er misstrauisch. Er verweilte einen Moment mitten im Friedhof vor dem Kirchenportal. Laut kläffend stürmten die Hovowarte aus dem Hundshaus heran. Klas erstarrte in panischer Angst. Francis suchte erschrocken ein Versteck in der Nähe, doch zum Kirchentor war es zu weit. Heldenhaft stellte er sich mit ausgestreckten Armen beschützend vor Klas. Die bellenden Hunde schossen ungestüm heran, stoppten vor dem fassungslosen Francis und schnupperten an ihm. Zum Glück – hatte Gott sein Stoßgebet erhört? – schrie im gleichen Moment der Glöckner vom Kirchenportal her:

„Wotan, hierher, sofort kommt ihr hierher! Und ihr bleibt ruhig stehen, Jungs."

Auf der Stelle ließen die Hunde von Francis ab und stürmten zum Turmwächter in die Stiftskirche. Kalter Angstschweiß stand den Jungen auf der Stirn. Unfähig, sich zu rühren, waren sie zur Salzsäule erstarrt. Wie gerufen kam Georg aus der Kirche herausgerannt. Er schrie ihnen außer Atem zu, sie sollten schnell in das Beinhaus laufen. Im Schutz der Karnerkapelle klärte sie Georg nach Luft japsend auf:

„Drei betrunkene schwedische Soldaten suchen in der Kirche nach Beute. Sie haben schon das Kreuz vom Altar genommen. Mein Vater hat sie beobachtet und sofort die Hunde losgelassen. Wotan hat sich wohl an dich erinnert, Francis, als er an dir schnupperte. Da habt ihr aber Glück gehabt. Stellt euch vor, die Hunde hätten euch für die Räuber gehalten!"

Im gleichen Augenblick stürmten drei zerlumpte Soldaten aus der Kirche. Die Hovowarte rannten hinter ihnen her, sie bellten sich die Lunge aus dem Leib. Der Glöckner rief den Schweden vom Portal hinterher:

„Lasst euch hier nie mehr blicken, sonst zerfleischen euch meine Hunde!"

Dann rief er die Wachhunde zurück. Nachdem er sie gelobt und beruhigt hatte, sperrte er sie wieder in den Zwinger am Hundshaus ein. Nachträglich fuhr Klas der Schrecken in die Glieder. Er zitterte am ganzen Körper, seine Arme krallten sich an Francis fest.

„Du hast mir das Leben gerettet", schluchzte er, während Francis beruhigend über seinen schwarzen Haarschopf strich. Noch nie war Klas solcher Gefahr ausgesetzt gewesen, nie hatte ihn jemand so tapfer verteidigt. Jetzt hatte er Francis endgültig als seinen heldenhaften großen Bruder akzeptiert. Trotz des unbändigen Schreckens huschte ein Lächeln über Francis' Gesicht.

„Die Hovowarte haben sich heute aber eine große Extraportion Fleisch verdient", meinte Georg gelassen und führte die Jungen aus der Kapelle. Allmählich löste sich die panische Angst, der Schreck war ihnen aber in die Glieder gefahren. Zögerlich trotteten sie mit noch weichen Knien hinter Georg in die Kirche. Francis bekreuzigte sich, kniete nieder und schickte ein Dankgebet zu dem über dem Altar hängenden Christuskreuz. Klas betete ebenfalls mit gefalteten Händen. Es war das erste Mal, dass er dem Herrgott aus eigenem Antrieb dankte.

Die Ministranten hatten sich mit dem Stiftskaplan in die Sakristei gerettet und die Tür verrammelt. Hennes lief auf seine Freunde zu und lauschte ungläubig, was seinen Kameraden widerfahren war. Der Stiftskaplan schickte die Ministranten nach Hause. Nach diesem Schreck sei es wohl angebracht, den Unterricht heute ausfallen zu lassen.

Inzwischen kam der Glöckner zurück und lobte die tapferen Jungen. Sie hätten sich völlig richtig verhalten. Er lud sie in die Turmwohnung ein, wo seine Frau schon mit leckeren Krapfen auf sie wartete. Langsam erholten sich die Kinder von dem Schreck.

Georg berichtete begeistert von seinem Ausflug nach Franckfurt. Welch prächtige Steinpaläste habe er gesehen, so viele mehrstöckige Häuser mit Fenstern an der Stirnseite, die von Macht und Reichtum der Bewohner zeugten. Georg schwelgte in Erinnerungen und weckte in Francis den unbändigen Wunsch, auch einmal diese Stadt besuchen zu dürfen.

35

Zu Hause wurde Francis als tapferer Held gefeiert. Als Dank malte Klas ein Portrait von Francis. Alle lobten sein überraschendes Zeichentalent, sogar Willem sparte nicht mit anerkennenden Worten. Ob er denn heute einen freien Tag haben wolle, bot der Meister Francis an. Doch er lehnte ab, er wolle lieber dem Gesellen beim Füllen der Gerbergrube helfen. Aber er habe noch eine Belohnung für ihn, meinte der Meister und holte einen Dolch aus seinem Rock.

„Nimm, Francis, ein so mutiger, großer Junge kann auch schon mit einem Messer umgehen."

Stolz steckte er den Dolch an den Gürtel seines Beinkleides. Von nun an sollte er ihn immer bei sich tragen.

Voller Elan legte er seine braune Lederschürze an, setzte seine Lehrlingsmütze auf und schlüpfte in die Holzpantoffeln. Er gesellte sich zu Willem in die Wasserwerkstatt, der bereits die heiße Lohbrühe in eine Grube gefüllt hatte. Francis legte den Versenkboden auf die Brühe. Darauf schichteten sie die Blößen, wobei sie immer wieder Lohe auf die Häute streuten, bis der Lattenrost den Grubenboden erreicht hatte.

„Zwei Jahre liegt die Haut zum Gerben in der Loh, dann ist sie gar, da ist der Geber froh", deklamierte der Geselle und fügte noch einen Spruch hinzu: „Wir können's meistens nicht begreifen, im Grubendunkel muss man reifen, bis Fehler, Flausen, Irrtum sterben, so lange heißt es: Gerben, gerben!"

Francis wunderte sich, zwei Jahre blieben nun die Häute in der Grube? Willem belehrte ihn: Deshalb hatte der Meister drei Gruben. Im Winter würde die älteste Grube geleert und das Leder bearbeitet werden, dabei zeigte er auf die Zurichtwerkstatt im Obergeschoss.

Während sie sich an das Aufräumen machten und verschüttete Brühe in die Rinne des Steinbodens schoben, kündigte sich Besuch an: Der Zunftmeister stand überraschend vor ihnen:

„Hui Gerber, Gott zum Gruße, Obermeister Löhr, darf ich fragen mit Gunst, was uns die Ehre verschafft?" Willem sprach bewusst so laut, dass der Meister sofort die Treppe herunterpolterte.

„Meister Emmerich, darf ich mich bei Euch umsehen und nach Eurem Zögling schauen?"

„Seid willkommen, Meister Löhr. Hier stelle ich Euch den Franciscus vor, seht nur selbst, wie gelehrig er sich anstellt."

Erwartungsvoll musterte Francis den Zunftmeister. Er war ein von der Arbeit gebeugter, zäher, alter Mann – jedenfalls schien er wesentlich älter als Emmerich zu sein – mit struppigem Haar, roten Augen, von den braungelben Zähnen fehlten einige. Seine herrschaftliche Zunftkleidung passte nicht so recht zu seinem kümmerlichen Aussehen.

„Mein Junge, begehrst du denn wirklich, das ehrbare Handwerk des Gerbers zu erlernen?", wandte er sich schulmeisterlich an Francis. Dieser erzählte ihm voller Begeisterung, was ihm der Geselle schon beigebracht hatte. Dann befragte ihn der Obermeister, wo er denn aufgewachsen sei. Wahrheitsgemäß nannte Francis die Nonnen und die Franziskanermönche. Meister Johannes Löhr erinnerte sich spontan an die Nonne, die ihn vor sechs Jahren aufgesucht und nach der Mutter des Jungen gefahndet hatte. Nach der Schilderung konnte er nun diesen Knaben, der als Findelkind ausgesetzt worden war, vor sich haben. Ohne weiter darauf einzugehen, bedeutete der Zunftoberste dem Meister, er wolle ihn unter vier Augen sprechen.

„Der Junge scheint sehr aufgeweckt zu sein und tatsächlich mit vollem Eifer zu arbeiten", begann der Zunftmeister. „Aber ich sorge mich wegen seiner wahrscheinlich unehelichen Abstammung. Habt Ihr den Jungen wie einen Sohn bei Euch aufgenommen?"

„Inzwischen ist uns Francis ans Herz gewachsen. Er versteht sich prächtig mit meinem Sohn Klas, der ihn als größeren Bruder akzeptiert."

„Gut, dann komme ich zur zweiten Frage. Ihr habt nur einen Gesellen. Der kann auch nur einen Lehrjungen betreuen. Wie steht es denn um Euren Klas? Was wird sein, wenn er in Eure Fußstapfen treten will, um einmal die Gerberei zu führen?"

„Ihr meint, ich muss mich zwischen Klas und Francis entscheiden?"

Der Zunftmeister nickte stumm. Das hatte Emmerich nicht bedacht.

36

Der Winter kündigte sich mit eisigen Nächten an. Jetzt sehnten sich auch die Jungen nach wärmeren Schlafdecken. Klas schlief bereits fest, er atmete frei und ohne zu husten. Wahrscheinlich bescherte ihm der warme Hollersud den ungestörten Schlaf.

„Francis, ist dir auch so kalt?", flüsterte Annemarie. „Komm zu mir, unter zwei Decken frieren wir nicht so." Francis wechselte ohne Argwohn die Schlafstätte. Er legte sich ungeniert zu Annemarie, die sich sofort an seinen Rücken schmiegte, als wolle sie seine Wärme spüren. Doch Francis hielt geniert Abstand. „Rück doch ein wenig näher heran, dann wärmen die Decken besser. Fühl nur, wie kalt meine Hände sind."

Er nahm ihre Hände und schob sie unter sein Leibchen auf seine warme Brust. Zu seinem Erstaunen fragte Annemarie, ob er denn schon einmal bei einem Mädchen gelegen hätte. Francis schüttelte den hochroten Kopf.

„Aber du kennst doch den Unterschied zwischen Mädchen und Jungen?"

Wieder verneinte er schüchtern. Annemarie führte seine Hand zu ihrer noch nicht voll entwickelten Brust. Wie weich sie sich anfühlt, dachte Francis. Er wollte seine Hand sofort zurückziehen, doch Annemarie hielt sie unbeirrt fest.

„Ist das nicht Sünde?", flüsterte Francis ängstlich. Hüte dich vor der Verführung der Sinne, hatte ihm Bruder Ludolf eingebläut. Doch in diesem Zusammenhang hatte er nicht von Sünde gesprochen.

„Sünde? Wo denkst du hin, wir treiben es doch nicht miteinander. Im zehnten Gebot heißt es nur: Du sollst nicht begehren deines Nächsten Weib. Hast du im Kloster ein Keuschheitsgelübde abgelegt? Oder haben dich die Mönche gar verführt, dass du jetzt von den Weibern nichts wissen willst? Das wäre aber eine Todsünde."

„Was du nur für Gedanken hast!", entrüstete sich Francis. Er tastete nun forschend mit zittrigen Fingern nach ihren festen Brustknospen und streichelte sie. Er verspürte ein bisher nie empfundenes, erregendes Hochgefühl. Warum kam ihm die Geschichte über die Vertreibung aus dem Paradies in den Sinn? Reichte Eva dem Adam tatsächlich einen Apfel, oder war das nur eine von den vielen Allegorien? Legte Eva gar Adams Hand auf ihre Brüste? Francis schwebte im siebten Himmel. Mit Schrecken schielte er in das abgrundtiefe, lodernde Fegefeuer hinab. Unkeusche Lüsternheit plagte sein schlechtes Gewissen. Dann stockte ihm der fliegende Atem, als er spürte, wie ihre kalte Hand von seiner Brust langsam tiefer rutschte.

„Komm, lass uns lieber schlafen", meinte er verlegen, stand auf und legte sich wieder neben Klas. Doch an Schlafen war nicht zu denken.

Am nächsten Morgen warf ihm Annemarie ein verschmitztes Lächeln zu. Seine Gedanken schwankten zwischen überschwänglicher Glückseligkeit und der Sorge, gesündigt zu haben. Klas erschien überraschend früh in der Küche. Er konnte es kaum abwarten, heute wieder ins Skriptorium zu gehen.

Während Klas sich schnurstracks zu seinem Lehrmeister Sartorius begab, der ihm diesmal Ton zum Modellieren gab, suchte Francis Bruder Ludolf im Kräuterschuppen auf.

„Du hast einmal gesagt, dass man Tinkturen auch für Duftwasser verwenden könne", überfiel er seinen Ziehvater. „Willst du mir zeigen, wie man das macht?"

Ludolf wunderte sich, hatte doch der Junge bisher nur an den Heilkräutern Interesse gezeigt. Aber er wollte ihm gern den Gefallen tun und suchte unter seinen Fläschchen das kalt gepresste Lavendelöl heraus. Mit Bedacht vermischte er in einem Fläschchen das Öl mit ein wenig Alkohol und schüttelte es. Nach einer Weile ließ er den Jungen daran riechen, und Francis sog staunend den lieblich-süßen Duft ein. Er sei noch ein wenig zu streng, deshalb müsse er es noch etwas verdünnen, meinte Ludolf. Inzwischen sah sich Francis im Lagerraum um und wies auf den Kümmel, der rieche doch auch so stark.

„Natürlich kann man den Kümmel auch für Duftwasser einsetzen, aber dann in Verbindung mit anderen Essenzen. Wir verwenden ihn mehr als Heilpflanze gegen Völlegefühl, Blähungen und Erbrechen. Manche Leute hängen sich ein Kümmelsäckchen um den Hals. Es soll angeblich vor allerlei bösen Geistern schützen."

Flugs füllte Francis drei Säckchen mit dem Kümmel, band sie an Lederriemen, die er von Ludolf erhielt, und hängte sich eines stolz um den Hals. Jetzt sei er vor bösen Geistern sicher, lachte er. Die Mönche lebten im klösterlichen Schutz, aber draußen trieben die bösen Unholde ungestört ihr Unwesen.

Seinetwegen solle er das Beutelchen tragen, meinte Ludolf verschmitzt. Aber es schütze ihn nicht vor den gefährlichsten Geistern, den Miasmen. Diese kröchen unheilbringend aus dem faulen Erdreich in die Luft und verpesteten sie. Deswegen seien in Lympurg die Gassen mit Basaltsteinen gepflastert, da hätten die Miasmen keine Chance.

Francis traf Klas im Refektorium wieder. Voller Stolz hatte der einen modellierten Kopf vor sich auf dem Tisch postiert. Die Mönche schauten neugierig herüber und bezeugten Klas stumm ihre Bewunderung für das Kunstwerk. Hennes holte einen Becher mit frischer Milch und klopfte Klas anerkennend auf die Schulter. Dieser strotzte vor Glück, vor allem, als ihm Francis zur Belohnung wortlos einen Kümmelbeutel um den Hals hängte. Das quittierten die Mönche nicht gerade mit Entzücken. Kopfschüttelnd sahen sie Bruder Ludolf an. Doch der zuckte nur lächelnd mit den Schultern.

Daheim präsentierte Klas aufgekratzt seine kunstvolle Büste. Überschwänglich schilderte er, wie er sie geformt hatte. Die Meisterin hörte nicht auf, sein Talent zu loben, während Meister Emmerich realisierte, dass sein Sohn wohl nicht zum Gerber tauge, ob er es wahrhaben wolle oder nicht.

In dieser Nacht wechselte Francis, ohne aufgefordert zu werden, zu Annemarie unter die Decke. Erwartungsvoll schenkte er ihr das Duftwasser. Annemarie schnüffelte daran, tupfte einen Tropfen auf den Zeigefinger und wischte ihn an ihrem Hals ab. Sie schwelgte im Glück. Nie zuvor hatte sie einen solch betörenden Lavendelduft geschnuppert. Den habe er für sie gemacht, säuselte Francis mit stolzgeschwellter Brust. Annemarie drückte ihm unvermittelt einen Kuss auf die Wange. Auch er konnte sich dem betörenden Parfüm nicht entziehen. Berauscht blieb er viel länger bei ihr als in der vorigen Nacht. Während Francis ihre prallen Apfelhälften liebkoste, spürte er, wie Annemaries kalte Hand seinen Bauch hinunterrutschte. Wieder schoss ihm die Paradiesszene durch den Kopf. Hatte nicht eine Schlange die Eva betört, vom Baum der Erkenntnis zu naschen? Der Apfel war kein Apfel, die Trauben keine Trauben, die Schlange keine Schlange. Die Natter bescherte den Menschen die Erbsünde und Annemarie das Gefühl, von ihrer tastenden Hand gehe eine magische Kraft aus. Francis war wie trunken vor sinnlichem Verlangen und verdrängte sein Unbehagen. Der Kümmel würde ihn zudem vor sündhaften Geistern bewahren. Sicherheitshalber streifte er Annemarie auch ein Beutelchen um. In dieser Nacht reifte Francis zum Mann.

37

Eigentlich hatte Meister Emmerich keinen Kummer. Die Geschäfte warfen auskömmliche Erträge ab, der Geselle arbeitete zu seiner Zufriedenheit, und die beiden Jungen erfreuten sein Herz. Sie waren voller Enthusiasmus und brüderlicher Zuneigung zueinander und bereicherten das Familienleben. Dennoch fühlte er sich ausgelaugt, die Kräfte ließen nach, und zunehmend zog es ihn am Nachmittag auf das Bettlager. Die einzige Sorge, die ihn quälte, betraf seinen Sohn Klas. Sollte er ihn zur Gerberlehre zwingen oder den Lehrplatz Francis überlassen? Sein künstlerisches Talent würde Klas wahrlich nicht in der Gerberei entwickeln können und verloren gehen. Er ließ weder eine Neigung noch ein Interesse an der Gerberei erkennen. Im Gegensatz zu Francis hielt er sich von den Gerbergruben fern.

Nein, die Gerberlehre taugte nicht für seinen Sohn, auch wenn er im Geheimen hoffte, Klas würde einmal seine Werkstatt übernehmen. In jugendlichen Jahren trat er selbst widerwillig zunächst als Stadtknecht in die Fußstapfen seines Vaters. Doch letztendlich fand er darin keine Befriedigung und begann eine Gerberlehre. Sein Vater stimmte damals zwar nicht enthusiastisch, aber dennoch einsichtig zu. Jetzt wäre es wohl an ihm, den Neigungen seines Sohnes nachzukommen und sich um eine passende Lehre für Klas zu bemühen. Vielleicht sollte er sich mit seinem Schwager, dem Schreinermeister Martin Adam, beraten? Den Martin konnte er zwar nicht ausstehen. Der widerliche Kerl verurteilte damals die Vermählung seiner Schwester mit dem ärmlichen Gerber als nicht standesgemäß. Außerdem störte ihn Martins prahlerischer Hochmut. Egal, den Klas könne er mit Sicherheit ausbilden. Die Bautätigkeit hatte dem Schreiner nach dem zerstörerischen Krieg viel Arbeit und Reichtum beschert.

Er beriet sich mit seiner Frau, die sich natürlich für ihren talentierten Sohn freute. Sie machte sich auf den Weg, um ihren

Bruder zu einem Gespräch mit dem Meister zu bewegen. Seit Jahren hatte sich Martin nicht mehr bei ihnen sehen lassen.

Martin Adam erschien eines Tages mit lautem „Hallo" in seinem feschen, schwarzen Zunftanzug mit dem breitkrempigen Hut auf dem Kopf. Er war etwas älter als seine Schwester, strotzte vor Selbstbewusstsein und Tatendrang. Meister Emmerich dagegen gab neben ihm das Bild eines kränklichen, alten Mannes ab. Die Männer setzten sich im Obergeschoss zusammen und tranken reichlich Bier. Der Geselle presste gerade mit Francis die gebrauchte Lohe zu Kuchen. Diese gaben ein vortreffliches Heizmaterial ab. Annemarie hantierte in der Küche, und Klas zeichnete in der Dachkammer zum wiederholten Male den Blick zur Stiftskirche. Natürlich spitzten alle die Ohren, was dort im Zurichtraum besprochen wurde.

„Martin, wir müssen uns über die Zukunft von Klas unterhalten. Der Junge ist zeichnerisch begabt und für die Gerberei nicht zu gebrauchen. Kannst du dir vorstellen, ihn bei dir in die Lehre zu nehmen?", Emmerich kam sogleich zum Kern des Gesprächs. Warum sollte er sich in unaufrichtigen Höflichkeitsfloskeln ergehen? Entweder Martin stimmte zu, wenn nicht, dann solle er es eben lassen.

Der Schreinermeister holte bei seiner Antwort weit aus. Er pries seine Schreinerei, brüstete sich, drei Gesellen und zwei Lehrlinge zu beschäftigen. Dann wies er auf die hohe Qualität seiner Arbeiten und die zunehmenden Aufträge hin und prahlte, welch angenehmes Leben er sich leisten könne. Dabei holte er seine Taschenuhr hervor und stierte so lange darauf, bis der Gerbermeister nicht anders konnte, als sie zu bestaunen. Auch wäre seine Frau zum dritten Male schwanger. Matthes, sein Ältester, übernehme einmal die Schreinerei. Die anderen Söhne schicke er zum Studium nach Marburg. Seine gesellschaftliche Stellung als Ratsherr stellte er mit Nachdruck heraus. Die Stadt sei nach dem verheerenden Krieg nun wieder im Aufschwung und entwickele sich zum Vorteil für die Bürger. Das sei der weitsichtigen und klugen Politik des Rates zu verdanken. Mit Sorgen sehe er die neuerliche Anwesenheit des schwedischen Heeres. Doch werde er dafür sorgen, dass den unverschämten Forderungen der Besetzer ein Riegel vorgeschoben werde.

Emmerich hörte mit halbem Ohr zu. Alles Geschwätz, der Rat würde niemals die Schweden aus der Stadt werfen, dachte er bei sich. Mit den wenigen Bürgern, die im Schießgraben mal das Gewehr anlegen durften und vom Rückschlag auf den Hintern fielen? Warum konnte sein Schwager nicht aufhören zu protzen? Sollte er sich doch diese teure Uhr an den Hut stecken, damit sie jeder sehen könnte.

„Nun, wenn Euer Klas so begabt ist, wie Ihr meint, dann schickt ihn doch einmal zu mir, dann kann er sich selbst ein Bild machen. Wir entwerfen so manche Möbel nach französischem Vorbild. Die Aufträge der Zimmerleute, die nach kunstvollen Schnitzereien am Fachwerk nachfragen, mehren sich. Danke für das Bier, ich muss mich jetzt aber wieder an die Arbeit sputen. Zeit ist Geld!"

Emmerich kam sich zwar wie ein gemeiner Bittsteller vor, dennoch bereute er seinen Entschluss nicht, den hochnäsigen Martin für Klas zu gewinnen. Ihn ärgerte aber, dass der sich wie ein aufgeplusterter Gockel in seine zünftigen Festklamotten geschmissen hatte. Der übliche Arbeitskittel hätte es auch getan. Und dann hatte er noch die Frechheit besessen, sich vor seiner Frau zu rühmen, man erwarte ein drittes Kind. Wo er doch genau wusste, dass dieses Glück seiner Frau verwehrt sei. Klas zuliebe schluckte er seine Wut hinunter.

Natürlich hatte Klas gelauscht, schließlich drehte sich das Gespräch um seine Zukunft. Nachdenklich stierte er aus dem Fenster.

38

Die Fastentage vor Weihnachten bescherten nur karge Kost, dünne, fleischlose Suppe, Hirsebrei und gewässerten Fisch. Alle sehnten sich nach dem Heiligen Abend, wenn die Priester endlich wieder kräftige Speisen duldeten. Es war die Zeit der Raunächte. Die Arbeit ruhte. Nach der Dämmerung wagte man sich nicht aus dem Haus aus Furcht vor Hexen und anderen Geistern, die durch die kalte Luft fuhren. Um die Dämonen im Haus zu vertreiben, räucherte der Meister mit dem Gesellen die Werkstatt und den Stall aus. Sie machten dabei einen Höllenlärm und spritzten Weihwasser in die Ecken und unter die Bänke, als habe sich der leibhaftige Teufel in jedem Winkel verkrochen. Unterdessen schmückte Annemarie mit der Meisterin die Räume mit roten Bändern und Kerzen, grünen Tannenzweigen, Misteln und Eiben. Die Farben seien mit Bedacht gewählt, klärte Annemarie Francis auf. Hatte er doch angenommen, nur die Kirche werde zu den Festtagen herausgeputzt. Das Rot stehe für das Blut Christi und das Grün solle anzeigen, dass sie dem Herrn treu ergeben seien. Zum Weihnachtsfest werde das fröhliche Leben wieder mit Freude und Ausgelassenheit beginnen. Schmunzelnd rief die Meisterin Annemarie. Sie sollte sich mit dem Rücken zum gestapelten Feuerholz stellen und ein Scheit herausziehen. Als sie ein leicht gekrümmtes Holz fragend in der Hand hielt, lachte die Meisterin:

„Dein Zukünftiger wird nicht gerade kerzengrade gewachsen sein!“

Am Herdfeuer lag ein gewaltiges Holzscheit bereit. Das sollte bis zum heiligen Dreikönigstag brennen. Jeder steckte einen kleinen Zweig in die Spalten, die sollten mit dem Holz verbrennen und Glück bringen. Als das Holzstück schließlich im Kamin Feuer fing, umarmten sich alle lachend und wünschten sich Gottes Segen. Alsdann überreichte der Meister seiner Frau einen Fuchsmantel, für den sie sich überschwänglich mit einem Kuss bedankte. Insgeheim hatte Schwager Martin ihn zu diesem sündhaft teuren Pelzwerk animiert. Schließlich wollte er sich nicht lumpen lassen, auch er könnte sich so etwas leisten, auch wenn es über seine Finanzen ginge. Klas freute sich über ein Schnitzmesser, Malstifte und einen Zeichenblock; Francis über einen wollenen Kapuzenmantel und Annemarie über neue Schuhe aus weichem Leder. Dem Gesellen hatte er zwei Flaschen Wein zugedacht. Annemarie holte freudestrahlend Pfefferkuchen aus der Küche, die sie in der Frühe gebacken hatte, und bot allen davon an. Aufgekratzt rannte Francis zum Zwerchhaus hinauf. Alle stutzten, war er denn mit seinem Geschenk nicht zufrieden?

„Meister, ich habe auch ein Geschenk für Euch!“, Francis' Gesicht strahlte vor Freude. Emmerich schaute ihn verlegen an. Noch nie hatte er ein Präsent von seinen Getreuen erhalten, es war doch nur üblich, dass allein der Hausvater Gaben verteilte. Als ihm Francis eine Flasche Magenbitter in die Hand drückte, verschlug es ihm die Sprache.

„Mein Junge, das ist sehr lieb von dir. Aber wie bist du denn an dieses Elixier gekommen?“

„Ich habe Bruder Ludolf gebeten, mir eine Flasche für Euch zu überlassen.“

„Dann bestelle dem Pater meinen besten Dank“. Er goss sofort zwei Becher ein und reichte Willem einen, der den Bitterling mit sichtlichem Genuss hinunterschluckte. Annemarie trug unterdessen die Speisen auf – es gab deftigen Schweinebraten –, und die Meisterin bat zu Tisch. Das lodernde Herdfeuer verbreitete eine wohlige Wärme. An diesem Abend durfte Francis zum ersten Mal Bier trinken. Doch nach zwei Bechern zog er doch lieber den Apfelsaft vor.

Die ungewohnte Völlerei war dem nächtlichen Schlaf abträglich. Noch bevor sie sich zur Ruhe legten, holte Francis mit verschmitztem Gesicht etwas unter seiner Decke hervor. Es war ein wollenes Tuch, das er dem ungläubig dreinschauenden Klas überreichte.

„Nimm, mein Geschenk für dich, damit du des Nachts nicht frierst. Ich habe den Meister Ölp gebeten, mir eine dicke Decke zu geben. Die ist jetzt für dich."

Sofort mummelte sich Klas glücklich in die warme Schlafdecke ein. Sie verfehlte ihre Wirkung nicht: Klas schlief auf der Stelle ein. Nachdem er sich versichert hatte, dass Klas eingeschlummert war, kroch Francis zu Annemarie unter die Decke, wo er verstohlen ein kleines Fläschchen hervorzauberte.

„Rosenduft, für dich, Annemarie. Habe ich selbst gemischt", säuselte er ihr leise ins Ohr. Der verführerische Duft schmeichelte der nicht gerade verwöhnten Nase Annemaries. Sie fühlte sich in eine betörende Welt versetzt. In Gedanken malte sie sich aus, sie wäre eine Prinzessin auf einem herrlichen Schloss, die auf ihren Königssohn wartete. In diesem Überschwang der Gefühle kuschelten sie sich aneinander, berührten sich zärtlich, peinlich darauf bedacht, die unkeuschen, sündhaften Grenzen nicht zu überschreiten und ins Sühnefeuer hinabzustürzen. Die plagenden Gewissensbisse nahm Francis in Kauf.

Am nächsten Weihnachtsmorgen putzten sich alle mit den besten Festkleidern heraus. Sie begaben sich in die von Kerzen hell erleuchtete Franziskanerkirche, die brechend voll war. Die Kinder verrichteten ihren Dienst zum feierlichen Hochamt als *Ceroferare*. Mit tränenvollen Augen verfolgte die Meisterin ihre beiden Ministranten. Wehmütig dachte sie an ihren ersten, verstorbenen Sohn und betete innig für sein Seelenheil. Sie dankte dem Herrn, dass sie nun den lieben Francis ins Herz schließen durfte.

Voller Inbrunst sang die große Kirchengemeinde *„in dulci jubilo*", das Startzeichen für das Krippenspiel. Als der Organist das Lied „Vom Himmel hoch, o Englein kommt" anstimmte, nahm Pater Högel das Jesuskind aus der Krippe. Er wiegte es in seinen Armen, begleitet vom Refrain der Gemeinde *„eia – susani*".

Annemarie merkte als Erste, dass mit Emmerich etwas nicht stimme. Sie stupste die Meisterin an und zeigte zum Meister. Dieser saß wie leblos mit aschfahlem Gesicht in der Bank. Die Meisterin sprach auf ihn ein, doch er antwortete nicht. Francis bemerkte vom Altarraum aus die Unruhe bei den Emmerichs. Er flüsterte Klas etwas ins Ohr und schritt würdevoll zu Bruder Ansgar im Chorgestühl. Sofort erhob sich der Mönch. Er verbeugte sich entschuldigend zum Guardian und eilte schnellen Schrittes zu Emmerich. Gemeinsam mit dem Gesellen fasste er den blassgesichtigen Meister unter die Arme und führte ihn hinaus. In seinem Arztraum untersuchte er ihn gründlich.

Auf der Liege erholte sich Emmerich langsam, in sein Gesicht kehrte die gesunde Farbe zurück. Er schlug die rotgeränderten Augen auf und blickte fragend den Mönch und seine Frau an.

„Guter Mann, Ihr habt einen Schwächeanfall erlitten. Zudem zeigt Ihr deutliche Symptome von Herzleiden. In den nächsten Tagen verordne ich Euch absolute Ruhe. Francis soll noch nach der Messe hier bleiben. Wir werden für Euch Kräuter mischen, aus denen Ihr dann einen Sud zubereitet. Aber ich warne Euch, haltet Euch dabei genau an die vorgeschriebene Dosis."

Gemeinsam mit Bruder Ludolf stellte Francis eine Kräutermischung aus den Blättern der Johannisbeere, des Weißdorns und des Fingerhutes zusammen. Bruder Ansgar hatte tatsächlich den gefährlichen Fingerhut verordnet! Nur vier getrocknete Blätter seiner Lieblingspflanze zerstampfte er im Mörser. Ludolf wies ihn noch einmal auf die tödliche Gefahr hin, die bei einer zu starken Dosierung drohe. Klas hörte aufmerksam zu.

39

Der eisige Winter hielt sich recht lange. Francis wusste nun den wollenen Kapuzenmantel zu schätzen, den ihm der Meister zu Weihnachten geschenkt hatte. Obwohl sich Emmerich zusehends berappelte, sah man ihm die Krankheit an. Stieg er die Treppe hinauf, atmete er schwer. Seine Arbeitspausen verlängerten sich, auf die geliebte Pfeife verzichtete er, und sogar das Bier wollte ihm nicht mehr schmecken. Seine gereizte Laune ließ er an allem und allen aus. Am meisten hatte Annemarie darunter zu leiden, wenn sie das Essen zubereitete und er daran herumnörgelte. Francis ging ihm so weit wie möglich aus dem Weg. Er erledigte seine häuslichen Aufgaben sehr gewissenhaft, um ja keinen Grund für eine Schelte zu liefern. Denn diese konnte heftig ausfallen, wenn sich der Meister mit seiner Frau stritt.

Es war ein frostiger Februartag, als ihn der Geselle Willem zur Seite nahm und ihn mit leiser Stimme zu einem Ausflug aufforderte. Warum flüsterte Willem, sollte der Meister davon nichts wissen? Erst als sie den Leiterwagen durch die dreckige Schneedecke über die stark befahrene Lahnbrücke zogen, klärte ihn Willem auf:

„Du bist doch ein verständiger, großer Junge. Da kann ich dir auch etwas anvertrauen, worüber du dein Maul halten musst."

Francis ging stumm weiter. Er zog die Kapuze in dem einsetzenden Schneegestöber tiefer ins Gesicht und schaute nachdenklich zur Lohmühle hinüber. Das stehende Wasserrad war mit Eiszapfen übersät, das zugefrorene Lahnufer verwaist. Die Schornsteine in der Brückenvorstadt schleuderten stinkende, rußige Abgase kerzengerade in die trockene Luft, und die Wächter am Brückenturm gingen auf und ab, um sich keine Frostbeulen an den Füßen einzufangen.

„Also, die Gerberzunft schreibt uns genau vor, wie viele Häute wir gerben dürfen. Die Anzahl der Blößen, die uns erlaubt ist, liegt schon in der Gerbergrube. Aber es gibt eine Möglichkeit, noch mehr Felle zu bekommen. Und zwar, wenn wir uns noch mehr Häute vom Schinder holen. Das ist zwar gegen die Zunftordnung, aber unter den Gerbern üblich. Darum musst du jetzt deinen Mund verschließen, wenn wir den Abdecker aufsuchen."

Jetzt war er mit der Sprache herausgekommen. Er wollte also gegen die Zunftordnung verstoßen. Ob der Meister davon wusste? Noch hatte ihn die Zunft nicht als Lehrjungen akzeptiert, noch hatte er keinen Zunfteid geschworen, so konnte er selbst nicht gegen eine zünftige Regel verstoßen. Das musste Willem schon mit seinem Gewissen ausmachen.

Er zwinkerte Willem zustimmend zu und beschleunigte seinen Schritt. Als sie die Kaschemme „Zum Schwarzen Bären" erreichten, bat ihn Willem, einen Moment zu warten, und sprang in den Gasthof. Sicher holte sich Willem einen Kuss seiner Liebsten ab.

Kurz danach stapften sie im Schneegestöber weiter die Creucher Straße hinauf. Am Ortsausgang, kurz bevor sie das Creucher Tor erreichten, bogen sie in einen unbefestigten Weg ab und steuerten auf eine bescheidene, einsame Kate zu.

„Willem, könnt Ihr mir erklären, was ein Schinder macht?", bat Francis. Er konnte sich noch schwach daran erinnern, wie der alte Wasenmeister damals am Pferdemarkt in den Nüstern des kranken Gauls herumpöterte.

„Nun der Schinder, Abdecker oder Wasenmeister, wie er auch genannt wird, hat drei Aufgaben: Er beseitigt alle Schindluder in der Stadt, zieht ihnen die Felle ab und hilft dem Scharfrichter beim Nachrichten."

„Und Ihr wollt nun die Felle der toten Tiere holen?"

„An den Fellen ist ja nichts dran, nur das faule Luderfleisch wird als Köder für Wolfsfallen genommen."

Aus einem Schuppen neben der Kate schleppte ein gebücktes, zahnloses Männlein einige Holzscheite heran. Es sah die Besucher mit seinen müden Augen erstaunt an. Francis erkannte in ihm den Wasenmeister vom Rossmarkt. Damals hatte er noch nicht so einen traurigen und kranken Eindruck gemacht.

„Ich bin es, Willem, der Gerbergeselle vom Emmerich", rief ihm Willem so laut zu, als könne der Mann nicht hören.

„Gott zum Gruße, Willem. Meine Augen sind schon so schwach, dass ich Euch nicht erkannt habe. Wen hast du da mitgebracht?"

Bevor Willem antworten konnte, stellte sich Francis als Emmerichs Lehrjunge vor. Angelockt von der lauten Unterhaltung steckte ein kräftiger Bursche seinen blonden Haarschopf zur Tür hinaus. Eine hünenhafte Statur füllte den Türrahmen. Er forderte Willem auf, in die warme Stube hereinzukommen. Willem begrüßte ihn überaus freundschaftlich. Sie hockten sich auf die abgewetzten Holzbänke um das hell lodernde Herdfeuer. Der greise Wasenmeister legte die Holzscheite neben die Feuerstelle. Das gestapelte Brennholz schien für die nächsten Tage zu reichen. Die Herdringe waren rußgeschwärzt. Francis entdeckte einige verkleckerte und verkohlte Essensreste, die von einem Fleischeintopf zu stammen schienen – hoffentlich nicht von Luderfleisch, dachte Francis. Wie sauber putzte dagegen Annemarie die Herdplatten daheim! Ohne zu fragen, goss Willems Freund sofort einen Weinbrand ein und meinte beiläufig zu Francis:

„Das ist wohl noch nichts für dich. Willst ein Bier?" Selbstbewusst nahm Francis das Angebot an. Er musste sich wohl oder übel an das Bier gewöhnen, um nicht als dummer Junge dazustehen. Das alte Männlein goss sich derweil einen Stamper mit Trester ein. Es murmelte eine Entschuldigung und legte sich dann aufs Ohr.

„Der Meister hat keinen rechten Lebensmut mehr. Er geht nicht mehr in die Stadt oder zu den Bauern, nur ab und zu versorgt er noch Kranke."

„Kaufen denn noch immer Leute eure Wundermittel, Gustav?", wunderte sich Willem.

Francis spitzte die Ohren. Der Schinder betätigt sich als Medicus?

„Du glaubst es kaum, wie viele nach unserem Armesünderfett fragen. Aber auch nach dem Drudenschwindtkraut und Hirschhornpulver. Vor allem die Potenzmittel verkaufen sich prima. Na, wem's hilft, uns bestimmt. Du brauchst ja so was nicht, oder?" Sie lachten aus vollem Hals.

„Gustav, kann ich dir den Francis für eine Stunde hierlassen, du weißt schon. Ihr könnt euch schon mal die Felle ansehen", seine Augen plinkerten.

Gustav schmunzelte vielsagend und entließ den davoneilenden Willem mit einem: „Viel Spaß dabei!"

Kaum war Willem verschwunden, weihte Gustav den ratlos dreinschauenden Francis ein, wobei er verschmitzt lachte:

„Den geilen Bock zieht es zu seinem Liebchen in die Baize. Wie sagt Willem immer: Ein Gerbfass, das nicht läuft, ein Gerber, der nicht säuft, ein Mädchen, das nicht stille hält, das passt nicht in die Gerberwelt."

40

Bist du schon lange beim Emmerich? Wie alt bist du denn?"
„Sieben. Vor fast einem Jahr bin ich zu den Emmerichs gekommen..."

„Und wo warst du vorher?"

„Im Franziskanerkloster."

„Im Kloster?"

„Ja, ich bin ein Findelkind."

Gustav erschrak. Der Junge war sieben Jahre alt, blond und Grübchen hatte er auch? Sinnierend blickte er aus der einzigen Fensterluke in die weite Schneelandschaft: Bei der ersten schwedischen Besetzung Lymburgs A.D. 1632 hatte sich der Vierundzwanzigjährige von seiner Truppe abgesetzt und beim Wasenmeister Unterschlupf gefunden. Das sinnlose Gemetzel konnte der gottgläubige Mann aus dem kleinen Dorf nahe Uppsala nicht mehr ertragen. Vor allem, nachdem sein bester Freund neben ihm auf dem Schlachtfeld auf grauenvolle Weise zu Tode gekommen war. Der Krieg verrohte die Menschen und degradierte sie zu Tieren, die auf dem Schlachtfeld bestialisch verrecken mussten. Selbst den Schweinen im Schlachthof ginge es besser, meinte er damals zum Wasenmeister.

In der Abgeschiedenheit der Schinderkate fiel der Deserteur nicht sonderlich auf. Anfangs wollte er nur so lange bleiben, bis die Schweden abgezogen waren. Doch der in die Jahre gekommene Abdecker konnte einen Maschur dringend gebrauchen. Er gab den wortkargen Mann als zugezogenen Neffen seines Lübecker Oheims aus. Alle Papiere seien im Krieg verloren gegangen. Gustav fühlte sich bei ihm wohl und verlor keinen Gedanken darüber, nach Hause zurückzukehren. In seiner schwedischen Heimat warteten nur seine Eltern auf ihn. Sein Vater führte einen kleinen Bauernhof, der nur das Allernötigste zum Überleben abwarf. Beim Schinder eröffnete sich ihm jedoch die Chance, seinen Lebensunterhalt selber zu verdienen. So erlernte er in all den Jahren ein passables Deutsch mit norddeutschem Akzent und vom Meister das Schinderhandwerk. Die Leute nahmen ihn als ‚Oigeplackten' ohne Vorbehalt auf, für sie war ein Schinder nichts Anrüchiges. Bald ging ihm Gustav auch beim Nachrichten der Gehenkten zur Hand, so dass er auch vom Lympurger Scharfrichter Nicolaus Nagel als zupackende Hilfskraft akzeptiert wurde und seinen anteiligen Lohn erhielt.

Gustav war im besten Mannesalter und strotzte vor Kraft auch in seinen Lenden. Während der Feldzüge hatte er sich hin und wieder ein Weibsbild genommen, wie es halt bei den Landsknechten gang und gäbe war. Doch hatte das nie etwas mit Liebe gemein. Das änderte sich, als er das erste Mal Agathe in seinen Armen hielt. Das hübsche Mädchen war wild schreiend vor einem schwedischen Landsknecht geflüchtet und in panischer Angst auf die Kate zugerannt. Sie lief ihm aus heiterem Himmel direkt in die Arme und flehte ihn an, sie zu beschützen. Kurzerhand drohte Gustav dem Soldaten mit der Mistgabel. Der floh vor der kraftvollen, hünenhaften Statur und der wilden Entschlossenheit.

Das war der Beginn einer leidenschaftlichen, geheimen Liebe, denn Agathe war bereits dem Creucher Bäckermeister versprochen. Allein ihr Name faszinierte Gustav, hieß doch auch seine Mutter Agathe. So sah er die Begegnung als göttliche Fügung an. Sie fanden immer wieder neue Verstecke, wo sie sich bei Nacht und Nebel trafen. An einem wunderschönen Maientag geschah das, was sie unbedingt vermeiden wollten: Gustav schwängerte die achtzehnjährige Agathe. Als die Schwangerschaft nicht mehr zu verheimlichen war, blieb Agathe in der Kate. Dort gebar sie am fünften Dezember A.D. 1642 einen Sohn. Der Wasenmeister streute das Gerücht, Agathe sei von einem geilen Landsknecht vergewaltigt worden und das Mädchen traue sich aus Furcht nicht mehr nach Hause. Die Geburt verlief problemlos, der Wasenmeister erwies sich dabei als versierter Medicus. Doch Agathe bekam im Kindbett hohes Fieber. Ihr Zustand verschlechterte sich trotz der Heilkräutersäfte, die ihr der Abdeckermeister gab. Kurz nach Weihnachten starb Agathe in den Armen ihres geliebten Gustavs. Nun suchte er verzweifelt eine Amme. Tatsächlich fand er eine. Doch als die immer wieder nachfragte, ob der Junge auch wirklich ehelich geboren sei, und als sie keine Antwort erhielt, gab sie ihm den Würmling kurzerhand zurück. Ihre christliche Moral schien stärker als jegliches Mitleid mit dem Säugling zu sein. Vielleicht wollte sie auch mehr Geld.

Ohne Geburtszeugnis konnte Gustav den Jungen weder stillen noch taufen lassen, also blieb ihm nichts anderes übrig, als das Kind auszusetzen. Er kannte sich in Lympurg aus, die Nonnen würden sich sicher des Neugeborenen erbarmen. So legte er seinen Sohn in der Dunkelheit eingewickelt in ein warmes Hundefell – einen anderen Pelz hatte er nicht zur Hand – an die Klosterpforte und machte sich aus dem Staub. Da die Stadttore geschlossen waren, verbrachte er die Nacht in den Ruinen der zerfallenen Kirche hinter dem Franziskanerkloster. Schon vor der Morgendämmerung vergewisserte er sich, dass sein Sohn von den Nonnen gnädig aufgenommen worden war. Das Bündel jedenfalls war verschwunden. Seitdem hatte er nie mehr etwas von seinem Sohn gehört. Sollte dieser Francis etwa ...? Wenn er jetzt noch das Feuermal am Nacken sähe, dann gäbe es keinen Zweifel mehr.

„Komm, zieh deinen schönen Mantel aus. Hier ist es doch warm genug, sonst frierst du auf dem Heimweg“, forderte er den Jungen auf und beeilte sich, ihm behilflich zu sein. Wie beiläufig schob er sein Hemd am Hals hinunter.

41

Francis nahm noch einen Schluck von dem stark gewürzten Bier und wartete geduldig, bis Gustav seine Nachdenklichkeit beendet hatte.

„Bist du auch im Kloster Bethlehem bei den Nonnen aufgewachsen?"

„Ja, woher wisst Ihr das?"

„War nur eine Vermutung von mir. Und jetzt bist du beim Emmerich in der Lehre. Hat dich denn der Zunftmeister zugelassen?"

„Bis jetzt noch nicht, weil ich kein Geburtszeugnis, sondern nur einen Taufschein habe. Wollt Ihr mir jetzt die Felle zeigen?"

„Du bist nicht auf den Mund gefallen. Was interessiert dich denn noch neben der Gerberei?"

„Im Kloster habe ich viel über Heilkräuter gelernt und dem Klostermedicus assistiert."

„Na, dann sind wir ja Kollegen. Auch ich kenne mich mit Kräutern, Tinkturen und Salben bestens aus. Soll ich dir meine Apotheke zeigen?"

Francis sprang auf, ließ den halb ausgetrunkenen Becher zurück und folgte dem Gustav in eine Kammer. Ein unangenehmer Gestank schlug ihm entgegen. Unter der Decke der niedrigen Stube hingen Kräuterbüschel, an den Wänden standen auf Holborten Fläschchen mit verschiedenen Tinkturen. Sorgfältig waren getrocknete Heilkräuter in größeren Tontöpfen sortiert, in einer Schublade lagen ranzige Salben. Francis roch verwundert an kleineren Hautfetzen.

„Heilmittel aus menschlichen Häuten."

Francis erschrak. Menschenhaut als Arznei? Angeekelt ließ er die gelblichen Hautstücke fallen. Er sah sich um und suchte nach einer Möglichkeit, die Hände zu waschen. Das hatte ihm Bruder Ansgar eingebläut: Fass nichts an, was du nicht kennst, und wenn, dann waschen, waschen und nochmals waschen. Aber ein Zuber war nicht zu sehen. Vielleicht später in der Wohnstube.

„Ich habe immer angenommen, die Toten würden auf dem Friedhof unbeschadet begraben?"

„Wir Schinder helfen dem Scharfrichter als Nachrichter bei seiner Arbeit. Einer, der zum Tode verurteilt ist, hat keinen Anspruch darauf, auf dem kirchlichen Friedhof bestattet zu werden, höchstens auf dem Schindanger. Meist haben wir das Recht, dem Hingerichteten mit dem Meichelmesser die Decke abzuziehen, das Fett abzusondern und die Haut zu verarbeiten. Die reiben wir dann mit Alaun und Salz ein und lassen sie in einem Topf garen, so wie ihr die Blößen in der Gerbergrube. Nach ein paar Tagen waschen wir die Haut aus und trocknen sie an der Luft. Dann klopfen wir sie mit dem Schlägel und reiben sie mit Kreide und Salz ein."

Ungläubig sah ihn Francis mit bleichem Gesicht an. Er hatte nie gehört, dass es menschliche Heilmittel gab. Dabei spreizte er die Finger noch weiter vom Körper weg.

„Die beste Medizin des Menschen ist der Mensch selber, sagt mein Meister. Wenn die fette Hühnerbrühe dem Kranken helfe, warum nicht auch das Menschenfett? Als Heilmittel wird die Menschenhaut zum Entkrampfen eingesetzt. Das Menschenfett wird zu Salben verarbeitet, das wir als ‚Armesünderfett' verkaufen. Das ist unser Renner. Willst du mal probieren?"

Angewidert wandte sich Francis ab. Von solch barbarischen Heilmitteln hatten weder Bruder Ansgar noch Bruder Ludger gesprochen. Danke, er wollte keine Probe nehmen.

Warum er denn Stricke im Apothekerschrank aufbewahre, fragte er entrüstet.

„Mit diesem Seil ist im letzten Jahr ein Verbrecher gehenkt worden. Manche Menschen meinen, es hätte nun eine besondere magische, potenzsteigernde Kraft, und verwenden ein Stück davon als Amulett, um gegen das Nachlassen der Manneskraft gefeit zu sein."

„Glaubt ihr daran?"

„Glauben heißt, nicht wissen. Entscheidend ist, dass die Leute daran glauben und dafür blechen. So manch geiler Bock oder impotenter Frauenheld zahlt Wucherpreise für einen Penisfetzen oder ein Stück des Galgenstricks."

Francis hatte wieder eine Lektion gelernt: Mit dem Aberglauben der Leute ließ sich ein gutes Geschäft machen.

Inzwischen kehrte Willem frohgelaunt zurück. Als er das blasse Gesicht von Francis sah, schaute er Gustav fragend an. Der Junge habe sich für seine Heilmittel interessiert. Er scheine sich mit den Kräutern gut auszukennen, erwiderte er dessen fragenden Blick. Francis huschte derweil schnell ins Freie und wusch die Hände im Schnee.

„Der Junge ist sehr aufgeweckt und wissbegierig. Bitte pass gut auf ihn auf und sorge dafür, dass er seine Lehre machen kann. Hattest du inzwischen eine gute Zeit?"

42

Dank der heilenden Kräuter erholte sich Meister Emmerich zunehmend. Während seiner Krankheit ereignete sich im Hause Emmerichs etwas Sonderbares: Die Meisterin und der Geselle warfen sich vertrauliche Blicke zu. Sie sprachen unaufhörlich miteinander, ganz im Gegensatz zu früher, als die Meisterin nur wenige Worte bei Tisch mit Willem wechselte. Was war nur geschehen? Nutzte Willem die Krankheit des Meisters aus, um der Meisterin schöne Augen zu machen? Warum ließ sie das nur zu, wo Willem doch viel jünger als sie und zudem als Schürzenjäger bekannt war?

„Der Geselle macht der Meisterin den Hof, und sie fühlt sich geschmeichelt", gab Annemarie flüsternd Francis zur Antwort, als sie wieder eng umschlungen die Schlafdecke teilten.

„Aber das ist doch Sünde, oder?"

„Zuneigung, Liebe ist keine Todsünde, solange sie es nicht miteinander im Bett treiben."

„Und der Meister, weiß er davon?"

„Vielleicht ahnt er etwas. Aber er ist zu schwach, seine Frau zur Rede zu stellen. Außerdem braucht er Willem in der Werkstatt."

„Weißt du, dass Willem ein Liebchen im Gasthof in der Vorstadt hat?" Annemarie quittierte seine Worte ohne sichtliches Erstaunen. Schließlich galt Willem auch in der Zunft als Hallodri.

Die ersten Sonnenstrahlen des Frühlings erwärmten die Erde, Zeit, sich nun um den Kräutergarten zu kümmern. Die Meisterin wies Francis zu seiner Freude ein kleines Beet zu. Bruder Ludolf überließ ihm Setzlinge des Lavendels, Thymians, Salbeis, der Minze, des Holunders und auf sein bittendes Drängen auch eine Pflanze des Fingerhuts. Doch solle er ja sorgfältig damit umgehen. Gemeinsam mit Annemarie machte er sich emsig an die Gartenarbeit. Es fiel schon auf, dass die Meisterin Annemarie erlaubte, so viel Zeit mit Francis im Garten zu verbringen. Francis befürchtete, die Meisterin wolle sie bewusst dem Hause fernhalten. Er weihte Klas in seinen Verdacht ein. Der reagierte, als habe er sich einen Faustschlag in der Magengrube eingefangen. Er wollte sofort mit seinem Vater sprechen, aber Francis hielt ihn zurück.

„Horchemal Klas, es wird Zeit, dass du dich bei deinem Oheim umsiehst. In einigen Monaten könnt ihr nicht mehr regelmäßig das Kloster besuchen. Dann ist Francis acht Jahre alt und die Abmachung mit Bruder Ludolf abgelaufen. Du willst doch eine Schreinerlehre beginnen. Also gehst du heute zum Meister Adam, bestellst einen schönen Gruß von mir und siehst dir den Betrieb an", meinte die Meisterin.

„Aber das hat doch wirklich noch Zeit!"

„Nein, Klas. Ei, was wird, wenn es dir beim Martin nicht gefällt oder er dich nicht haben will? Dann müssen wir eine andere Stelle für dich suchen, oder willst du Gerber werden? Also, ab mit dir und nimm den Francis mit."

Unwillig machten sich beide auf den Weg hinauf zum Fischmarkt, über die Salzgasse zum Kornmarkt. Schließlich standen sie am Eckhaus zur Barfüßergasse vor der Werkstatt des Martin Adam. In der geräumigen Schreinerei schlug ihnen der angenehme Duft des Holzes und des süßlichen Leims entgegen. Auf den Hobelbänken flogen die Späne, und die Gesellen sägten genau angezeichnete Buchenholzbretter. Die Fenster standen weit offen und sorgten für einen kühlenden Luftzug. Meister Adam begrüßte sie beiläufig, führte sie in einen ruhigen Nebenraum und wies seinen Sohn Matthes an, sich um Klas zu kümmern. Der zeigte sich nicht gerade erfreut, Klas zu sehen. Angewidert rümpfte er die Nase und blickte den etwa gleichaltrigen Francis vorwurfsvoll an:

„Braucht Klas eine Begleitung, traut er sich nicht allein zu uns?"

„Ich bin Francis, und du?"

„Matthes, der Sohn des Meisters und Lehrjunge dazu. Was willst du hier?"

„Mich nur umsehen, wo Klas arbeiten soll. Womit bist du denn gerade beschäftigt?“

Hochnäsig erklärte Matthes, er entwerfe neue Schränke und andere Möbelstücke nach Abbildungen, die sein Vater in Franckfurt erstanden habe. Die Vorlagen entsprächen der neuesten Mode des französischen Barocks.

„Wir zeichnen auch Dekors für die Fachwerke. Manche wollen die Holzbalken mit Obstornamenten verzieren, andere mit Schriften oder sogar mit eigenartigen Fratzen, um Geister zu verjagen. Klas, du kannst ja mal versuchen, ein Traubenornament zu zeichnen, oder ist das für dich zu schwer?“

Klas griff ohne Argwohn nach Stift und Papier und begann zu malen. Francis bemerkte gleich, der eingebildete Matthes wollte den naiven Klas vorführen. Aber als dieser die ersten Striche auf dem Papier sah, wusste er, dass das hinterlistige Vorhaben nicht aufgehen würde.

Francis wollte wieder nach Hause laufen, Klas wisse schon warum, und verließ die Werkstatt.

Im Haus des Emmerichs war es verdächtig still, die Küche verwaist, offenbar war Annemarie beim Einkaufen. Des Meisters Stimme war auch nicht zu hören, wahrscheinlich hatte er sich hingelegt. Leise schlich Francis die Treppe in die Zurichtwerkstatt hinauf. Der Geselle sollte eigentlich dort bei der Arbeit sein. Tatsächlich fand er ihn dort, eng umschlungen mit der Meisterin. Wie sollte er sich in dieser Situation verhalten? Kurzentschlossen rief er mit lauter Stimme:

„Meisterin, habt Ihr den Absud für den Meister zubereitet?“

Erschrocken, wie bei einer Todsünde ertappt, richtete die Meisterin mit hochrotem Kopf ihr Kleid zurecht. Der Geselle wandte sich genervt ab und griff verlegen zum Falzeisen. Francis sah die Meisterin strafend, nahezu zornig über ihr unsittliches Verhalten an. Die lief, ohne ein Wort zu verlieren, verstört die Treppe hinunter und verschwand in der Küche.

„Das wird der Meister nicht gern sehen!“, sagte er mutig zu Willem.

„Halt dein freches Maul. Das muss er auch nicht wissen, du vermaledeiter Schlaumeier", belferte der Geselle und drohte mit einer weiteren Ohrfeige.

„Kennst du denn nicht die Zehn Gebote?"

„Hör mir auf, Moral zu predigen, das geht dich einen feuchten Käse an."

„Mich vielleicht nicht, aber den Meister. Der ist für unser Seelenheil verantwortlich."

„Willst du mich erpressen?" Er schaute Francis zornig ins Gesicht und erntete ein trotziges Schulterzucken.

„Gut, schließen wir einen Vertrag. Ich setze mich beim Zunftmeister ein, dass er dich als zünftigen Lehrling akzeptiert, und du verschließt dein vorlautes Maul."

Ein solcher Kuhhandel sei eine bodenlose Unverschämtheit, entzürnte sich Francis insgeheim, widersprach aber nicht. Schließlich hatte er nun ein starkes Druckmittel gegen Willem in der Hand. Wissen war Macht.

43

Eines Tages zogen Meister Emmerich und der Geselle ihre festlichen Zunftkleider an, den Rock mit den drei zugeknöpften, blanken Knöpfen, darunter die gelben Schürzen mit grünem Band. Dazu setzten sie den schwarzen Hut auf den Kopf und griffen zum Knotenstock, der sie in der Gesellenzeit begleitet hatte. Der Zunftmeister hatte sie Schlag sechs zu einer Zunftversammlung gebeten. Die Gerber mussten sich im Gegensatz zu den Tuchmachern – deren feudales Zunfthaus lag an der Plötze – mit einem gemieteten Raum im Gasthaus „Zur Krone" in der Salzgasse begnügen. Schließlich umfasste ihre Zunft nur drei Lohgerberbetriebe. Als sie den hinteren Wirthausraum betraten, entboten sie das zünftige Begrüßungszeremoniell: Mit der rechten Hand hängten sie den Hut auf die linke Schulter und pochten mit dem Stenz in der linken auf den Tisch.

„Hui Gerber mit Gunst, ein Bruder setzt sich im Kreis", riefen sie der illustren Zunftschar zu. Dann legten sie Hut und Stock beiseite, klopften dem Zunftmeister begrüßend auf die linke Schulter und reichten ihm die Hand. Die anderen Kollegen begrüßten sie nur mit Handschlag.

Bei reichlich Bier schwatzten sie nun über ihre persönlichen Erlebnisse seit dem letzten Treffen. Man beklagte die ihrer Meinung nach zu hohen Zunftabgaben. Emmerich unterstützte seine Kollegen. Schließlich wusste er, dass der Obermeister nach eigenem Ermessen Strafen verhängte für unzünftiges Verhalten, für ein zu spätes oder unentschuldigtes Fehlen und für jeden noch so kleinen Verstoß gegen die strengen Zunftregularien. Einen Teil davon konnte er sich behalten und lebte davon weiß Gott nicht schlecht. Der Zunftmeister hob beschwörend beide Hände und verteidigte sich. Er wache nur auf die Einhaltung der Zunftregeln, das sei sein gutes Recht. Emmerich wechselte sofort das Thema, schließlich wollte er den Meister nicht verärgern, jetzt, wo dieser seinen Francis gegen alle Regeln als Lehrling aufnehmen sollte.

Tatsächlich forderte Löhr zur Beratung auf, ob die Zunft einen Jungen ohne Geburtsschein als zünftigen Lehrling zulasse. Emmerich schilderte mit beteuernden Gesten, er habe den Francis an Sohnesstatt angenommen. Der Junge sei begabt und stelle sich geschickt an. Sein leiblicher Sohn wolle eine Schreinerlehre antreten. So gäbe er nun dem Francis die Chance, bei ihm das Gerberhandwerk zu erlernen. Fehlendes Geburtszeugnis hin oder her, das solle dem Jungen nicht seine Zukunft verbauen. Drei Gerbermeister und vier Gesellen saßen am runden Tisch. Wie würden sie entscheiden? Normalerweise schlossen sich die Gesellen dem Votum ihres Meisters an. Emmerich stufte seinen dritten, jüngeren Meisterkollegen als engstirnigen Verfechter der Zunftregeln ein. Dieser machte sich Hoffnungen, einmal den Zunftmeister abzulösen. Den könnte er sicherlich nicht für seinen Francis gewinnen.

„Meister Löhr, mit Gunst, darf ich Euch einmal unter vier Augen sprechen?", flüsterte Emmerich dem Zunftmeister zu. In der rauchigen Schenke sammelte ein beschürzter Kellner klebrige Teller ein. Es roch nach verschüttetem Bier, essigsaurem Kraut und kaltem Tabak. Am Tresen hockten einige angetrunkene Männer, die den Zunftmeister ehrfürchtig grüßten. Emmerich bestellte beim Wirt Burckhard ungewürztes, frisch gezapftes Kellerbier.

„Wollt Ihr nun für Francis stimmen oder nicht?", fragte Emmerich ohne Umschweife.

„Ihr wisst, die Zunftgesetze lassen das nicht zu. Wir werden keine Mehrheit für Francis finden."

Der hagere, griesgrämige Zunftoberste konnte ziemlich hartleibig sein, wenn man seine Herrschaft anfocht, überlegte Emmerich. So würde er ihn nicht umstimmen können. Aber Diplomatie war nicht gerade sein Taufpate. Kurzerhand bestellte er zwei Birnenobstler und prostete Johannes Löhr zu:

„Ich beneide Euch nicht um Euer Amt, Meister Löhr. Ordnung muss sein. Am Sonntag vor Sankt Johannes Baptist, unserem Schutzpatron, steht Eure Wiederwahl an. Wie lange seid Ihr schon in Amt und Würden?"

„Acht Jahre, wie Ihr wisst!“

„Und nun wollt Ihr noch eine fünfte Amtsperiode dranhängen. Unser junge Kollege schart schon seine Wahlmänner um sich. Nun, auf meine Stimme könnt Ihr zählen, aber dann müsst Ihr mir schon entgegenkommen.“

In der Zwischenzeit tranken die Gesellen reichlich Bier und Schnaps auf Willems Kosten. Bei jedem Trinkspruch – Hobb, hobb, hobb, de Schobbe in de Kobb – schwor er seine Kollegen ein, für Francis zu stimmen. Er hoffte, dass der Meister bald zurückkommen würde, denn sonst würde die Sauferei bald aus dem Ruder laufen.

Meister Löhr forderte missmutig zur Abstimmung auf. Emmerich, Willem und ein anderer Geselle hoben die rechte Hand zum Zeichen, für Francis zu stimmen. Alle blickten nun gespannt auf den Meister Löhr, auf dessen Stimme es nun ankam. Der schaute Emmerich an, dann seinen jungen Konkurrenten und gab mit der Hand sein Votum für Francis ab. Nun war die Schlacht gewonnen, und Emmerich orderte eine Runde Branntwein.

Dem jüngsten Gesellen war der Alkohol offensichtlich nicht bekommen, er redete wirr. Der Zunftmeister ermahnte ihn schon zum zweiten Mal. Doch der Saufaus ließ nicht locker und beschimpfte den Zunftvorsteher Löhr unflätig, er habe sich bestechen lassen.

„Entfernt das knoddrige Dachsfell!“, ordnete Löhr an. Willem packte den Störenfried und führte ihn unsanft aus der Zunftstube. Doch der wehrte sich vehement unter unzünftigem Geschrei.

„Schmeißt den aufmüpfigen Trotzkopf raus!“, befahl Löhr. Sogleich packte ihn Willem mit festem Griff und warf ihn recht unsanft in die stinkende Gosse.

„Zur Strafe zahlt das Dachsfell beim nächsten Treffen zwei Liter Bier“, entschied der Zunftmeister.

44

Am nächsten Morgen passte Willem Francis noch vor dem Frühstück ab. Er zog ihn unter einem Vorwand in die Wasserwerkstatt.

„Ich habe meinen Teil unserer Abmachung gehalten, also mische dich jetzt nicht mehr in Angelegenheiten ein, die dich nichts angehen", redete er mit drohendem Zeigefinger auf ihn ein. Seinen Teil der Abmachung hatte er gehalten? Francis konnte sich noch keinen Reim darauf machen. Beim Essen eröffnete der Meister dem noch immer skeptisch dreinschauenden Francis, dass er von nun an offiziell als zünftiger Lehrling gelte. Endlich, er hatte es geschafft! Nun war er durch die Aufnahme in die Zunft zu einem ehrlichen Handwerker geworden. Was scherte ihn nun noch sein fehlendes Geburtszeugnis. Ein ehrbarer Zunftgeselle, das wäre sein Traum! Dann könnte er mit stolzer Brust und feiner Montur durch Lympurg ziehen.

Überglücklich wollte er sich zum Meister in die Zurichtwerkstatt gesellen. Doch der winkte ab. Er wolle sich lieber hinlegen. Der feuchtfröhliche Abend hatte ihm arg zugesetzt. So begleitete er Annemarie zum Garten, wässerte seine Kräuterpflanzen und schöpfte frisches Wasser aus dem Brunnen. Auf dem Heimweg winkte ihnen Klas aus dem Fenster des Zwerchhauses zu. Doch es war kein freudiges Winken. Wollte Klas sie warnen?

Im Haus schlug ihnen eine beängstigte Stille entgegen. Francis stellte den Wassereimer scheppernd ab. Im gleichen Moment rannte Willem mit hochrotem Kopf aus der Küche und nestelte an seiner Hose. Annemarie sah erschrocken den Francis an.

„Warte noch einen Augenblick", flüsterte sie ihm zu.

Die Meisterin erschien verstört mit zerzausten Haaren, einen Blusenknopf noch geöffnet, und fuhr sie barsch an:

„Habt ihr den Garten auch ausreichend gewässert?"

Annemarie gab keine Antwort, sondern machte sich still an die Küchenarbeit und dachte sich ihren Teil. Francis überlegte. Er hatte dem Willem ein teuflisches Versprechen gegeben. Meinte der nun einen Freibrief zu haben, sich an die Meisterin heranzumachen?

Kurzentschlossen rannte er zum Georg in die Tuchwerkstatt hinüber. Er musste sich mit ihm und Hennes beraten. In wenigen Worten erklärte er ihm, worum es ging. Georg überlegte lange, sehr lange, so als ob er einen Plan schmiede, einen teuflischen Plan: Klas solle einen Tonkopf formen, der den Willem darstellte. Am späten Nachmittag sollten sie mit der Büste in den Kirchturm kommen.

„Wozu brauchen wir den Kopf vom Willem?“, fragte Francis.

„Das erzähle ich dir später!“

Vorsichtshalber meldeten sich Klas und Francis bei der Meisterin ab. Sie würden beim Georg im Kirchturm übernachten. Es war ihr nur recht, etwas anderes hatte Francis auch nicht erwartet. Gott sei gelobt, an diesem Tag blühte der Meister förmlich auf. Er trank sein mit Rosmarin gewürztes Bier und schmauchte seine tönerne Hängepfeife.

Die Jungen machten es sich im luftigen Turmgeschoss gemütlich. Klas packte sein in Lumpen gewickeltes Paket aus und präsentierte selbstbewusst eine kohlkopfgroße Tonbüste, die Willem verblüffend ähnelte und auf Seiten der Freunde Bewunderung auslöste.

„Was habt ihr denn vor? Wofür braucht ihr den Kopf?“, wollte Hennes wissen, dem das geheimnisvolle Treffen nicht behagte.

„Hennes, ich erinnere dich an unseren Blutschwur. Was heute hier geschieht, darfst du niemandem erzählen“, schärfte ihm Georg ein. Klas solle auch schweigen. So erneuerten sie den Blutschwur – Francis’ neues Messer kam erstmals zum Einsatz – und nahmen den Jüngsten in die eingeschworene Runde auf. Klas strotzte vor Stolz.

„Habt ihr schon etwas von der Schwarzen Magie gehört?“, fragte Georg seine Freunde. Er erhielt ein aufgeregtes Kopfschütteln als Antwort.

„Bei meinem Oheim arbeitet eine alte Frau aus Staffel als Zuschneiderin. Sie hat mir öfters von den geheimnisvollen Kräften der Schwarzen Magie erzählt, wobei sie mich zur größten Verschwiegenheit verpflichtete. Ehrlich gesagt, hat mich das in den Bann gezogen. Ich wollte immer mehr über diese Zauberkräfte wissen."

„Georg, schweig über die Schwarze Magie. Teufels- und Hexenzeug sind Sünde", Hennes ahnte Unheilvolles und wollte nicht mitspielen. Bisher hatten sie keine Hexenprozesse in Lympurg erlebt, doch die Schauermärchen über Hinrichtungen in Camberg, Hadamar und Diez kannten sie schon. Klas' Ohren leuchteten rot, Francis bekam schwitznasse Hände. Hennes war drauf und dran, sich die Ohren zuzuhalten. Doch das ließ Georg kalt.

„Als Francis von Willems schändlichem Treiben sprach, habe ich die Frau um Rat gefragt."

„Du hast ihr von Willem erzählt? Ei, bald weiß es die ganze Stadt!", fauchte Klas zornig.

„Unsinn. Natürlich habe ich keine Namen genannt, ich bin doch nicht dumm."

„Du willst doch wohl nicht einen Hexenzauber gegen Willem machen, Georg? Das ist Sünde", entrüstete sich Hennes. Er dachte mit Schrecken an die nächste Beichte und sah schon das Schwert des Erzengels Gabriel über sich schweben.

„Hennes, jetzt weißt du, was wir vorhaben. Wenn wir damit anfangen, bist du schon wieder im Kloster, denn das geht nur zur stockdunklen Nacht. Hab also keine Angst. Du brauchst nichts zu beichten. Du kennst auch keine Einzelheiten. Aber verraten darfst du uns auch nicht, dein Schwur gilt."

„Warum habt ihr mich dann dazugeholt?" Hennes wischte sich den Schweiß von der Stirn. „Wir dürfen untereinander keine Geheimnisse haben. Schließlich sind wir Freunde." Sie wechselten das Thema. Georg wollte nicht mehr über sein Vorhaben verraten, bis sich Hennes in der hereinbrechenden Dämmerung mit den Worten verabschiedete:

„Treibt es aber nicht zu toll, sonst holt euch noch der Teufel!"

Die Nachtkälte kroch langsam herauf. Mit Genuss verdrückten sie die Brote, die Georgs Mutter ihnen zubereitet hatte, und kuschelten sich in die bereitliegenden Decken. Der Turmfalke krächzte sein schrilles *Kikiki*. Die Hunde schlugen an, Francis erinnerte sich an die Wölfe, die vor der Mauer lauerten. Die Turmuhr schlug schon zur elften Stunde. Francis konnte nicht mehr abwarten, jetzt sei doch schon rabenschwarze Nacht. Georg stupste Klas unsanft an, der inzwischen eingenickt war.

„Klas, reich mir doch mal den Kopf von Willem. So wie ich die alte Frau verstanden habe, müssen wir mit einer Nadel an der Stelle in den Tonschädel stechen, wo wir Willem treffen wollen. Einen Zauberspruch hat sie mir nicht verraten. Wir müssen nur fest daran glauben. Welchen Schaden wollen wir ihm zufügen?"

„Kopfschmerzen, eine blutige Nase, trübe Augen, ein geplatztes Trommelfell und eine gelähmte Zunge. Ei, am besten wir zertrümmern den ganzen Schädel des Hundsfotts", platzte Klas heraus.

„Nun mal langsam, Klas. Wir wollen ihm doch nur eine Lektion erteilen und ihn nicht umbringen. Ich schlage vor, wir zerdrücken seine Nase."

Francis schaute skeptisch und ein wenig ängstlich drein. Ein solcher Humbug solle wirklich den Willem treffen? Egal, es komme auf den Versuch an. Aber er könne nicht zulassen, einen Menschen zu sehr zu quälen. Die Finger, mit denen sie den Schwur geleistet hatten, waren noch blutverkrustet. Sie drückten die tönerne Nase so stark ein, dass nur noch ein breiiger Klumpen davon übrig blieb. Anschließend warf Georg den demolierten Kopf im hohen Bogen vom Turm herunter. Er klatschte auf einen Grabstein. Nur ein platter Tonfladen blieb von dem Kunstwerk übrig.

45

Zur Enttäuschung der Jungen stellte sich bei Willem in den nächsten Tagen keine Wirkung des Zaubers ein. Sosehr sie ihn auch beobachteten, er strotzte vor Gesundheit und Lebensfreude. Das konnte man dagegen vom Meister nicht behaupten. Seine Ruhepausen verlängerten sich, seine körperliche Belastbarkeit nahm rapide ab und seine schlechte Laune zu.

„Vielleicht wirkt der Sud nicht mehr und wir brauchen ein stärkeres Mittel?“, sorgte sich die Meisterin. Sie bat Klas, den Klostermedicus zu befragen.

„Am besten wäre es“, mischte sich Willem ein, „wenn wir die Kräuter selbst mischen. Dann können wir die Dosis erhöhen, wenn es erforderlich wird. Der Medicus soll uns sagen, welche Kräuter wir besorgen sollen. Die können wir auch in der Apotheke kaufen.“

„Das ist keine gute Idee“, erwiderte Klas. „Bruder Ansgar hat eindringlich davor gewarnt, weil auch Blätter vom Fingerhut dabei sind, die bei zu starker Dosis tödlich sind. Wir sollen uns schon an die genaue Rezeptur halten.“

An diesem nasskalten Herbstmorgen begleiteten die Buben die Meisterin zum Einkaufen in die Stadt. Kurz vor der Fahrgasse kam ihnen ein sehr gepflegter Mann entgegen, der in einen marineblauen Rock gekleidet war. Er hielt ein Schwätzchen mit der Meisterin. Ja, es gehe ihm gesundheitlich gut, seine Beinverletzung sei verheilt. Bald komme die kalte Jahreszeit, das spüre man in den Knochen. Wie es denn dem Meister gehe? Oh, das tue ihm aber leid. Und wer sei dieser junge Mann? Franciscus? Ein schöner Name, sein Bruder heiße auch Franciscus. Er wäre immer neidisch auf seinen Namen gewesen, denn seine Eltern hätten ihn Johannes getauft. So heiße doch jeder Zweite hier. Soso, er sei im Kloster aufgewachsen? Dann kenne er sich wohl auch mit Kräutern aus? Dem Medicus sei er sogar zur Hand gegangen? Er könne einen solch fachkundigen jungen Mann gebrauchen, plane er doch, seine Badstube wieder zu eröffnen. Während des Krieges wären die Badehäuser geschlossen worden. Ja, sicherlich auch wegen der furchtbaren Pestilenz. Jetzt sei er mit der Stadt in Verhandlungen; die Stadtväter forderten aber noch zu hohe Abgaben. Die nähmen es von den Lebenden und den Toten. Der Chirurgus Johannes Maul habe schon die *Visepatentes* für den Betrieb einer Badstube auf der Plötze. Na ja, ein Studierter und zudem mit dem halben Stadtrat verwandt. Kein Wunder. Wo er sein Bad plane? Dort, wo es früher gewesen sei, neben dem Katzenturm beim Brunnen.

„Herr Raab, wir müssen nun aber weiter. Wollen noch Fisch kaufen. Hat mich gefreut, mit Euch zu sprechen, und wünsche Euch viel Erfolg mit der Badstube. Vielleicht komme ich Euch dann mal besuchen?"

„Liebe Frau Emmerich, das wird leider nicht möglich sein", meinte er mit seiner Fistelstimme. „Die Stadt lässt keine gemischten Badstuben mehr zu wegen der Moral und Hygiene. Alles muss jetzt sehr sittsam zugehen. Nicht so wie früher, als sich Männlein und Weiblein gemeinsam im Zuber vergnügten. Diese Zeiten sind vorbei."

Lachend verabschiedeten sie sich. Johannes Raab zog höflich seinen schwarzen, zipfelförmigen Filzhut. Dabei kam seine wallende, pechschwarze Haarpracht zum Vorschein.

„Der war aber freundlich und so vornehm angezogen. Kennst du ihn schon länger?", fragte Klas.

„Ei, wir kennen uns schon seit der Kindheit. Er ist immer adrett gekleidet und zu den Frauen zuvorkommend. Obwohl er sich, meiner Meinung nach, nicht für die Weibsleute interessiert. Früher hat er als Barbier beim Bader gearbeitet. Jetzt wohnt er allein in einer kleinen Wohnung gleich bei uns um die Ecke."

Inzwischen waren sie am Fischmarkt angekommen. Die Meisterin steuerte schnurstracks auf die Schirn des angesehenen Fischhändlers Anton Diezinger direkt neben dem Rathaus zu.

„Meisterin Emmerich, schön, Euch zu sehen. Wie ist das geschätzte Befinden?"

„Danke der Nachfrage, Herr Diezinger, und selbst?"

Der freundliche Ausdruck in seinem milchbübigen Gesicht, dem ein Kinnbart die Männlichkeit gab, verschwand. Er wirkte plötzlich hilflos und leidend. Sorgenfalten zeigten sich auf seiner noch jungen Stirn. Ihm gehe es gut, aber seine Frau sei schon seit längerer Zeit kränklich. Gleich nach der Hochzeit vor zwei Jahren musste sie sich wohl eine Erkältung eingefangen haben, von der sie sich nicht erhole. In letzter Zeit käme sie nicht mehr aus dem Bett, huste und ringe nach Luft. Sie hätten sich doch so sehr Kinder gewünscht, aber jetzt? Aber was nütze das Jammern, er müsse sich mit Gottes Willen abfinden.

Die Meisterin kaufte sechs Salzheringe und verabschiedete sich von den Kindern, die sich auf den weiteren Weg zum Kloster machten.

46

Bruder Ludolf, ich habe noch einige Fragen“, sagte Francis, als sich Klas ins klösterliche Skriptorium verzogen hatte. „Ich habe mit dem Gesellen den Abdecker besucht. Dort habe ich gesehen, dass der sich auch als Heiler betätigt mit Kräutern und Ölen. Sogar mit Menschenhaut und menschlichem Fett, das er zu Salben verarbeitet.“

„Mein Sohn, der Aberglauben der einfältigen Menschen ist grenzenlos. All diese Mittel haben keinerlei Wirkstoffe. In der Regel sind sie auch nicht giftig. Aber von ihnen geht eine magische Wirkung aus, so wie von Zaubersprüchen und anderem Hokuspokus.“

„Ist das eine Sünde?“

„Warum sollte der Verkauf eine Sünde sein? Der Schinder ist bestimmt ein gottgläubiger Mensch. Ich kannte einen Wasenmeister, der hat sogar einen Altar gestiftet von dem Geld, das er eingenommen hatte.“

„Und was hältst du von der Schwarzen Magie?“

„Wie kommst du jetzt auf diesen Teufelsglauben? Nun, manche meinen, einem Feind Böses zu wollen. Sie reden sich ein, mit sonderbaren Ritualen einem anderen Menschen Schaden zufügen zu können. Dabei rufen sie den Satan zur Hilfe. Dieser Satansglaube entsteht vor allem dann, wenn sich die Menschen von Gott verlassen fühlen, weil über sie ein Unheil hereingebrochen ist.“

Francis bekam eine fröstelnde Gänsehaut. Wozu hatte ihn Georg nur verleitet? Besser, er fragte nicht weiter, sonst müsse er dem Bruder Ludolf noch beichten, was sich im Turm abgespielt hatte.

Klas suchte inzwischen Bruder Ansgar auf. Er berichtete ihm, dass sein Vater noch nicht zu Kräften gekommen sei.

„Mein Junge, dein Vater muss sich in Geduld üben. Seine Beschwerden werden nicht verschwinden, wir können sie nur mildern. Aber gut, ich werde die Dosis etwas erhöhen. Hol dir die neue Mischung vom Bruder Ludolf. Und wie geht es dir, mein Sohn?"

„Ich fühle mich gesund, bekomme genügend Luft, und der Husten plagt mich auch nicht mehr." In der Tat war Klas kaum wiederzuerkennen. Die neuen Lebenskräfte hatten ihm auch einen Wachstumsschub beschert. Sollte noch einer behaupten, er wäre kleinwüchsig und schwach, dem würde er es schon zeigen!

Nach dem gemeinsamen Mittagessen im Refektorium machten sich die Buben vollbepackt mit Brot, Wein, Kräutern und neuen Schulaufgaben auf den Heimweg. Eigentlich wollten sie noch kurz in die Schreinerei springen, doch Klas machte keine Anstalten. Stattdessen ging er schweigend voran.

„Klas, warum läufst du so, ich komme ja kaum mit. Welche Laus ist dir denn über die Leber gelaufen?"

„Wenn unser Zauberspruch gegen Willem nicht wirkt, werde ich meinen Vater einweihen. So kann es jedenfalls nicht weitergehen."

„Und was soll dein Vater dann machen? Den Willem rausschmeißen?"

„Ei, ich weiß nicht."

„Und deine Mutter, soll er sie auch bestrafen?"

„Unter unserem Dach dulde ich keine unkeuschen Sünden!"

„Noch ist doch nichts passiert, oder?"

Inzwischen erreichten sie das Eckhaus der Salzgasse zum Fischmarkt, wo die Stadtwaage stand. Ein lautes Gekreische unterbrach ihre Unterhaltung. Ein Jutesack lag auf der Waage. Davor stritten sich eine keifende, kräftige Frau und ein hagerer Salzhändler mit seiner ledernen Schürze.

Die Jungen interessierten sich nicht für den Disput, schlenderten heimwärts den Fischmarkt hinauf. Francis riet, Klas solle noch nicht mit dem Vater sprechen und abwarten, vielleicht besinne sich Willem noch. Doch Klas stieg plötzlich die Zornesröte ins Gesicht:

„Ei, und du lässt deine Finger von Annemarie. Sonst muss sie gehen und du vielleicht auch."

47

Das nasskalte, trübe Novemberwetter und die ersten Nachtfröste legten sich wie eine melancholische Lähmung über die Menschen. Die Schornsteine spuckten tiefgrauen, beißenden Rauch aus; eine Dunstglocke verdunkelte die Stadt zusätzlich. Man sagt, dies sei die Zeit des Sensenmannes, der nun von Tür zu Tür gehe und nach Opfern Ausschau halte. Kein Wunder, dass man nur ungern das Haus verließ. Klas hatte den ganzen Tag Schreiben und Lesen geübt. Annemarie konnte ihm dabei nicht helfen, denn sie hatte keine Schule besuchen dürfen. Nur Francis griff ab und zu korrigierend ein. Seine Gedanken kreisten um seinen kleinen Kräutergarten. Einige Pflanzen hatten sich nicht sonderlich entwickelt und beim ersten Frost die Blätter abgeworfen. Besonders schmerzte ihn, dass sein geliebter Fingerhut wie kahlgefressen dastand. Nur ein Stängel war noch übrig. Hatten ihn die Schnecken und Würmer so zugerichtet? Zu dumm, er hatte vergessen, Bruder Ludolf zu fragen, wie er die Schädlinge von seinen Kräutern abhalten konnte. Natürlich hatte er mit Annemarie gesprochen. Sie erschrak, als sie erfuhr, dass Klas über die nächtliche Kuschelei Bescheid wusste. Sie wollte ihre Arbeitsstelle nicht aufs Spiel setzen, und Francis wollte doch auch bei den Emmerichs bleiben. Von da an unterließen sie ihr heimliches Kosen.

Der Gesundheitszustand des Meisters verschlechterte sich zusehends. Manchmal flackerte sein Lebenslicht so schwach, dass man sich wirklich sorgen musste. Dann träufelte die Meisterin ihm die Kräutersäfte ein. Mit der Medizin im Körper stemmte er sich gegen sein Ende. Die Meisterin bat Francis um die Rezeptur der Kräuter. Sie musste sich die jetzt wohl in der Apotheke beschaffen, denn die Vereinbarung mit Bruder Ludolf war nun hinfällig. Willem sollte in der Barfüßerstraße vorbeigehen und sie vom Apotheker mischen lassen.

Er hatte seine Zunftkleider an, an diesem Abend fand wieder eine Zunftversammlung in der Krone statt. Der Meister ließ sich entschuldigen, er fühlte sich nicht wohl. Zudem gäbe es keine wichtigen Zunftbeschlüsse.

Am späten Abend, die ersten Schneeflocken fielen bereits, kam Willem ziemlich angetrunken zurück. Seine Nase hielt er mit einem blutigen Taschentuch verdeckt. Das junge Dachsfell, von Willem bei der letzten Zunftversammlung so unsanft in die Gosse befördert, hatte erst mit ihm gesoffen und ihm nach dem Zapfenstreich in der Salzgasse das Fell gegerbt. Mit einem Knüppel hatte er ihn derart heftig malträtiert, dass er Willem das Nasenbein gebrochen hatte. Willem saß da wie ein Häuflein Elend und versuchte, den Blutfluss zu stillen. Klas und Francis sahen sich erschrocken an. War es Zufall, oder...?

Am nächsten Morgen liefen sie aufgeregt zu Georg hinüber in die Tuchmacherei und berichteten wild durcheinander, was mit Willem geschehen war. Doch der ließ sie nicht ausreden. Er wies sie barsch an, den Mund zu halten und mitzukommen. Sie verkrochen sich in einer dunklen Ecke im Tuchlager. Hier könnten sie sprechen, aber nur flüsternd. Was war geschehen? Warum tat Georg so geheimnisvoll?

„Ich habe euch doch von einer alten Frau aus Staffel erzählt, die mir den Rat für die Schwarze Magie gegeben hatte. Der Schultheiß von Diez hat sie vor drei Wochen mit seinen Leuten auf den Schandkarren gezerrt. Er klagt sie nach allen Regeln des Hexenhammers an."

„Was wirft man ihr denn vor?"

„Sie sei schuld, dass zwei Kinder in Staffel tot zur Welt gekommen und drei Kühe verreckt seien. Seitdem wird sie dort unter Androhung der Folter einem strengen Verhör unterzogen."

„Hat sie denn gestanden?"

„Nein, bisher noch nicht, sie leugnet hartnäckig. Vielleicht will der Scharfrichter das Verhör aber auch in die Länge ziehen. Denn das Gericht lebt während des Verhörs auf ihre Kosten. Solange noch Geld da ist, prasst der Scharfrichter wie im Schlaraffenland und säuft wie ein Loch, hat mein Oheim gesagt."

„Hat sie denn Geld?"

„Alles, was sie bei uns verdient hat, hat sie für ihre Kinder auf die hohe Kante gelegt."

„Und wie verhält sich dein Oheim?“

„Der hat versucht, sich für die arme Frau einzusetzen. Aber die Menschen in Staffel fordern ein hartes Vorgehen gegen die Zaubersche.“

„Wie sieht ein solches Verhör denn aus?“

„Mein Oheim sagt, im Hexenhammer sei genau beschrieben, wie der Scharfrichter vorgehen muss. Zunächst stellt er fest, ob sie weinen kann. Wenn nicht, dann ist sie als Hexe überführt. Das Gleiche gilt, wenn sie sich nicht berühren lässt. Dann sucht der Scharfrichter nach Hexenamuletten und anderen Teufelszeichen am Körper. Dabei werden sogar von jedem Körperteil die Haare abrasiert.“

48

Während Klas schon zur frühen Morgenstunde das Haus verließ – die Schreinerlehre faszinierte ihn so sehr, dass er morgens als Erster in der Werkstatt erschien –, schaute Francis dem Meister in der Zurichtwerkstatt wissbegierig zu. Emmerich zeigte ihm, wie das Leder geglättet wurde: Von der Mitte zum Rand ebnete er die Haut mit einem Stoßeisen zu einer gleichmäßigen Fläche. Francis drückte er ein Werkzeug in die Hand, das wie ein Holzschuh aussah. Weil das Leder vom Gerben zu hart geworden war, sollte Francis das Pantoffelholz über die Lederhaut ziehen, um es geschmeidiger zu machen. Eine wahrhaft schweißtreibende Arbeit, die seine Arme schmerzen ließ. Der Meister ermahnte ihn, nicht zu hastig zu hantieren, das ermüde die Muskeln zu rasch. Doch sein Eifer war nicht zu bremsen. Eine Erholungspause gönnte er sich nur, wenn ihn der Meister anwies, die Häute auf den Trockenboden zu bringen. Der lag über dem Schlafraum des Gesellen, wo sich Willem mit seiner schmerzenden Nase hingelegt hatte. Jede körperliche Anstrengung brachte sein Blut in Wallung. Anfangs versuchte er sich mit Arbeit von der Qual abzulenken. Doch als die ersten Blutstropfen auf das Leder fielen, schickte ihn der Meister wieder weg. Francis empfand Mitleid mit ihm, er fühlte sich verantwortlich für die zerdrückte Nase. Was wäre wohl geschehen, wenn sie den Vorschlägen von Klas gefolgt wären und den Tonkopf noch schlimmer traktiert hätten? Ob er ihm ein Schmerzmittel besorgen solle, fragte er kleinlaut. Doch Willem winkte ab.

Am späten Vormittag meinte der Meister, Francis müsse eine Pause einlegen und Annemarie zum Einkaufen begleiten. Unterwegs begegneten sie einem auffällig gekleideten Mann:

„Du bist doch der Emmerich Franciscus, oder?"

Francis erinnerte sich. Das war der Nachbar Johannes Raab, der der Meisterin erzählt hatte, er wolle eine Badstube eröffnen.

Annemarie schaute verlegen zur Seite, sein süßliches Parfüm stieg ihr verlockend in die Nase.

„Sag mal, mein Junge, hast du im Kloster auch beim Aderlass und Schröpfen zugeschaut?"

Francis berichtete frenetisch, was er von Bruder Ansgar über den Aderlass gelernt hatte und wie er auch einmal ein Schröpfglas setzen durfte.

„Und hast du schon etwas über die Körpersäfte gehört?"

Nun sprudelte er sein Wissen heraus über die kalten, trockenen und feuchten Säfte, über die *Abundantia*, den schädlichen Überfluss, und wie die vier Säfte – Blut, Schleim, schwarze und gelbe Galle – das Temperament der Menschen bestimmen. Johannes Raab lobte sein Wissen voller Überschwang.

„Franciscus, in Kürze werde ich die Genehmigung für meine Badstube erhalten. Dann könnte ich so einen versierten Gehilfen wie dich gut gebrauchen. Willst du nicht bei mir arbeiten?"

„Aber ich mache gerade eine Gerberlehre", antwortete Francis.

„Nun, wir haben noch viel Zeit und wollen nichts überstürzen. Und du bist das Annemariesche. Ein hübsches Mädel bist du geworden. Hast du schon einen Freier?"

Schamesröte stieg ihr ins Gesicht. Raab zog seinen schwarzen Filzhut und verabschiedete sich mit einer angedeuteten Verbeugung zur Annemarie, die daraufhin noch mehr errötete.

„Sehr elegant, dieser Mensch", sagte sie anerkennend. „So vornehm gekleidet und höflich wie ein Edelmann."

„Mach dir keine Hoffnungen", grinste Francis. „Der Lackaff interessiert sich nicht nicht für Frauen."

„Bist wohl eifersüchtig", gab sie verlegen zurück.

„Wann kommt dann wohl dein Prinz, von dem du träumst?"

„Was langsam reift, schmeckt besser", lachte sie.

Inzwischen waren sie beim Fischhändler Anton Diezinger angekommen, und Annemarie verlangte fünf Salzheringe.

„Warum nur fünf Heringe?", warf Francis ein.

„Der Klas isst doch beim Schreinermeister."

„Wie geht es Eurer Frau, Herr Diezinger?", fragte Francis höflich. Sein phänomenales Personengedächtnis zahlte sich aus. Das letzte Mal hatte der gebeutelte Mann doch über die Erkältung geklagt, von der sich seine Frau nicht erholte.

„Du bist doch der angenommene Sohn Emmerichs, nicht wahr? Sehr freundlich, dass du dich nach dem Befinden meiner Frau erkundigst. Leider geht es ihr nicht besser…"

Diezinger schilderte jede Phase des Krankheitsverlaufes, und Francis lauschte geduldig. Das tat dem Fischhändler gut. Nur Annemarie trat von einem Fuß auf den anderen. Was scherte sie denn seine kranke Frau, obgleich sie die tiefe Besorgnis und Liebe des Mannes zu seiner kranken Frau schon beeindruckte.

49

Sie besuchten ein letztes Mal offiziell das Kloster. Der von Schornsteinruß geschwärzte Schneematsch in den Gassen reichte ihnen bis zu den Knöcheln. Auf dem Fahrweg hinterließen die Fuhrwerke tiefe, wassergefüllte Fahrspuren. Sie nahmen deshalb den Weg über die Plötze und die Fleischgasse, der trockener war. Aus dem Zunfthaus der Tuchmacher kam ihnen Georg mit ernstem Blick entgegen.

„Was ist los, Georg?"

„Sie haben die alte Frau in Diez tatsächlich als Hexe verbrannt!"

„Ei, war sie denn eine Hexe?", fragte Klas erschrocken.

„Wer weiß das schon. Der Scharfrichter muss ihr wohl so sehr mit peinlicher Folter zugesetzt haben, dass sie den Verstand verloren und zugegeben hat, Leute verhext zu haben."

„Oh Gott, sie hat doch wohl nicht unseren Zauber gegen Willem erwähnt?", sorgte sich Francis. Klas zitterte vor Aufregung und hing an den Lippen von Georg.

„Keine Sorge. Ich habe ihr nichts über unseren Zauber gesagt und natürlich keinen Namen genannt."

„Die hätte uns ganz schön reinreiten können", meinte Francis hörbar aufatmend. Klas fasste die Hand von Francis fester. Er schlug zum Erstaunen Francis' vor, sie sollten in der Kirche Gott um Verzeihung bitten. Die verdammte Zauberei im Turm raube ihm sonst die Nachtruhe.

„Wie geht es Willem?", erkundigte sich Georg.

„Der liegt jetzt erst einmal flach", grinste Francis hämisch.

„Aber das war der letzte und einzige Zauber, den wir einem zufügen, klar?"

Sie stimmten Georg mit Nachdruck zu. Was sollten sie denn dem furchtsamen Hennes sagen?

„Am besten, ihr sagt gar nichts. Was er nicht weiß, macht ihn nicht heiß. Der muss doch alles beichten, der fromme Angsthase."

„Aber wir wollten doch keine Geheimnisse untereinander haben“, erinnerte Francis.

„Da hast du auch wieder recht. Also, dann erklärt ihm, dass Willem von einem Gesellen geschlagen worden ist und sich die Nase gebrochen hat. Aber die Hexenverbrennung braucht ihr nicht zu erwähnen.“

In der Sankt Sebastianskirche knieten sich beide Jungen nieder. Voller ehrlicher Inbrunst und Reue baten sie Gott um Vergebung für ihre Missetat, bevor sie sich durch das Gebet erleichtert bei Hennes blicken ließen. Francis berichtete ihm über seine Gerberlehre, den Besuch beim Schinder und dessen eigentümliche Wundermittel, Klas über die Schreinerlehre und die Zeichnungen, die er dort anfertigen durfte, nur ja nicht den Zauber erwähnen! Hennes wies stolz auf seine Schreibarbeiten.

„Dann kannst du mir sicher helfen, Klas. Ich muss einen Initialbuchstaben ausschmücken und habe absolut keine Ahnung, wie ich das machen soll.“

Während sich Klas einen Stift griff und zu zeichnen begann, atmete Francis auf. Hennes kam nicht auf die nächtliche Zauberei zu sprechen. Klas hatte nun zu tun, Hennes schaute begierig zu. Die Zeit sollte er für einen Besuch bei Bruder Ansgar nutzen. Der wollte gerade eine tiefe Fleischwunde am Bein mit einem Brenneisen behandeln. Der Patient, ein junger Mann in einer Zimmermannskluft, riss die Augen auf und schlug seine kräftigen Zähne in einen Holzknebel. Ansgar bat Francis, das Bein zu halten, denn er müsse dem Patienten nun große Pein zufügen. Dann nahm er den glühenden Kauter und setzte ihn vorsichtig für einen Moment auf die blutende Wunde. Übelriechender Qualm stieg auf, der Mann zuckte, aber Francis fixierte das Bein mit all seiner Kraft.

„Schon überstanden“, sagte Ansgar, wobei er sicherlich den jungen Mann meinte, der schweißgebadet den Knebel herausspuckte. Er stieß einen markerschütternden Schmerzensschrei aus, verdrehte die Augen und blieb ohnmächtig liegen.

„Jetzt trage ich noch eine Heilsalbe auf und verbinde die Wunde“, sagte Ansgar mit seiner gewohnt ruhigen Stimme zu Francis.

„Wie hat er sich verletzt?"

„Seine Axt ist abgerutscht und ins Bein geschlagen. Ich musste die Wunde kautern, sonst wäre er verblutet. Was die Arzneien nicht heilen, heilt das Messer. Was das Messer nicht heilt, heilt das Feuer."

„Bruder Ansgar, wie untersuchst du einen Kranken?"

„Eine gute Frage, mein Junge. Nach der Dreiprinzipienlehre des Paracelsus ist der Körper aus Schwefel, Quecksilber und Salz aufgebaut. Der Schwefel symbolisiert das Brennbare, das wir auch als Seele bezeichnen. Das Quecksilber steht für die Flüchtigkeit, das ist der Lebensgeist des Menschen und das Salz für den Körper. Als Arzt müssen wir uns den ganzen Menschen anschauen. Stehen die Seele, der Lebensgeist und der Körper im Gleichgewicht?"

„Kann die Seele krank sein? Kann der Lebensgeist Schaden nehmen?"

„Oh ja. Eine kranke Seele kann den Menschen regelrecht auffressen, ihn mit Magenbeschwerden quälen, Herzrasen und einer inneren Unruhe. Da nutzt es nicht, nur die Magenbeschwerden mit Kräutern zu lindern. Da sollte die Ursache für den Seelenschmerz gefunden werden. Beim Lebensgeist ist das ähnlich. Wenn ein Mensch mit dem Leben abgeschlossen hat, kann ich ihm nicht mehr helfen. So war es zum Beispiel mit dem Bauern, den das Fleckfieber hingerafft hatte."

„Und wonach suchst du die Kräuter aus?"

„Da gibt es simple Analogien zwischen Mensch und Natur. Nehmen wir zum Beispiel die herzförmigen Blüten der Kräuter, die eignen sich besonders bei Herzkrankheiten. Höckrige Wurzeln helfen gegen die Geschwülste des Aussatzes und stachelige Disteln gegen das Stechen in der Brust. Doch oft ist das nicht so einfach. Dann hilft nur die Erfahrung meiner Praxis und vor allem der gesunde Menschenverstand."

„Und was empfiehlst du gegen Nasenbluten?"

„Wen willst du kurieren? Du fragst doch nicht ohne Hintergedanken?"

„Unser Geselle liegt mit einer blutenden Nase von einer Prügelei danieder."

„Du willst wieder Arzt spielen. Also gut, mach ihm kühle Stirnumschläge mit Dill und Schafgarbe."

Hell schlug die Klosterglocke zum Stundengebet der Sext. Sie weckte den Zimmermann aus seiner Ohnmacht. Humpelnd und noch benommen verließ er das Kloster. Francis lief noch schnell in seinen geliebten Kräutergarten und sah sich im *Herbularius* genauer um. Tatsächlich, Bruder Ansgar hatte die stark riechenden Kräuter wie Lavendel und Minze um die anderen Kräuter herumgepflanzt. Jetzt sollte sein Garten im Frühjahr gelingen.

Nach dem Essen, es gab salzigen Fisch zur Fastenzeit, nahm der Zeichenlehrer Sartorius Klas zur Seite:

„Die Franziskaner in Hadamar planen derzeit mit Architekten, Malern, Bildhauern und Schreinern die neue Ägidienkirche. Auch für das Schloss liegt der Entwurf vor. Ich werde in Hadamar vorübergehend die künstlerische Leitung übernehmen und bin bereit, dich für eine Zeit als Praktikant im Kloster aufzunehmen. Sprich doch mal mit deinem Meister, ob er dich für einige Wochen entbehren kann."

50

Die Kräuterumschläge gegen das Nasenbluten nahm Willem gern an, und Francis beschwichtigte so seine quälenden Gewissensbisse. Nach einigen Wochen war die geknickte Nase vergessen, nur die unübersehbare Delle auf dem Nasenhöcker erinnerte noch daran. Die Prügel, die er bezogen hatte, veränderten Willem tatsächlich. Mürrisch, mit sich hadernd, wortkarg und ohne einen freundlichen Blick für die Meisterin nahm er seine Arbeit wieder auf. Wie ein geprügelter Hund schlich er herum. Die Nächte verbrachte er meist außerhalb der Stadtmauern. Francis ahnte wo. Doch eines Morgens setzte sich der Geselle brummig zum Frühstück und meckerte an der dünnen Suppe herum. In der Werkstatt konnte Francis ihm nichts mehr recht machen. Willem soff zu viel Bier. Sogar die Meisterin herrschte er in unverschämter Weise an, als sie ihn aufforderte, weniger zu trinken. Die folgenden Nächte blieb er wieder daheim und schlief seinen Rausch aus. Francis folgerte, dass die Liebschaft in der Brückenvorstadt in die Brüche gegangen sei. Recht so.

Am Dreifaltigkeitstag A.D. 1652 hatte der Bürgermeister Johann Meelbaum die Lympurger Bürgerschaft am späten Nachmittag zum Rathaus geladen. Die Gemeindeglocke – allgemein „die Alte" genannt – läutete mit ihrem dumpfen Klang. Sie war bis hinauf zur Stiftskirche und hinunter zum Brückenturm zu hören. Alle Bürger waren aufgefordert, sich vor dem Rathaus zu versammeln. Krächzende Saatkrähen saßen auf den Dächern des Fischmarkts und verkündeten Unheil. Da musste schon etwas Wichtiges zu besprechen sein, denn es war die Zeit der Vesper, und eigentlich sollte doch niemand das zentrale Abendgebet versäumen. Der Schultheiß Kalckofen sah von den Stufen des Rathauses so grimmig in die Runde, als wäre ihm die Versammlung ein Graus. Der neben ihm stehende Bürgermeister Meelbaum ordnete mit gehobener Hand Ruhe an und erhob seine gewaltige Stimme:

„Bürger der Stadt Lympurg. Das hoch und hals sträfliche Laster der Zauberei treibt sein Unwesen schon in Camberg, Idstein, Diez und Weilburg. Wir stellen mit Sorge fest, dass die Schwarze Magie auch in Lympurg um sich greift. Bevor wir beschließen, der Ketzerei entschieden entgegenzutreten, bitte ich den ehrwürdigen Pfarrer Bernhard Waldschmidt, uns über die Gefahren der Hexerei aufzuklären. Pfarrer Waldschmidt ist der bedeutendste Hexen- und Gespensterprediger und erfreut sich eines großen Zulaufs bei seinen Predigten in der Barfüßerkirche zu Franckfurt."

„Bürger von Lympurg", begann der dickbäuchige, unauffällige Mann, den niemand für einen Pfaffen gehalten hätte, „ihr sollt wissen, dass der Teufel mitten unter euch sitzt. Und ihr sollt auch wissen, dass der Teufel einen großen Zorn hat und all seine Helfershelfer einsetzt, damit er uns verführe: die Zauberer, Hexen und Unholde, das giftige Schlangen- und Ottergezücht, des leidigen Teufels Bundsverwandte und des feindseligen Satans Getreue, welche sich bereit und willig finden lassen..." Der Mann redete sich in Rage, dämonisierte die Frauen – „Je mehr Weiber, je mehr Hexen!". Er verteufelte die wahrsagende Zauberei, die Zeichendeuterei, vor allem aber den vielfältigen Schaden durch die Schwarze Magie. Instinktiv duckten sich Francis und Klas schuldig und ertappt in der Menge. Nur nicht auffallen!

„In der Bibel fordert Mose in Psalm 22, Vers 18: ‚Die Zauberinnen sollst du nicht leben lassen! Verbrennt sie im irdischen Feuer, um sie vom ewigen Feuer zu bewahren!' Wenn die Obrigkeit nicht frisch mit Feuer, Holz und Strohwellen hinter ihnen her wäre und sie im Rauch in den Drutten schickte, so wäre die Welt voll dieses Teufelsgeschmeißes. Ich fordere die Obrigkeit von Lympurg auf, hierin nicht nachlässig zu sein und das Schwert nicht umsonst zu tragen. Denn sie ist Gottes Dienerin. Tut euer Amt, so habt ihr einen gnädigen Gott!"

Überzeugt von dieser flammenden Rede stimmten die Bürger zu: Der Rat solle ein Blutgericht einsetzen. Schließlich wurden sechs Schöffen, der Schultheiß und der Sendschöffe dafür bestimmt. Der Sendschöffe vertrat die Kirche. Er stellte die

Rechtsgläubigkeit und den christlichen Lebenswandel aller Bürger sicher.

„Da können aber gefährliche Zeiten auf uns zukommen", flüsterte Francis zu Klas. „Gefällt dem Schultheiß deine Nase necht, macht er dich zum Teufelsknecht."

51

Meister Emmerich fühlte seine Kräfte imme mehr schwinden und ließ Bruder Ansgar an sein Krankenbett rufen. Ein gewaltiges Sommergewitter zog sich über der Stadt zusammen. Es schüttete wie aus Eimern, und tatsächlich stand Ansgar barfuß mit durchfeuchteter Kutte in der Werkstatt. Francis führte ihn die Treppe hinauf in den Schlafraum. Der Meister ruhte im Bett und hielt sich den Bauch vor Krämpfen. Ansgars erster Blick galt den Augen: gelb, unruhig und vor Angst flimmernd. Der Tod schien an seinem Körper zu nagen.

„Was habt Ihr ihm zu essen gegeben?", fragte er leise die Meisterin.

„Er bringt ja kaum etwas herunter. Von der Gemüsesuppe nahm er nur einige Löffel voll."

„Trinkt er regelmäßig den Absud?"

„Ich flöße ihm stündlich den Kräuteraufguss ein."

Ansgar tastete vorsichtig seinen Bauch ab und spürte die verkrampften Eingeweide. Mit Schrecken sah er den schaumigen Auswurf, den Emmerich heraushustete.

„Und Ihr haltet Euch strikt an die Rezeptur beim Aufguss?"

Die Meisterin nickte stumm.

„Trinkt er noch das würzige Bier?"

„Ei, wenn er danach verlangt, dann bekommt er auch sein Bier. Warum fragt Ihr?"

„Nun, ich suche nach der Ursache für sein Leiden. Sein schlechter Zustand ist nicht auf das Herzleiden zurückzuführen. Euer Mann zeigt typische Vergiftungserscheinungen."

„Unmöglich, außer der Suppe, dem Kräutertee und dem Bier nimmt er doch nichts zu sich!"

„Vielleicht vertragen sich die Gewürze des Biers nicht mit den Kräutern. Ab sofort setzt Ihr den Sud ab und gebt ihm auch kein Bier mehr. Er sollte nur noch Wasser mit etwas Weizenmehl trinken."

„Steht es denn so schlecht um meinen Mann?"

„Ich fürchte ja, liebe Frau. Noch liegt er nicht im Sterben, aber seine Lebensgeister gehen zur Neige. Betet für sein Seelenheil und bittet Gott, er möge ihm Kraft schenken."

„Wollt Ihr ihm die Letzte Ölung geben?"

Ansgar schickte die weinende Meisterin hinaus und blieb mit dem Kranken allein. Anschließend verabschiedete er sich mit einer Entschuldigung, dass er so wenig für den Meister tun könne. Das Gewitter war wohl inzwischen direkt über den Dächern der Stadt angekommen. Wilde Blitze zuckten, der Regen prasselte auf die Schieferdächer, der Stadtbach quoll über. Der Tod schlich ums Haus.

„Du willst doch bei diesem Unwetter nicht hinaus?", fragte Francis. Der Mönch machte jedoch keine Anstalten zu bleiben. Im Hauserren wandte er sich flüsternd an Francis:

„Bist du dir sicher, dass ihr die Rezeptur auch wirklich eingehalten habt?"

Francis nickte stumm und ließ den Klostermedicus in das Unwetter ziehen. Dann durchzuckte es ihn wie ein Blitz: Seine Fingerhutpflanzen im Kräutergarten hatten wieder die Blätter verloren.

Im August hatte sich der Weihbischof von Trier angemeldet, um das Sakrament der Firmung zu spenden. Auch Francis sollte unter den Firmlingen sein. Doch sosehr er sich darauf freute, so sehr schmerzte es Francis, dass Meister Emmerich im Sterben lag. Die Meisterin schickte Klas zum Zunftmeister und zum Schwager Martin Adam. Er sollte sie zum Sterbebett bitten. Auch die Nachbarn kamen, unter ihnen Johannes Raab, sämtliche Gerbermeister und sogar der Pächter der Lohmühle, Hans Leonard Pusch. Der Zunftoberste erschien mit einem Akoluthen, einem mittellosen Menschen mit Weihen. Der halb verhungerte Mann in seinem abgewetzten, grauen Kittel, der schon seit langem keinen Waschzuber gesehen zu haben schien, spielte sich auf wie ein Kaplan. Er kniete vor dem Sterbenden nieder, murmelte Sterbegebete, fuchtelte mit dem Weihwasserquast herum und zündete eine

Sterbekerze an. Das sollte die bösen Kräfte bannen und dem Meister das Sterben erleichtern. Als er ihm auch noch die Beichte abnehmen wollte, beteuerte die Meisterin, der Klosterpater habe schon die Letzte Ölung erteilt. Mit kraftloser Stimme röchelte Wilhelm Emmerich, er wolle in Frieden sterben. Der Geselle Willem solle seine Werkstatt übernehmen. Gegen Abend starrten seine glasigen Augen leblos an die Decke. Die Meisterin öffnete das Fenster, damit die Seele leicht entweichen konnte. Sie trug Francis auf, den Glöckner zu bitten, die Sterbeglocke zu läuten. Das Kerzenlicht wurde gelöscht und ein Öllicht angezündet. Die Anwesenden beteten das Vaterunser, während die Meisterin dem Toten die Augen zudrückte. Drei Tage ließen sie den Leichnam im Haus aufgebahrt liegen. So war es Brauch. Die Totenwache bestand nur aus Männern und gab nicht gerade eine Trauerrunde ab, denn es floss reichlich Wein, Bier und Branntwein. Es wurde üppig und fröhlich gespeist wie zu Festtagen. Das kam dem Akoluthen sehr gelegen. Ein Leichenbitter wurde bestellt, der gegen Bezahlung die Todesnachricht überall in der Stadt verbreitete.

Der Leichnam wurde in ein weißes Leinentuch eingeschlagen. Am vierten Tag, an einem schwülen Nachmittag, wurde der einfache Holzsarg – beigesteuert von Emmerichs Schwager Martin – mit den Füßen des Toten voran aus dem Sterbezimmer getragen. Dreimal setzte man den Sarg auf der Haustürschwelle ab. Der tote Emmerich sollte sich so von seinem Haus verabschieden und nie mehr zurückkehren. Bevor der Leichenzug zum Friedhof der Stiftskirche zog, nahmen die Trauergäste noch eine kräftige Totenzehrung zu sich. Die Gerbergesellen, voran der Zunftmeister und Geselle Willem, trugen in ihrer festlichen Zunftkleidung den Sarg auf den Schultern. Weder durfte er unterwegs abgestellt werden, noch durfte sich einer umsehen. In der steilen Eulengasse drohten die schwitzenden Sargträger aus dem Schritt zu kommen. Der trunkene Willem konnte sich kaum auf den Beinen halten. Der Obermeister schnauzte ihn schroff an, er solle sich gefälligst zusammenreißen. Als sie das offene Grab erreichten, ertönte ein Glockenschlag. Die Träger ließen den Sarg hinunter und warfen ihre Wermutssträuße auf den Sarg, die sie an ihren Jacken angesteckt hatten. Somit war Wilhelm Emmerich *cum pulsa campanarum* beerdigt. Der Stiftskaplan Heinrich Diestel segnete das Grab ein und sprengte Weihwasser. In der Leichenpredigt übergab er Wilhelm Emmerich in die barmherzigen Hände Gottes und beschwor die Gemeinschaft der Lebenden mit dem Toten. Danach zog der Leichenzug geschlossen zum Gasthaus „Zur Krone", um den Verstorbenen bei einem ausgelassenen Gelage hochleben zu lassen. Nur Willem blieb dem Totenschmaus fern und verkrümelte sich, geplagt von Schuldgefühlen.

52

Mit Genehmigung seines Lehrmeisters Adam wohnte Klas im Franziskanerkloster in Hadamar. Er tauchte in eine völlig neue Welt ein, die ihn in Bann schlug. Hier in Hadamar konnte er förmlich die Sinnlichkeit spüren, die von den überladenen und meisterhaft verschnörkelten Kunstwerken ausging. Er staunte über die wallenden Faltenwürfe der prunkvollen Madonnenkleider, die mit einfühlsamer Innigkeit das Christuskind in den Armen hielten. Er bewunderte die lebhafte Polychronie der barocken Figuren und Flügelaltäre aus Lindenholz. Vom Zusammenwirken der Schreiner, Bildhauer und Maler war er so beeindruckt, dass es ihm den Atem verschlug. Er musste unbedingt hinter das Geheimnis kommen, wie die Maler die Körperfarbe für das nackte Jesulein und für die Gesichter der Heiligen mischten. Man war geneigt, die nackte Haut voller Skepsis zu berühren.

Um die Baustelle der Ägidienkirche wimmelte es von Handwerkern und Fuhrleuten, die mit schwer beladenen Fuhrwerken das Baumaterial herankarrten: den milchbläulichen Kalkstein von den Brüchen über der Lahn, den Langhecker Schiefer, den Trachyt vom Siebengebirge, den Tuffstein aus der Eifel, die schwarzgrünen Basaltlavablöcke aus dem Westerwald sowie den rötliche Lahnmarmor aus Villmar. Doch Klas hatte keine Augen für die Steinmetze und das um sie herumschwirrende Gesindel. Er zeichnete Ornamente mit Knorpel- und Ohrmuschelwerken, wie es sein Lehrer Sartorius verlangte.

Im Hause Emmerich war es still geworden. Kaum ein Wort, trauriges Schweigen bei den Mahlzeiten. Willem trank nicht nur Bier, sondern auch zunehmend Branntwein. Francis ging ihm nun von morgens früh bis spät in den Abend zur Hand, ohne auch nur ein Wort zu sprechen. Auch er stand nun im trüben Lahnwasser und wusch die blutigen Felle. Selbst die schweißtreibende Arbeit am

Scherbaum überließ ihm Willem. Kein Wunder, dass Francis nun auch ab und zu aus dem Bierfass einen Becher schöpfte und sich langsam mit dem würzigen Gerstensaft anfreundete. Nachts war Francis mit Annemarie allein im Zwerchhaus. Sie beklagte sich über die unbeherrschte und oft freche Art, die Willem ihr gegenüber an den Tag legte:

„Der unverschämte Kerl ist unberechenbar und ohne Hemmungen. Hat er mir doch einen Klaps auf den Bobbes gegeben! Was fällt dem ein? Bin ich jetzt Freiwild für ihn?" Sie weinte, und Francis vergaß seinen Vorsatz, sich nicht mehr zu ihr zu gesellen. Liebevoll streichelte er über ihr weiches, rostfarbiges Haar.

53

Mit Georg strich Francis nach Feierabend oft ziellos durch die Gassen und feixte die schamhaften Mädchen an. In den letzten Wochen zog es Georg immer wieder hinauf zur Bergstraße. Speziell zu einem Eckhaus zur Barfüßerstrasse, das direkt gegenüber der Sankt Sebastianskirche lag.

„Hat es einen besonderen Grund, warum wir immer wieder hier landen?“, lachte Francis.

Georg winkte ab und starrte auf das obere Stockwerk.

„Wer wohnt dort in dem Haus, auf das du so stierst?“

„Der Ratsherr Johann Müller. Und der hat eine wunderschöne Tochter Katherina.“

Als wäre es abgesprochen, zeigte sich ein fröhlich winkendes Mädchen am Fenster. Bald stand sie vor ihnen: ein groß gewachsener Engel mit blonden Zöpfen, die aus ihrem Linnenkopftuch hervorragten. Das fliederfarbene Kleid betonte ihren nur spärlich von einem Tuch bedeckten Brustansatz. Ihr Gesicht mit den tiefblauen, funkelnden Augen glich dem Antlitz der Madonna auf dem Marienaltar. Ohne Zweifel war sie hübscher, runder als seine dürre Annemarie. Mit ihr könne er sie nicht vergleichen. Dazwischen lagen Welten.

„Katherina, das ist mein Freund Francis“, sagte Georg stolz.

„Georg hat mir schon viel über dich erzählt. Du bist so mutig und machst gerade eine Gerberlehre?“

Francis lächelte ein wenig geschmeichelt und verlegen. Er nickte ihr zu, ohne auf die Frage einzugehen. Unschlüssig stand er da, als wollte er auf dem Absatz kehrtmachen und davonlaufen.

„Wollen wir runter zur Lahn?“, schlug Georg vor und fasste die Hand seines Fliederengels. So schlenderten sie über den Rossmarkt durch die Mühlenpforte hinunter zur Obermühle, wo sie den Steiger am Flussufer entlangbummelten. Katherina zeigte sich geschwätzig: Francis’ Meister sei vor kurzem verstorben? Wer jetzt wohl die Werkstatt weiterführe? Wann habe er denn seine

Gesellenprüfung? Und seinen Kräutergarten, den würde sie sich gern einmal ansehen.

Francis empfand eine gewisse Zuneigung zu Katherina, sie war so unkompliziert und freundlich. Inzwischen erreichten sie die Lahnbrücke, und Francis nahm die Gelegenheit wahr, sich zu verabschieden. Georg war es recht.

Am nächsten Tag trafen sich die Freunde erneut.

„Und, was hältst du von meiner Katherina?"

„Mann, hast du Glück, ein so hübsches und kluges Mädchen gefunden zu haben!"

„Genau, das finde ich auch. Wenn die Zeit reif ist, heirate ich sie."

„Gratuliere. Was machen wir heute?"

„Ich zeige dir, wo der Willem seine Nächte verbringt."

Sie durchquerten das Erdgeschoss der Tuchmacherei und standen in einem kleinen Hof, der mit Gerätschaften des Tuchmachers zugestellt war. Georg wies auf die Rückseite des gegenüberliegenden Hauses. Es sei von der Rosengasse aus zugänglich und gehöre seinem Vater, der es als Frauenhaus verpachtet habe.

„Dort bieten die Hübscherinnen ihre Dienste an. Du erkennst sie an der gelben Verbrämung ihrer Kleider. Gelb steht für Sünde, Geiz und Neid, musst du wissen. Ein Ritter würde sich niemals auf ein gelbes Ross setzen, das bringt Unglück."

„Aber das ist doch etwas Unehrenhaftes!"

„In gewisser Hinsicht schon. Aber wenn die Stadt die Frauenhäuser in der Rosengasse innerhalb der Stadtmauer duldet, gehören sie nun mal zum Stadtleben. Die Huren unterliegen einer strengen Ordnung, die der Scharfrichter Nagel überwacht."

„Wie kommen die Frauen dazu, im Freudenhaus zu arbeiten?"

„Die meisten kommen aus Not. Manche werden von den eigenen Ehemännern dorthin verdingt, um Schulden tilgen zu können. Andere wurden von Banden entführt und zur Arbeit gezwungen."

„Und unser Willem ist Gast dort?"

„Fast jeden Abend."

54

Der lang ersehnte Tag der Gesellenprüfung war gekommen. Annemarie putzte Francis fein heraus: ein frisch gewaschenes, braunes Leinenhemd, darüber die braune Lederschürze.

„Herr Meister mit Gunst", wandte er sich an den Zunftmeister Löhr, so wie ihm Willem eingeschärft hatte. „Ich lege hier das Gesellenstück vor, einen von mir bearbeiteten Kips."

Die Kommission unter Leitung des Schaumeisters begutachtete die glatte Haut des Jungrindes genauestens, fragte, wie er das Stück geschoren, gefalzt, blanchiert und gestoßen habe. Francis erklärte jeden Handgriff mit hochrotem Kopf. Das Prüfungsgremium zog sich kurz zur Beratung zurück und bewertete das Gesellenstück mit „extra gut". Francis atmete erleichtert auf. Dann wurde er vor der offenen Innungslade examiniert.

„Wie greift ein Gerber die Äscherzange?"

Francis schnappte sich das bereitliegende Werkzeug und demonstrierte den richtigen Griff.

„Kennt er das streng gehütete Geheim-Klopfzeichen?"

Francis sah den Willem fragend an. Bei dieser Frage musste er passen.

„Gut so, mein Junge. Von nun an erfährst du es und gelobst, darüber Stillschweigen zu bewahren. Das Zeichen ist: Poch – poch, poch."

„Sage er mir, welches das wichtigste Kleidungsstück des Gergesellen ist."

„Der Hut, denn ein zünftiger Gerber, der nicht die richtige Hutbewegung zum Gruße macht oder diese mit der Mütze ausführt, wird vom Meister nichts erhalten."

„Hiermit erkläre ich den Gerber Franciscus Emmerich zum Gesellen und übergebe ihm den offiziellen Gesellenhut."

Der breitkrempige Hut war noch etwas zu groß für seinen Kopf, doch er setzte ihn mit Freude auf. Dann nahm er sein Lehrzeugnis in Empfang:

Ich bescheinige hierdurch, dass Franciscus Emmerich aus Lympurg von A.D. 1652 bis 1655 beim Gerbermeister Emmerich in der Lehre gestanden hat und sich nicht allein gut geführt, sondern auch solche Beweise seiner Geschicklichkeit gegeben hat, dass ich ihn nun als einen brauchbaren Menschen mit bestem Wissen und Gewissen empfehlen kann.

Unterschrieben vom Zunftvorsteher Johannes Löhr und gestempelt von der Stadt Lympurg

Anschließend reichte ihm Löhr die Taufurkunde, die bis zu diesem Zeitpunkt in der Zunftlade aufbewahrt worden war. Der offizielle Teil war nun beendet. Doch der Altgeselle postierte sich mit einem Blatt vor ihn, verlas die Zunftregeln und gab ihm mit zwei Ohrfeigen den zünftigen Gesellenschlag.

55

Francis hatte sein wichtigstes Ziel erreicht: Von nun an konnte er mit Brief und Siegel belegen, ein ehrbarer Bürger der Stadt Lympurg mit allen Rechten und Pflichten zu sein. Was wollte er mehr! Die Welt stand ihm nun offen.

Drei qualvolle Tage brauchte er, sich von der ungewohnten Sauferei zu erholen. Als er endlich wieder zum gemeinsamen Frühstück erschien, saß Klas überraschend am Tisch.

„Ei, hast wohl nicht gemerkt, dass ich letzte Nacht neben dir geschlafen habe", lachte Klas. Voller Begeisterung erzählte er von den Schnitz- und Malkünsten, dem die Sinne betörenden Barockstil, vom sorgfältigen Mischen der Farben und den bombastischen Steinmetzarbeiten für die neue Hadamarer Ägidienkirche. Die Meisterin verfolgte das Gespräch der beiden Jungen mit mütterlichem Stolz. Wenn das ihr Mann doch noch erlebt hätte!

„Geselle, gehst du nun auf Wanderschaft?", unterbrach Willem abrupt das Gespräch. Seine Stimme hatte sich verändert. Er näselte, weil die schief zusammengewachsene Nase die Atmung erschwerte.

„Wenn, dann erst im Frühjahr."

„Meinetwegen kannst du auch als Fips bleiben."

„Als Fips, was ist denn das?", fragte Klas.

„Fips nennt man den Gerbergesellen, der nicht auf Wanderschaft geht."

„Gut, dann bleibe ich zunächst als Fips bei euch. Aber nennt mich weiterhin Francis und nicht Fips, das klingt so nach einem Affen."

Alle lachten. Francis musterte unauffällig Willem, sah abwechselnd die Meisterin an. Solle er das Gespräch darauf lenken, ob Willem nun die Meisterstelle übernahm? Hatte der Meister Emmerich nicht am Totenbett erklärt, Willem solle die Werkstatt weiterführen? Aber wie sollte er das bewerkstelligen? Das Erbe ging an die Meisterin. Willem wäre nicht in der Lage, die Gerberei käuflich zu erwerben. Spätestens jetzt fiel es ihm wie Schuppen von den Augen: Willem beabsichtigte, die Meisterin zu ehelichen! Natürlich, er wartete nur die übliche Trauerzeit ab.

Mitten in seine Gedanken platzte der verlotterte Leichenbitter mit seinem schwarzen Zylinder herein.

„Was wollt Ihr? Habt Ihr nicht den gerechten Lohn für die Totenansage erhalten?“, fuhr ihn die Meisterin ärgerlich an und wollte ihm schon die Tür weisen.

„Entschuldigt bitte, Meisterin. Meine Absicht ist, Euch kundzutun, dass die Frau des Fischhändlers Anton Diezinger gestern Nacht verstorben ist. Gott habe sie selig. Die Beerdigung erfolgt in drei Tagen Schlag elf auf dem Friedhof der Sankt Sebastianskirche.“

Im sonntäglichen Hochamt in der Stiftkirche ministrierten nur noch Hennes als *Thuriferar* und Klas als *Kruziferar*. Hennes schwenkte sein Rauchfass so heftig, dass sich die Kirche mit Rauch füllte und die Besucher den Weihrauchduft mit nach Hause nahmen. Klas war mächtig stolz, das Kreuz tragen zu dürfen. Anschließend beschlossen die vier Jungen, die Gesellenprüfungen von Francis und Georg im Gasthaus „Zur Krone“ zu feiern. Gleich vorn an der Tür fanden sie noch einen unbesetzten Tisch in der Gaststube. Gewöhnlich zogen die Männer nach dem Gottesdienst in die Schenke, während die Frauen daheim das Essen vorbereiteten. Erst das Gebetbuch, dann unter das Gebetbuch mit dem Henkel. Das hing nämlich aus Schmiedeeisen geformt über dem Stammtisch. An anderen Tischen spielte man Schafkopf, das die Wandergesellen aus Bayern mitgebracht hatten. Droschen sie mit einer ausladenden Handbewegung die Karte mit dem Schweinskopf auf den Tisch, brach ein lautes Gejohle aus: „Daus sticht den König!“ Im allgemeinen Lärm konnte man kaum sein eigenes Wort verstehen. Der Kellner in seinem Lederschurz, der vor Dreck schon zu stehen schien, knallte die blaugrauen salzgebrannten Bierkrüge auf den Tisch, dass sie überschwappten. Auch Hennes hatte sich im Kloster an die tägliche Ration des Gerstensaftes gewöhnt. Nur Klas griff noch etwas zögerlich zu.

„Prost, auf die Gesellen!“, erhob Georg seinen Becher.

„Mit Gunst!“, fügte Francis hinzu und trank seinen Becher in einem Zug aus, so wie es sich für einen zünftigen Gesellen ziemte.

„Wie ich gehört habe, seid ihr nun zum Gesellen ernannt worden?“

Georg blickte sich um, Francis ebenso. Am Tisch stand der gestrenge Schultheiß Johann Anton Kalckofen in seiner vollen Größe und Würde.

„Somit kommen auf euch bürgerliche Pflichten zu. Ich erwarte von euch, dass ihr euch zu den Schießübungen am Schießgraben einfindet, euch beim Brandlöschen beteiligt und falls nötig auch am Wachdienst. Im Rathaus erfahrt ihr, wann die entsprechenden Einweisungen erfolgen und wann die Übungen angesetzt sind. Und wagt es ja nicht, den Dienst zu schwänzen, sonst holt euch der Büttel unter Androhung von Strafen ab!“

56

Ein heftiger Septembersturm fegte im nächsten Jahr über die Stadt. Klas war bereits aus dem Haus, Francis hantierte mit dem Pantoffelholz, Annemarie schrubbte den Fußboden. Die Meisterin überlegte, wie sie die Hollpotria mit Bohnen verlängern konnte. Die Beerdigung hatte ein großes Loch in die Haushaltskasse gerissen. Allein mit Francis schaffte es der Geselle nicht mehr, eine ausreichende Anzahl von Häuten zu gerben. Willem sah nur eine Lösung des Problems: Sie müssten sich von Annemarie trennen. Die Meisterin aber winkte ab. Schließlich hatte ihr verstorbener Mann das Versprechen gegeben, sich um Annemarie zu kümmern, und das wolle sie einhalten.

Am späten Morgen stürmten Klas und Georg völlig durchnässt in die Werkstatt. Sie riefen Francis, er solle doch schnell kommen. Es sei etwas Spektakuläres im Busche. Francis ließ sein Werkzeug fallen.

„Der Schultheiß hat den Obermüller verhaftet. Sie sitzen gerade zu Gericht!“

Vor dem Stadthaus hörten sie aus den offenen Fenstern das gewaltige Brüllen des Schulheißen Kalckofen:

„Was erlaubt Ihr Euch, den Bäcker zu betrügen? Seht nur, was alles in dem Mehlsack zum Vorschein kommt: sogar Steine!“

„Das muss jemand hineingetan haben. Ich bin kein Betrüger!“, verteidigte sich Meister Dillmanni. Die Beschuldigungen nahmen kein Ende, da konnte Dillmanni noch so protestieren.

Nach einer halben Stunde verkündete der Gerichtsschreiber Schupp am offenen Fenster das Urteil:

„Das Gericht befindet Euch schuldig des Betruges an den Bürgern der Stadt. Der Büttel bringt Euch in den Trill, vorher werdet Ihr mit einem Klapperstein beladen durch die Gassen geführt. Am Pranger werdet Ihr zunächst mit einem Schandzeichen gebrannt. Zusätzlich wird ein Ohr geschlitzt. Dann harrt Ihr im Trill bis zum Angelusläuten aus. Ihr habt einen Tag Zeit, die

Obermühle und die Stadt zu verlassen. Eure Pacht habt Ihr verwirkt!"

„Gott sei mein Zeuge, ich bin unschuldig und lade Euch Richter ins Tal Josaphat. Dort werdet Ihr Eure gerechte Strafe erhalten!"

Kalckofen zeigte sich beeindruckt von der schweren Verfluchung. Er schluckte, bekreuzigte sich und wies mit einer unwirschen Handbewegung den Büttel an, den Delinquenten wegzuschaffen. An Händen gefesselt, einen schweren Stein um den Hals gehängt, zerrte ihn der Gerichtsdiener auf die regennasse Straße. Er führte ihn in Begleitung eines Trommlers die Salzgasse entlang zum Kornmarkt, von dort über die Fleischgasse zur Plötze und schließlich den Fischmarkt hinauf zum Pranger. Der Trill war in unmittelbarer Nähe an einer Hausecke gelegen, gerade groß genug, einen Menschen aufzunehmen, und mit einem Eisengitter versehen. Unter schadenfrohem Gejohle bewarfen einige Dillmanni mit Steinen. Er blutete sogar im Gesicht. Der Gerichtsschreiber gebot Ruhe und verlas noch einmal das Urteil des Malefizgerichts. Er forderte den Scharfrichter auf, seines Amtes zu walten. Das Brannteisen lag schon in einem mit glühenden Kohlen gefüllten Kessel bereit. Nicolaus Nagel fackelte nicht lange und schnitt mit einem scharfen Messer sein Ohr ein. Dann drückte er ihm mit dem glühenden Eisen ein münzgroßes Feuermahl auf die Stirn. Dillmanni schrie vor bestialischen Schmerzen laut auf. Ehe er sich versah, warf Nagel eine Handvoll Salz in die frischen Wunden, stieß ihn in den Trill und verschloss das Eisengitter. Wieder flogen Steine. Auch Klas bückte sich, doch Francis hielt ihn zurück:

„Das Schlitzohr leidet genug, lass ab!"

57

Willem schikanierte Annemarie nicht nur mit derben Schimpfworten, seine Hände grabschten auch schon nach ihrem prallen Busen. Solle sie sich bei der Meisterin beschweren? Doch die könnte das missverstehen und sie beschuldigen, sie mache sich an Willem heran. Francis tröstete sie und versprach ihr tapfer, er werde das regeln.

„Willem, du hast dich verpflichtet, alle im Haus Lebenden zu achten. Also, lass deine dreckigen Finger von der Annemarie, sonst bekommst du es mit mir zu tun!"

„Halt dein Maul, du Grünschnabel. Spielst dich auf wie der Zunftmeister! Jetzt habe ich hier das Sagen, verstanden?"

„Noch bist du Geselle und kein Meister!"

„Ja, noch. Aber warte nur ab, du Rotzlöffel!"

Francis erschrak. Noch? Also bewahrheitete sich seine Befürchtung, Willem würde die Meisterin heiraten?

Es kam, wie es kommen musste. An einem lauen Maiabend – alle waren um den vom ewigen Scheuern glattgeschmirgelten Tisch zur Vesper versammelt – lüftete die Meisterin das bis dahin streng gehütete Geheimnis:

„Der Willem und ich haben uns das Eheversprechen gegeben. Beim Notar haben wir den Ehevertrag unterschrieben und der Stadt und auch der Zunft angezeigt. Den kirchlichen Segen haben wir auch schon."

Stumm, mit gebeugten Häuptern saßen sie da. Francis dachte, nun sei für ihn die Zeit gekommen, das Haus zu verlassen, Klas ebenso. Annemarie hatte Tränen in den Augen.

Zwei Tage später fand sich Francis in der Zunftstube im Gasthaus „Zur Krone" ein. Er wartete mit den anderen Zunftgesellen auf Willem, der die Meisterprüfung ablegen sollte. Willem erschien mit zwölf gegerbten Rindshäuten und zwanzig tüchtigen Kalbsfellen. Die Examination der Häute nahm eine lange Zeit in Anspruch. Schließlich beschied der Schaumeister:

„Geselle Willem, wir haben die Felle peinlichst geprüft und befunden, dass vier gegerbte Häute Mängel aufweisen. Die anderen werden jedoch als gut beurteilt."

Francis konnte seine Schadenfreude kaum zügeln. Musste Willem nun die Prüfung wiederholen? Willem nahm die beanstandeten Häute prüfend in die Hand und blickte den Zunftmeister kopfschüttelnd an. Doch der ignorierte ihn und stellte den Antrag an die Zunftmitglieder, zur Strafe solle Willem vier Gulden in die Zunftlade zahlen. Willem zögerte einen Moment, aber schließlich versprach er, die Strafe zu entrichten. Obermeister Johannes Löhr erhob sich:

„Geselle Willem, nachdem du die Meisterin Emmerich geehelicht hast und vor dem versammelten Handwerk den statuarischen Bedingungen vollständig Genüge geleistet hast, spreche ich dich mit heutigem Tage zum Meister und erteile hiermit die Genehmigung, die Gerberei des verstorbenen Meisters Emmerich zu führen. Zuvor musst du noch den Eid vor dem Rat der Stadt ablegen."

„Ich gelobe, der Lympurger Obrigkeit gehorsam zu sein, die bürgerlichen Obliegenheiten zu erfüllen, und das Beste für die Stadt und ihre ganze Gemeinde unter Beobachtung der Vorschriften der allgemeinen Städteordnung und der örtlichen Statuten zu fördern."

58

Der Sommer zog mit unerträglicher Hitze ins Land. Selbst die geöffneten Fenster und Türen brachten keine Abkühlung. Vom Stall her zog ein beißender Gestank in die Werkstatt. Francis sprach von seiner beabsichtigten Wanderschaft, Klas stand kurz vor der Gesellenprüfung zum zünftigen Schreiner, Annemarie ging Willem scheu wie ein Reh aus dem Weg und flüchtete tagsüber in den nahen Garten. Natürlich entging der Meisterin nicht, wie er im Suff die Magd immer dreister bedrängte. Sie musste das Mädchen vor ihm schützen, aber wie?

Mit schmalem Geldbeutel machte sie sich auf zum Markt, um für ein kärgliches Mahl einzukaufen. Vielleicht konnte sie beim Fischhändler ein paar frische Lahnfische erstehen, die waren billiger als die Salzheringe aus Cölln.

„Meister Diezinger, seid Ihr denn inzwischen über den Verlust Eurer Frau hinweggekommen?", schmeichelte sie.

„Ach, Meisterin. Einerseits bin ich erleichtert, dass meine Frau von dem langen Leid erlöst ist. Andererseits ertrage ich das Alleinsein nicht. Ich esse kaum etwas, seht nur, wie mager ich geworden bin. Es fehlt eine Hilfe im Haus, das nun für mich allein zu groß geworden ist."

„Habt Ihr einmal daran gedacht, Euch eine Magd ins Haus zu holen?"

„Welche Maid wäre bereit, mir zur Seite zu stehen? Die jungen Mädchen haben doch alle nur Flausen im Kopf."

Sie nickte zustimmend, eine gute Haushilfe zu finden sei nicht einfach.

„Ihr kennt doch meine Magd Annemarie."

Diezinger strahlte, ja, eine solche Magd würde er sich wünschen.

„Was wäre, wenn ich Euch Annemarie vorübergehend überlassen würde?"

„Das würdet Ihr für mich in Kauf nehmen? Mit großer Freude nehme ich die Annemarie auf, so ein fleißiges und freundliches Mädchen!“ Seine Augen glänzten, als schicke ihm der Erzengel Gabriel persönlich einen Hilfsengel vom Himmel herunter.

„Natürlich muss ich noch mit Annemarie sprechen. Ihr hört von mir. Jetzt brauche ich aber noch vier Fische.“

Er packte ihr vier Salzheringe in braunes Papier und überreichte sie der Meisterin mit dem Hinweis, sie solle sie als sein Geschenk nehmen.

Daheim hantierte Annemarie in der Küche. Zum ersten Mal fiel der Meisterin auf, dass die Magd zu einer hübschen Frau gereift war. Eigentlich wäre sie eine gute Partie für einen Mann. Vorsichtig brachte sie das Gespräch auf den bedauernswerten Fischhändler. Schließlich kam sie dann mit der Sprache heraus:

„Annemarie, kannst du dir vorstellen, dem Diezinger als Magd zu dienen?“

Annemarie erstarrte vor Schreck. Was erwartete sie beim Diezinger? Würde sie vom Regen in die Traufe kommen?

59

Francis stand bis zu den Knien im kühlen Wasser der Lahn und wusch im Schweiße seine Angesichts Felle. Um ihn herum schwammen einige Enten und haschten nach Futter. Er hatte sich einen Keramikkrug mit Bier mitgenommen und setzte sich ab und zu unter die schattenspendende Buche am Ufer. Sinnierend blickte er auf das rauschende Wehr und die Untermühle. Vor der Mühle stand ein bislang verwaistes Haus neben dem Brunnen. Francis wunderte sich über die Handwerker, die dort ein und aus gingen. Neugierig ließ er von seiner Arbeit ab und näherte sich dem Gebäude. Zu seiner Überraschung kam ihm Johannes Raab in einem farbbespritzten Arbeitskittel entgegen, nicht in eleganter Schaube und ohne seinen auffallenden Zipfelhut:

„Hallo, Franciscus, willst du dir mal ansehen, wie ich die neue Badstube einrichte?"

Gern nahm Francis das Angebot an. In der großen Stube wurde ein Ofen gemauert. Daneben stand bereits ein großvolumiger Kupferkessel, der einmal mit heißem Wasser gefüllt werden sollte, wie Raab erklärte. Die anderen Kübel würden kaltes Brunnenwasser aufnehmen zur Abkühlung der Badegäste. Um den Ofen herum werde das Schweißbad entstehen mit drei Reihen Schwitzbänken in verschiedener Höhe. Je nachdem, ob man stark oder gelinde zu schwitzen verlange. Ferner würden noch Wannen aufgestellt, für diejenigen, die baden wollten. Die Nebenräume waren zur Körperpflege, für Zahnbehandlungen, Aderlass und das Schröpfen vorgesehen. Ein Raum sei für den Barbier reserviert.

„Habt Ihr denn schon Helfer eingestellt?"

„Nein, erst wenn das Badehaus fertig ist, etwa in zwei Wochen. Ich brauche einen versierten Bader, Wasserzieher und zwei Badknechte. Das müsste reichen. Das Bartscheren übernehme ich selber. Bist du interessiert, bei mir einzusteigen?"

Francis grübelte. Wundheiler, das hatte ihn schon als Kind interessiert. Es reizte ihn, Kranken zu helfen, weitaus mehr als auf

Wanderschaft zu gehen. Wie würde die Zukunft als Gerber aussehen? Ob er jemals eine Meisterstelle erhalten würde? Die Arbeit würde zur Routine geraten: tagein, tagaus mit vergammelten Fellen hantieren, im Gestank der Werkstatt die Häute stoßen und schließlich nur einen kargen Lohn einstreichen. Keine rosige Zukunft! Raab spürte sein Interesse und machte Nägel mit Köpfen:

„Ich zahle deine Verpflegung und Unterkunft sowie einen Grundlohn. Wie viel du endgültig verdienst, hängt von deinem Geschick ab. Ich beteilige dich am Ertrag. Und später einmal, wenn du dich bewährst, kannst du als Geschäftspartner eintreten."

Und ob er dann auch hier wohnen könne? Auch das, im ersten Stockwerk seien Räume frei. Er könne beim Emmerich ausziehen!

60

Daheim erschien ihm die Gerberwerkstatt plötzlich in einem anderen Licht: dreckig, mit dem Gestank nach faulem Leder und beißender Gülle, dazu viel zu eng, ärmlich und dunkel. Als er am Abend die Stiege zum Zwerchhaus erklomm, fühlte er sich in die finsterste Ecke abgeschoben. Hatte ihm der Johannes Raab die Augen geöffnet? Vielleicht sollte seine Lehre allein dazu dienen, ihn zu einem ehrbaren Bürger zu stempeln? Gottesfügung? Ja, er wolle es versuchen, entweder Bader oder zur Not doch Gerber. Der Allmächtige werde es schon richten, sein Wille geschehe, Amen.

„Francis, ich muss dir etwas sagen." Annemarie konnte vor Aufregung nicht schlafen. „Die Meisterin will mich wegschicken. Ich soll beim Fischhändler Diezinger als Magd arbeiten."

Klas schien fest eingenickt zu sein, also schlüpfte Francis zu Annemarie und kuschelte sich an sie.

„Dann gehst du wenigstens Willem aus dem Weg. Auch ich werde fortgehen."

„Du wolltest doch erst im Frühjahr auf Wanderschaft."

„Das überlege ich mir noch. Erst arbeite ich in der neuen Badstube am Katzenturm."

„Oh Gott. Du willst deinen Beruf aufgeben? Also, dann lass uns hier abhauen. Ich gehe morgen zum Diezinger und schaue mich erst einmal um. In zwei Wochen sehen wir weiter."

„Wollt ihr mich allein lassen?", entrüstete sich plötzlich Klas, der doch noch nicht schlief. „Ei, wenn ihr geht, verziehe ich mich auch."

Am nächsten Morgen brachte die Meisterin Annemarie zu Diezinger. Das Haus des Fischhändlers in der Nähe des Rathauses war nicht so prunkvoll verziert wie die anderen Häuser mit Knaggen, Fachwerk im Stil des ‚Wilden Mannes', des Andreaskreuzes oder der Sonnenscheiben, kunstvollen Inschriften und abwehrendem Fratzengeschnitze. Schlicht lehnte es sich an das schmucke Nachbarhaus, so als wollte es nur stützen und so seine bescheidene Daseinberechtigung nachweisen. Diezingers Haus roch nach Fisch. Annemarie verzog die Nase. Im Erdgeschoss stapelten sich die Trockenfische in Holzkisten und die Salzheringe in Fässern. Die frischen Fische lagen, sorgfältig mit nassen Leinentüchern bedeckt, auf der Verkaufstheke vorn an der Schirn. Bei aller Liebe, dachte Annemarie, aufgeräumt hatte er. Das Haus war schmal und tief geschnitten, zur Straße hin maß es gerade zwei Fensterbreiten. Vom Fischmarkt aus gesehen, hätte niemand vermutet, dass es sich so weit hineinziehen könne. Im hinteren Teil lagen die Kochstelle und die Treppe zu den Stockwerken. Die Küche war spartanisch eingerichtet: Ein grober Holztisch mit drei Stühlen, eine offene Feuerstelle, darüber hingen die Kessel und Gerätschaften fein säuberlich gewaschen und sortiert. Das Beste aber war, so empfand es Annemarie, dass die Küche weit entfernt vom Verkaufsraum lag. Der fischige Geruch hatte sich hier verflüchtigt. Wohl auch dank der offenen Tür, die in einen kleinen Hof in die frische Luft und zum Abtritt hinausführte.

„Im ersten Obergeschoss habe ich mich eingerichtet: Schlafraum, Kontor und eine Stube zum Musizieren, denn ich spiele gern auf der Laute. Wenn es dir angenehm ist, zeige ich dir deine Zimmer im Dachgeschoss, Annemarie."

Direkt über der Küche waren zwei Zimmer für die Magd vorbereitet. Das Schlafzimmer war zweimal so groß wie das Turmzimmer der Emmerichs. Es verfügte über ein breites Bettgestell, einen Schrank für die Kleider und eine Kommode, auf der eine Waschschüssel, eine Seifenschale und ein großer Zinnkrug standen. In der zweiten Stube fand Annemarie einen gepolsterten Lehnstuhl an einem runden Holztisch vor sowie einen kleinen metallenen Ofen, davor Holzscheite. Diezinger sah an Annemaries erstauntem Blick, dass sie sich wunderte, hier eine Heizmöglichkeit vorzufinden.

„Ich leiste mir den Luxus, in jeder Etage heizen zu können. Die Ofengestelle stammen aus Holland. Ich habe sie in Cölln erstanden und von einem Lympurger Häfner ausmauern lassen."

Nein, hier würde sie im Winter nicht mehr frieren. Annemarie schwelgte still in Glücksgefühlen. Solch ein eigenes Reich hätte sie nie und nimmer erwartet.

61

In den folgenden zwei Wochen, in denen er nachts die Dachkammer mit Klas teilte, vermisste Francis Annemarie, obgleich er sich aufrichtig für sie freute. Klas verurteilte seine Mutter scharf, so früh nach dem Tod des Vaters Willem geehelicht zu haben. Die übliche Trauerzeit war noch nicht abgelaufen. In der nächsten Woche würde er die Löhrgasse verlassen und in die Schreinerei ziehen.

Francis verrichtete seine Gerberarbeit wie in Trance, ohne Engagement und Lust. Willem blieb meist in der Zurichtwerkstatt, zur Arbeit angetrieben von den mahnenden Worten der Meisterin, die er mit einem missmutigen „Lass mich in Ruhe!" quittierte.

Endlich, nach drei Wochen voller Vorfreude, trat Francis seine Probezeit bei Johannes Raab an. Der Steinfußboden der Badstube war aus Westerwälder Bodenfliesen gefertigt. Zwei jüngere Badeknechte füllten die Waschzuber und Kessel mit frischem Wasser aus dem nahen Brunnen. Francis' Erwartungen erhielten aber rasch einen gewaltigen Dämpfer. Raab stellte ihm einen älteren Mann vor, der nur mit einer knappen Schürze und einer Lederkappe bekleidet war:

„Franciscus, das ist der Balneator Herman Kraus. Ihm sollst du assistieren."

„Zwei Wundheiler? Das hatte ich nicht erwartet!", entfuhr es Francis verwundert, das sei so nicht abgemacht.

„Ich kenne Herman schon von der Badstube, die wir früher gemeinsam betrieben haben. Nur mit Mühe konnte ich ihn davon überzeugen, wieder anzufangen. Vielleicht ist es gut, wenn er dich erst einmal unter seine Fittiche nimmt. Auch weil ein Wundheiler ständig anwesend sein sollte. So könnt ihr euch gegenseitig vertreten."

Einerseits war Francis tief enttäuscht, hoffte er doch, allein die Kranken zu versorgen. Andererseits beruhigte es ihn, einem erfahrenen Mann über die Schultern schauen zu können.

Schließlich betrat er Neuland. Raab führte ihn in das Obergeschoss und wies ihm eine geräumige Stube zu, in der er ein Bett, einen Kleiderschrank, Tisch und Stuhl sowie eine geräumige Kommode vorfand. Die weiß getünchten Wände rochen noch nach Kalk. Der Blick aus dem Fenster begeisterte ihn: Er sah auf die ruhig dahinfließende Lahn, hörte das gleichmäßige Rauschen des Wehrs und des Mühlrads der Untermühle. Auf dem Bett lagen ein Baderschurz und eine Lederkappe bereit. Nachdem er sich den Schurz umgebunden hatte, verließ er sein Zimmer und wollte sich nach unten begeben. Eine dralle Frau in einem weißen Kittel stellte sich als die Magd vor. Ob er denn bestimmte Speisen verschmähe, fragte sie. Francis dankte ihr für die Nachfrage, aber er sei kein Kostverächter. Frühstück gebe es Schlag acht, Mittag um eins und Abendessen stehe ab sechs bereit. Da könnte jeder kommen, wenn es passt, denn abends wäre in der Badstube wohl Hochbetrieb.

Im Untergeschoss fanden sich bereits die ersten Gäste ein. Einer kam zum Barbieren, zwei wollten ein Schwitzbad nehmen. Herman zeigte den Badegästen den Umkleideraum, der mit Spinden und Bänken vollgestellt war. In einem Korb lagen Badetücher bereit, von denen sich jeder bedienen konnte. Die Gäste wollten im Schwitzbad sofort auf die oberste Bank steigen, aber Herman forderte sie auf, sich erst mit warmem Wasser aus dem Kessel zu waschen. Die Badeknechte wären ihnen dabei behilflich. Johann Raab hantierte inzwischen mit dem Schermesser.

„Das oberste Gebot ist Sauberkeit und Ordnung, Francis. Lass keinen Schlendrian zu und achte auf die Badeknechte. Hab auch ein Auge auf den Wasserzieher. Die Kessel und Zuber müssen immer gefüllt sein. Schau auch gelegentlich in den Umkleideraum, auch dort muss Ordnung herrschen, nirgends dürfen Kleider oder Schuhe herumliegen. Außer Gästen hat dort niemand etwas zu suchen; wir müssen das Gesindel und Weibsbilder fernhalten. Und der letzte Badegast muss die Wanne ausbaden und reinigen. So ist es Brauch."

Die Sanduhr an den frisch gekalkten Wänden war bereits abgelaufen, doch die Badegäste verharrten noch immer auf der obersten Bank. Herman ermahnte sie, eine Pause einzulegen. Dann leuchtete er unter die Schwitzbänke und fand ein klatschnasses Leinentuch, achtlos dahingeworfen. Empört hob er es auf und hängte es über eine Leine beim Ofen, so wie es sich in einer gepflegten Badstube gehört.

Unerwartet stand ein junger Mann in der Badstube. Er hielt sich mit blutverschmierter Hand den Bauch. Es hatte den Anschein, als drohte er vor Schmerzen zu kollabieren. Francis schleppte den Verwundeten in den Wundraum und ließ ihn auf der Liege nieder. Er hatte gerade das Hemd des Verletzten abgestreift, als Herman mit dem Gerichtsschreiber Jakop Schupp eintrat.

„Der Leyendeckergeselle wurde im Streit mit einem Kollegen verletzt. Wir haben den Messerstecher dingfest gemacht. Jetzt brauchen wir die Maße der Wunde – Länge, Breite und Tiefe – für die Gerichtsverhandlung. Denn nach der Schwere der Verletzung wird die Strafe bemessen“, ordnete der Gerichtsschreiber an.

Der Schieferdecker streckte sich mit verdrehten Augen auf der Liege aus. Aus der Bauchwunde quoll pulsierend das hellrote Blut hervor.

„Das mag ja alles seine Richtigkeit haben, aber erst muss ich die Blutung stillen. Sonst könnt ihr gleich auf Totschlag plädieren“, raunzte Francis. Herman pflichtete ihm bei. Unbeeindruckt bestand der Gerichtsschreiber jedoch auf der Vermessung der Wunde.

„Geben wir ihm ein *Laudanum?*“, fragte Francis den Herman.

„Wird wohl nicht nötig sein, der ist ja schon abgedreht. Hol mir den Wundpegel aus dem Schrank.“

Staunend stand Francis vor dem Besteckschrank. Sorgfältig sortiert lagen dort die Schröpfschnepper und -gläser, verschiedene Zangen und Messer, Brenneisen, Pinzetten, spitze Nadeln, Scheren und Tropfschalen.

„Der Wundpegel liegt ganz unten, sieht aus wie ein Waagbalken“, rief ihm Herman zu, als er merkte, dass Francis das Gerät nicht kannte. Francis reichte ihm das kupferne Werkzeug, spitz an einem Ende und am anderen breit. Mit ruhiger Hand schob

Herman nun den Pegel in die Wunde, bis er auf unverletztes Fleisch traf. Dann zog er das Messgerät heraus und ließ den Gerichtsschreiber die Tiefe der Stichwunde ablesen. Francis hielt derweilen der Kopf des Patienten und beobachtete ihn. Schupp protokollierte eifrig in seine Gerichtsmappe.

„Mit dem Beweis kommt der Schuldige nicht mehr mit einer Buße oder Besserung davon, damit droht ihm eine peinliche Strafe", kommentierte Jakop Schupp das Ergebnis. Sodann vermaß Herman auch noch die Breite und Länge der Wunde. Der Schreiber notierte alles sorgfältig und ließ seinen Bericht vom Bader gegenzeichnen, bevor er das Badehaus verließ.

„Und was machen wir jetzt?", fragte Herman.

„Wir legen ihm einen Druckverband an, oder sollen wir ihn gar kautern?"

62

Es war finstere Nacht im Oktober, als die Feuerglocke der Stiftskirche die Lympurger aus dem Schlaf riss. Francis schlüpfte sofort in die Kleider und rannte zum Rathaus. Bei Feueralarm hatten sich alle männlichen Einwohner sofort zum vereinbarten Treffpunkt oder direkt zum Brandherd zu begeben. Auch Klas und Georg fanden sich ein.

„In der Brückenvorstadt ist Feuer ausgebrochen. Schnappt euch die Lederkübel, ladet die Leitern, Einreißstangen, Einreißhaken und Handspritzen auf die Karren und zieht zur Lahnbrücke hinaus!“, befahl der Schultheiß Johann Anton Kalckofen.

Hell loderte das Feuer aus der Schmiede. Der seichte Ostwind blies die dicken Rauchschwaden von der Brückenvorstadt fort. Als die Feuerläufer den Brandort erreichten, rissen bereits Männer das Haus mit den Hakenstangen ein. Die Lederkübel hatten sie zur Seite gelegt, hier gab es nichts mehr zu löschen. Georg und Francis stiegen wagemutig, einen nassen Lappen vor dem Mund, mit den Einreißstangen in das brennende Gebälk. Bei ihrem ersten Einsatz als Feuerläufer mussten sie doch ihren Mut unter Beweis stellen. Der Schultheiß schrie ihnen noch hinterher, sie sollten sich keiner Einsturzgefahr aussetzen. Doch das spornte die beiden Übermütigen erst recht an. Sie sprangen mit einem Satz durch den brennenden Türrahmen. Die glühend heiße Hitze verschlug ihnen den Atem. Überall lagen verkohlte und fackelnde Balken herum. Georg wollte eine Strebe herunterreißen, doch Francis brüllte:

„Raus hier, das Dach stürzt ein!“

Er zog Georg am Arm und stieß mit seinen Füßen gegen einen leblosen Körper. Entschlossen packten sie den Leib und schleppten ihn hinaus. Der Mann gab noch Lebenszeichen von sich und hechelte nach Luft.

„Verdammt noch mal, was hat euch denn geritten, in das brennende Haus zu laufen? Das Dach hätte euch erschlagen können!“, schrie sie der Schultheiß voller Zorn an.

Der kniende Francis ignorierte ihn und beugte sich über den am Boden liegenden Mann, der heftig hustete. Geistesgegenwärtig gab Georg zur Antwort:

„Habt Ihr denn die Hilfeschreie nicht gehört?"

In diesem Moment kam der Abdecker Gustav herbeigeeilt, drängte den Schulheiß Kalckofen zur Seite und untersuchte den Verletzten.

„Francis? Hast du etwa den Mann herausgeholt? Donnerwetter, bist du mutig. Außer einer Rauchvergiftung kann ich keine Verletzungen feststellen. Ich habe den Schmied immer wieder gewarnt, er solle sein Haus mit einem Feuerspruch schützen. Aber der Schlaumeier hat das als Scharlatanerie abgetan. Jetzt bleibt nur noch, den Löschteller ins Feuer zu werfen", raunte der Gustav.

„Löschteller? Zeig mal!"

Gustav reichte ihm einen runden Holzteller, auf dem zwei ineinander geschobene Dreiecke zu sehen waren, dazu das Wort AGLA.

„Über die Zauberformeln möchte ich mehr wissen. Kann ich dich wieder besuchen?"

„Aber gewiss, mein Junge, du bist jederzeit willkommen", Gustav schleuderte dabei den Teller im hohen Bogen ins Feuer.

63

Die ehemaligen Ministranten hatten es sich zur Regel gemacht, nach der sonntäglichen Messe ein Schweißbad zu nehmen. Meist hatten sie die Badstube für sich allein.

„Nun erzählt doch einmal ausführlich, wie ihr den Schmied aus dem Feuer geholt habt, ihr Helden“, wollte Hennes wissen. Georg berichtete in allen Einzelheiten und Ausschmückungen, wie sie den Mann geborgen hätten. Francis war wie vom Donner gerührt, als Georg sogar behauptete, sie hätten sich allein wegen der Hilferufe todesmutig ins brennende Haus gestürzt. Er wollte ihn aber nicht bloßstellen. Klas lenkte das Gespräch geschickt auf seine Arbeiten. Ihm ging die Prahlerei auf die Nerven, war er doch auch beim Feuer gewesen und kannte die wahre Geschichte. Er entwerfe eine neue Kanzel und einen Altar für die Annakirche, die gerade umgebaut werde. Dabei kämen ihm die Erfahrungen aus Hadamar sehr zugute. Auch habe er gehört, dass demnächst die Walderdorffschen ihren Hof an der Fahrgasse ausbauen wollten.

Mitten in die Unterhaltung platzte ein unerwarteter Badegast: der Bürgermeister Johann Meelbaum persönlich! Francis sprang sofort auf. Er zeigte ihm den Umkleideraum, bat ihn, sich zunächst zu waschen, und wies ihm einen Platz auf der unteren Schwitzbank zu.

„Ich ziehe doch einen wärmeren Platz vor“, murmelte er unwirsch.

„Herr Bürgermeister, ich empfehle aus medizinischer Sicht, langsam das Schwitzbad zu beginnen. Im zweiten Gang könnt Ihr gern den oberen Platz einnehmen.“

„Papperlapapp, was weißt du schon“, wischte er den gut gemeinten Vorschlag mit einer ungeduldigen Handbewegung weg und setzte sich auf die oberste Schwitzbank. Die Burschen kühlten sich inzwischen mit kaltem Wasser ab und streckten sich auf den Liegen aus. Nach einer Weile hielt es Francis nicht mehr, er musste nachsehen, wie es dem Meelbaum erginge. Der saß in sich zusammengesunken mit bleichem Gesicht auf der Bank und reagierte auf die Ansprache von Francis nicht. Francis holte ihn mit kühlen Umschlägen ins Leben zurück.

64

Der Fischhändler war voll des Lobes für Annemarie, nie fiel ein derbes Wort oder gar Schelte. Das Haushaltsgeld bemaß er ebenso knapp wie die Meisterin Emmerich. Er dankte ihr für den geschickten, sparsamen Umgang, das war er von seiner Frau nicht gewohnt. „Das Geld beschafft allein der Mann, die Frau hat nur Gefallen dran“, pflegte sie zu scherzen. Annemarie zog sich abends in ihre Stube zurück. Wenn sie am behaglich warmen Ofen strickte, hörte sie sein gedämpftes Lautenspiel und den schwermütigen Minnegesang nach Liedern des Walther von der Vogelweide. Diezinger ließ seine sanfte Stimme erklingen, dass es ihr das Herz rührte: „Ich saz uf einem steine, do dahte ich bein mit beine...“

Diezinger war kein raubeiniger, gefühlloser Mann, eher glich er einem zwar wehleidigen, aber einfühlsamen, edlen Ritter fernab der Heimat, der nach seiner Geliebten schmachtete. War das der Prinz, den sie sich erträumt hatte? Sie dachte an den krummen Holzscheit, den sie einstmals am Herdfeuer gezogen hatte. Bei Gott, krumm war Diezinger nicht gewachsen.

An einem kalten Novembermorgen geschah etwas, das ihr Leben verändern sollte. Annemarie hatte den Herd angefeuert und die Fleischbrühe erwärmt, die er morgens so liebte. Sie hatte Früchtetee aufgesetzt, das Brot auf den Tisch gestellt sowie die Suppenschale mit dem Löffel. Den Keramikbecher, auf dem ‚Anton' eingebrannt war, hatte ihm seine verstorbene Frau geschenkt. Doch an diesem Morgen ließ sich Anton Diezinger nicht sehen. Sie wartete noch eine Weile, stieg dann die Treppe hinauf und rief mit einladender Stimme:

„Meister Diezinger, Frühstück ist fertig.“

Schon wollte sie sich wieder der Küche zuwenden, als sich langsam die Tür zu seinem Schlafraum öffnete. Diezinger stand barfuß im Schlafhemd mit krausen Haaren und blassem Gesicht in der Tür und jammerte:

„Annemarie, mir geht es gar nicht gut."

„Mein Gott, Ihr seht recht malad aus", sagte sie und eilte ihm zur Hilfe. Gestützt auf ihre schwachen Schultern schlich er ins Bett zurück. Annemarie prüfte mit dem Handrücken die Temperatur auf seiner Stirn, so wie sie es bei der Meisterin gesehen hatte, als der Emmerich kränkelte.

„Ich glaube, Ihr habt Fieber. Sicher eine Influenza. Soll ich den Medicus rufen?"

„Um Himmels willen, keine Ärzte. Die haben meine Frau auf dem Gewissen. Auch bei ihr fing es mit Husten an. Mein Vertrauen in die Medizin ist dahin. Lauf bitte in die Apotheke, man soll dir Kräuter geben."

Nachdem sie das Bett neu gerichtet, die Stube gelüftet, Brühe und Tee gereicht hatte, lief sie zunächst zum Badhaus, um Francis um Rat zu fragen. Der würde sicher Rat wissen. Den Wasserschöpfer am Brunnen bat sie, er möge den Francis holen. Kurz darauf erschien er, hastig in Hose und Hemd geschlüpft, und hörte ihr aufmerksam zu. Er empfahl ihr Johanniskraut, das sei fiebertreibend, sowie Huflattich und Weidenrinde. Sie solle die Kräuter in der Apotheke besorgen und daraus einen Absud kochen, so wie es die Meisterin bei Klas gemacht hatte. Auch solle sie Wadenwickel anlegen und immer wieder erneuern. Schließlich gab er ihr noch eine nach Lavendel, Minze und Veilchen riechende Salbe aus dem Arzneischrank von Herman. Damit solle sie seine Brust einreiben.

„Annemarie, behandelt dich der Diezinger gut?"

„Doch, doch. Es geht mir besser als beim Emmerich. Aber oft bin ich allein, vor allem am Abend", lächelte sie ihn an. Francis strich ihr liebevoll über den Kopf. Wo er sie denn mal in der Stadt treffen könne?

Diezinger, höchst erfreut über die Arzneien, fügte sich wie ein wehleidiges Kind. Er trank brav den bitteren Sud und machte keinerlei Anstalten, die Wadenwickel selbst anzulegen. Nur als Annemarie seine Brust einschmieren wollte, zögerte er. Bisher hatte nur eine Frau seinen Körper berühren dürfen. Auch Annemarie genierte sich vor dem nackten Oberkörper ihres Herrn.

Dennoch trug sie die Salbe mit sanft streichenden Bewegungen auf.

„Danke Annemarie, das tut wirklich gut. Kannst du bitte noch das Schild an die Schirn heften, dass das Geschäft heute geschlossen bleibt?"

„Warum wollt Ihr den Verkauf einstellen? Ich biete den Fisch an, die Preise kenne ich doch."

65

Er hatte die Fähigkeiten von Annemarie bei weitem unterschätzt. Sah Diezinger bisher in ihr nur die Hausgehilfin, betrachtete er sie jetzt mit anderen Augen: Ihre nahezu mütterliche Fürsorge; ihre wohltuende Pflege, die unermüdliche Tatkraft, die sich sogar auf das Fischgeschäft erstreckte; ihre gute Laune; die Umsicht; Ordnungsliebe und Bereitschaft, sogar noch am Abend seine durchschwitzten Laken und sein Nachthemd zu waschen. Auch schätzte er ihre tröstenden Worte; ihr freundliches, unwiderstehliches Lächeln und vor allem diese warmen, sanften Hände, wenn sie über seine Brust strichen. Nur mit der Schönheit konnte sie seiner verstorbenen Frau nicht das Wasser reichen. Man sah ihr halt die Abstammung aus dem Westerwald an, geprägt von den dunklen Wäldern und dem rauen Wetter. Doch ihre blaugrau funkelnden Augen, die eine unbekümmerte Frische und Warmherzigkeit ausstrahlten, veranlassten ihn, verlegen zur Seite zu schauen.

Die Abende, an denen Annemarie bei ihm am Bett saß, wurden von Tag zu Tag länger. Annemarie erzählte von ihrer trostlosen Kindheit, dass er Mitleid mit ihr empfand. Sie ließ die Schilderungen über seine schicksalhafte Ehe mitfühlend und geduldig über sich ergehen. Auch wenn er sich wiederholte. Noch nie hatte er einem Fremden sein Herz ausgeschüttet. Aber es erleichterte ihn, und langsam löste sich sein tief sitzender Seelenschmerz. Zum ersten Mal seit der Beerdigung konnte er wieder lachen.

So war es nicht verwunderlich, dass er nach fünf Tagen genesen war und sich eifrig an die gewohnte Arbeit machte. Mit einem Blick überflog er den Fischbestand und die Einnahmen. Zufrieden stellte er fest, das Geschäft habe keinen Schaden genommen. Von nun an nahmen sie die Mahlzeiten gemeinsam ein, besprachen die täglichen Ereignisse, und Annemarie durfte seinen nun fröhlicheren Minnegesängen lauschen: „Unter der

Linde, an der Heide, wo unser beider Bette war, da werdet ihr finden, schön wie Seide, duftende Blumen wunderbar. Tandaradei! Herrlich sang die Nachtigall…" Er brachte ihr sogar einige Lieder bei, die sie nun im Duett sangen. Annemarie überraschte ihn mit einer klaren Altstimme.

Langsam reifte in ihm eine aufrichtige Zuneigung zu seiner Magd heran. Und Annemarie? Was störte sie an Diezinger? Sein gesteigerter Ordnungsfimmel; die hypochondrische Wehleidigkeit; seine einsame Zurückgezogenheit ohne Freunde und Wirtshausbesuche; seine knickrige Sparsamkeit? Andererseits gab es auch manches, was sie an ihm schätzte: seine Höflichkeit, die er vor allem den Frauen entgegenbrachte; die Liebe zu seiner verstorbenen Frau; sein weiches Herz; sein Wissen – offenbar hatte er eine gute Schulausbildung genossen; der Fleiß, der ihm einen bescheidenen Reichtum erbrachte; das ruhige und ausgeglichene Wesen und vor allem seine traurigen, braunen Augen.

„Annemarie, ich muss morgen nach Cölln, Fisch einkaufen. Willst du mich begleiten?", fragte er sie überraschend. Natürlich war sie Feuer und Flamme. Endlich einmal die Stadt verlassen und hinaus in die Welt!

Mit zwei Fuhrwerken – ein anderer Fischhändler hatte sich ihnen angeschlossen – zogen sie über die Lahnbrücke zur Brückenvorstadt hinaus durch die Creucher Pforte die Hohe Straße entlang. Ein kalter Wind pfiff über die Höhen des Westerwaldes direkt in ihre Gesichter. Annemarie rutschte auf dem Kutschbock näher an Diezinger heran. Sie fror fürchterlich, als sie durch das Musikantendorf Elz kutschierten. Was denn der Ort mit der Musik gemein habe, fragte sie, und Diezinger wusste eine abenteuerliche Geschichte darüber zu erzählen:

In Elz sei einmal ein armer Bursche in den Türkenkrieg gezogen, um Reichtümer zu erbeuten, wie er seinem Mädchen versprochen hatte. Doch das Schicksal meinte es nicht gut mit ihm. Nach fünf Jahren schleppte sich ein Stelzfuß durch das Dorf mit einer Drehorgel auf dem Rücken. Das Mädchen hatte sehnsüchtig auf seinen Schatz gewartet und erkannte in dem Krüppel den Liebsten. Freudig nahm sie ihn in die Arme. Sie wolle nur ihn zum

Manne, auch wenn er ein Krüppel und ohne Beute sei. Er war zutiefst von ihrer Liebe gerührt. Der Krieg hatte ihm zwar das rechte Bein genommen. Doch hatte er mit einem Teil seiner Kriegsbeute eine Drehorgel erstanden, damit hatte er sich bis nach Hause durchgeorgelt und viel Geld eingesammelt. Davon würden sie sich nun ein Haus und Hof kaufen und viele Kinder zeugen. Auch die Abkömmlinge entwickelten sich zu begeisterten Musikern, von ihnen stammen noch heute die Musikanten in Elz ab.

Annemarie hörte mit einem Seufzer zu. Die Geschichte hatte sie gerührt. Diezinger wies nun auf den Wald Mordschau hin, wo die Elzer im Krieg Zuflucht suchten. Dort wurden sie entdeckt und fürchterlich massakriert. Bei einsetzendem Nieselregen passierten sie die Zollstelle Malmeneich. Annemarie bibberte noch immer; die nasse Kälte fuhr in ihre Knochen. Erinnerungen an ihre Westerwälder Kindheit kamen hoch. Lebten ihre Eltern und Brüder noch? Könnte sie sie doch nur einmal kurz sehen und ihnen von ihrem Glück erzählen. Würde sie ihnen den Anton vorstellen und wenigstens einen stummen Zuspruch erhaschen, dann könnte sie sich den Diezinger schon als Gatten vorstellen. Obwohl, der suchte sich sicherlich eine ehrbare Frau aus der Stadt.

„Schau, dort steht das Schloss Molsberg", versuchte Diezinger sie abzulenken. „A.D. 1632 quartierten sich schwedische Offiziere in die Feste ein und wurden von den Bauern erschlagen. Die Schweden nahmen daraufhin furchtbare Rache."

Überall hatte der barbarische Krieg schreckliche Spuren hinterlassen. Bald begann es heftiger zu regnen, so dass sie die Reise unterbrachen und sich im Gasthaus von Wallmerod stärkten. Annemarie nutzte die Gelegenheit, sich noch ein zweites Hemd anzuziehen. Im Wirtshaus kursierten wilde Gerüchte über Königin Christine von Schweden, Tochter des im Krieg gefallenen Königs Gustav Adolf. Sie habe auf den schwedischen Thron verzichtet und reise nun die Hohe Straße entlang zur öffentlichen Konversion zum Katholizismus nach Innsbruck. Da sie jedoch unterwegs erkrankt sei, habe sie ihre Reise hier in Wallmerod unterbrochen.

Am späten Nachmittag hielten sie an der Poststation derer von Thurn und Taxis in Freilingen an. Annemarie staunte, als sie mehr als dreißig Pferde sah, die zum Auswechseln für Kutschen und Depeschenreiter bereit standen. Da es nun wie aus Kannen schüttete, beschlossen sie, die Fahrt für diesen Tag zu beenden und im Gasthaus „Zum Sayntal“ zu nächtigen. Sie hatten es fürwahr nicht eilig.

66

Am folgenden Reisetag zeigte sich endlich die Sonne wieder. Der Weg war trocken. Gegen Abend erreichten sie die Mauern von Duyts. Bei den wachhabenden ‚Funken' entrichteten sie die Akzise und setzten endlich mit der Fähre über den Rhein. Der Rat der Stadt hatte diese Söldnertruppe nach dem Krieg eingerichtet, um die kriminellen Elemente in Schach zu halten. Annemarie staunte über die vielen Kirchen. Diezinger sprach von über dreißig Gotteshäusern innerhalb der gigantischen Stadtmauer und wies auf einen monumentalen, halbfertigen Turm hin. Auf diesem thronte weit sichtbar ein Kran, der einem überdimensionalen Galgen ähnelte.

„Hier wird ein gewaltiger Dom im Stil der französischen Gotik gebaut, der die Reliquien der Heiligen Drei Könige beherbergt. Leider ging der Stadt das Geld für den Weiterbau aus. Trotzdem strömen Tausende Wallfahrer dorthin."

Nicht weit von der Anlegestelle entfernt steuerten sie das Stapelhaus an. Hier kauften die bis vom Main angereisten Fischmenger *en gros* ein. Diezinger mietete eine verschließbare Stuvv, wo sie ihre Habseligkeiten absetzten und dann zum Heumarkt schlenderten, um ihre hungrigen Mäuler zu stopfen.

„Flönz, Ähzesupp und ganz frische Hämmchen mit soore Kappes", leierte ein lederbeschürzter Kellner in seinem Sing-Sang herunter. Ungefragt knallte er zwei Becher mit Gruitbier auf den blanken Holztisch. Annemarie schaute Diezinger fragend an.

„Blutwurst, Erbsensuppe, Hämmchen sind gekochte Schweinehaxen. Die kann ich empfehlen, schließlich haben wir doch Hunger", klärte er sie auf.

„Woher weiß er, dass wir essen wollen?"

„Junge Frau, willste nur Bier trinken, dann stell dich an die Theke", antwortete der Bediener schnoddrich frech. Diese ungehobelte Ungangsform war auch Diezinger zuwider.

„Bringe er zwei Hämmchen, bitte."

„Eine gute Wahl, mein lieber Anton.“ Diezinger blickte sich erschrocken um, als er eine Hand auf seiner Schulter spürte.

„Hallo, Jan, das ist aber eine Überraschung!“ Diezinger stellte den glatzköpfigen Mann als seinen Cöllner Fischgroßhändler vor und bat ihn, sich zu ihnen zu setzen.

„Deine Magd ist ja so dünn, dass sie durch ein Ofenrohr kriechen kann. Gib der Armen mal tüchtig zu essen, damit sie zu Kräften kommt“, spöttelte Jan. Diezinger lachte gequält, und Annemarie warf ihm einen strafenden Blick zu. Sie plauderten wie zwei alte Freunde, während Annemarie genüsslich speiste, ohne sich von den derben Sprüchen der Tischgesellen stören zu lassen. Die Männer schütteten sich das Bier hinein, als wären ihre Hälse beim Fischfang in afrikanischen Gewässern ausgetrocknet worden.

„Habt ihr schon gehört? Voriges Jahr, am 18. Februar, haben die doch tatsächlich ein zehnjähriges Mädchen, stellt euch vor, ein zehnjähriges Mädchen, als Hexe verurteilt. Sie haben die Kleine auf dem Armesünderkarren vom Hachtgefängnis am Dom durch die ganze Stadt zum Friedhof geführt. Unterwegs haben die schadenfrohen Menschen sie angespuckt und sogar Steine nach ihr geworfen. Haben denn diese verrohten, irregeführten Christen kein mitfühlendes Herz mehr? Unter Gejohle wurde sie auf dem Scheiterhaufen verbrannt. Als einzige Gnade, die man ihr zubilligte, hat sie der Scharfrichter vorher enthauptet. Wie kann ein Kind zur Hexe werden? War die kleine Narbe auf ihrer jungen Stirn wirklich ein Hexenmal? Unglaublich! Gott erbarme sich ihrer Seele!“

Annemarie hörte auf zu essen.

„Bei euch in Lympurg geht es wohl noch gesittet zu?“

Diezinger antwortete nicht auf seine Frage, sondern bestellte noch zwei Bier, prostete Jan zu und lenkte das Gespräch auf die Seefische. Ob er denn neue Heringe habe? Natürlich, er könne ihm auch Stockfische, Bücklinge und Schollen anbieten. Alles, was und wie er es wünsche, frisch, gepökelt, zerteilt, verpackt. Anton solle sich morgen früh bedienen.

Endlich verabschiedete sich Jan mit der Frage, ob Anton wohl seine Zeche übernehme? Anton lachte:

„Wenn die Kölner ihren Dom sehen, geht ihnen das Herz auf, aber nicht der Geldbeutel!“

Nach dem fünften Bier, das stark nach Kümmel schmeckte, fielen Diezinger fast die Augen zu. Annemarie war es ebenso recht, sich schlafen zu legen. In der kleinen Stuvv stand ein schmales Bett bereit, viel zu eng für beide. Egal, sie würden vor Müdigkeit gleich schlafen. Doch da hatte sich Annemarie geirrt. Das Bier ermüdete zwar Diezingers Augen, löste aber auch seine Zunge und seine Hände.

„Schnuggelsche, komm an meine Seite, ich wärme dich ein wenig. Musst doch auf der Reise ziemlich gefroren haben. Ich sollte dir ein neues Schlafkleid kaufen, eins aus Seide, gleich morgen. Und ich weiß auch schon wo. Im Gürzenich, dem größten Kaufhaus Cöllns. Magst du? Wir können auch mal in den Dom schauen und dem Treiben auf dem Rhein zusehen.“

Schnuckelchen hatte er sie genannt? Eng umschlungen hatte er sie, als wolle er sie zerdrücken. Seine Hand strich über ihr rotes Haar, ihren Rücken und tastete sich zwischen ihre Schenkel vor, er säuselte:

„Ich mag dich, Annemarie!“

„Anton, meine Unschuld hebe ich für den Mann auf, der mich heiraten wird“, hauchte sie und dachte dabei an Francis.

67

Es hatte sich in Lympurg herumgesprochen: Die neue Badstube am Katzenturm konnte man guten Gewissens empfehlen. Die Einrichtung war wohl durchdacht, vor allem der junge Balneator mache einen versierten Eindruck und achte auf peinliche Sauberkeit. Johannes Raab freute sich über den großen Zuspruch, seine Rechnung ging voll auf. Sorgen machte ihm sein früherer Geschäftspartner Herman Kraus. Nicht nur einmal hatte er ihn ermahnt, das Saufen zu lassen. Bevor der zum Schröpfschnepper griff, genehmigte er sich einen Schluck Branntwein, um seine zittrigen Finger zu beruhigen. Einige beschwerten sich bereits bei Raab. Raab verbot ihm daraufhin den Wundraum, er solle sich ausschließlich um die Badegäste kümmern. Nun war Francis allein der Wundheiler. Noch fehlte es ihm aber an Erfahrung. Einige Male hatte er deshalb Bruder Ansgar aufgesucht und ihn um Rat gefragt.

„Francis, experimentiere nicht mit den Patienten! Sobald du mit deinem Latein am Ende bist, überlass die weitere Therapie den studierten Ärzten. Das schafft Vertrauen. Bedenke, eine Fehldiagnose kann schlimme Folgen haben, sowohl für den Kranken als auch für dich!"

Er bat Bruder Ludolf um Kräuter für seine Badstube, denn er habe keine Zeit, einen eigenen Kräutergarten anzulegen. Ludolf ermahnte ihn, nicht in Konkurrenz zum Apotheker zu treten. Doch Francis beruhigte ihn, sein Ziel sei es nicht, Kräuter zu verkaufen. Er wolle in der Badstube fertige Kräutermischungen für die häufigsten Leiden bereithalten, die er dann vor den Augen der Kranken als *Infus* oder *Dekokt* zubereiten wolle. An welche Heilwirkung er denn denke, fragte Ludolf.

„Blutdrucksenkende, schweißtreibende, fiebersenkende, magenberuhigende, blutstillende, harntreibende, entzündungshemmende, herzstärkende. Und dann brauche ich dringend *Tinctura Laudanum*. Ich muss doch über ein starkes Schmerzmittel verfügen. Und wenn du mir noch verschiedene *Mazerat* machst, bin ich glücklich.“

Wenige Tage später forderte Francis vom Johannes Raab eine bauliche Änderung:

„Zu mir kommen immer mehr Leute, die nicht ins Schwitzbad wollen. Dann laufen die angezogen mit dreckigen Schuhen durch die Badstube. Stellt Euch vor, da ist jemand mit einer ansteckenden Krankheit dabei! Zum Schutz der Badegäste sollten wir einen gesonderten Eingang zum Wundraum finden.“

Raab stimmte ihm grundsätzlich zu, dennoch könne er die Baumaßnahme derzeit finanziell nicht stemmen. Ihn drückten noch die Zinsen und die hohen Stadtabgaben. Nach reiflichem Überlegen kam er mit einem überraschenden Vorschlag heraus:

„Ich biete dir eine Teilhaberschaft an. Du kaufst dich bei mir ein. Wir haben dann das Geld für deinen Umbau und du bist am Totalgewinn beteiligt.“

Wie viel er denn aufbringen müsse? Für fünfzig Gulden könne er mit einer Drittelbeteilung rechnen, erwiderte Raab.

„Fünfzig Gulden? Die Badstube ist sicher nur insgesamt um die hundert Gulden wert. Nein, der Handel reizt mich nicht“, entrüstete sich Francis und wollte das Gespräch beenden. Der Kerl ist wahrlich nicht auf den Kopf gefallen, dachte Raab.

„Ich schlage einen Kompromiss vor. Für fünfzig Gulden räume ich dir eine Gewinnbeteiligung von vierzig Prozent ein, und zusätzlich kannst du die Einnahmen aus deinen Nebengeschäften behalten.“

68

Ein solches Angebot durfte er nicht ausschlagen, aber wie konnte er an diese hohe Geldsumme kommen? In seiner Not wandte er sich an Georg.

„Fünfzig Gulden! Bei aller Liebe, woher willst du die denn nehmen? Mich brauchst du nicht zu fragen, so viel habe ich nicht. Mein Oheim wird dir auch nicht eine solche Summe vorschießen. Der muss sich doch selber Geld borgen, wenn er nach Franckfurt zur Messe fährt."

„Geld borgen? Bei wem denn?"

„Es gibt nur einen in Lympurg, der Geld verleiht: der Schutzjude Jakob Löw Hadamar vom Fischmarkt. Der Itzig platzt vor Geld und Blähungen."

„Schutzjude?"

„Die Könige schufen schon im frühen Mittelalter das Judenregal. Sie stellten einzelne Juden gegen Gebühr unter königlichen Schutz. Später übernahmen die Kurfürsten das Regal. Das brachte Geld in die Kassen der Fürsten; dem Schutzjuden im Gegenzug die Befreiung von Zöllen und andere Privilegien. Wir kennen ihn gut, er ist auch mit meinem Vater befreundet."

„Kann ich mal mit ihm reden?"

„Komm mit, sein Haus ist gleich um die Ecke. Ich stelle ihn dir vor."

Auf dem kurzen Weg erwähnte Georg, dass das Haus des Juden ‚Rebstock' genannt werde und man sich eine abenteuerliche Geschichte darüber erzähle: Vor etwa dreihundert Jahren sei dort ein Meteorit eingeschlagen. Der anschließende Brand habe die ganze Stadt in Schutt und Asche gelegt, so dass man vom Fischmarkt einen freien Blick bis zur Hammerpforte hatte. Jakob Löw Hadamar plane, im Erdgeschoss eine Judenklause einzurichten, wo ein Klausrabbiner den Talmud lehren solle.

Im Obergeschoss empfing sie Löw in seinem feudalen Büro: schwere Eichenmöbel, Ledersessel, kostbare Gemälde an den

Wänden, die mit venezianischer Seide bespannt waren. Ein offener Kamin sorgte für behagliche Wärme. Am Fenster stand ein altarähnlicher Tisch mit einer massiven goldenen Menora. In Türnähe hing ein schwarzer Umhang mit einem gelben Ring in Brusthöhe. Der kugelrunde ältere Mann erhob sich von seinem Schreibtischsessel. Sein safranfarbenes Wams war aus feinem englischen Barchent mit goldenen Knöpfen und goldbesetzter Bordüre gefertigt. Das Gesicht zierten ein unförmiges Brillengestell vor den buschigen Augenbrauen und ein schwarzer, krauser Vollbart. Aufrecht wirkte er nun kleiner; womöglich hatte er seinen Stuhl erhöht, um im Sitzen größer zu erscheinen.

„Welch überraschender Besuch“, grüßte er überaus freundlich, als ob Georg sein Neffe wäre. „Schickt dich dein Oheim oder dein Vater? Und wen hast du an deiner Seite? Ich kenne Euch noch nicht, junger Mann!“

„Ich bin der Bader Franciscus Emmerich“, antwortete Francis. Zum ersten Mal bezeichnete er sich als Bader.

„Seid willkommen. Was kann ich für Euch tun?“

Francis trug nun sein Anliegen vor. Jakob Löw Hadamar hörte geduldig und freundlich mit dem Kopf nickend zu.

„Ihr braucht also fünfzig Gulden. Ein wahrhaft stolzer Betrag. Was könnt Ihr mir denn als Sicherheit bieten?“

Georg zog es vor, sich zu verabschieden. Schließlich lag es nun an Francis allein, wie er den Geldverleiher überzeugen konnte.

„Ich gebe doch kein Geld aus der Hand, wenn ich kein gleichwertiges Pfand dafür erhalte. Das seht Ihr doch ein, oder?“

Francis blieb stumm. Damit hatte er nicht gerechnet.

„Mit dem Geld wollt Ihr Euch an der Badstube beteiligen, nicht wahr? Könnt Ihr mir Euren Geschäftsanteil als Sicherheit im Schuldschein überschreiben? Wenn Ihr mir die Summe samt Rebbes zurückzahlt, bekommt Ihr die Promesse zurück.“

„Und wenn nicht?“

„Dann bin ich halt an der Badstube beteiligt.“

Freundlich, aber knallhart dieser Mann. Das Risiko, seine Anteile zu verlieren, wollte Francis nicht eingehen.

„Welche Sicherheiten bietet denn der Tuchmacher und welche der Türmer?“

„Ich pflege eine lange Geschäftsbeziehung mit Jacob Ölp. Aber wie kommt Ihr auf den Glöckner?“

„Arbeitet Ihr nicht mit ihm zusammen?“

„Wozu? Der hat doch kein Geschäft!“

Francis spürte eine gewisse Unsicherheit in Löw Hadamars Stimme. Warum fiel ihm in diesem Moment der Kuhhandel mit dem Gesellen Willem ein? Wissen ist Macht, hatte er damals gelernt. Ob der Schutzjude auch etwas zu verbergen hatte?

„Aber Ihr seid doch mit ihm befreundet?“

„Was tut das zur Sache? Wollt Ihr nun einen Schuldschein unterschreiben oder nicht? Dann brauchen wir nicht weiter dibbern“, antwortete er unwirsch. Seine anfängliche Freundlichkeit war mit einem Schlag wie weggeblasen. Warum wirkte er nun so hektisch? Welches Geheimnis verband ihn mit Georgs Vater, den er einmal beim Kippen der Münzen ertappt hatte? Sollte er die abgeknipsten Münzränder zu Geld gemacht haben? Mauschelte er etwa immer noch? Jetzt oder nie, entschloss sich Francis und wagte einen dreisten Versuch:

„Nehmt es mir nicht übel, wenn ich nun eine bedauerliche Angelegenheit ansprechen muss. Als vereidigter, zünftiger Lohgerbergeselle plagt mich das bürgerliche Gebot, Gesetzesverstöße zu melden, wo mir doch die Sache mit dem Kippergeld bewusst ist...“

Jakob Löw Hadamar hüpfte wie ein Kugelblitz aus seinem Sessel. Er hatte einen Rochus auf Francis. Nun stand er dem sitzenden Francis gegenüber, entschlossen ihm eine Schimpftirade entgegenzuschleudern. Francis lächelte unverschämt und zuckte mit den Schultern. Der Schuss war wahrhaft kein Rohrkrepierer. Mit hochrotem Kopf schwang sich Löw auf seinen Stuhl. Hektisch zündete er sich seine holländische Tonpfeife an, auf der ein dem Raucher zugewandtes Frauengesicht prangte. Francis saß abwartend da, ohne jede Regung.

„Ihr wollt mich kalches machen, mit mir schachern und mich erpressen. Euer Schweigen gegen mein Geld.“

Hastig gepaffte Rauchwolken vernebelten den Raum. Francis, die Ruhe selbst und in der Gewissheit, nun am längeren Hebel zu sitzen, gab sich konziliant:

„Um Himmels willen, Ihr habt mich falsch verstanden. Mein Schweigen sollt Ihr als Faustpfand für den Kredit ansehen. Natürlich bin ich bereit, Euch die fälligen Zinsen zu zahlen, sofern sie den Zinsen entsprechen, die Ihr auch dem Tuchhändler berappt."

69

An jenem Tag, an dem Johannes Raab und Franciscus Emmerich durch den Gerichtsschreiber Jakop Schupp besiegeln ließen, dass vierzig Prozent des Geschäftes nun dem Francis gehörten, randalierte der betrunkene Herman Kraus in der Badstube. Wahrscheinlich war es Frust, Überdruss und Ärger über den Einstig des jungen Francis, der nach seiner Meinung noch grün hinter den Ohren war. Johannes Raab wies Herman sofort aus dem Badhaus.

Die neue Tür zum Wundraum war schnell durchbrochen. Daran prangte ein Schild: Franciscus Emmerich, Balneator. Beim Schreinermeister Adam gab Francis noch einige Schränke in Auftrag, um seine Kräuter, Tinkturen und Salben zu verstauen. Francis war zufrieden. Seine Krankenstube war wesentlich komfortabler als die von Bruder Ansgar. Ob er ihn einmal einladen sollte? Die Menschen, die bei ihm Hilfe suchten, waren von seinen Heilkünsten beeindruckt. Sie akzeptierten sogar bereitwillig die hohen Preise, weil er ausführlich über die Krankheiten dozierte, wie er es bei Ansgar gelernt hatte. Auch seine Heilmittel bezahlten sie teuer. Wie sagte doch Ansgar? Je mehr die Kranken blechen, umso mehr glauben sie an die Wirkung der Medizin.

Die monatlichen Zinszahlungen und die fälligen Tilgungsraten bediente Francis pünktlich zum Monatsende. Jakob Löw Hadamar staunte: Der Junge war doch kein Chattes, ihm konnte er durchaus Vertrauen schenken.

Francis erkannte schnell, dass er mit den Kräuteraufgüssen mehr verdiente als mit seinen Heilkünsten. Sollte er die Nebengeschäfte ausweiten? Vielleicht mit Amuletten? Der Abdecker Gustav hatte doch beim Brand in der Brückenvorstadt von einem Brandteller und magischen Zeichen gesprochen.

Also machte er sich an einem stürmischen Novembermorgen, als sich nur wenige Gäste in der Badstube einfanden, auf den Weg über die Lahnbrücke hinaus zum Gustav. Die Bauern zogen mit ihren Buddelfässern über die Felder. Es stank bestialisch nach Jauche, die sie auf den Äckern verteilten.

Gustav freute sich, seinen Sohn zu sehen. Eigentlich wäre Francis nun alt genug, dass er sich als sein Vater erkennen geben könnte. Doch gefährdete er dann Francis nicht, wenn seine unehrbare Abstammung ruchbar würde? Nein, er wollte lieber sein Geheimnis bewahren, entschied Gustav.

Francis konnte sich keinen Reim auf seine nahezu väterliche, liebevolle Begrüßung machen. Sie plauderten erst ein wenig. Gustav gratulierte ihm zur Gesellenprüfung und beglückwünschte ihn zu dem Mut, jetzt beim Bader eingestiegen zu sein. Das sei eine sehr weise Entscheidung, und er wünsche ihm das nötige Glück dazu. Er selbst habe nun die Abdeckerei übernommen. Der alte Wasenmeister sei krank und zu schwach, er müsse ihn nun pflegen. So, Francis wolle etwas über Amulette erfahren?

„Amulette wehren das Übel ab. Sie sind mehr für den Schutz der Seelen und des Geistes zuständig und wirken allein durch die Nähe zum Körper."

„Aber haben nicht auch Pflanzen magische Kräfte?"

„Natürlich. Ein Zweiglein Rosmarin verjagt böse Geister. Fünf Nesselblätter in deiner Hand garantieren dir kühlen Verstand. Ein Mistelzweig bewirkt, dass du nicht vor Gericht gestellt werden kannst. Ich kann dir viele Beispiele aufzählen, aber das sind wohl nicht die magischen Mittel, die du suchst."

„Gewiss nicht. Ich meine magische Anhänger."

„Nun, da unterscheiden wir zwischen Talismanen und Amuletten. Die Talismane bedienen sich hauptsächlich der Schrift, die Amulette zeigen bildliche Darstellungen oder tragen Reliquien in sich. Die magische Kraft der Talismane wird sehr hoch eingeschätzt. Die bekannteste aller Inschriften ist die SATOR-AREPO- Formel, die ein magisches Quadrat bildet."

Francis wollte die Bedeutung dieser magischen Worte ergründen, und Gustav versuchte es ihm – soweit er dazu fähig war – zu erklären: Das vollständige Satzpalindrom laute: SATOR AREPO TENET OPERA ROTAS. Schreibe man nun diese Worte, deren Buchstaben dem PATER NOSTER entnommen seien, untereinander, so erhalte man ein Quadrat. Dieses könne man auf vier Arten lesen: Zeile für Zeile; von oben nach unten; von unten nach oben; Spalte für Spalte.

„Und wovor soll es schützen?"

„Grundsätzlich soll es vor Seuchen und Unheil schützen. Früher hat man es auch auf ein Stück Stoff geschrieben, das man Frauen im Kindbett über den Leib legte. Der Talisman soll auch garantieren, dass alle Menschen demjenigen, der es trägt, mit Wohlwollen begegnen. Sogar in den Kirchen sind die SATOR-Zeichen zu sehen."

„Hast du noch andere Symbole?"

„Da gibt es noch das Pentagramm, das gern in die Mitte eines magischen Kreises gesetzt wird. Es sieht aus wie das Kerngehäuse eines aufgeschnittenen Apfels. Die fünf Zacken symbolisieren die vier Elemente Feuer, Wasser, Erde Luft. Der fünfte Zacken wird dem Geist zugeordnet. In der weißen Magie der Hexen und Zauberer gilt das Pentagramm als mächtiges Symbol, vor allem, wenn es mit zwei Spitzen nach oben zeigt. Das nennt man dann Drudenfuß, weil es mit einem geheimnisvollen Zauber des Teufels versehen ist."

„Beim Brand hast du mir den Brandteller mit mysteriöser Schrift gezeigt."

„Da war ein sechseckiger Stern, also zwei ineinandergeschobene Dreiecke, abgebildet mit dem Wort AGLA darin." Aus einem Buch zitierte Gustav, AGLA sei die Abkürzung von *Ate gebir leiham adonai*, du Gott bist allmächtig. Diese Zauberformel könne böse Geister verjagen und vor Feuer schützen.

„Und da war noch ein Satz auf der Rückseite."

„Das hast du dir gut gemerkt. Da stand: *Consumatum est*, es ist vollbracht. Der ins Feuer geworfene Brandteller soll die Flammen eindämmen."

70

Hennes, du musst mir einen Gefallen tun", wandte sich Francis beim sonntäglichen gemeinsamen Schwitzbad an den Klosterbruder. „Kannst du mir die SATOR-AREPO-Formel und AGLA in deiner kunstvollen Schrift aufschreiben? Ich kenne einen Westerwälder Kannenbäcker, der mich einmal wegen einer Brandverletzung aufgesucht hat. Der soll dann nach deinen Vorlagen Talismane herstellen, die ich in der Badstube anbieten werde."

Hennes, nicht gerade von der abergläubischen Scharlatanerie überzeugt, sagte ihm schließlich seine Hilfe zu, nachdem ihn Francis darauf hingewiesen hatte, dass auch in manchen Kirchen diese Schriftzüge zu sehen seien. Den Klas bat er, kleine Heiligenbilder von Schutzpatronen zu malen. Hennes würde sicherlich die Namen der Heiligen wissen, und auch für welchen Schutz sie sorgten.

„Das Aussehen ist nicht so entscheidend, sie sollten aber nicht alle das gleiche Gesicht haben", meinte Francis schmunzelnd und fügte hinzu, er lasse sie dann bei einem talentierten Offheimer Maler kopieren und zu Amuletten verarbeiten.

„*Mundus vult decipi*, die Welt will betrogen sein", kommentierte der fromme Hennes das Gespräch.

Ihre Unterhaltung im Schwitzbad wurde jäh unterbrochen, als die Badhaustür scheppernd ins Schloss fiel. Francis stürmte in den Umkleideraum und sah zu seinem Erstaunen einen prunkvoll gekleideten Mann, den er als Ratsherrn einschätzte.

„Seid Ihr der Bader Franciscus Emmerich?", fragte der Edelmann und legte seine pelzbesetzte Schaube mit Puffärmeln und den Biberhut ab.

„Gewiss, mein Herr. Wen darf ich begrüßen?"

„Johann Müller, Bierbrauer und Ratsherr zu Lympurg." Der Name kam Francis bekannt vor, jedoch hatte er den Mann nie zuvor gesehen.

„Ist der Geselle Georg Schmidt zugegen?“ Langsam dämmerte es ihm. Das musste der Vater der hübschen Katherina sein, die Georg voller Leidenschaft anhimmelte. Francis bestätigte, Georg sei anwesend. Er bat ihn, die Kleider abzulegen und im Spind zu verstauen. Dann lief er zurück zu seinen Freunden, um Georg zu warnen. Georg erschrak, was wollte der Müller vom ihm? Schon erschien der dickbäuchige Mann, ein Handtuch um seine Hüften gewickelt. Francis zeigte ihm geschwind die Schwitzstube und die Wannen. Er solle selbst entscheiden, welches Bad er vorziehe.

„Ich bin wirklich überrascht von Eurem Badhaus. Man berichtete mir, Eure Badstube sei modern eingerichtet, aber ehrlich gesagt, das habe ich nicht erwartet. Mein Kompliment, Bader Emmerich.“

Francis strahlte über sein Lob und wies stolz auf die Barbierstube und seinen Wundraum hin, wo er sich auch schröpfen lassen könne. Als Müller den schwitzenden Georg erblickte, begrüßte er ihn überraschend zuvorkommend. Er bat höflich, ihn später sprechen zu dürfen, denn er habe etwas Wichtiges mit ihm zu bereden. Aber zunächst wolle er ein Schwitzbad nehmen.

Später lagen Georg und Müller nebeneinander auf der Liege, die anderen hatten sich unter einem Vorwand in das Wundzimmer zurückgezogen. Georg schwante Unheil.

„Mein Junge, natürlich haben wir gemerkt, dass du dich für unsere Tochter Katherina interessierst. Hegst du denn ehrliche Absichten?“

„Ja, durchaus habe ich..., ich meine ...“, stammelte Georg verlegen mit hochrotem Kopf, der sicher nicht nur vom Schwitzen feuerrot angelaufen war. „Ja, ich mag die Katherina und ich könnte mir eine tiefere Bindung schon verstellen.“ Georg stieß hörbar seinen Atem aus, als sei er erleichtert und froh, sich seinem künftigen Schwiegervater erklärt zu haben.

„Nun, mein Junge, verliebt zu sein ist keine Schande, wenn es dabei bleibt. Auch hat mir Katherina gestanden, sie hege ein tiefes Empfinden für dich. Ich habe den Eindruck, dass dein Werben nun ein Ende haben sollte.“

„Wie habe ich das zu verstehen? Wollt Ihr mir verbieten, Katherina zu sehen?“, fragte Georg forsch mit einem trotzigen Ausdruck.

„Im Gegenteil, mein Junge. Ich habe mit meinem Freund, dem Tuchmacher Jacob Ölp gesprochen. Er hat dir ein höchst ehrbares Leumundszeugnis ausgestellt. Zudem versicherte er mir, dass du bald seinen Tuchhandel übernehmen wirst. Somit wären doch die Voraussetzungen geschaffen, einen eigenen Hausstand zu gründen. Es wäre mir eine Ehre, dich in unserer Familie aufzunehmen.“

„Ihr sprecht also von einem Verlöbnis, einem Eheversprechen?“, Georg war sprachlos und schwelgte im unverhofften Glück.

Inzwischen diskutierten Francis und Klas, wie sie den weit verbreiteten Aberglauben der naiven Menschen in bare Münze umwandeln konnten. Aber bei jeder Form der Hexenmagie steige er aus, empörte sich Hennes.

Francis hatte an Hennes noch einen besonderen Wunsch: Er möge doch mit seiner schönen Schrift einen Spruch entwerfen, den er bei sich aufhängen wolle, um den vielen Nachfragen nach potenzfördernden Mitteln zu begegnen:

„Hat er ein kleines Zipperlein,
lässt es sich nicht längen,
dann schaue er beim Henker rein,
dann steht es wieder
– beim Hängen.“

71

Des Öfteren streifte Francis am Mittwochvormittag in der Fleischgasse herum. Er hielt nach Annemarie Ausschau vor dem dreistöckigen Fachwerkhaus mit der Fleischschirn im Erdgeschoss. Der Schlachter Dapprich war bekannt für seine frischen Fleisch- und Wurstwaren. In den letzten Wochen ließ sich seine Annemarie nicht sehen. Ob sie vielleicht krank war? Oder hielt Diezinger sie gar im Haus gefangen? Ob er um sie werben solle, so wie Georg? Er wusste, dass ein Schmuckstück ausreichte, um der Liebsten seine Absicht zu signalisieren. Die Braut konnte dann sogar das Eheversprechen einklagen, wenn sie das Geschenk annahm. Man erzählte sich, ein liebestoller Schlaumeier wollte einmal das Eherecht überlisten. Er drückte seiner verblüfften Angebeteten einen silbernen Armreif in die Hand und lief davon. Überrumpelt von der Gaunerattacke behielt das verdutzte Weib das vermeintliche Geschenk. Daraufhin klagte der Mann sein Recht auf Ehe mit dem Mädchen ein. Schließlich hatte sie ja sein Brautgeschenk als Ehepfand nicht verschmäht. Doch das Gericht durchschaute die List und bestrafte den Mann.

Georg überhäufte seine Katherina nun mit Schmuck. Die Eltern hatten sich schon gegenseitig besucht und der Hochzeit zugestimmt. Ach, wenn er doch mit seiner Annemarie auch schon so weit wäre! Ob es amtliche Schwierigkeiten gäbe, wenn er keinen Vater präsentieren könnte? Aber warum zerbrach er sich jetzt schon den Kopf darüber. Erst musste er Annemarie für sich gewinnen. Vorsorglich hatte er einen SATOR-Talisman im Hosensack, den Hennes entworfen und der Westerwälder Kannenbäcker gebrannt hatte. Wenn Annemarie den tragen würde, wäre sie gegen alle Anfeindungen gefeit und würde ihm sicher mit Wohlwollen begegnen.

Schon von weitem sah er seinen Engel die Fleischgasse von der Plötze her kommen. Überglücklich schlenderte er ihr entgegen und erntete ein strahlendes Lächeln. Sie erschien ihm gereifter, hübscher, rundlicher: Ohne Zweifel hatte sich seine jugendliche Annemarie zu einem begehrenswerten Weib entwickelt! Sein Verlangen, ihr einen Kuss aufzudrücken, erstickte er sofort. Sie begrüßte ihn distanziert mit einem simplen „Hallo". Zunächst kaufte Annemarie am offenen Verkaufsstand des Metzgers Dapprich zwei Pfund fettes Schweinefleisch und schwatzte noch ein wenig. Anschließend zog sie Francis in die Ahle, den engen Durchgang zum Hinterhof, die so schmal war, dass der wanstige Schutzjude sie niemals hätte passieren können. Der Hinterhof ‚Hansams Mist' war menschenleer, genau richtig für ein vertrauliches Gespräch. Annemarie erzählte voller Begeisterung von ihrer Reise nach Cölln, erwähnte, es gehe dem Diezinger wieder gut, dank seiner Kräuter. Auch sie fühle sich beim Diezinger wohl. Verstohlen holte Francis den Talisman heraus und drückte ihn seiner Liebsten in die Hand.

„Dann kann ich wohl den Kümmelbeutel jetzt wegwerfen. Der Anton hat mich deswegen schon verspottet", lachte sie.

Francis erschrak. „Anton" hatte sie ihn genannt? Die beiden waren schon per „Du"?

„Magst du den Diezinger?", fragte er leise und wartete mit klopfendem Herzen auf ihre verneinende Antwort.

„Anton ist ein ganz lieber Kerl. Einfühlsam, höflich, klug und fleißig." Sie schwärmte von Diezinger, durchfuhr es Francis. Hatte er seine Annemarie an Diezinger verloren? Dann kam es:

„Anton will mich heiraten!"

72

Seine Enttäuschung saß tief. Zum ersten Mal glaubte er vor Liebeskummer physische Herzschmerzen zu spüren. Er war selbst schuld, hatte zu lange gewartet, Annemarie zu umwerben. Sie hatte versucht, es ihm zu erklären: Sie musste ihre Chance nutzen, sie besaß nichts, was sie in eine Ehe einbringen konnte, stand mutterseelenallein da. Gott hatte sie nun mal nicht gerade mit Schönheit verwöhnt, zudem hatte sie auch keine Schulbildung genossen. Diezinger konnte ihr nun ein auskömmliches, angenehmes Leben bieten.

Es klang entschuldigend, als sie Francis ihre innige Freundschaft versicherte. So musste er sich nun schmerzlich damit abfinden, die Liebste verloren zu haben. Georg war wahrhaftig zu beneiden. Das Brautkleid und die Brautschuhe hatte der seiner Katherina schon geschenkt, sie ihm Hochzeitsstrümpfe und ein Brauthemd. Mit diesem Brauch war die Braut in die Familie des Bräutigams aufgenommen, und er von der Familie des Ratsherrn Müller adoptiert.

Vor dem Kaplan Heinrich Diestel, inzwischen zum Dechant des Stifts aufgestiegen, legten sie das kirchliche Brautexamen ab. Mit einem Schmunzeln verfolgten sie die religiöse Unterweisung über Sinn und Aufgabe der Ehe. Ob es denn eventuelle Ehehindernisse gäbe, wollte Diestel wissen. Ob die Jungfräulichkeit der Braut gegeben wäre und sie die voreheliche Enthaltsamkeit eingehalten hätten? Sonst würde das übliche Hochzeitszeremoniell unterbunden sein, sogar eine Buße nach sich ziehen. Katherina versicherte glaubhaft, die Voraussetzungen seien erfüllt; Georg schaute verlegen zur Seite. Heinrich Diestel willigte nun ein, das Aufgebot zu bestellen. Die öffentliche Bekanntmachung sollte die Gemeinde auffordern, auf etwaige Hindernisse hinzuweisen, ob eine enge Verwandtschaft des Brautpaares bestehe oder andere Eheansprüche bestünden. Auch Paten und Patinnen dürften ihre Patenkinder nicht verheiraten, belehrte sie der Stiftskaplan.

Die Jungfernzeit endete mit einem Brautbad, das Katherina anlässlich eines Weibertages in der Badstube an der Plötze vollzog. Georg lud Bekannte und Freunde am Sonntagvormittag in die eigens für ihn reservierte Stuffa vom Francis ein und ließ ein vorzügliches Mahl auftischen. Der Runkeler Rote floss in Strömen. Wie immer bei solchen Anlässen erzählte Georg zu diesem Rotwein eine sonderbare Anekdote:

Der Ritter von Runkel hatte vor vielen Jahren ein Fest auf der Burg veranstaltet. Ein Lympurger Gast war voll des Lobes über den Roten gewesen und hatte darum gebeten, ein Fass dieses Weines zu kaufen. Doch der Gastgeber schlug seinen Wunsch aus. Der Gast könne trinken, so viel wie er wolle, aber verkaufen werde er ihn allein wegen des schnöden Mammons nicht. Doch der Lympurger hatte nicht locker gelassen. Schließlich ging der Ritter ein Wette ein: Er schenke demjenigen ein volles Ohmfass, der es schwebend zum Mund führen und austrinken könne. Der listige Lympurger meinte, man solle den Stadthauptmann Hattstein holen. Und tatsächlich hatte der Hattstein das Fass zum Mund gesetzt und ausgeschlürft, bis es leer war. Der verdutzte Ritter habe nun seine Wette verloren und dem Hattstein ein Ohm Wein nach Lympurg bringen lassen.

Der Hochzeitstermin wurde vom Hochzeitslader verkündet:

„Am Sonntag, dem 20. Mai A.D. 1657, will der hochlöbliche Geselle Georg Schmidt sein Ehegelübde mit der tugendhaften Katheriana Müller mit Gottes Hilfe vollziehen. Der honorable Tuchmacher Jacop Ölp gibt sich die Ehre, am Hochzeitstag die Gäste im Zunfthaus der Tuchmacher an der Plötze zu empfangen."

Stiftskaplan Diestel hatte den Mai als beste Zeit für die Vermählung vorgeschlagen, damit die erste Geburt nicht in die Sommermonate fallen würde. Schon am Hochzeitsmorgen verspeisten Ratsherren, Nachbarn, Zunftmitglieder, Bekannte und Freunde die zu diesem Anlass gereichte Morgensuppe. Sie sprachen dem Wein so ausgiebig zu, dass einige Gäste ziemlich beschwipst in der Stiftskirche erschienen. Die Hochzeitsschar war ungewöhnlich festlich gekleidet. In einer längeren Prozession zog sie durch das Spalier der Schaulustigen die Eulengasse hinauf zur Georgskirche, begleitet von fröhlich aufspielenden Elzer Musikanten. Es war, als hätten sich die Tuchmacher und Schneider zusammengetan, um dem staunenden Volk die französische En-vogue-Mode vorzuführen in allen erdenklichen Stoffen, Samt, Damast, Atlas und Seide, meist protzig mit Goldbordüren, Schleifen und pompösem Gepränge ergänzt. Die Braut erschien in einem zartrosa, üppig mit Perlen bestückten Kleid. Auf dem Kopf trug sie eine silberne, in der Maisonne funkelnde Krone, als Zeichen, dass sie nicht schwanger war, sonst hätte sie die Brautkrone gegen einen Strohkranz tauschen müssen. Im kirchlichen Trauungsakt wiederholte Georg sein Eheversprechen. Die Hochzeiter besiegelten ihren Treueschwur mit Handschlag, worauf der Zusammensprecher feierlich erklärte, sie seien nun für ewiglich verbunden. Dechant Diestel fügte segnend hinzu: „Was Gott zusammenfügt, soll kein Mensch scheiden."

Als die frisch Vermählten das Kirchenportal verließen, versperrten bunte Girlanden den Weg, der nur gegen eine Gabe freigegeben würde. Georg griff in seinen Hosensack und warf den wartenden Jugendlichen eine Handvoll Kreuzer zu. Diese stürzten sich gierig wie hungrige Hunde darauf. Anschließend zog die Hochzeitsprozession ins Zunfthaus der Tuchmacher, das auch „Der Zorn" genannt wurde.

73

Das pompöse, in dieser Protzigkeit für Lympurg seltene Gelage sollte drei Tage dauern. Die unübersehbare Schar der Gäste nahm die prunkvolle Hochzeit gern zum Anlass, dem tristen Alltag zu entfliehen. Sie feierten das Ereignis ausgelassen, prassten von den Köstlichkeiten – Rind- und Kalbfleisch, Karpfen, Reb- und Haselhühner, Kuchen, Backwerk und Käse aller Art – und schütteten Bier, Lahnwein, Tresterschnaps und sogar den Malvasierwein in sich hinein. Die festlichen Tafeln waren mit Tischdecken, Servietten, Trinkgläsern und feinstem Essgeschirr gedeckt. Nach dem Mahl spielten die Musikanten zum Tanz auf. Francis sah dem Treiben staunend und etwas wehmütig ums Herz zu, konnte er doch seine Annemarie nicht vergessen. Mit Hennes und Klas saß er an einem Ecktisch des großen Saales und stieß zum wiederholten Male auf den glücklichen Georg an, der mit seiner Katherina unentwegt tanzte. Georg kam zu ihnen an den Tisch, im Schlepptau ein Mädchen.

„Wer von euch führt denn die Anna, die jüngere Schwester von Katherina, zum Tanz?“ Das junge Mädchen lächelte die Burschen forsch an. Ihr rotes, mit Stickereien besetztes Kleid war sicher hübscher als sie selbst. Francis hätte sie niemals als Schwester der bildhübschen Katherina eingestuft. Eine knubbelige Nase dominierte ihr breites Gesicht, die kastanienbraunen Haare waren zu Zöpfen geflochten, ihren bubenhaften Körper konnte man wahrlich nicht als zierlich bezeichnen. Keck schnappte Anna den Francis und zerrte ihn vom Tisch.

„Nun komm schon, Francis, lass uns ein Tänzchen wagen, mir zuliebe“, dabei strahlte sie ihn mit ihren treuen, dunkelbraunen Augen bittend an.

„Ich weiß nicht so recht“, zögerte er. „Ich habe noch nie...“

„Keine Ausrede! Wir schauen uns den Tanz von den anderen ab, nur Mut!“, lachte sie, und schon reihten sie sich in einen Kettentanz ein, da gab es keine komplizierten Tanzschritte. Die Kette löste sich aber schnell auf und wechselte zur stürmischen Hoppelei. Wie wild drehten sie sich im Kreis, hüpften diagonal über die Tanzfläche wie ausgelassene Kinder und kamen bald aus der Puste.

„Das war doch prima, hat Spaß gemacht, oder? Komm, wir wollen uns erfrischen", rief sie außer Atem und führte ihn zum Tisch des Gastgebers, wo ihn Meister Ölp begrüßte, als gehöre er zur Familie.

„Du musst mir unbedingt von deiner Stuffa erzählen. Wie ich gehört habe, dürfen Frauen sie nicht betreten? Was macht ihr Männer denn da, dass ihr uns draußen lasst?", fragte das Mädchen unnachgiebig. Francis beschrieb ihr widerwillig den Badebetrieb und schaute immer wieder hilfesuchend nach einer Gelegenheit, sich von der allzu aufdringlichen Göre zu lösen.

„Anna, bedränge den Francis nicht so", ermahnte Katherina ihre junge Schwester. „Der will sich sicher nicht den ganzen Tag mit einem kleinen Mädchen abgeben. Komm Francis, lass uns tanzen."

Erleichtert, wenn auch zögernd erhob er sich. Seine Furcht, sich auf dem Tanzboden zu blamieren, war größer als die Ehre, mit der Braut das Tanzbein schwingen zu dürfen. Georg kam ihm zur Hilfe.

„Komm, ich muss dir einige wichtige Männer vorstellen. Entschuldige Katherina, aber die Gelegenheit sollte sich Francis nicht entgehen lassen."

Georg stellte ihm die anderen Ratsherren vor, den griesgrämigen Bürgermeister Meelbaum, der nur „Ich hatte bereits das Vergnügen" grummelte, und den Amtmann Hugo Reinhard von Hattstein, den Statthalter des Trierer Kurfürsten Karl Kaspar von Leyen.

„Ob er denn nach meiner kränkelnden Frau sehen kann?", fragte ihn der Amtmann. Welche Pein sie denn quäle, wollte Francis wissen. Sie klage über Bauchschmerzen und könne kaum einen Bissen essen. Francis versicherte ihm, er komme in der nächsten Woche vorbei. Da trete der Mond in die abnehmende Phase, falls ein Aderlass vonnöten sei. Schon spürte er wieder die feste Hand Annas an seinem Ärmel. Das Mädchen hatte sich wohl in Francis verguckt.

74

Auf dem Weg zum Sitz des Amtmannes im Schloss hinter der Stiftskirche schaute Francis bei Georg vorbei, begierig, das neue Heim seines Freundes kennen zu lernen. Das junge Brautpaar hatte ein Eckhaus in der Bergstraße zur Böhmergasse bezogen, unweit des Wohnsitzes der Schwiegereltern.

„Wahnsinn, ein solch großes Haus für zwei Personen!"

Georg lachte, wenn es nach seiner Frau ginge, dann würde es bald mit Kindern gefüllt sein. Ob er sich ein solches Anwesen leisten könne, setzte Francis nach.

„Mein Schwiegervater verdient gutes Geld als Bierbrauer. Das hat er in Häusern angelegt, wie alle privilegierten Ratherren. Die sitzen doch an der Quelle. Das Haus hat er seiner Tochter als Erbe vermacht."

Einmal vermögend, vermehre sich das Geld automatisch. Liebe vermag viel, aber Geld alles, schoss es Francis durch den Kopf.

„Schau dir mal die Truhe an, ein Geschenk von Klas. Auch das Bild von Petrus, dem Schutzpatron der Tuchmacher", voller Stolz führte er ihn in der Wohnung herum, wobei er nicht unerwähnt ließ, welche Möbelstücke sie anlässlich der Hochzeit erhalten hatten. Das machte den Francis noch trauriger, hatte er doch kein entsprechendes Geschenk für das Brautpaar parat, abgesehen von der Seifen- und Duftkollektion, die er mitgebracht hatte. Voller Stolz führte ihn Georg in die geflieste Küche: Eine holländische Küche, erklärte er, der letzte Schrei.

Bedrückt über seine vergleichsweise bescheidenen Verhältnisse stieg er die Lange Treppe zur Stiftskirche hinauf. Er warf einen kurzen Blick auf den Marienaltar, wo er eine Weile im Gebet verharrte. Dann bestaunte er das frisch renovierte, dem Altar gegenüberliegende Gemälde. Es zeigte die heilige Sippe mit der Wurzel Jesse darüber, flankiert von Ezechiel, Jesaja, Moses und Aaron. Warum ließen es die Stiftsherren zu, dass der Camberger

Schultheiß Johann Wilhelm Langenbach und seine frisch angetraute Frau Anna sich auf dem Bild verewigen durften, so als gehörten sie zur heiligen Sippe? Die Lympurger zerrissen sich jedenfalls die Mäuler darüber.

Drei Wachmänner am Schlosstor versperrten ihm den Weg. Als Francis auf seine Badertasche und die Einladung des Amtmannes verwies, geleitete ihn ein uniformierter Wächter in das prunkvolle Vestibül des repräsentativen Hauses. Aus der Eingangshalle warf Francis einen kurzen Blick auf das geschäftige Treiben im Schlosshof. Schwitzende Säcker entluden zahlreiche Fuhrwerke. Unter der gestrengen Aufsicht des kurfürstlichen Kellers Heinrich Wenzel schleppten sie die Ladung in die Speicher hinauf. Francis konnte sich vorstellen, dass die steuerlichen Pflichten dem Trierer Kurfürsten gegenüber nicht ohne Murren erfüllt wurden. Aber hier im Schloss wagte niemand seine Stimme zu erheben. Der Amtmann beobachtete mit strenger Miene das Treiben von der Treppe aus. Akribisch notierte der Keller Wenzel jeden Sack, jedes Stück Vieh und jedes Fass Wein. Francis stieg mit der uniformierten Begleitung die stattliche Wendeltreppe zum ersten Geschoss hinauf. Welch herrliche Aussicht eröffnete sich ihm über die Lahn! Er wurde in ein Zimmer geführt, das mit starken Eichenbrettern belegt und ringsherum mit auserlesenem Tannenholz vertäfelt war. Zahlreiche dunkle Ölgemälde hingen an den weiß getünchten Wänden. Sie zeigten erhaben dreinschauende Männer und Frauen im prächtigen Habit. In der Ecke stand ein kunstvoller Kachelofen, gegenüber tickte eine reich verzierte Wanduhr.

„Bader Emmerich?“, sprach ihn eine Dienstmagd an. Sie führte ihn in das Schlafzimmer zum Bett der Hausherrin. Dieses war bis zur Hüfte erhöht und mit samtenen Vorhängen umschlossen, so dass er die Frau des Amtmannes nicht sehen konnte.

„Komme er näher“, hörte er eine leise Frauenstimme. Die Magd schob den Vorhang zur Seite. Dann erblickte er eine schwarzhaarige Frau, aufrecht sitzend an die hohen Kopfstützen gelehnt mit matten Augen. Sie erschien ihm wesentlich jünger als der Amtmann.

„Frau Amtmann, ich bin der Bader Franciscus Emmerich. Der ehrwürdige Amtmann hatte mich…"

„Ja, ja, ich weiß schon. Er solle mich zur Ader lassen."

„Gewiss, wie Ihr meint. Wo liegt denn die Ursache Eurer Pein? Gestattet Ihr, dass ich Euren Oberbauch abtaste?"

Francis wurde nervös. Noch nie hatte er ein Weib untersucht. Dürfe er sie überhaupt anfassen?

„Nun mach er schon. Die Magd bleibt hier."

Vorsichtig schob Francis seine Hand unter die Decke, fühlte ihr seidenes Unterkleid und presste seine Hand auf die rechte Bauchhälfte. Sie schrie auf:

„Seid Ihr des Teufels? Ihr tut mir weh!"

Francis behielt die Ruhe, so wie er es bei Bruder Ansgar gelernt hatte.

„Habt Ihr Schmerzen, die bis zur Schulter ausstrahlen? Vertragt Ihr keine fetten Speisen? Plagen Euch manchmal heftig einsetzende Schmerzen? Erbrecht Ihr Euch sogar?"

„Um Himmels willen ja. Woher wisst Ihr das?"

„Ich diagnostiziere Anzeichen von Gallenbeschwerden, vielleicht sogar von Gallensteinen."

„Könnt Ihr mich heilen?", fragte die Frau jetzt kleinlaut.

„Mit Verlaub, nein. Es wäre besser, Ihr konsultiert einen studierten Arzt. Der Amtmann solle sich an die Fakultät in Marburg wenden. Ich kann Euch gern zur Ader lassen und Euch einige Hinweise geben, die Eure Schmerzen lindern."

„Hab ich mir doch gedacht. Auch Ihr seid nur ein Quacksalber. Lasse er mich zur Ader."

Francis fragte sie ziemlich reserviert, ob sie denn schwanger sei und nicht gegessen habe? Nachdem sie gereizt bestätigte, nicht in guter Hoffnung und vollkommen nüchtern zu sein, ritzte er mit seinem Schröpfschnepper die *Vena mediana* an. Dunkles Blut strömte heraus. Francis fing es sorgfältig, ohne Blutflecken auf der seidenen Bettdecke zu verursachen, in einer Schale auf, bis sich die hellere Blutfarbe zeigte. Dann drückte er die Ader ab.

„Ich lege Euch noch einige Verhaltensmaßregeln ans Herz. Vermeidet fette Speisen, ebenso Erbsen, Bohnen und Kohl. Lasst sämtliche scharfen Gewürze weg. Man solle Euch ein Dekokt von Minzblättern und Samen des Schwarzkümmels kochen. Davon trinkt Ihr zweimal täglich. Ich hoffe, ein Medicus kann Euch besser helfen. Gute Besserung!", wünschte er, packte seine Gerätschaften zusammen und eilte zur Tür. In diesem Augenblick trat Amtmann Hugo Reinhard von Hattstein in den Schlafraum.

„Bader, Ihr seid schon fertig?"

„Ja, ich bitte Euch, einen Arzt der medizinischen Fakultät zu konsultieren. Ich kann die Schmerzen Euer Frau nur lindern, nicht heilen."

„Was bekommt Ihr für den Dienst?"

„Einen Scharlatan sollte man nicht belohnen. Darf ich mich zurückziehen? Ich kenne den Weg."

Den Weg kannte er wohl, aufgewühlt wie er war, doch nicht. Unvermittelt stand er im Durchgang zur Schlosskapelle vor einem monumentalen Wandgemälde. Es stellte den Heiligen Christopherus mit dem Christuskind im Arm dar. Er wunderte sich über das jugendliche Gesicht, das blonde Haar, das von einem kronenartigen Reif zusammengehalten wurde, und über das Buch, das der Kleine in der Hand hielt. Ganz anders dagegen hatte er den Christopherus in der Stiftskirche in Erinnerung, der gegenüber der Südpforte zu sehen war. Der Heilige trug dort einen grauen Vollbart und das Kindlein auf der Schulter, wahrscheinlich wäre es im Arm zu schwer für den alten Mann gewesen. Viele Gläubige erhaschten früh morgens einen kurzen Blick darauf, denn sein Anblick solle für einen Tag vor unvorhergesehenem Tod schützen. Auf dem Heimweg grummelte Francis vor sich hin:

„Mit den hohen Herren ist nicht gut Kirschen essen. Sie spucken dir den Stein ins Gesicht."

75

Vier Wochen später erschien ein Bote des Amtmanns in der Badstube. Er hatte einen Krug Wein dabei und einen Brief für Francis: Er müsse sich für das ungebührliche Benehmen seiner Frau entschuldigen, der es inzwischen dank der Kräuter besser gehe. Der konsultierte Medicus wäre voll des Lobes für den Bader gewesen. Schließlich hätten sich seine Diagnose und seine Therapie als völlig richtig erwiesen. Als Dank schicke er ihm den kurfürstlichen Wein aus seinem Bestand und drei Gulden für seine fachmännische Diagnose.

Die Barbierstube von Johannes Raab entwickelte sich zu einem beliebten Ort der Begegnung, wo alle lokalen und überregionalen Ereignisse ausgiebig beschwatzt wurden. Es war ein herrlicher Abend im Altweibersommer A.D. 1657. Um den Dietkircherberg und die Offheimer Höhe erklangen die fröhlichen Lieder der Winzer, die sich in bester Laune über das gute Weinjahr freuten und in holpernden Fasswagen die Lese einfuhren. Das rotbraune Weinlaub und die gelbgrün gefärbten Laubwälder um den Greyffenberg verbreiteten eine heitere Stimmung unter den Menschen, die nun in Frieden und wachsendem Wohlstand lebten.

An jenem Abend ließ sich der Gerichtsschreiber Jakop Schupp seinen ergrauten Backenbart stutzen. Er berichtete überschwänglich von seinem kürzlichen Besuch in Franckfurt:

„Weswegen ich in Franckfurt war, tut nichts zur Sache. Doch muss ich euch erzählen, was sich vor einigen Tagen dort abgespielt hat. Ich wunderte mich schon bei der Ankunft, dass so viele Bürger in Festtagskleidung durch die Straßen liefen, die mit roten Fahnen geschmückt waren. Überall waren die Menschen in Schweizer Wams mit braunschweigischen Mänteln darüber zu sehen. Die Landbauern trugen schnürenbesetzte, blaue Röcke und Eisenhauben auf dem Kopf. Sie saßen auf ihren Ackergäulen, an denen rote Bänder an Mähne und Schweif flatterten. Unter dem ohrenbetörenden Lärm der Glocken bildeten die Menschen eine schmale Gasse. Alle schwenkten ihre Hüte und riefen den in prunkvollen Kutschen vorbeifahrenden Kurfürsten ‚Heil' zu. Ja, das war der Tag der Wahl und der Kaiserkrönung Leopolds I., den ich durch Zufall erleben durfte. Man erzählte mir, der französische Kardinal Mazarin, der die Staatsgeschäfte des minderjährigen Königs Ludwig XIV. führte, hätte die Wahl des Habsburgers verhindern wollen, um die territoriale Macht Frankreichs am Rhein auszudehnen. Er stellte sogar seinen König zur Kaiserwahl als Gegenkandidat zu Leopold, dem zweiten Sohn Kaiser Ferdinands III. Dieser war im letzten Jahr im Alter von neunundvierzig Jahren verstorben. Eigentlich sollte Leopolds älterer Bruder den Thron besteigen, doch der hatte vor vier Jahren das Zeitliche gesegnet. Als König von Ungarn und Böhmen war der junge Leopold nun unverhofft und unvorbereitet von den deutschen Kurfürsten zum Kaiser auserkoren worden. Tatsächlich fiel die Wahl letztlich auf ihn. Der Streit mit den Franzosen schwelt aber weiter."

Inzwischen hatte sich eine beachtliche Schar versammelt, um den spannenden Ausführungen des Gerichtsschreibers zu lauschen. Johann Raab schnippelte derweil an seinem widerborstigen Bart herum.

„Meint Ihr, dass wir einen Krieg mit den Franzosen zu befürchten haben?", fragte ein alter Mann mit faltigem Gesicht, der sich seinen Bart über den Löffel barbieren lassen wollte.

„Noch ist der französische König zu jung. Aber er wird die Schmach nicht tatenlos hinnehmen. Er lässt sich ‚Sonnenkönig' nennen, als wäre er der lebensspendenden Sonne gleich. Am Hof von Versailles ergötzen sich die Adligen an der Lustbarkeit und Völlerei und umgeben sich demonstrativ mit einem unglaublichen Prunk. Dagegen verblasst unser kaiserlicher Hofstaat zu einer kleinbürgerlichen Provinzposse. Zudem verfügt Frankreich über ein mächtiges Söldnerheer. Nach meiner Meinung ist es nur eine Frage der Zeit, wann sie losschlagen."

„Habt Ihr den neuen Kaiser mit eigenen Augen gesehen?", fragte ein anderer.

„Gewiss, ich habe mich wie alle Bürger vor der Sankt Batholomäuskirche eingefunden. Dort trat Leopold in einem rotsamtenen Ornat mit Hermelinkragen, goldener Krone und Zepter aus dem Kirchenportal und ließ sich von der Hüte schwingenden Menge huldigen. Er sah jung aus mit seinen langen, schwarz gelockten Haaren. Ich schätze ihn um die achtzehn Jahre. Die Jungfern um mich herum himmelten ihn an wie einen Märchenprinzen. Aber er wirkte ein wenig steif, unsicher, als sei er zum Kaiser gezwungen worden und müsse jetzt als Marionette der Kurfürsten den Herrscher spielen. Vielleicht dachten die Kurfürsten auch an die massive Bedrohung durch die Türken. Man munkelt, es stehe ein Krieg gegen die Osmanen bevor, da brauche man die gut gefüllte Staatskasse der Habsburger. Anschließend wurden die Kaiserinsignien – Krone, Reichsapfel, Zepter, die heilige Lanze und das Reichsschwert – in einem prunkvollen Zug mit vergoldeten Kutschen zum Römerberg verbracht. Dort versammelten sich die erlauchten Fürsten mit ihren pompösen Hermelinschulterkragen, die Grafen, die gelehrten Räte, die Bischöfe und das übrige kaiserliche Gefolge. Unseren frisch erhobenen Fürsten Johann Ludwig von Nassau-Hadamar habe ich mit seiner blonden Mähne gleich erkannt. Beim Eintreffen des jungen Kaisers jubelte die Menge unter dem Fanfarenschall der Herolde in roten Tapperten, doch Leopold I. verschwand geschwind in den Räumen des Rathauses. Ich nehme an, dass man dort ein üppiges Kaisermahl servierte. Übrigens ging das Gerücht, Kardinal Mazarin habe vorzeitig die Stadt verlassen."

„Ihr habt den Fürst von Nassau-Hadamar erwähnt. Man hört erstaunliche Gerüchte über ihn. Ist er wirklich ein so bedeutender Mann?", wollte ein Badegast wissen, wohl nur, um ihm Einzelheiten zu entlocken, wenn er schon mal so geschwätzig war.

„Johann Ludwig von Nassau-Hadamar war A.D. 1629 zum Katholizismus konvertiert. Er führte gegen allen Widerstand in der Grafschaft den katholischen Glauben ein. Die Bevölkerung hatte deswegen im Krieg schwer zu leiden. In Mengerskirchen starben durch die Schweden einhundertneunundsiebzig Menschen; in Dillhausen blieben von siebzehn Häusern nur noch drei übrig. Der Kaiser Ferdinand schätzte sein diplomatisches Geschick und seine Standfestigkeit. Als Plenipotentarius hat er nach den Friedensverhandlungen in Münster als Erster den Friedensschluss unterzeichnet. Vom spanischen König wurde er mit der Verleihung des Goldenen Vlieses und vom Kaiser Ferdinand mit dem Fürstentitel geehrt. Ein wahrhaft bedeutender Mann aus Hadamar, der das Schloss aufbauen wird, Franziskaner und Jesuiten nach Hadamar holte und ein Gymnasium eingerichtet hat."

76

Im März des folgenden Jahres stellte sich bei Georg Nachwuchs ein. Ein strammer Junge, den der Stiftsdekan auf den Namen Peter taufte. Als Taufzeugen fungierten der Gerichtsschreiber Jakop Schupp und der Zunftmeister der Tuchmacher. Die Paten waren offiziell verpflichtet, für das geistliche Wohl des Kindes mitzusorgen und auch dessen gesellschaftliche und berufliche Entwicklung zu fördern. Wieder war ein rauschendes Fest fällig, wieder bedrängte Katherinas junge Schwester Francis, dem dies unangenehm war. Er verließ vorzeitig schon etwas angetrunken den Zunftsaal der Tuchmacher, um der aufdringlichen Anna zu entfliehen.

Im Fischmarkt blieb er verwundert stehen, sah er doch seine Annemarie an der Schirn stehen.

„Na, hat dich dein Anton an den Verkaufsstand verbannt?", frotzelte er.

„Anton ist in Cölln, aber das Geschäft soll doch weiterlaufen. Du bist so schick angezogen, Francis?"

Er komme gerade von einem Fest im Zunfthaus der Tuchmacher, dort feiere man die Geburt des ersten Sohnes von Georg. Urplötzlich schossen ihr Tränen in die Augen.

„Was ist mit dir? Was bekümmert dich?", fragte er vorsichtig. Hatte er etwas Falsches gesagt?

„Wir haben doch voriges Jahr geheiratet, Anton und ich. Und jetzt fordert er Nachwuchs ein, aber es klappt nicht. Ich bin schon ganz verzweifelt und befürchte, dass sich Anton wieder von mir abwendet. Er sagt, Kinderlosigkeit gelte als Strafe Gottes."

Die tiefe Verzweiflung stand ihr in das tränennasse Gesicht geschrieben. Wie konnte er ihr in dieser fatalen Situation beistehen? Er erinnerte sich: Beim letzten Besuch des Abdeckers kam Gustav auch auf Fruchtbarkeitsrituale zu sprechen. Kurzentschlossen beugte er sich über die Schirn und flüsterte ihr ins Ohr:

„Der Wasenmeister hat mir einmal ein altes, magisches Geheimnis verraten. Wenn eine Frau verhindern wolle, dass sich ihr Mann einer anderen zuwende, dann solle sie einen lebenden Fisch in die Vagina stecken, bis er stirbt. Wenn sie dann ihrem Mann den Fisch als Mahlzeit serviere, könne der sich nicht ihrem Einfluss entziehen."

„Ach komm, erzähle mir keine Märchen, du bist ja betrunken. Mir ist wirklich nicht zum Lachen zumute."

„Und der Georg meint, eine unglückliche Frau solle sich Rat bei einer Hübscherin in der Rosengasse holen", fügte er noch allen Ernstes hinzu.

„Jetzt hör aber auf, du machst dich nur lustig über mich", zürnte Annemarie und wandte sich enttäuscht über den schofeligen Francis einer Frau zu, die nach Salzheringen fragte. Francis trollte sich beschickert auf etwas wackligen Beinen davon.

„Herr Diezinger ist unterwegs?", die alte Frau wollte wohl tratschen.

„In Cölln. Er holt frischen Nachschub."

„Man sagt, ihr habt geheiratet, mein Kind?"

„Soso, hat sich das schon herumgesprochen. Ja, voriges Jahr."

„Und? Nachwuchs schon unterwegs?"

„Leider nein."

Das Weib stutzte einen Augenblick, als wollte sie ihre Worte sehr genau abwägen.

„Nun, zum Leidwesen des Diezinger hat es ja mit seiner ersten Frau auch nicht geklappt. Die Arme hat mir wirklich leidgetan, wo doch der Diezinger so auf Nachwuchs hinaus war."

„Warum hat Euch die Frau leidgetan?"

„Äh, wisst Ihr das nicht?", stammelte die Frau verlegen.

„Was weiß ich nicht?"

„Der Diezinger hat seiner Frau die Schuld gegeben und ihr derartig zugesetzt, dass sie fast verrückt wurde und schließlich vor Gram starb."

77

In Lympurg war Trauer angesagt. Trauer über den Tod des ehrwürdigen kurtrierischen Stadtschultheißen Johann Anton Kalckofen, der siebenundsiebzig Jahre alt wurde und wesentlich die Stadtgeschichte mitgeprägt hatte. Den meisten Bürgern schmeckte seine raue Art nicht, dennoch galt er als gerecht und gesetzesstreng. Auch der Bürgermeister Meelbaum hatte mit ihm des Öfteren Streit, wenn Kalckofen einseitig und nachdrücklich die Interessen des Kurfürsten vertrat. Nur wenige wussten, dass er so manche Anschuldigung der Hexerei im Keim erstickte. Auch darin folgte er der Auffassung seines Fürsten, der die Foltermethoden ablehnte und Hexenurteile nur angewidert absegnete. „In meiner Amtszeit wird keine Hexe in Lympurg verbrannt!", solle Kalckofen gesagt haben. Als A.D. 1621 zum Beispiel die Frau Anna Abel aus Hadamar unter den Verdacht der Hexerei geriet, bewahrte sie der Schultheiß vor der Verurteilung, vielleicht gegen die Zusage ihres Mannes, in die kaiserlichen Kriegsdienste zu treten und gegen die Protestanten ins Felde zu ziehen. Vor seinem Tod hatte Kalckofen auch dem Scharfrichter Nicolaus Nagel unmissverständlich gedroht: dass er nur nicht wage, Barbara Ordeneck, die Frau seines Camberger Amtskollegen, die als Hexe verurteilt war, in Lympurg zu exekutieren! Sie wurde am 9. Dezember A.D. 1659 in Camberg hingerichtet. Kalckofen war dreimal verheiratet. Noch als Zweiundsechzigjähriger vermählte er sich mit Anna Margarethe aus Steinbach. Er hinterließ zehn Kinder, davon nur zwei Töchter, die später alle in das Lympurger Patriziat einheirateten.

Am Tag der Beerdigung mussten die Händler ihre Schirnen und Gaden schließen. Am Rathaus flatterte eine schwarze Fahne aus dem Fenster. Alle Glocken läuteten, während sich bei strömendem Regen der endlose Trauerzug die Eulengasse zur Stiftskirche hinaufquälte. Georg, Klas und Francis gaben dem von Meister Adam prunkvoll geschreinerten Sarg gemeinsam mit den festlich gekleideten Zunftmitgliedern ein ehrenvolles Geleit.

Am Samstag nach der Beerdigung hatten sich schon am frühen Morgen einige Ratsherren zum Schwitzbad in Francis' Badstube verabredet. Dieser enge, verschworene Kreis der Ratsherren galt als Strippenzieher für wichtige Entscheidungen des Stadtrats. Ziel des Treffens war, einen würdigen Nachfolger für Kalckofen zu finden. Sie waren sich darüber im Klaren, dass letztlich der Amtmann oder der Kurfürst selbst den Schultheiß benenne würde. So hockten sie nun auf den Schwitzbänken und beratschlagten.

„Kalckofen war dreiundvierzig Jahre lang trierischer und hessischer Schultheiß. Sein Nachfolger tritt ein schweres Erbe an."

„Einen Hannebambel können wir nicht gebrauchen. Kalckofen hatte an der Universität in Marburg studiert."

„Aber es sollte schon einer aus unserer Mitte sein."

Schon fielen die ersten Namen – Schupp, Rath, Opper, Fuchs, Scheurer, Abel, Löw, Wenzel, Trippler –, wobei offensichtlich wurde, dass jeder Ratsherr nur seine persönlichen Vorteile im Sinn hatte. Einige lagen im Streit mit einem anderen Ratsherrn, die anderen waren zu jung oder zu alt, manche würden als Querulanten eingestuft, etliche als zu schwach. Nach langem Hin und Her konzentrierte sich die Diskussion auf Heinrich Wenzel, den derzeitigen Amtskeller. Der zeige doch Ambitionen für das Bürgermeisteramt, und zudem sei er ein gottgläubiger Mensch. Schließlich hatte er zwölf Monate die Vikarie Sankt Peter in der Stiftskirche inne. Außerdem hatte er in Niederbrechen und später in Elz über elf Jahre das Amt des Schultheißen geführt. Sein Alter schätzten sie auf fünfundfünfzig, so sei Wenzel noch nicht zu alt für diese Aufgabe, und Geld brauche er auch, wolle er doch dem Bürgermeister Meelbaum sein Eckhaus an der Rossmarktgasse abkaufen. Kurzentschlossen baten sie den Francis, er möge den Heinrich Wenzel ins Badhaus holen.

Sie hatten bereits drei Saunagänge hinter sich. Ausgiebig sprachen sie nun dem Rotwein zu, den Francis ihnen gern überließ, natürlich gegen gute Bezahlung. Bald platzte Heinrich Wenzel ungehalten in die Runde.

„Was haben die Herren so Wichtiges zu besprechen, was keinen Aufschub duldet?", fragte Wenzel mit ärgerlicher Miene.

Seine Arbeit im Schloss unterbrechen zu müssen war ihm weiß Gott nicht recht.

„Amtskeller Wenzel, wir beraten hier über die mögliche Nachfolge des verstorbenen Schultheißen."

„Der Amtmann wird schon einen finden", erwiderte er schroff.

„Aber er wird sich einer Empfehlung des Stadtrates nicht völlig entziehen können. Ohne Umschweife gesagt, wir fragen Euch, ob Ihr Euch vorstellen könnt...?"

„Nie und nimmer, wenn Ihr an mich gedacht habt. Elf Jahre Schultheiß in Elz reichen mir."

„Genau deshalb seid Ihr der richtige Mann. Ihr habt eine große Erfahrung, die Lympurg zum Segen reichen könnte."

„Ehrlich gesagt, ich verfolge andere Ziele."

„Das wissen wir und würden Euch gern dabei unterstützen, wenn Ihr uns entgegenkommen würdet."

„Schlagt Ihr mir einen Kuhhandel vor? Eure Stimmen für meine Bürgermeisterkandidatur gegen eine Amtszeit als Schultheiß?"

„Lasst uns Tacheles reden. Wir müssten unser Wohlwollen für Euch überdenken."

„Ihr erpresst mich. Wollt Ihr sogar andeuten, dass meine Wiederwahl als Keller infrage steht?"

„Das habt Ihr vermutet."

Schließlich ließ er sich breitschlagen, als Nachfolger von Kalckofen zur Verfügung zu stehen, stellte aber sofort klar, er würde das Amt nur als Interimslösung ausüben. Der Amtmann folgte später der Empfehlung, aber schon im nächsten Jahr wurde Johann Opper zum Stadtschultheiß ernannt.

78

Der August verhagelte die Ernte. Die Lympurger mussten sich auf eine schwierige Winterzeit einstellen, wenn die Nahrungsvorräte knapp wurden. Die Tuchmacher beluden bereits die Fuhrwerke mit ihren Wolltuchen für den Verkauf auf der Franckfurter Messe, die an Mariä Himmelfahrt begann. Georg hatte seinen Freund eingeladen, ihn zu begleiten. Vorsorglich hatte sich Francis beim Schutzjuden Jakob Löw Hadamar noch einmal sechzig Gulden geliehen. Der hatte nicht einmal mit der Wimper gezuckt, als er ihm das Geld ohne jegliche Sicherheitsforderung gab. Für die Reise hatte sich Francis neu eingekleidet: Ein pelzverbrämter Wams mit weiten, langen Ärmeln aus Samt. Das schwarze Barett dazu kostete ihn allein ein kleines Vermögen. Aber in der Weltstadt wollte er ein ordentliches Bild abgeben und nicht gleich als Provinzler zu erkennen sein.

Bei strömendem Regen zogen sie mit fünf Fuhrwerken durch das Hammertor hinaus auf die Hohe Straße in Richtung Franckfurt. Francis saß neben Georg auf dem Kutschbock des ersten Wagens. Hinter ihm folgte Meister Ölp mit seinen Knechten, dann reihten sich noch zwei andere Lympurger Tuchmacher ein. Auf eine Schutzeskorte hatten sie verzichtet, galt doch der Königsfrieden während der Messezeit. Der Weg führte sie zunächst durch die großflächigen Stoppelfelder im Goldenen Grund. Nur selten begegneten ihnen Menschen. Abgesehen von den mürrisch dreinschauenden Bauern, die mit ihren Ochsenkarren halsbrecherisch durch die zahlreichen Pfützen fuhren und dabei umzukippen drohten. Nur unter derben Schimpfworten gaben sie den Weg für den Tross frei.

Gegen Abend erreichten sie das Schloss Born unterhalb des Feldberges. Seit langer Zeit nutzten die Lympurger Tuchmacher ein Nebengebäude des Schlosses als Unterkunft. Das Nachtlager auf Heu war Francis nicht gewohnt. Als er am nächsten Morgen aufwachte, war er von Mücken und anderem Ungeziefer zerstochen, seine Glieder schmerzten. Frühzeitig setzten sie die Reise bei Sonnenschein in rascher Fahrt fort. Gegen Mittag erblickte Francis die imposante Kulisse Franckfurts, die mächtige Stadtmauer und die vielen Kirchtürme, die sich über das dicht gedrängte Häusermeer erhoben. Er schnupperte einen wohl bekannten Geruch, als sie sich dem Stadttor näherten: der Gestank der Gerbereien, die der Stadtrat vor die Mauern verbannt hatte.

An der Eschersheimer Pforte mussten sie wegen des starken Ansturms eine Zeitlang warten. Die Wächter begrüßten die Ankömmlinge überaus freundlich und strichen unbarmherzig die Akzise ein. Endlich war Francis in der Stadt angekommen, von der Georg so geschwärmt hatte. Was würde ihn hier erwarten? Die Patrizierhäuser erschienen ihm weitaus größer und prunkvoller als in Lympurg. Die großen Fenster mit Butzenscheiben zeugten von Macht und Reichtum. Der Tross bahnte sich einen Weg durch die staubigen, stark befahrenen Gassen der Altstadt. Zwischen den hohen Giebeln der mehrgeschossigen Fachwerk- und Hallenhäuser, in die ein Fuhrwerk zum Entladen bequem hineinfahren konnte, fuhren sie hinauf zum belebten Römerberg mit dem Rathaus und dem auffälligen Haus der Patriziergesellschaft ‚Alten Lympurg'. Die Stubengesellschaft setzte sich aus ehemals nach Franckfurt übersiedelten Lympurgern zusammen. Inzwischen stellten sie einen großen Teil der Ratsherren. Dort bogen sie in die Lympurger Gasse ein und erreichten ihr Ziel: das Haus Lympurg, das die ganze Straßenseite von der Kerbengasse bis zum Römer einnahm.

79

Welche Behaglichkeit strahlte das Haus Lympurg aus! Schlafkammern mit weichen Betten, linnener Wäsche, geräumige Stuben, ausgestattet mit tönernem Geschirr, und vor allem eine vorzügliche Verpflegung. Eine Dienerschaft umsorgte die Gäste zuvorkommend. Das Erdgeschoss diente als Lager- und Verkaufsraum. Am ersten Tag wich Francis nicht von Georgs Seite, wissbegierig sah er beim Tuchhandel zu. Schon am frühen Morgen fand sich ein Augspurger Tuchhändler ein, den Georg überaus zuvorkommend begrüßte:

„Herr Haug persönlich, welche Ehre! Darf ich Euch meine neuesten Tuche zeigen?“

Die Handelsgesellschaft ‚Anton Haug, Hans Langenauer, Ulrich Link und Mitverwandte' stellte die bedeutendste Faktorei in Augspurg und Nüremberg dar. Haug & Co. unterhielt einen lebhaften Fernhandel. Die Lympurger Wolltuche fanden vor allem im Süden, auch jenseits der Alpen, einen reißenden Absatz.

„Georg, zeige er mir erst die letztjährige Bestellung über den Lympurger Schwarzen Bengel.“

„Dort drüben steht die Lieferung bereit zum Abtransport“, strahlte Georg, sichtlich erleichtert, sie bereits am Vortag separiert zu haben.

„Gut, sehr gut, Georg. Habt Ihr die gleiche Qualität auf Lager? Ich brauche noch zehn Tuch davon.“

Georg strahlte, der Tag hatte gut begonnen, so könnte es weitergehen. Tatsächlich sah sich ein anderer Händler in seinem Lager um, der sich als Vertreter des Regenspurger Handelshauses Runtinger vorstellte. Er kaufte vor allem Butzbacher und Montabaur Tuche, die er dann weiter bis Wien und Italien exportierte. Nun wollte er auch die Lympurger Wolltuche in sein Sortiment aufnehmen. Wieder waren acht Tuche verkauft.

„Das soll fürs Erste einmal reichen. Ich lade dich zu einem Wein ein.“ Fröhlich schwatzend suchten sie die Trinkstube im ersten Stock auf. Dort trafen sie Georgs Oheim, der genüsslich vor einem Bembel Apfelwein saß.

„Fast die halbe Produktion ist schon verkauft. Haug und ein neuer Regenspurger Händler waren da“, berichtete Georg seinem Meister, der sich erfreut die Hände rieb, sofort das eingenommene Geld registrierte und einsackte.

„Was wollt ihr trinken?“, fragte Ölp und bestellte, wie gewünscht, eine Kanne Rheingauer Riesling.

„Francis, was möchtest du denn in Franckfurt einkaufen?“

„So genau weiß ich es nicht, aber ich sehe mich mal um, was die Welt einem Provinzbader bieten kann. Ich trage mich mit dem Gedanken, mein Nebengeschäft zu erweitern.“

„Gut so! Geh aber nicht allein in die Stadt. Trotz Marktfrieden wimmelt es nur so von Baldowern und Beutelschneidern. Also, halte deine Hand am Sack! Einer meiner Knechte wird dich begleiten. Brauchst du Geld, soll ich dir was leihen?“

„Das ist sehr freundlich, Meister Ölp, aber ich habe vorgesorgt. Selbst ist der Mann.“

Während des Gespräches stürmte aufgeregt ein Knecht mit der Nachricht herein, ein Vertreter der Fugger sei im Lagerraum aufgetaucht! Sofort sprang Ölp auf und eilte die eichene Treppe hinunter. Georg und Francis folgten, wobei Francis wissen wollte, wer denn die Fugger seien.

„Die Augspurger Fugger stellen die reichste Familie in Europa dar. In Ungarn waren sie in das Kupferbergbaugeschäft eingestiegen und zu so großem Reichtum gekommen. Sie griffen den Habsburger Königen finanziell unter die Arme und genießen dafür besondere Privilegien. Sogar die Schweizer Garde des Papstes haben die Fugger entlohnt und Ablassbriefe für den Papst verkauft, um den Bau der Peterskirche in Rom zu finanzieren. Aber sie kümmern sich auch um die Armen. Im Rahmen einer Stiftung überlassen die Fugger Augspurger Bürgern, die in Not geraten sind, Wohnungen gegen ein geringes Entgelt. Als Gegenleistung müssen die Mieter täglich ein Vaterunser, das Glaubensbekenntnis und ein Ave Maria sprechen, um den Fuggern das Fegefeuer zu verkürzen.“

80

Mit dem Knecht an seiner Seite wagte sich Francis in das Marktgetümmel am Römerberg. Die von den opulenten Patrizierhäusern eingerahmten Plätze waren vollgestellt mit Messbuden. Man sprach von über vierhundert Verkaufsständen. Unter den Galerien des Römers hatten die Schmuckwarenhändler, Goldschmiede und Krämer ihre Stände. Hier brauche er sich nicht länger umzusehen, dachte Francis betrübt. Er hatte kein Liebchen, für das er ein Geschenk hätte kaufen können. Erstaunt besah er sich die Waffen, die in Hülle und Fülle feilgeboten wurden. In Franckfurt konnte sich ein Feldherr für die nächste Schlacht eindecken, samt Pferden und Lebensmittel für die Krieger. Selbst Kaiser und Könige konnten Hermelinpelze, Eichhörnchenfelle aus Russland und die kostbarsten Wandbespannungen und Baldachine aus edlen Stoffen von Flandern erstehen. Belustigend fand er die verrücktesten Schuhformen, die so spitz zuliefen, dass sie beim Gehen Schmerzen verursachen mussten. Seine Nase verriet ihm, dass er nun bei den Gewürzhändlern angelangt war. Ob er denn einmal kosten dürfe, fragte er neugierig einen holländischen Händler und stupste seinen nassen Finger in einen Sack mit gelblichweißem Kardamom. Viel hatte er schon über das sündhaft teure Ingwergewürz gehört, aber noch nie geschmeckt. Woher denn das Kardamom stamme?

„Aus Batavia, mein Herr. Dort unterhält die Vereinte Ostindien-Kompanie großflächige Anbaufelder und verbringt Pfeffer, Kardamom und Muscatnuss mit eigener Schiffsflotte nach Europa. Hätte er vielleicht Interesse, als Matrose anzuheuern?“

Francis winkte ab, das sei doch wohl nur etwas für Leute, die entfliehen wollten. Was denn ein Sack Pfeffer koste, fragte er beiläufig, nur aus purer Neugierde.

„Einen ganzen Sack, meint Ihr? Nun der hat den Preis eines Hauses. Könnt Ihr Euch das leisten?“ Kopfschüttelnd verließ Francis die Messbude. Unglaublich, welchen Reibach die exotischen Gewürzhändler machten. Gleich nebenan wandte er sich den angenehmeren Düften der Kräuterhändler zu.

„Ein Liebestrank gefällig oder Zaubermittel? Oder sucht Ihr Heilkräuter?", sprach ihn ein orientalisch gekleideter Mensch an. „Eberraute, Eibisch, Wermut, Nessel, Ysop, Weiße Lilie, Schwarze Lilie, Potulak, Kreuzkraut, Tausendgüldenkraut, Wilder Galgant, Ingwer, Osterluzzei oder Quendel?", rasselte der Händler herunter. „Wollt Ihr sie trocken, um einen Sud zu bereiten, oder frisch? Oder lieber in Salbenform?"

Das *Herbularius* von Bruder Ludolf brachte schon eine Vielfalt von Kräutern hervor, aber dieser Händler übertraf ihn bei weitem. In aller Ruhe ließ er sich die Heilwirkung jeder ihm unbekannten Kräuterart erklären und notierte sie fleißig auf einem kleinen Schreibblock. Bald hatte er über zwanzig Leinenbeutel vor sich stehen, die er mitnehmen wollte.

„Könnt Ihr mir ein Mittel mit betäubender Wirkung empfehlen?"

„Ihr seid sicher Bader, und wie ich sehe, ein fachkundiger Medicus", schmeichelte der Orientale. „Der Hanf wird gern als Betäubungsmittel genommen. Ich kann Euch hier eine *Tinctura Laudanum* anbieten, die vorwiegend aus dem Samen der Hanfblüte gewonnen wird. Ein paar Tropfen helfen auch bei Augenleiden. Der Sud, in kleinen Dosen genossen, wirkt anregend und belebend nach körperlicher Anstrengung. Auch gegen Blasenbeschwerden und bei Problemen beim Wasserlassen kann ich den Sud empfehlen. Der Hanfsamenbrei dagegen lindert Entzündungen und heilt Geschwüre."

Genau das hatte Francis erhofft, auf dem Markt zu finden. Er orderte die getrockneten Kräuter, eine bauchige Korbflasche mit der Tinktur und Steinguttöpfe mit der Paste. Der Händler machte ihm nun die Rechnung über seinen Einkauf auf:

„Acht Reichstaler, bitte schön."

Francis war erleichtert, er hatte mit einer größeren Summe gerechnet. Ob er denn auch Gulden annehme, fragte er. Doch der Kaufmann winkte ab, er solle doch lieber sein Geld dort drüben in der Wechselstube umtauschen. Zu seinem Schreck musste er für acht Reichstaler vierzehn Gulden blechen. Ganz schön happig, mit einem so hohen Betrag hatte er nun doch nicht gerechnet. Aber koste es, was es wolle, er brauchte die Heilmittel, die der Kräutermann schon in einem Leinensack verstaut hatte.

„Ich habe Euch noch Anis dazugelegt, falls Ihr einen Liebestrank zubereiten wollt, und ein Bündel Eberrautenwurzeln, die, ans Haus genagelt, gegen Feuerbrunst und Hexerei schützen."

Der Knecht hatte nun schon schwer zu schleppen, deshalb beschloss er, den Heimweg zum Haus Lympurg anzutreten. Dort erwartete ihn schon Georg, der mit ihm an den Main bummeln wollte. Welch geschäftiges Treiben erwartete sie am nahe gelegenen Ufer! Unzählige Lastkähne landeten Weinfässer, Holzbohlen und Säcke an, die tüchtige Säcker aus den Schiffsleibern trugen. Die Sonne ging langsam unter, aus der Ferne erklang fröhliche Musik. Ihnen bot sich ein malerischer Blick auf die steinerne Sachsenhäuser Brücke. Doch die beschauliche Stimmung sollte nicht anhalten.

81

Am nächsten Morgen blätterte Francis staunend in den Büchern des Verlagshauses Bry, das vor allem große Reisebücher aus fernöstlichen Ländern und Stadtansichten eines Matthäus Merian veröffentlicht hatte. Ein Kupferstich von Lympurg begeisterte ihn so sehr, dass er ihn sofort erwarb. Den wollte er in seiner Badstube aufhängen. Mit fachkundigem Blick fand er noch einige Heilkundeschriften, die ihm nützlich erschienen. Angenehme Düfte lenkten seine Schritte zu den Duftwasserständen.

„Mein Herr, gern dürft Ihr an meinen Parfümen schnuppern. Moschus-, Lavendel-, Rosenduft gefällig? Oder mein betörendes Parfüm ‚Nuit Napolitanaine'?"

Seine vom Gerbergestank abgestumpfte Nase zog die betörenden Düfte von Orangenblüten, Nelken, Rosmarin, Ambra, Moschus und Storaxbalsam ein, ohne die Aromastoffe benennen zu können.

„Testet auch mein Spezialparfüm ‚Amor und Psyche', etwas ganz Edles für die Damen. Oder darf es etwas von meinen Duftseifen oder Püderchen sein?"

Am liebsten hätte Francis eine große Auswahl kaufen wollen, aber er musste an seinen Geldbeutel denken. Dennoch sackte er zahlreiche Düfte und jede Menge Seifen ein, die er den Badegästen offerieren wollte. Der Knecht machte ihn darauf aufmerksam, dass der Beutel schon recht schwer sei. Sie sollten sich auf den Heimweg machen. Francis stimmte zu, nahm jedoch einen anderen Weg vorbei an den Messbuden mit Amuletten und Talismanen. Ein kurzer Blick auf die ausgelegten Waren genügte: Auch hier dominierten die SATOR- und AGLA-Talismane, meist in ein Pentagramm gesetzt. Francis zückte sein Notizbuch und vermerkte einige neue Varianten, die er bei seinem Kannenbäcker herstellen lassen wollte, und erstand noch einige besonders schön gearbeitete Amulette. An der Bartholomäuskirche entdeckte er einen Uhrenhändler. Ob er sich eine Taschenuhr leisten konnte? Dreißig Gulden zählte sein verbliebenes Vermögen. Eine englische, reich mit Ziselierungen verzierte Uhr stach ihm besonders ins Auge. Fünfzehn Reichstaler müsse sie schon bringen, meinte der Händler. Während Francis den Preis in Gulden umrechnete, die Uhr noch in seiner Hand haltend, nahm er den edlen Mann neben sich zuerst nicht wahr.

„Ich nehme die Uhr, allerdings kann ich Euch nur zwölf Reichstaler bezahlen. Seid Ihr damit einverstanden?"

„Zwölf nur? Das reicht nicht. Sagen wir dreizehn."

Francis reichte ihm die Hand, das Geschäft war besiegelt. Ob er denn auch Gulden annehme? Die Frage hätte er sich schenken können. Nach kurzer Zeit kehrte Francis von der gegenüberliegenden Wechselstube mit dreizehn Reichstalern zurück und verlangte seine Uhr.

„Die Uhr kaufe ich!", dröhnte eine Männerstimme. Francis drehte sich zornig um, was erdreistete sich der Fremde? Der feine Pinkel mit seiner schwarzen Samtschaube, einer goldenen Kette auf der Brust und einem schwarzen Hut, der eher einem zusammengedrückten Ziegenkäse glich, sah ihn drohend an.

„Mit allem Respekt, der Kauf war schon besiegelt, mein Herr."

„Was glaubt er wohl, wen er vor sich hat? Man redet mich alleweil mit ‚Hoch-Edler' an."

„Auch wenn Ihr der Kaiser persönlich seid, die Uhr ist mein."

„Ich bin der Franckfurter Stadtrat Anton von Holzhausen!"

„Edler Herr, verzeiht. Aber noch gilt der Handschlag für den Abschluss eines Geschäfts. Die Uhr ist mein."

„Was erlaubt er sich? Marktaufseher, Marktaufseher hierher!", schrie der Mann wütend. Das Blut war ihm in den Kopf gestiegen.

Im Nu scharten sich Neugierige um die Messbude. Offensichtlich war der Patrizier dem Marktaufseher bekannt, denn er wagte nicht, sich mit ihm anzulegen, obwohl die Sachlage eindeutig für Francis sprach und eigentlich sofort an Ort und Stelle geklärt werden konnte.

„Komme er mit, wir klären die Sache vor dem Marktgericht. Die Uhr bleibt derweil hier", entschied er und führte Francis zum Römer, dem Rathaus der Stadt. Dort schickte Francis den Knecht mit seinen Einkaufswaren weg, er möge Meister Ölp zur Hilfe holen. Dann fand er sich eingesperrt in einer fensterlosen Zelle im Keller des Rathauses wieder.

82

Der Richter hatte auf einem hohen, schwarzledernen Lehnstuhl Platz genommen, neben ihm hockte ein Gerichtsschreiber. Erleichtert entdeckte Francis den Meister Ölp am Tisch. Er unterhielt sich mit einem Mann, den Francis der edlen Kluft nach als Patrizier einstufte. Ferner erkannte er den Händler, den ungehobelten Holzhausen, der sich vergnüglich den Bart kraulte, und den Marktaufseher, den der Richter aufforderte, den Sachverhalt zu schildern.

„Warum so lange palawern. Dieser unflätige Mamser hat mich beleidigt!“, entzürnte sich Holzhausen und hob beschwörend seine Pluderärmel.

„Worum geht es also?“, fragte der Richter noch einmal. „Geht es darum, ob dieser Messegast rechtmäßig eine Uhr gekauft oder ob er den hochgebietenden Ratsherrn Holzhausen beleidigt habe?“

„Ich habe niemanden beleidigt“, warf Francis ein.

„Er möge schweigen und erst sprechen, wenn ich ihn auffordere“, schnitt ihm der Richter das Wort ab.

„Uhrhändler, könnt Ihr bezeugen, dass sich der Angeklagte verleumdend geäußert hat?“

„Nein.“

„Dann kann er mir wenigstens sagen, ob dieser Mann den Kauf der Taschenuhr besiegelt hat?“

„Ja, der Kauf war mit Handschlag getätigt.“

„Dessen ungeachtet bleibt also eine unziemliche Ansprache. Was hat er denn zu Ihnen gesagt, ehrwürdiger Stadtrat Holzhausen?“

„Der Stoffel hat jedwese mir zustehende Ehrerbietung entsagt. Frech ist er geworden, glaubte wohl mit mir umgehen zu können wie mit Seinesgleichen“, belferte Holzhausen.

„Für mich zählt das Wort eines Patriziers. Also verurteile ich...“

„Vergebung, ehrwürdiger Richter“, mischte sich nun der neben Ölp sitzende Edelmann ein, „dann sollt Ihr auch einem anderen Stadtrat Euer geschätztes Ohr leihen.“

„Wer seid Ihr, ehrwürdiger Herr?“

„Ich gehöre der Stubengesellschaft ‚Alten Lympurger‘ und ebenfalls dem Rat der Stadt Franckfurt an. Es ist mir ein Bedürfnis, darauf hinzuweisen, dass die Messebesucher Gäste unserer Stadt sind und als solche auch behandelt werden sollten. Keinem Fremden ist zuzumuten, die Herren Patrizier zu kennen. Also begegnen sie ihnen mit dem gleichen Respekt, den sie auch erwarten, nicht mehr und nicht weniger. Der ehrbare Bader Franciscus Emmerich aus Lympurg hat eine Uhr gekauft, den Handel mit Handschlag abgeschlossen. War es nicht so, mein lieber Holzhausen, dass Ihr *post festum* das Chronometer erstehen wolltet und den Emmerich bedrängt habt, vom Kauf zurückzutreten?“

„Papperlapapp, der Bengel ist aufmütig geworden“, grunzte Holzhausen.

„Ehrwürdiger Richter, seht mich als Fürsprecher des Emmerich an. Was sich tatsächlich zugetragen hat, werden wir wohl nicht herausfinden. Lasst Gnade vor Recht walten.“

Noch zögerte der Richter. Hier stand Aussage gegen Aussage. Dennoch musste er ein Zeichen setzen, sonst fiel er bei den Patriziern in Ungnade.

„Schluss mit dem Brimbores. Franciscus Emmerich wird fürderhin der Stadt verwiesen. Er trägt die Kosten des Verfahrens in Höhe von zwanzig Reichstalern. Sollte er nicht zahlen können, bleibt er bis zur Begleichung seiner Schuld in Haft. Es steht ihm frei, die Uhr zu kaufen.“

„Aber ehrwürdiger Richter…“, der Edelmann wollte ihn zu einer milderen Strafe bewegen, doch der winkte ab: „Lasst es gut sein.“

Mit offenem Mund stand Francis da, als würde er einen furchtbaren Albtraum erleben. Hier wollte man nicht seine Unschuld herausfinden, nur seine Bestrafung erwirken. Meister Ölp legte tröstend den Arm auf seine Schulter.

„Ich regle das schon mit der Geldstrafe. Morgen früh schicke ich ein Fuhrwerk nach Lympurg, um Ware zu holen. Da kannst du mitfahren."

Während Ölp dem Richter zwanzig Reichstaler übergab, fragte ihn der Uhrmacher, ob er denn nun noch seine Uhr wolle.

„Gekauft ist gekauft", erwiderte Francis, zahlte und steckte das Prunkstück ein.

83

Beim sonntäglichen Schweißbad erfreute Georg den Francis mit der Nachricht seines Oheims, dass der Lympurger Ratsherr der Stubengesellschaft die Hälfte seiner Strafe übernommen hatte. Die andere Hälfte wollte sein Oheim nicht zurückhaben, aber dafür freien Zutritt in seine Badstube. Francis war voller Euphorie und reichte den Krug Runkeler Roten herum. Nur der sonst so geschwätzige Klas schien nicht so gut aufgelegt zu sein. Er saß betrübt und still auf der Bank; seine bedrückte Miene fiel den Männern natürlich sofort auf.

„Klas, dich plagt doch nicht etwa Liebeskummer?", frotzelte Georg nicht ahnend, dass er mit dieser Frage direkt ins Schwarze getroffen hatte. Klas erzählte mit erstaunlich ruhiger Fassung, als habe er einen schweren Schicksalsschlag bereits überwunden, dass er sich in die bildhübsche Tochter des Schreinermeisters Adam verguckt habe. Die Adelheid habe seine verliebten Blicke erwidert, und einmal hätten sie sich heimlich am Lahnufer getroffen. Aber der Matthes hatte Lunte gerochen und ihn bei seinem Vater verpetzt. Adam hatt ihm unmissverständlich zu verstehen gegeben, er sollte die Finger von seiner Tochter lassen. Wahrscheinlich sei der Sohn eines armen Gerbers nicht standesgemäß für die Familie Adam, schimpfte Klas und betonte jedes einzelne Wort dabei.

„Der Adam kann mir gestohlen bleiben. Aber ich stehe kurz vor der Gesellenprüfung, die muss ich noch bei ihm machen."

„Aber nach einem neuen Meister kannst du dich schon umsehen", warf Hennes ein.

„Ei, das spricht sich doch in der Zunft herum."

Nachdenklich, was man dem Klas raten konnte, hockten sie wortkarg auf den oberen Schwitzbänken. Endlich unterbrach Francis die Stille:

„Mir hat jemand in der Badstube erzählt, dass der Kaiserliche Hofrat und Vizekanzler des Heiligen Römischen Reiches Wilderich Freiherr von Walderdorff ein großes Grundstück an der Löhrgasse mit den alten Gebäuden der Walderdoffs zurückgekauft hat. Er will dort nun einen neuen, prunkvollen Hof errichten. Er hat schon eine Reihe italienischer Fachleute engagiert, die er beim Bau eines Barockhofes in Mainz kennen gelernt hat. Die Bauplanung soll ein Italiener namens Antonio Rigi und die Bauaufsicht ein gewisser Bartolomeo Banizo in Auftrag haben. Sie haben eine große Schar italienischer Handwerker mitgebracht. Ich kann mich doch mal umhören."

„Ich weiß davon. Adam hat sich um einen Auftrag mit meinen Entwürfen bemüht, aber die italienischen Meister haben eigene Vorstellungen", meinte Klas.

„Aber das Gelände ist ein gefährliches Terrain", witzelte Georg, der mal wieder eine Anekdote zum Besten geben wollte. „Auf dem Walderdorffschen Gelände hatte früher einmal ein Schmied seine Werkstatt, der für seinen Fleiß und sein Können bekannt war. Der hatte einen Sohn, den er auf Wanderschaft schickte, die ihn bis Wien führte. Zurückgekehrt erwies sich dieser als faul und trunksüchtig; die Schmiede drohte zugrundezugehen. Des Nachts auf dem Heimweg vom Gasthaus begegnete er dem Teufel und ging mit ihm einen Handel ein, den er gleich in den frühen Morgenstunden einlösen wollte. Als der Teufel mit einem Sack voll Geld erschien, erinnerte ihn der Wiener Schmied an die Abmachung: ‚Errätst du, was ich hier schmiede, so ist meine Seele dein. Doch triffst du fehl, so gehört das Geld und meine Seele mir.' Der Satan willigte ein, und der Wiener zog ein glühendes Eisen aus dem Feuer mit drei Zinken: ‚Was ergibt dies? Schnell, damit ich das warme Eisen schmieden kann.' Der Teufel schrie siegesgewiss: ‚Eine Heugabel!' Aber der Schmied legte die Gabel auf die Ambosskante und schlug die Zinken krumm. ‚Falsch, das ist eine Karst, wie du sehen kannst!' Mit großem Gepolter rannte der Teufel davon, zurück blieb der Geldsack und ein schwefliger Gestank."

Der Georg kannte wahrhaftig viele Geschichten, die ihm sein Vater erzählte hatte, wenn sie abends im Kirchenturm nach Feuer Ausschau hielten.

„Ich habe auch eine Neuigkeit“, meldete sich Hennes. „Am nächsten Sonntag lege ich mein Ordensgelübde ab. Dann ist mein Noviziat beendet.“

„Was musst du dann geloben?“

„Armut, Ehelosigkeit und Gehorsam.“

„Das sind genau die Tugenden, die mir bei Gott nicht liegen. Gut, dass ich dem Kloster entwischt bin“, feixte Francis. Doch das Lachen blieb ihm im Halse stecken: Unvermutet stand Anton Diezinger vor ihm.

84

Wir machen Euch gern Platz, Meister Diezinger, unser Schwitzbad ist sowieso beendet. Wenn Ihr Euch zuvor noch am Zuber waschen wollt", belehrte Francis den Fischhändler. Der sah sich etwas ratlos in der Badstube, die er zum ersten Mal betreten hatte, um. Inzwischen ließ Francis seine Freunde an den Seifen und Düften schnüffeln, die er nun seinen Gästen anbot. Sie fanden reißenden Absatz. Georg konnte nicht widerstehen, seiner Katherina ein Rosenparfüm mitzunehmen. Francis überließ es ihm großzügig als Geschenk. Er war sowieso in bester Stimmung: Seine Geschäftsidee ging voll auf, und sein Einkauf in Franckfurt, auch wenn er so erniedrigend abgebrochen wurde, hatte ihn ein wesentliches Stück näher an den Wohlstandskuchen gebracht. Inzwischen füllte sich das warme Badhaus. Die Badknechte wechselten zum dritten Mal das Wasser und halfen den Badegästen, diskret von Francis gesteuert. Wer im Bilde sein wollte oder etwas zu berichten hatte, der ließ sich am Sonntag beim Raab den Bart stutzen oder die Haare schneiden. Und schon setzte der Klatsch ein:

„Beim Kauf des alten Walderdorffer Hofes muss nicht alles mit rechten Dingen zugegangen sein. Wie kann die Witwe Eva von Diez im letzten Jahr das große Hinterhaus an der Ecke Löhrgasse zur Rosengasse an den Walderdorff verkaufen, wo sie doch gerade ein Brauhaus darin eingerichtet hat? Und wie kommt es, dass die Witwe des Ratsherrn Stock das ‚Blumenhaus' an der Rückseite des Fischmarktes verkauft? Hat der Walderdorff etwas mit den Witwen, oder hat er sie über den Tisch gezogen?"

Alle lachten, die, die davon noch nichts wussten, und die, denen man aus der Seele gesprochen hatte. Irgendwie löste die Atmosphäre beim Raab die Zungen. Auf der Straße hätte man solch unrespektierliches Gerede nur unter vorgehaltener Hand gewagt. Bei ihm aber *coram publico*!

„Habt ihr schon gehört, dass die Bürgermeister Faber, Dielbecker und Meelbaum sowie der Stadtbaumeister Hofmann das Brückenkreuz haben restaurieren lassen? Alle haben gezahlt, und der Meelbaum war so frech, seine Initialen JM für Johann Meelbaum und sein Wappen anzubringen. Und nicht nur das, sondern auch die Hausmarke und die Siglen seiner Frau Margarethe Stroh. Das sich das die anderen gefallen ließen?!"

Jeder Hieb gegen die Obrigkeit war willkommen. Jedoch nur, wenn Raab es zuließ, wenn nicht, dann sollte man das lose Mundwerk besser halten. Raab vergewisserte sich sehr genau, ob unter seinen Gästen einer sei, der lockere Sprüche missdeuten könnte. So hatten sie ihren Spaß bei Tratsch, Klatsch, Gespött, Neuigkeiten und Gemeinheiten. Francis hielt sich bei allem heraus. Politisches Gewäsch war ihm zuwider. Wie er bei der samstäglichen Ratsherrenrunde heraushören konnte, ging es immer nur um persönliche Macht, persönliches Wohl, nicht um das objektive Wohl der Stadt oder gar der Bürger. Gerade schimpfte er ungehalten mit einem Badeknecht, in den Kesseln und Zuber fehlte frisches Wasser, als ihn jemand an seiner Schürze zupfte.

„Bader, kann er auch heilen?", sprach ein Fremder in gebrochenem Deutsch den Francis an.

„Natürlich gern, was fehlt Euch denn?"

„Fehlen? Mir fehlt nichts. Ich habe nur Schmerzen im Arm."

Francis geleitete ihn in seinen Wundraum. Der schwarzhaarige, asketisch wirkende Mann zeigte auf den rechten Unterarm und verzog dabei sein Gesicht. Francis fühlte und tastete den muskulösen Unterarm ab. Im Vergleich zum linken Arm erschien er ihm wärmer, die Muskeln verspannter.

„Darf ich Euch fragen, welche Arbeit Ihr verrichtet?"

„Oh, ich muss mich wohl noch vorstellen. Giovanno Angelo Barella, Steinmetz beim Bau des neuen Walderdoffschen Hofes."

„Ich diagnostiziere eine Entzündung in Eurem Arm. Wahrscheinlich von einer Überlastung. Ihr solltet Euren Armmuskeln nicht zu viel zumuten."

„Sage er das meinem Chef. Wenn ich meine Steinmetzarbeiten nicht rechtzeitig schaffe, schickt er mich zur Hölle."

„Vielleicht solltet Ihr noch einen Lympurger Steinmetz zur Hilfe nehmen."

„Könnt Ihr mir einen guten Mann empfehlen?"

„Da gibt es nur einen, den Johann Mauß. Ich gebe Euch erst einmal eine entzündungshemmende Salbe, die wird Euer Leiden mildern. Braucht Ihr noch ein Schmerzmittel?"

Nur gut, dass er in Franckfurt die Hanfsamensalbe und die *Tinctura Laudanum* gekauft habe, freute sich Francis. Er trug vorsichtig die Paste auf und gab ihm einige Tropfen der schmerzlindernden Tinktur.

„Die Salbe kann ich Euch mitgeben, die Tinctura aber nicht. Wenn Ihr die Schmerzen nicht mehr aushaltet, dann kommt zu mir, jederzeit."

Als sich der Mann verabschieden wollte, fragte ihn Francis, wer denn die Holzarbeiten beim Neubau ausführe.

„Das macht mein Freund Peter Widerholt aus Lympurg. Der Haudegen ist immer zu Scherzen aufgelegt. Neulich hat er mich gebeten, den Pisalufthaken zu holen. Ich bin von Bologna und kenne mich nicht in Pisa aus, also habe ich Antonio gefragt, der ist aus Firence. Pisalufthaken, also das sei doch der Haken, an dem der *Torre pendente* wieder aufgerichtet werde, meinte Antonio zuerst, doch dann machte er lachend mit dem Finger einen Haken in die Luft und wischte mit der Hand vor seinen Augen, ich sei doch stupido."

„Bader Francis, kann ich Euch einen Moment sprechen?" Diezinger stand vor ihm, der Italiener zog belustigt von dannen.

85

In der Wundstube nahm Alfons Diezinger auf der Liege Platz. Er wirkte wie ein Häuflein Elend. Fast so wie damals, als seine Frau krank gewesen war. Francis bemühte sich, freundlich zu bleiben, auch wenn ihm dieser Kerl seine Annemarie weggeschnappt hatte. Sollte er ihn deshalb rauswerfen und ihm seine Eifersucht brühwarm demonstrieren? Wortlos stand Francis vor ihm. Es war schon ziemlich gemein, mit fragenden Blicken zu warten, bis Diezinger mit der Sprache herauskam; Francis konnte sich doch vorstellen, was der Fischhändler wollte.

„Sicher ist Euch zu Ohren gekommen, dass Annemarie und ich geheiratet haben."

„Das ist mir bekannt."

„Eine Ehe wird mit dem Ziel geschlossen, Nachkommen zu erzeugen, die einmal das Erbe antreten können." Da sich Francis eines Kommentars enthielt, fuhr Diezinger fort: „Annemarie ist untröstlich, bisher noch nicht in Hoffnung zu sein. Ob Ihr vielleicht..." Diezinger redete nicht weiter, aber seine Augen sagten alles. Endlich hatte Francis ein Einsehen:

„Herr Diezinger. Euer Problem kann verschiedene Ursachen haben: Krankhaft oder seelisch bedingt, bei Euch oder bei Euer Frau. Gehen wir das naheliegende Problem an", wobei er mit einer kurzen Handbewegung auf seinen Hosenschlitz zeigte. „Solltet Ihr selbst ein gewisses Zipperlein haben, dann schaut auf diese Zeilen", Francis hielt die letzte Zeile des Spruches zu, den Hennes so kunstvoll geschrieben hatte.

„Was soll das? Dann schau er mal beim Henker rein?"

„Der Henkersknecht und Abdecker Gustav in der Brückenvorstadt kennt sich mit Potenzmitteln bestens aus."

„Nein, nein, das meine ich nicht, damit habe ich absolut kein Problem. Habt Ihr etwas für das Weib?"

„Nun, da gibt es einige aphrodisierende Pflanzen, die Ihr beim Apotheker beschaffen könnt: Petersilie, Löffelkraut, auch Grünkohl, vermischt mit Muscatnuss. Aber die Kräuter und das Gewürz haben nur eine anregende Wirkung. Sollte bei Euch oder Euer Frau eine krankhafte Ursache vorliegen, dann solltet Ihr einen Arzt aufsuchen. Bitte versteht mich, ich bin kein studierter Medicus."

„Gut, ich werde Euren Rat befolgen. Was meint Ihr noch mit seelischen Ursachen?"

„Einige Reizstoffe stimulieren das Lustgefühl. Zum Beispiel Parfüm oder eine Duftcreme. In Franckfurt habe ich ein besonderes Duftwasser besorgt, dem eine luststeigernde Wirkung nachgesagt wird. Es heißt ‚Träne der Hathor'. Hathor ist die ägyptische Göttin der Liebe. Allerdings ist es nicht gerade billig. Wollt Ihr mal daran riechen?" Francis hielt ihm das geöffnete Bauchfläschchen unter die Nase, und Diezinger saugte den betörenden, süßen Duft ein. Einverstanden, er müsse es haben, auch wenn er drei Gulden dafür blechen müsse. Francis legte noch eine Duftseife dazu. Als Geschenk des Hauses, wie er meinte. Doch insgeheim wollte er natürlich auf diesem Weg Annemarie eine Lavendelseife zukommen lassen.

In diesem Augenblick störte ein Badknecht das Gespräch. Francis solle doch mal in die Badstube kommen, dort seien eigenartige Besucher. Diezinger verzog sich hastig mit einem erleichterten, kurzen Gruß. Zwei junge Burschen, ziemlich heruntergekommen und stinkend wie nasse Füchse, standen vor der Schwitzstube. Mit sicherem Blick stellte Francis fest, dass sie wohl von Flöhen und anderem Ungeziefer geplagt waren.

„Meine Herren, was wollt ihr?"

„Baden, wie Meister Barella."

„Ihr seid wohl Arbeiter am neuen Hof? Was macht ihr dort?"

„Wir malen Bilder, Fresken, wenn Ihr wisst, was das ist."

„Und ihr habt kein Geld für die Badstube, stimmt's?"

„Nein, wenig Lohn. Aber wollen waschen."

Eigentlich müsste er die verlausten Gäste sofort aus der Stube hinausschmeißen. Aber vielleicht konnte er sie für eine Gegenleistung gewinnen.

„Ich schlage euch einen Handel vor. Ihr könnt einmal pro Woche die Badstube aufsuchen. Als Gegenleistung malt ihr mir ein Fresko hier an die Wand, das die Baderschutzpatrone Sankt Cosmas und Damian darstellt. Am Montag haben wir offiziell geschlossen. Da wird die Badstube gereinigt. Dann könnt ihr mit dem Malen beginnen und anschließend ein Schwitzbad nehmen."

Die Italiener waren sofort einverstanden. Francis gab dem Badknecht die Weisung, er solle die Kerle zunächst in ein Wannenbad mit heißem Thymianwasser stecken. Vor allem die struppigen Haare gründlich waschen. Anschließend solle er auch ihre Klamotten im Badewasser waschen und zum Trocknen am Ofen aufhängen.

86

Die Sankt Sebastianskirche der Franziskaner war bis auf den letzten Platz gefüllt. Jeder wollte dem nicht alltäglichen Profess beiwohnen, obwohl an diesem Sonntag nur ein Novize das Gelübde ablegen wollte. Während des feierlichen Hochamtes, das Guardian Phillip Högel zelebrierte, wurde Hennes in einem weißen Ornat hereingeführt. Anschließend legte er sich bäuchlings auf einen Teppich vor dem Altar, als Zeichen, dass Hennes nun bereit für den feierlichen Profess war.

„Ich gelobe vor Gott, unserem heiligen und allmächtigen Vater, für die ganze Zeit meines Lebens in Gehorsam, ohne Eigentum und in Keuschheit zu leben, um so zur Vollkommenheit der Liebe zu gelangen im Dienste Gottes, der Kirche und der Menschen."

Das Ja zu Gott, zu den Mitmenschen und zu den Mitbrüdern müsse er von nun an Tag für Tag einlösen *usque ad mortem* – bis in den Tod, ermahnte ihn der Guardian. Auch sei er gehalten, sich kontinuierlich fortzubilden und die *conversio morum* einzuhalten, den klösterlichen Lebenswandel. Dann ernannte er ihn offiziell zum ‚Bruder Johann' und nahm ihn in den Konvent auf.

Nach der Zeremonie drehte sich Bruder Johann zur Gemeinde, als ob er nun Beifall erwarte. In der vorderen Reihe entdeckte er die Nonnen des Klosters Bethlehem. Er wunderte sich sehr, dass Schwester Mathilde die Hände vor das Gesicht schlug, um die Tränen zu verbergen. Warum nahm sie nur solchen Anteil an seinem Gelübde, dachte er. Einige Reihen dahinter saßen seine fröhlich dreinschauenden Freunde. Den Guardian hatte er gebeten, seine Kameraden nach dem Profess in den Klostergarten einladen zu dürfen.

Bruder Ludolf hatte einen Tisch unter der schattigen Baumkrone eines Lindenbaums gedeckt, Wein und Bier standen bereit. Als Francis seinen klösterlichen Ziehvater umarmte, spürte er seinen keuchenden Atem, sah in die müden Augen und das faltige, gealterte Gesicht eines Achtzigjährigen. Bruder Ansgar dagegen sprühte vor Lebenslust und strotzte vor Gesundheit. Bruder Johann hatte die Gläser gefüllt und stieß mit Rotwein stolz auf den Profess an. Seine Hochstimmung war vergleichbar mit der Freude Georgs bei seiner Hochzeit.

„Müssen wir dich jetzt mit Bruder Johann ansprechen?", fragte Klas.

„Für euch bin und bleibe ich der Hennes, aber bitte nur, wenn wir unter uns sind."

Dieses Fest markierte einen wichtigen Meilenstein im Leben der Freunde, sie hatten nun alle ihre Bestimmung und ihren Platz in der Gemeinschaft gefunden.

87

Wissbegierig schaute Klas den Italienern bei der Freskomalerei zu, wie sie die Farbpigmente in Kalkwasser anrührten und auf den noch nassen Putz auftrugen. Den feuchten Kalkputz brachten sie von der nahe gelegenen Baustelle mit. Er lernte, dass pro Tag nur eine *giornata*, ein Motiv des Gesamtbildes, bearbeitet wird. Beim nächsten Mal musste der frische Putz ganz vorsichtig an den bereits fertiggestellten Teil herangebracht werden. Nach zwei Wochen ging ihnen Klas schon zur Hand und freundete sich mit den Freskanten an. In dieser Zeit reifte in ihm der Wunsch, nach der Fertigstellung des Walderdorffschen Hofes nach Mailand zu ziehen, woher die Freskenmaler stammten.

Klas war nach seiner Gesellenprüfung tatsächlich beim Zimmermeister Peter Widerholt in die Dienste getreten. Der gab ihm den Auftrag, alleinverantwortlich eine wuchtige Wendeltreppe zu entwerfen. Er konnte auch eine Kammer im alten Hofgebäude beziehen. An den Schreinermeister Adam verschwendete er nun keinen Gedanken mehr. Aber seine Tochter bewahrte er im Herzen.

Francis saß am freien Montag bei einem Becher Bier in der Gastwirtschaft „Zur Krone“, als er an der Tür Tumult hörte, der zu einer Handgreiflichkeit auszuarten drohte. Die Stimme kannte er doch? Der Gerbermeister Willem bestand unflätig schimpfend darauf, Einlass zu erhalten. Eigentlich sollte er doch in der Werkstatt arbeiten, überlegte Francis noch. Aber neugierig näherte er sich der Wirtshauspforte.

„Warum lasst Ihr den Meister Willem nicht herein?“

„Der Suffkopp hat genug auf dem Kerbholz stehen. Erst muss er seine Schulden zahlen.“

„Wie hoch ist sein Schuldenkonto?“

„Zwanzig Gulden schon. Wir geben keinen Kredit mehr.“

Francis überlegte kurz und beglich die Rechnung. Das war er dem Willem schon schuldig. Schließlich hatte er dafür gesorgt, dass er ein ehrbarer Gerber geworden war.

„Hui Gerber", murmelte Willem und setzte sich erwartungsvoll an seinen Tisch. Francis verstand und bestellte ein Bier.

„Wie steht es um die Gerberei?", fragte Francis.

„Schlecht. Die Meisterin kann nicht genug kriegen und macht mir die Hölle heiß."

„Habt Ihr einen neuen Gesellen?"

„Ja, aber faul und gefräßig."

Er hatte es nicht nötig, Willem alles aus der Nase ziehen zu müssen, entschied Francis, orderte noch ein Bier für den Gerber und verließ das Wirtshaus. Sein Weg führte ihn wie in Trance die Löhrgasse hinunter. Wehmütig blickte er zum Zwerchhaus hinauf, seiner ehemaligen Wohnstätte mit Annemarie und Klas. Mit einem stillen Seufzer erinnerte er sich an die kuscheligen Abende in der Kammer; die hätte er nicht missen wollen. Der Holzverschlag am Hauserren stand einladend weit offen. Mein Gott, wie sah es denn hier aus? Die Wasserwerkstatt schwamm in der Lohe, die Äscherzangen waren achtlos dahingeworfen. Es stank nicht nur nach Gerbsäure und faulen Häuten, sondern auch beißend nach Schweinestall.

„Meisterin, seid Ihr da?", rief er und stapfte über die herumliegenden Gerätschaften in die Küche. Die Frau am offenen Herd erkannte er kaum wieder: weißes Haar, eingefallenes, verhärmtes Gesicht, dreckige Schürze, die Augen rot umrändert. Die Sanftmütigkeit, die er früher an ihr geschätzt hatte, war ihr gänzlich verloren gegangen.

„Francis, bist du es? Ei, was verschlägt dich denn zu uns?"

„Habe den Willem im Wirtshaus getroffen. Der hat mir Angst eingejagt, über Euch, über die Gerberei."

„Du siehst ja selber, wie es hier aussieht. Der Säufer hat alles heruntergewirtschaftet. Wir nagen am Hungertuch."

„Kann ich etwas für Euch tun?"

„Ei, was willst du denn schon machen? Der Willem würde das nicht dulden. Außerdem bist du doch jetzt ein gemachter Mann mit deiner Badstube!"

„Und der neue Geselle?"

„Der würde die Gerberei schon in den Griff bekommen, wenn ihn der Willem nur ließe."

„Dann trennt Euch doch von Willem und verpachtet die Gerberei an den Gesellen."

„Daran habe ich auch schon gedacht. Aber wohin soll ich denn gehen?"

„Mal sehen, ob ich eine Bleibe für Euch finde. Ich spreche mit dem Zunftmeister Johannes Löhr. Vielleicht weiß der einen Rat."

Eilig verließ er seine alte Heimatstätte und kehrte zur Badstube zurück, wo er dem Klas von dem Besuch bei seiner bedauernswerten Mutter berichtete.

„Klas, wir können deine Mutter nicht allein dem Schicksal verantworten. Ich habe mir einen Ausweg aus dieser Lage überlegt. Deine Mutter soll dir das Haus überschreiben und du zahlst sie aus."

Bisher hatte Klas sein Mitleid mit dem erbärmlichen Schicksal seiner Mutter unterdrückt. Sein Hass auf Willem steigerte sich ins Unermessliche. Nur zu gern würde er seiner Mutter beistehen, aber was könne er schon mit seinen bescheidenen Mitteln bewirken?

„Ei, wie stellst du dir das vor? Ich habe kein Vermögen, das ich einsetzen kann."

„Das Geld leihe ich dir. Du verpachtest die Gerberei an den neuen Gesellen. Mit der Pacht zahlst du den Kredit ab."

Klas schaute seinen Freund mit großen, ungläubigen Augen an. Für ihn entstünden keine weiteren Verpflichtungen? Aber wo sollte die Mutter wohnen?

„Wir werden schon etwas finden, entweder hilft uns der Zunftmeister oder Georg."

Erleichtert schlug Klas ein. Der Zunftmeister bedauerte sehr, dem Francis nicht behilflich sein zu können. Aber der Tuchmacher Ölp bot der Meisterin letztlich eine kleine Wohnung im Haus Roseneck an der Plötze zur Rosengasse hin an.

88

Es war Herbst geworden, wieder verfärbte sich das Laub in malerischen Farben, wieder hörte man die Gesänge der Winzer vom Greyffenberg. Mitten in die landschaftliche Idylle platzte die Nachricht über eine Hinrichtung, die erste in Johann Oppers Amtsjahr. Der neue Schultheiß führte sein Amt mit eiserner Hand. Sein maßloser Ehrgeiz und seine gnadenlose Härte zu sich und anderen rührten aus seiner Kindheit, als sein Vater ihn schon morgens um fünf in die elterliche Bäckerei gezwungen hatte. Mit achtzehn studierte er in Cölln und erhielt zunächst die Stelle des Amtsschreibers in Ehrenbreitstein. In dieser Zeit heiratete seine verwitwete Mutter einen Ratsverwandten. Der machte ihn auf das Amt des Schultheißen in Lympurg aufmerksam. Wohl auch unter Mithilfe von Heinrich Wenzel, dem war das kurzfristig übernommene Amt nach dem Tode Kalckofens zuwider. Mit seinen vierunddreißig Jahren konnte Opper niemals den versierten, klugen Schultheiß Kalckofen ersetzen. So stellten ihm die Ratsherren den Johann Simon Schupp zur Seite. Seine Unerfahrenheit versuchte Opper nun mit überzogener Härte zu kaschieren. Dank seiner unnachgiebigen Polizeigewalt tagte das Malefizgericht nahezu ununterbrochen. Nicht nur Mord, Diebstahl oder Brandstiftungen, sondern auch Hexerei, Ketzerei und Gotteslästerung sowie Ehebruch, Unzucht oder Blutschande verfolgte er erbarmungslos. Hielt sich früher Kalckofen bei Anzeigen über Hexerei noch zurück, fand Opper sehr zum Missfallen des Amtmannes Hugo Reinhard von Hattstein durchaus Gefallen daran. Obwohl ihm das Thema eigentlich zuwider sein sollte: Seine Großmutter mütterlicherseits war A.D. 1629 als Hexe hingerichtet worden. Damals war Johann Opper zwei Jahre alt gewesen. Jetzt war er verheiratet, hatte bereits fünf Kinder und bewohnte das väterliche Backhaus in der Barfüßergasse gleich neben dem Anwesen von Bürgermeister Meelbaum.

Nebelschwaden zogen in der Morgendämmerung durch die Gassen. Der Tag versprach kalt und trocken, aber sonnig zu werden. Die

Bürger waren schon zu früher Stunde fröstelnd auf den Beinen, um sich das seltene Schauspiel einer Hinrichtung nicht entgehen zu lassen. Nach der Verlautbarung durch den Schultheiß bestand Anwesenheitspflicht. Keiner durfte sich bei Strafe erdreisten zu fehlen. Mit seinen Freunden harrte Francis am Rathaus aus. Ein rotes Tuch hing träge aus dem Fenster: Heute wird gerichtet!

„Weißt du, warum und wen die heute köpfen wollen?", fragte Georg.

„Einen italienischen Bauarbeiter", antwortete Francis, „der muss wohl einen Dachdecker von der Leiter gestoßen haben. Der Leyendecker starb noch auf der Baustelle des Walderdoffschen Hofes."

„Ei, da haben mir meine italienischen Freunde aber etwas anderes erzählt", berichtigte Klas. „Der Leyendeckergeselle sei aus Unachtsamkeit vom Dach gestürzt. Der Italiener stand neben ihm mit Schieferschindeln auf dem Rücken. Beinahe hätte der Stürzende den Helfer mit in den Tod gerissen."

„Und warum beschuldigen sie jetzt den fremden Arbeiter?"

„Der Leyendeckermeister Arnt Lindeck behauptet, er hätte gesehen, wie der Italiener seinen Gesellen gestoßen habe. Sie hätten sich auch vorher gestritten; der hitzköpfige Italiener hätte sich dann gerächt. Wenn ihr mich fragt, will sich der Meister Lindeck nur herausreden und unangenehmen Fragen aus dem Weg gehen. Waren die Arbeiten auf dem Dach ausreichend gesichert? Trägt vielleicht der Meister eine Mitschuld an dem Unfall? Muss er dann mit Zahlungen an die Witwe rechnen?"

„Du meinst, man ist froh, einen Sündenbock gefunden zu haben, egal, ob er Schuld hat oder nicht?", wollte Georg wissen. Dabei sah er Klas kopfschüttelnd an, als ob er ihn für seinen Zweifel an der Gerichtsbarkeit tadeln wollte.

„Nach meiner eigenen Erfahrung von Franckfurt habe ich weiß Gott Zweifel", warf Francis ein und fügte hinzu: „Niemand ist an der Wahrheit interessiert. Hat man einen vermeintlich Schuldigen, dann wird nur noch über die Strafe nachgedacht."

„Lass das nur nicht den Schultheißen hören, dann bist du der Nächste. Außerdem musste das Gericht noch einen unabhängigen Gutachter einsetzen."

„Nein Georg, den setzt der Kurfürst ein, bevor er das Urteil in Kraft setzt. Doch wie soll ein Außenstehender zu einem anderen Ergebnis kommen, wenn die Aussage eines angeblich ehrbaren Handwerksmeisters vorliegt, der zudem über recht gute Kontakte zu den Schöffen verfügt?"

Inzwischen hatte der Verurteilte bereits seine üppige Henkersmahlzeit eingenommen. Sie bestand aus Schinken und Früchten als Vorspeise, Lammkoteletts mit Teigwaren und grünen Bohnen, Ziegenkäse zum Nachtisch und viel Rotwein. Anschließend sprach ein Geistlicher der Annakirche ihm Trost zu, bis der in Rot gekleidete Schultheiß Opper erschien. Der Gerichtsschreiber Jakop Schupp verlas vor den Schöffen in schwarzen Mänteln den Urteilsspruch. Er wies noch einmal auf das Geständnis hin und die Gnade, die ihm der Kurfürst zuteil werden ließ: Die ursprüngliche Henkerstrafe – der Tod am Galgen galt als die schmählichste Strafe – hatte dieser in eine Enthauptung umgewandelt. Der Kurfürst hatte auch bestimmt, dass die Bestattung unmittelbar nach der Hinrichtung stattfinden sollte, und zwar auf dem ungeweihten Acker des Armesünderfriedhofs der ehemaligen Sankt Laurentiuskirche in der Nähe des Huttigs. Ein klares Signal, dass dem Fürsten die Verurteilung zuwider war.

„Dass ich nicht lache, der Italiener hat ein Geständnis unterschrieben? Der kann doch gar kein Deutsch und schreiben schon lange nicht, haben mir meine Freunde erklärt", entrüstete sich Klas mit lauter Stimme. „Ei, da ist doch etwas oberfaul!"

„Halt die Klappe, Klas. Die Leute schauen schon auf uns", raunzte ihn Francis an und meinte erschrocken, einen strafenden Blick des Schultheißen bemerkt zu haben. Nun zerbrach der Schultheiß den Stab über den Verurteilten. Er warf die Stücke vor die Füße des verdutzten armen Sünders, wie der Missetäter nun nach seiner Verurteilung bezeichnet wurde. Dann zerrte ihn der Büttel mit gebundenen Händen auf den Schinderkarren, neben ihm nahm der Geistliche mit einem aufgeschlagenen Brevier Platz und sprach lateinische Gebete.

89

Schultheiß Opper ritt neben dem Karren, der von dreißig bewaffneten Stadtschützen eskortiert wurde. Opper war so mager und knöchrig, dass man meinen konnte, er esse nur etwas, um seinen Bandwurm zu füttern. In seinem langen, schwarzen Umhang erschien er wie der wahrhaftige Gevatter Tod auf dem klapprigen Gaul; zum Sensenmann fehlten nur das Stundenglas und die große Hippe. Der lange Armesündertross zog nun über die Lahnbrücke hinaus auf die Hanegasse in Richtung Dietkirchen.

Der Scharfrichter Nicolaus Nagel war in einen schwarzen Mantel gekleidet. Er hatte mit dem Nachrichter Gustav unter dem Schutz von Soldaten das Schafott vorbereitet. Nagel entstammte einer alten Carnifexfamilie. Er ehelichte die Witwe des Nachrichters Hans Busch und übernahm zunächst dessen Amt in Neuhof. Dann erhielt er das Scharfrichteramt in Lympurg. Seine hochgewachsene, athletische Statur prädestinierte ihn zum Henker, und zu einem wohlhabenden dazu. Er ließ sich jeden Handschlag fürstlich belohnen. Sei es bei Folterungen, Brandmarkungen oder beim Verkauf von magischen Heilmitteln. Auch für die städtischen Reinigungsdienste – das Leeren der Kloaken und die allgemeine Sauberkeit in Lympurg – zeichnete er verantwortlich. Dennoch bewegte sich der Scharfrichter außerhalb der ehrbaren Gesellschaft. Selbst in der Gastwirtschaft durfte er nur allein speisen und trinken. Jeder vermied den körperlichen Kontakt zu ihm.

Zum wiederholten Male prüfte Nicolaus Nagel das Gerüst und sein frisch geschärftes Richtschwert. Er wusste um seine heikle Arbeit. Diese bestand darin, den Übeltäter mit dem Schwert vom Leben zum Tod hinzurichten. Das Haupt musste auf Anhieb abgehauen werden und zwar so, dass zwischen Haupt und Leib ein Wagenrad frei passieren könne. Zudem sollte er mit dem armen Sünder bescheidentlich umgehen, ihn nicht umbarmherzig traktieren, sondern ihm gütlich zusprechen und sein Amt vorsichtig verrichten, damit kein armer Sünder verkürzt oder gar zur Desperation gebracht werde. Die Enthauptung mit nur einem Streich durchzuführen gestaltete sich nicht so einfach. Der Delinquent konnte immer überraschend den Kopf bewegen. Nicht selten gab es Fehlschläge, die dann zu tätlichen Angriffen des Pöbels auf den Scharfrichter führten. Mancher Henker wurde so von der wütenden Menge mit Steinen zu Tode beworfen. Das Volk sah ein übles Richten als eine unnötige Grausamkeit und Strafverschärfung durch den Henker an, was geahndet werden musste. Besonders schlimm wurde es, wenn der Scharfrichter die Flucht ergriff und sich sogar mit dem Richtschwert verteidigen wollte. Dann hatte unweigerlich sein letztes Stündlein geschlagen.

Als der lange Armesünderzug den Reckenforst erreichte, spielten die Musikanten auf. Jetzt ging es los. Die Händler hatten ihre Buden aufgestellt, um die Schaulustigen mit Backwaren, Bier und Wein zu verköstigen. Auch der arme Sünder konnte unterwegs zur Richtstätte reichlich Wein trinken, und so war er schon ziemlich betrunken, als man ihn vom Karren hob und vor den Amtmann Hugo Reinhard von Hattstein zerrte, der laut und gebieterisch verkündete:

„Ihr Scharfrichter, nehmt Euch des gegenwärtigen Sünders an, da das Urteil gesprochen und der Stab über ihn gebrochen wurde. Vollzieht an ihm, was das ausgesprochene Urteil mit sich bringt!“ Dann zog er sein blankes Schwert, erhob es drohend und fügte an die Anwesenden gerichtet hinzu:

„Hiermit gebiete ich nochmals jedermanns Friede. Ich verbiete allen Aufruhr und Tumult unter keinerlei Vorwand, die gegenwärtige Exekution zu behindern. Bei Strafe des Leibes und des Gutes! Wir befehlen, dass die einmal zuerkannte Todesstrafe an dem Übeltäter wirklich vollzogen wird. Auch wenn sich ein Unglück zutragen sollte. Dass sich niemand unterstehe, an den Scharfrichter oder dessen Knechte, weder an den Verurteilten noch an die Gerichtspersonen Hand anzulegen!“

Der Kaplan sprach ein Vaterunser; das makabre Schauspiel erreichte seinen Höhepunkt. Die Soldaten schirmten einen kreisrunden Platz um das Blutgerüst ab, auf das der arme Sünder nun hinaufgeschleift wurde. Seine glasigen, aufgerissenen Augen und die weichen Knie ließen erahnen, dass er trotz seines betrunkenen Zustands mit Schrecken realisierte, was mit ihm geschehen würde. Die Armesünderglocke der Lubentiuskirche läutete, als der Scharfrichter Nicolaus Nagel auf den Delinquenten einsprach.

„Was verhandelt der Nagel denn noch mit dem armen Mann?“, wunderte sich Klas.

„Soweit ich weiß, entschuldigt er sich bei ihm für die bevorstehende Enthauptung. Er sei dazu befohlen und verrichte nur seine Arbeit“, meinte Georg.

Der Scharfrichter und der Nachrichter Gustav zerrten den Verurteilten vor das Schafott. Sie zwangen ihn in die Knie, drückten sein Haupt auf den Henkersklotz und zogen ihm das Hemd vom Hals, damit dieser für den entscheidenden Hieb sichtbar war. Eine gruselige Stille legte sich nun um den Richtplatz.

„Sono innocente, sono innocente!“, brüllte der kniende Mann immer wieder so laut, dass es jeder hören konnte.

„Ei, was bedeutet das rotwelsch Geseier?”, fragte Klas aufgeregt.

„Das wirst du uns übersetzen, wenn du aus Italien zurück bist“, lachte Francis.

„Du willst nach Italien? Davon hast du uns noch nichts gesagt?“, entrüstete sich Georg. Trommelwirbel setzte ein. Der schieläugige Scharfrichter Nagel hob sein gewaltiges Schwert an und ließ es mit voller Wucht auf den Hals hinuntersausen.

90

„Sono innocente!" Der markerschütternde Schrei des Todeskandidaten, den er mit letzter Kraft herausschrie, fuhr den entsetzten Menschen in die Knochen. Vor Schreck schlugen sie die Hände vor das Gesicht. Blut stieß hoch in die Luft. Allmächtiger Gott, der Kopf fiel nicht vom Block! Nach dem ersten Schock löste sich die Erstarrung der Schaulustigen. Die ersten derben Schimpfworte, begleitet von wütenden Gesten, zielten auf den fassungslosen Scharfrichter. Der Unmut der Menge drohte rasch in Tumult umzuschlagen, zumal die Hinrichtung noch nicht beendet war. Auf Befehl des Amtmanns gingen die Soldaten in Habachtstellung. Schon flogen die ersten Erdklumpen auf das Schafott. Nicolaus Nagel fluchte unflätig mit hochrotem Kopf. Der Verurteilte hatte im Moment des Zuschlagens den Kopf angehoben und so die Wucht des herabsausenden Schwertes abgefedert. Der Abdecker Gustav stand wie hypnotisiert hinter ihm und wischte sich den Angstschweiß aus der Stirn. Er wusste nur zu gut über das unausgesprochene Recht Bescheid: Eine Strafe, die ordnungsgemäß ausgeführt wurde, aber nicht zum Tod führte, dürfe nicht wiederholt werden. Ein Blick auf den armen Sünder bestätigte ihm, dass der erste Hieb tödlich gewesen sein musste. Aber noch war der Kopf nicht abgetrennt. Sollte auch der zweite Streich des Scharfrichters nicht sitzen, hätte auch sein Stündlein geschlagen, fuhr es ihm durch den Kopf. Inzwischen holte Nagel noch einmal gewaltig mit dem Schwert aus und schlug zu. Der Kopf rollte vom Richtklotz. Sofort hagelte es nur so von Erdklumpen, Steinen und wütenden Spotttiraden. Der Tumult drohte vollends zu eskalieren. Der Amtmann befahl den verunsicherten Soldaten mit harter Stimme, in die Luft zu schießen. Sofort trat furchtsame Totenstille ein, keine Hand regte sich mehr.

„Noch ein Wurf, und ich lasse gezielt schießen!", brüllte von Hattstein.

Die Musik setzte ein, und das Volk wandte sich laut schimpfend den Trinkständen zu. Inzwischen waren dunkle Wolken heraufgezogen, die nichts Gutes verhießen.

„Meister Nagel, das war ein elendiges Richten!“, tadelte Schultheiß Opper hoch zu Ross zornig den Scharfrichter. „Ihr bekommt nur den halben Lohn für das üble Enthaupten, also zwei Gulden. Seid damit zufrieden, sonst überlege ich mir noch eine peinliche Strafe für Euch.“

Der gestrenge Amtmann ritt erbost davon mit dem Vorsatz, den Vorfall ausführlich vor dem Stadtrat zur Sprache zu bringen. Francis beobachtete Gustav, der den Leichnam und den abgetrennten Kopf zur Seite legte und mit Wasser aus einem Ledereimer die Blutspuren wegspülte. Scharfrichter Nagel genehmigte sich einen gehörigen Schluck Branntwein. Inzwischen übersäte ein gewaltiger Hagelguss den Richtplatz mit eisigen Körnern. Georg brachte drei Becher mit Bier: „Lasst uns den Schreck hinunterspülen.“

„Ich sehe ein klares Zeichen Gottes, der mit der Hinrichtung nicht einverstanden war“, meinte der vor Furcht zitternde Hennes mit blassem Gesicht. Er bekreuzigte sich und trank rasch den Becher leer, um das würgende Gefühl loszuwerden.

„Ei, für seine italienischen Kollegen dürfte die Sache nicht ausgestanden sein, die haben noch etwas in petto“, betonte Klas mit ernster Miene. Er deutete auf die Gruppe Italiener hin, die hitzig gestikulierend ihren feurigen Zorn versprühten.

Klas sollte mit seiner Prophezeiung das vorausgeahnt zu haben, was sich in der darauffolgenden Nacht ereignete. Im Schutze der Dunkelheit und des heftigen Unwetters lauerten einige vermummte Männer dem Leyendeckermeister Arnt Lindeck vor der Gaststube „Zur Krone“ auf, in der er sich, aus welchen Gründen auch immer, mit Branntwein volllaufen ließ. Es war schon stockdunkel, als er aus dem Wirtshaus torkelte. Zwei düstere Gestalten kamen auf ihn zu, spuckten ihm ins Gesicht und schrien: „Assassino, assassino!“ Der erste Faustschlag traf die Magengrube, der zweite mitten ins Gesicht. Das warf ihn rückwärts um. Die wütenden Prügel, die er nun auf dem Boden liegend bezog, hatte einen ausgeschlagenen Zahn, eine blutige Nase, zwei gebrochene Rippen und Blutergüsse am ganzen Körper zur Folge. Die ungestümen Angreifer waren derart in Rage, dass sie den Lindeck totgeschlagen hätten, wäre es nicht dem Wirt gelungen, die vermummten Gestalten zu vertreiben. Die Angreifer verzogen sich zum Armesünderfriedhof vor der Ruine der Laurentiuskirche, auf dem der Henkersknecht Gustav ein frisches Grab ausgehoben hatte. Am späten Nachmittag hatte er ohne großes Aufsehen den in Leinentüchern gewickelten Rumpf und Kopf des armen Sünders bestattet, so wie es der Kurfürst in seiner Gnade festgelegt hatte. Die Italiener verharrten bei finsterer Nacht im Gebet. Dann griffen sie zu zwei mitgebrachten Schaufeln.

91

Seit Wochen kam Georg nicht mehr zu den sonntäglichen Schwitzbädern der Freunde. Seine Frau Katherina sei ernstlich krank, erklärte Francis, er müsse sich nun um seinen Sohn kümmern.

„Die Mediziner sind ratlos. Georg hat schon studierte Ärzte aus Marburg konsultiert. Sie lassen sie zur Ader, aber die eigentliche Ursache ist noch unklar. Georg vermutet, sie habe eine schlimme Erkältung. Katherina verlässt das Bettlager nicht mehr, verweigert die Mahlzeiten und ist bis auf die Knochen abgemagert. Georg macht sich die größten Sorgen."

„Ich werde für sie beten", sagte Hennes mit frommer Miene.

„Du bist jetzt als Scholaster im Dienst?", wollte Klas wissen.

„Ja, wir haben die ersten Schüler. Der Guardian meinte, ich solle mich aber noch weiterbilden und eine spezielle Ausbildung absolvieren. Also werde ich für einige Monate im Kloster Fulda sein."

„Und du, Klas, wann wirst du uns verlassen?"

„Nach meiner Gesellenprüfung zum Zimmermann. Das hat der Meister Widerholt für mich arrangiert. Noch sind aber meine Arbeiten im Walderdorffschen Hof nicht beendet. Derzeit beschäftige ich mich mit dem Walderdorffschen Wappen, das gegenüber den Brotgaden am Hauptportal angebracht werden soll. Es zeigt einen nach rechts steigenden Löwen mit zwei Putti und Medaillons mit antikisierenden Kriegerbüsten."

„Antiwas? Du sprichst schon wie ein Italiener", lachte Hennes.

„Antikisierend bedeutet, dass sie der griechischen Antike nachempfunden sind. Früher hat man sich an altgermanischen Göttern orientiert, wie zum Beispiel bei den sieben Fratzen am Haus in der Brückengasse. Die sollen nach altgermanischen Vorstellungen böse Geister verjagen. Später wurden sie dem christlichen Glauben angepasst und zu Lastern umgedeutet. Jetzt sind wieder die alten Griechen in Mode. Mit dem Wissen kannst du jetzt bei deinen Schülern protzen."

„Warum gehst du nach Italien?", setzte Francis wissbegierig nach.

„Ich begleite die beiden Freskenmaler nach Abschluss der Arbeiten nach Mailand. Sie haben mir angeboten, bei ihren Familien zu wohnen. Ob ich dort eine angemessene Arbeit erhalte? Keine Ahnung. Wanderjahre sind keine Herrenjahre. Ich will weg, einfach raus aus Lympurg. Meine Mutter ist versorgt, fühlt sich in der neuen Wohnung wohl. Sie hat die Trennung von Willem öffentlich dem Richter kundgetan."

„Nach den Regeln der Kirche ist die Ehe unauflöslich", dozierte Hennes.

„Da magst du wohl recht haben, Hennes. Der Richter unterscheidet aber zwischen Trennung und Ehescheidung. Meine Mutter konnte sich von Willem trennen, dürfte aber nicht wieder heiraten. Und nach heutigem Stand hat sie das auch nicht mehr vor."

„Und der Willem, wie hat er die Trennung aufgenommen?", wollte Francis wissen.

„Der verfällt dem Suff. Weiß der Teufel, was ihn geritten hat. Der neue Gerbermeister lässt ihn nicht mehr im Haus wohnen. Ich nehme an, Willem siecht im Hospital dahin."

An der Badhaustür entstand Unruhe. Schnell sprang Francis von der Schwitzbank, wickelte sich ein Handtuch um und eilte zur Tür. Zwei Männer stützten einen als Leyendecker zu erkennenden Mann; er blutete aus einer klaffenden Wunde am Oberarm.

„Dem ist ein Schiefersplitter in den Arm geschlagen", keuchte ein Begleiter.

„Folgt mir in den Wundraum", ordnete Francis an und bat Klas, ihm behilflich zu sein. Der dünnhäutige Hennes wurde blass. Er zog die Kutte an und verschwand. Wenn er Blut sehe, werde ihm übel, murmelte er entschuldigend.

Nachdem der blutüberströmte Arm freigelegt war, schickte Francis den Klas in die Badstube zurück, um warmes Wasser zu holen. Im Oberarm steckte noch der Splitter, die Wunde war wohl recht tief, aber nicht zu groß. Francis band den Arm ab, zog mit einer Pinzette vorsichtig den Schiefer heraus. Der Verletzte stöhnte vor Schmerzen.

„Klas, nimm den Kauter und erhitze ihn im offenen Feuer, bis er glüht." Dem Verletzten flößte er die schmerzstillende *Tinctura Laudanum* ein, bald spürte der seine Qualen nicht mehr.

„Jetzt haltet ihr den Mann fest, dass er sich nicht mehr bewegen kann, und Klas, du fixierst seinen Arm." Mit rascher Bewegung setzte er den glühenden Kauter auf die Wunde. Es stank bestialisch nach verbrannter Haut. Der gepeinigte Mann verdrehte die Augen und verlor das Bewusstsein. Doch Francis ließ sich nicht beeindrucken, auch nicht von den verwunderten Blicken der Männer. In aller Ruhe schmierte er auf die verbrannte, aber blutgestillte Wunde seine Franckfurter Hanfsalbe und legte einen Verband an.

„Lasst ihn noch liegen. Bald wird er wieder aufwachen. Den Knebel kann ich erst später lösen. Ihr könnt den Verletzten in einer Stunde wieder abholen. Wer bezahlt meine Rechnung?"

„Ei, arbeitet der Mann beim Leyendeckermeister Arnt Lindeck?", mischte sich Klas ein. Die Männer nickten.

„Sagt ihm, er solle euch zwei Gulden mitgeben", forderte Francis, ohne zu ahnen, dass ihm das noch zum Verhängnis werden sollte.

92

Einige Tage später an einem stürmischen Novembervormittag wollte Francis den Kranken im beinahe fertiggestellten Walderdorffschen Hof aufsuchen. Alle, die er nach dem Mann befragte, zuckten nur unwissend mit den Schultern. Stattdessen fand er Klas, der in einer Halle über Zeichnungen gebeugt mit dem Leyendeckermeister Lindeck wild gestikulierend sprach. So viel wie Francis aufschnappte, stritten sie sich über eine doppelte welsche Haube, die den Turm zieren sollte.

„Klas, kannst du mir sagen, wo ich den verletzten Leyendecker finden kann?"

Doch bevor Klas ihm antworten konnte, fauchte ihn Lindeck an:

„Seid Ihr etwa der Fleehutsch, der meinen Gesellen zugerichtet hat?"

„Ihr redet Stuss, was meint Ihr mit ‚zurichten'? Ich habe nur die klaffende Wunde gestillt."

„Aber dilettantisch wie ein gemeiner Quacksalber. Ich habe gegen Euch Anzeige erstattet. Den Verdienstausfall müsst Ihr mir auch ersetzen."

„Was dibbert Ihr da? Meine Behandlung erfolgte nach allen Regeln der medizinischen Kunst."

„Unsinn, Ihr habt gepfuscht. Das werdet Ihr mir büßen! Meldet Ihr Euch freiwillig beim Schultheiß, oder soll er Euch in der Badstube verhaften?"

Francis sah Klas Hilfe suchend an, doch der hob nur ratlos seine Schultern. Die Sache musste schnell aus der Welt geschafft werden, sonst wäre es vorbei mit seinem guten Ruf, schoss es Francis durch den Kopf. Kurzentschlossen drehte er sich um und eilte zum Rathaus. Der Schultheiß Johann Opper herrschte ihn sofort an:

„Ich dachte schon, er habe sich verposamentieren wollen. Meister Lindeck klagt Euch der Körperverletzung an und fordert eine Entschädigung für den erlittenen Verdienstausfall."

„Das ist eine bodenlose Frechheit. Der Geselle hatte einen Schiefersplitter im Arm. Er drohte zu verbluten. Bei meinem Eid als Bader, die Wunde war lebensgefährlich. Ich habe dem Mann das Leben gerettet."

„Ihr redet Euch nur heraus, aber Ihr redet Euch um Kopf und Kragen. Ich werde Anklage gegen Euch erheben. Ab in den Karzer."

In diesem Moment erschien der ehrenhafte Bürgermeister Meelbaum und ließ sich den Vorfall ausführlich schildern.

„Wir kennen den Bader als besonnenen und ehrlichen Bürger, Schultheiß Opper. Der Mann geht nicht in Haft, hält sich aber zu unserer Verfügung. Wir werden die Sachlage eingehend einer Prüfung unterziehen", entschied Meelbaum mit Nachdruck.

„Bürgermeister, wollt Ihr für den Missetäter etwa Eure Hand ins Feuer legen?"

„Ich verbürge mich für ihn eher als für den Leyendecker. Franciscus Emmerich, Ihr könnt gehen."

93

Drei Tage später erschien der Büttel im Badhaus und überbrachte Francis die Nachricht, er solle sich Schlag eins im Rathaus zur Gerichtsverhandlung einfinden. Es regnete in Strömen. Francis betrat mit durchnässten Kleidern den Gerichtssaal. Ihn fröstelte nicht nur vor Kälte, sondern auch vor der eisigen Atmosphäre, die ihn hier erwartete. Unter den beiden Schöffen, die an einem langen Holztisch Platz genommen hatten, erkannte Francis erleichtert auch einen Ratsherrn, der gewöhnlich samstags das Schwitzbad aufsuchte. Bald musste Francis jedoch feststellen, dass sich dieser nicht als sein Fürsprecher zu erkennen gab, im Gegenteil, er sah sich einer starren Front von Vorverurteilungen gegenüber. Der Gerichtsschreiber Jakop Schupp verlas mit seiner durchdringenden Stimme die Anklageschrift:

„Franciscus Emmerich, Bader in Lympurg, ist angeklagt, einen Leyendecker in den Diensten des Meisters Lindeck zur eigenen Bereicherung so zugerichtet zu haben, dass dieser krankheitsbedingt für eine Arbeitswoche ausfiel. Der verletzte Dachdecker erschien bei ihm in der Badstube mit einem unbedeutenden Splitter im Arm, den der Bader mühelos ohne jede absonderliche Prozedur hätte entfernen können. Stattdessen nahm der übereifrige Bader unnötige Behandlungsmethoden vor, welche die Verletzung verschlimmert haben. Wir haben hier den klassischen Fall der Körperverletzung und des Betruges bei eigener Vorteilsnahme zu testieren, denn der Bader verlangte für die unnötige Wundbehandlung mit dem Kauter zwei Gulden."

„Ich bestehe auf einer drastischen Bestrafung des Pfuschers. Ihm muss das Handwerk gelegt werden. Er soll mir auch meinen Verdienstausfall ersetzen, und der ist nicht gering, zumal ich mit meiner Arbeit in Verzug geriet", ereiferte sich Lindeck mit seiner sich überschlagenden Fistelstimme.

„Hohes Gericht“, erhob nun Francis mit aufreizend ruhiger Stimme das Wort, „erlaubt mir, etwas zu meiner Rechtfertigung vorzubringen.“

„Ihr sprecht nur, wenn ich Euch dazu auffordere“, war die barsche Antwort des Schultheißen Opper.

„Lasst ihn sprechen“, warf der Schöffe ein, den Francis aus der Badstube kannte, „wir sollten wenigsten seine Version hören.“

„Meinetwegen. Also, was hat er zu sagen, Bader?“

„Der Verwundete drohte zu verbluten. Ich musste die Wunde kautern, um die Adern zu schließen. Hätte ich das nicht getan, stünde ich wohl jetzt wegen unterlassener Hilfeleistung mit Todesfolge vor Euch.“

„Alles Schmus. Ich habe mir die Wunde angesehen. Ja, sie blutete. Aber daraus eine schwerwiegende Verletzung zu konstruieren, ist doch wohl vollends aus der Luft gegriffen. Ein Verband hätte auch gereicht“, warf Lindeck zornig ein.

„Bei allem Respekt, aber ich spreche Euch jedes medizinisches Verständnis ab; Ihr redet wie der Blinde von den Farben“, entgegnete Francis und zwang sich, seine Wut zu unterdrücken.

„Schweige er, Bader. Ihr seid auch kein studierter Arzt und maßt Euch an, ein erfahrener Medicus zu sein. Ich stimme dem ehrbaren Meister Lindeck zu. Ihr seid ein ordinärer Medikaster, der als angeblicher Wundheiler den Leuten das Geld aus der Tasche zieht, mehr nicht“, konterte Opper.

Francis war tief in seiner Ehre verletzt. Ihm wurde das Wort im Mund umgedreht und seine fachkundige Hilfe ins Gegenteil verkehrt. So viel Unverstand und richterliche Arroganz hätte er nie für möglich gehalten. Bedrückt sah er sich nach Hilfe um, aber niemand machte Anstalten, sich für ihn einzusetzen. Er malte sich schon die Folgen einer Verurteilung aus: Seine Badstube dürfe er nicht mehr weiterführen. Wahrscheinlich werde er mit Schimpf und Schande der Stadt verwiesen, zuvor aber noch wegen Betrugs ins Lochgefängnis geworfen. Oder werde er sogar an den Pranger gestellt? Welche Schmach! Dabei habe er sich nichts vorzuwerfen. Im Gegenteil, er sollte doch gelobt werden, den Mann gerettet zu haben. Aber Gerechtigkeit gab es wohl nur im Himmel. Auf Erden bedeutete sie nur eine Schwafelei der Rechtsgelehrten, denn bei Gericht kannte man nur Schuld und im Zweifelsfall ein mit Folter erzwungenes Geständnis.

„Für mich ist die Sache eindeutig“, sprach Schultheiß Opper und erhob sich. „Lasst uns das Strafmaß festlegen. Büttel, führt den Angeklagten hinaus.“

In diesem Augenblick erschien Bürgermeister Meelbaum mit einem anderen Mann.

„Einen Moment noch, Schultheiß. Ich habe etwas Wichtiges in der Sache Emmerich vorzutragen.“

„Bürgermeister, bei allem Respekt, die Verhandlung ist abgeschlossen.“

„Ihr wollt doch kein Fehlurteil riskieren. Ich verlange, gehört zu werden!“ Die unverschämte Einmischung des Bürgermeisters wollte Opper nicht hinnehmen. Er sprang auf, rang nach Luft und passenden Worten, die er herauszuschreien beabsichtigte.

„Wenn der Bürgermeister sich persönlich bemüht, sollten wir ihn auch anhören“, forderte der dem Francis freundlich gesinnte Schöffe.

Opper setzte sich, sichtlich in seiner Ehre gekränkt, und gab unwillig ein abfälliges Zeichen, Meelbaum könne vortragen.

„Ehrwürdiges Gericht, in diesem Fall ist es opportun, das fachkundige Urteil eines Mediziners einzuholen. Wozu haben wir unser Bürgerhospital? Dort habe ich den verletzten Leyendecker zur Inspektion vorgestellt. Der Arzt möge nun sein Gutachten vortragen.“

Unruhig rutschte Schultheiß Opper auf seinem hohen Lehnstuhl herum, zupfte seine rote Robe zurecht, kraulte gereizt seinen Zickenbart und forderte mit einer kurzen Handbewegung den Arzt auf, zu sprechen. Francis schwante derweil Unheil, wusste er doch, dass zwischen den Badern und Medizinern ein erbitterter Kampf schwelte. Der Arzt würde ihm wohl keine fachmännische Wundbehandlung attestieren.

„Ehrwürdiges Gericht“, begann der Medicus, „als studierter Arzt habe ich die Wunde des Verletzten eingehend untersucht. Sie ist einen halben Zoll breit und einen Zoll tief. Der Schiefersplitter war so unglücklich in den Oberarm geschlagen, dass er die Armvene getroffen hatte. Die fachkundige Behandlung des Verletzten sieht folgendermaßen aus: Arm abbinden, um die Blutung umgehend zu stoppen; die verletzten Adern sofort verschließen, was üblicherweise mit dem Kauter erfolgt. Anschließend eine entzündungshemmende Salbe auf die Wunde auftragen und einen Verband anlegen. Nach Aussage des Verletzten hat der Bader genau diese Therapie durchgeführt. Ich beglückwünsche den Bader zu seiner mutigen, fachgerechten Wundversorgung, damit hat er dem Mann das Leben gerettet. Natürlich bedarf es einer gewissen Zeit, bis die Verletzung ausheilt."

Betretenes Schweigen. Opper schüttelte ungläubig den Kopf, die Schöffen konnten sich ein Schmunzeln nicht verkneifen, und Francis fiel ein Stein vom Herzen.

94

Erleichtert, noch einmal den Kopf aus der Schlinge gezogen zu haben, gönnte sich Francis einen Becher Bier in der Krone. Klas leistete ihm Gesellschaft; er hatte auf glühenden Kohlen den Ausgang des Verfahrens vor dem Rathaus abgewartet. Sie waren die einzigen Gäste in der Wirtstube. Es war noch zu früh für einen Schoppen, und der Wirt Burckhard überschüttete sie mit einem Redeschwall, den er wohl aus Unmut loswerden musste. Das Nachbarhaus habe der Camberger Schultheiß Johann Wilhelm Langenbach gekauft, und jetzt wolle er darin eine Gaststätte einrichten, die auch noch „Zu den drei Kronen" heißen solle. Das sei eine Unverschämtheit, aber ein Schultheiß dürfe sich das wohl leisten. Der durfte sich sogar mit seiner Frau im Stammbaum der Heiligen Familie in der Stiftskirche verewigen. Trotzdem, so einfach komme der Mann nicht davon, er wisse sich zu wehren.

„Eine Krone reicht für die Salzgasse", lachte Francis, „und außerdem, wer will denn schon beim Schultheiß sein Bier trinken? Ich jedenfalls nicht, Schultheißbier fürs Tier, Kronenbier, das lob ich mir!"

Schon eilte der Wirt mit zwei vollen Bechern heran, die seien für die Gäste mit Durchblick und Witz, Prost! Das offene Feuer loderte noch auf kleiner Flamme, doch das machte den Männern nichts aus, bei der ansteckenden, guten Laune von Francis hätten sie auch eine eisige Gaststube ertragen.

„Weißt du, warum der Bürgermeister dir geholfen hat?"

„Keine Ahnung, aber ohne ihn würde ich jetzt unschuldig im Lochgefängnis schmoren. Mein Vertrauen in die Justitia ist dahin. Erst Franckfurt, dann noch diese aus der Luft gegriffene Anklage. Gerechtigkeit bedeutet dem Gericht nicht halb so viel wie dem Willem sein Alkohol."

„Rechtsprechung und Wetter sind unberechenbar. Hast du Freunde bei Gericht, kannst du praktisch jeden fertigmachen. Übrigens, der Lindeck hat ziemlichen Ärger, weil er mit seiner

Arbeit im Verzug ist. Der Bauleiter Johann Phillip, Archidiakon von Sankt Lubentius in Dietkirchen, hat ihm gehörig die Hölle heiß gemacht und Verzugstrafen angedroht. Nach meiner Meinung wollte er sich das Geld von dir holen. Lindeck ist bei den Handwerkern unbeliebt, gibt anderen die Schuld für seine verspätete Arbeit, treibt seine Gesellen brutal zur Arbeit an und ist hoffnungslos mit dem Auftrag überfordert, wobei ich aber zugeben will, dass die Dachkonstruktion alles andere als einfach ist. Ei, vielleicht quält ihn auch sein schlechtes Gewissen, den armen Italiener in den Tod getrieben zu haben."

„Soll ich ihn jetzt auch verprügeln?", lachte Francis übermütig.

„Um Gottes willen, mach dir doch deine Hände nicht an diesem Saukerl schmutzig. Das Gericht hat dir offiziell eine gute Arbeit bescheinigt, was willst du mehr? Das wird sich herumsprechen. Hast du schon was von Georg gehört? Wie geht es seiner Frau?"

„Der Georg tut mir aufrichtig leid. Katherina kommt nicht zu Kräften. Jetzt ist auch noch sein Sohn Peter erkrankt."

Sie tranken einen Becher nach dem anderen, stießen auf das Wohl der Kranken an und auch auf den Bürgermeister. Das Wirtshaus füllte sich allmählich. Das offene Kaminfeuer verbreitete inzwischen eine wohlige Wärme, die jeder an diesem kalten Novembertag zu schätzen wusste. Der Wirt setzte schon die ersten zu unflätig grölenden Trunkenbolde mit der Aufforderung vor die Tür, sie sollten gefälligst künftig ihr Bier nebenan trinken. Klas musste zur Arbeit zurück, Francis zahlte und machte sich froh gelaunt auf den kurzen Heimweg. Instinktiv schaute er am Fischmarkt zur Schirn des Diezingers, in der Hoffnung, seine Annemarie zu sehen. Der Verkaufstand war unbesetzt, die Schirn aber hochgeklappt.

„Hallo, ist jemand zu Hause?"

Annemarie steckte ihren Rotschopf heraus. Francis strahlte sie wortlos an, Annemarie stierte verstört und apathisch in sein Gesicht. Sie erschien ihm noch dünner, ausgezehrter; in ihren ausdruckslosen Augen war das frühere Funkeln erloschen.

„Ach du, Francis, schön, dass du dich mal wieder sehen lässt. Ich habe schon gehört, dass du einen großartigen Sieg vor Gericht errungen hast“, sagte sie mit zaghafter kraftloser Stimme.

„Dein Mann nicht da?“

„Bald beginnt die Fastenzeit vor Weihnachten. Anton versorgt sich mit Fisch in Cölln.“

„Behandelt er dich gut?“

„Es ist besser, wir sprechen nicht hier darüber.“

„Gut, können wir uns irgendwo in Ruhe treffen?“

Annemarie überlegte einen Moment. Francis war der Einzige, der ihr wohlgesonnen war, ihr heimlicher Prinz, der sie erlösen könnte.

„Kennst du die Kreuzkapelle auf dem Greyffenberg? Morgen Nachmittag Schlag vier?“

95

Auch am nächsten Tag regnete es stark, zudem fegte ein kalter Wind. Die Kapuze tief ins Gesicht gezogen, eilte Francis die Franckfurter Straße hinaus durch die Hammerpforte zum dunklen Tal Josaphat, das sich entlang des Stauweihers erstreckte. Von hier starteten die Prozessionen den Greyffenberg hinauf zur Kreuzkapelle. Der Weg war ziemlich matschig; er rutschte auf dem aufgeweichten Boden einige Male aus. Durchnässt und beschmutzt erreichte er die kleine Kapelle. Vom Plateau des Berges aus hatte er im Regendunst eine freie Sicht über die Stadt. Die Stiftskirche auf dem Lahnfelsen lag weit unter ihm. Eine beklemmende Stille machte sich hier oben breit, kein Vogelruf, kein menschlicher Laut. Nur der Regen prasselte auf das Schieferdach der kleinen Kapelle. Was würde Annemarie mit ihm besprechen wollen? Mit seinen Kräutern jedenfalls konnte er ihr nicht helfen, den Kinderwunsch ihres Antons zu erfüllen. In Gedanken versunken bemerkte er nicht, dass Annemarie schon klitschnass vor der Kapelle stand. Zur Begrüßung legte sie schluchzend ihre Arme um seinen Hals, als hätte sie ihn lange Zeit nicht gesehen, und zerfloss in bitteren Tränen. Francis strich ihr sanft über das nasse Haar und drückte sie tröstend an seine Brust.

„Es ist so schlimm, meine Sorgen mit niemandem teilen zu können. Abends hocke ich allein im Bett und weine mir die Augen aus."

„Sag bloß, du teilst nicht das Bett mit deinem Mann?"

„Meistens betrinkt er sich am Abend, schnarcht fürchterlich und schläft so unruhig, dass er mir nachts schon so manchen Schlag versetzt hat. Da ziehe ich es vor, allein zu schlafen."

„Schlägt er dich auch tagsüber?"

„Das wagt er nicht, noch nicht. Aber seine derben Beschimpfungen sind kaum zu ertragen. Ob ich denn einer verteufelten Kröte ins Maul gespuckt habe, um unfruchtbar zu bleiben, beschimpft er mich. Wobei das mit der Kröte noch harmlos ist. Er verflucht mit derben, gemeinen Verwünschungen den Tag, an dem er mich zur Frau genommen hat. Nichts kann ich ihm recht machen, an allem hat er etwas auszusetzen. Ich bin verstoßen und fürchte mich vor jedem neuen Tag."

„Das muss die Hölle für dich sein. So hast du dir deinen Prinzen nicht vorgestellt."

Eng umschlungen standen sie in der Kapelle, hatten alles um sich vergessen. Annemarie weinte so herzergreifend, als hätte sie ihren Liebsten verloren und stehe nun alleingelassen da.

„Weißt du, was man sich über den Anton erzählt?" Sie sah ihm prüfend in die Augen. Solle sie ihm ein verhängnisvolles Geheimnis anvertrauen? Klas schüttelte den Kopf und drückte sie fester an sich.

„Eine Kundin meinte, die erste Frau Diezingers hätte auch kein Kind bekommen. Da hat ihr der Anton so zugesetzt, dass sie den Verstand verloren hat und vor Gram gestorben ist. Diezinger hat sie in den Tod getrieben."

Sie schluchzte aus tiefem Herzen. Francis erstarrte. Sollte er sich im Diezinger so getäuscht haben? Spielte er doch den sich sorgenden, liebevollen Ehemann und trieb dabei die Frau in den Wahn! Ein Wolf im Schafspelz! Wie konnte er Annemarie nur helfen? Den Diezinger zur Rede stellen? Der würde alles abstreiten und seinen Zorn an ihr auslassen. Sollte er ihr raten, sich von Anton zu trennen? Aber würde das Ehegericht ihre Furcht verstehen? Einen Prozess konnte sie nicht riskieren, den würde sie verlieren und dem Diezinger noch schlimmer ausgeliefert sein.

„Annemarie, ich weiß wahrhaft keine Lösung für deine schlimme, ausweglose Situation." Vorsichtshalber hatte er ein besonders hübsch gearbeitetes Keramikamulett mit dem Pentagramm für Annemarie mitgebracht. Er hatte es mit einer dünnen Goldkette versehen lassen.

„Das Pentagramm ist ein Symbol für die Fruchtbarkeit. Manche Frauen schwören darauf. Ich überlasse es dir, ob du es tragen willst."

„Ich weiß nicht so recht. Für mich gibt es nur einen einzigen Ausweg“, seufzte Annemarie und sah ihm tief und fest entschlossen in die Augen.

„Um Gottes willen, Annemarie. Daran darfst du nicht denken, der Tod ist keine Lösung.“

„Wo denkst du hin, Francis? Ich meinte, du musst mir ein Kind machen!“

96

Es war stockdunkel, als Francis im strömenden Regen hinauf zum menschenleeren Fischmarkt schlich. Sein Verstand riet ihm, sich von Annemarie fernzuhalten. Sein Herz aber trieb ihn an, dem Wunsch seiner geliebten Annemarie nachzukommen. Lange verharrte er in der Nähe des neuen Walderdorffschen Hofs. Die Kapuze tief ins Gesicht gezogen, nicht wegen des peitschenden Regens, sondern aus Furcht, ihn könne jemand erkennen. Der Nachtwächter wankte vorbei und genehmigte sich einen Schluck Branntwein mitten auf dem leer gefegten Schuhmarkt.

Schlag elf klopfte Francis vorsichtig an die Tür des Fischhändlers, die sich sofort einen Spalt öffnete. Er sah sich noch einmal um: Keine Menschenseele zu sehen. Die Gasse stockduster, nur das Regenwasser suchte sich plätschernd einen Weg hinunter zum Löhrviertel. Kein Kerzenlicht in den Fenstern; die Menschen lebten im hinteren Teil der Häuser, nicht zur Straße hin.

Ohne Gruß schlüpfte er ins Haus. Annemarie führte ihn wortlos mit klopfendem Herzen die Treppe hinauf in ihre Dachkammer. Im Schein der Talgkerze bemerkte Francis, dass sie sich nur einen Mantel über das seidene Schlafkleid geworfen hatte.

„Annemarie, was du vorhast, ist Sünde", hauchte Francis und verweilte einen Moment auf der obersten Stufe, verlegen und unschlüssig. Annemarie antwortete nicht, sondern ergriff seine Hand. So sank er, halb von ihr gezogen, in ihr bescheidenes Schlafgemach.

„Ich weiß, Francis", sagte sie endlich mit leiser, zitternder Stimme und bekreuzigte sich. „Aber was der Anton mit mir anstellt, ist noch größere Sünde. Was nutzt es mir, wenn der Herrgott ihn einmal deswegen zur Rechenschaft ziehen wird, bis dahin bin ich vor ihm verschieden. Francis, ich bitte dich, mein Leben zu retten. Das versteht und verzeiht selbst der gerechte Herr."

„Aber das sechste Gebot, Annemarie ..."

„Aber Francis, wir wollen keine Ehe brechen, im Gegenteil, wir kitten doch meinen Bund mit Anton. Was wir vorhaben, geschieht nicht aus leidenschaftlicher Liebe, sondern allein, um meine Ehe mit Anton zu retten. Not kennt kein Gebot."

Sie verlangte von ihm, etwas Sündhaftes zu riskieren, damit Anton Annemarie behalten könnte! Wollte sie ihn bewusst zu einem Deckhengst deklassieren, wo er doch ausschließlich aus Zuneigung zu ihr gekommen war? Maßlos enttäuscht reifte in ihm der Entschluss, ihr schändliches Spiel zu beenden. Andererseits, wenn an der Todesangst von Annemarie doch etwas dran sein sollte?

„Und wenn es nicht klappt?"

„Dann soll Gottes Wille geschehen. Alles ist wie vorher. Wenn es aber klappt, dann hast du meinen Seelenfrieden und unsere Ehe gerettet."

„Wenn Anton dahinterkommt?"

„Wie sollte er? Sobald er von Cölln zurück ist, bereite ich ihm ein vorzügliches Essen mit Muskatnuss vor und locke ihn zum Beischlaf. Aber normalerweise wird das nicht nötig sein, nach der Reise ist er immer hitzig."

Das roch ganz nach einem raffinierten Plan! Prüfend sah er ihr in die Augen. Sie hielt seinem Blick stand und setzte seinem Zweifel einen flehenden, jeden Mann entwaffnenden Blick entgegen. Francis plagten Gewissensbisse. Er glaubte Cherubime vor sich zu sehen, die ihn zornig aus dem Paradies warfen. Francis wurde von einem Gewirr der unterschiedlichsten Gefühle und Gedanken überwältigt.

„Ich glaube, ich kann nicht. Es tut mir leid." Francis erhob sich wieder. Verlegen stand er mit hochrotem Kopf und klopfendem Herzen mitten im Zimmer. Das flackernde Talglicht ließ ihr offenes Haar golden schimmern. Wie schön sie doch war! Annemarie schmiegte sich verführerisch an ihn. Er spürte ihren zarten Körper und fühlte, wie sie am ganzen Leib zitterte.

„Bitte Francis, bleib, mir zuliebe", hauchte sie ihm zärtlich ins Ohr. Francis atmete tief durch. Er sog den verführerischen Duft ihres Parfüms ein, das er selbst dem Diezinger empfohlen hatte.

Seine Hände strichen liebevoll über ihren Kopf, tasteten sich den Rücken hinunter und fühlten ihre Rippen unter dem dünnen Schlafhemd. Annemarie küsste ihn liebkosend, streichelte sein Gesicht mit einer solchen Zärtlichkeit, dass ihm die Sinne schwanden. Entschlossen knöpfte sie seine nasse Schaube auf, streifte sie ihm vom Körper und warf sie auf einen Stuhl. Vor Ungeduld bebend öffnete sie seinen Ledergürtel und zog sein Beinkleid herunter. Voller Scham erstarrte er, als er im diffusen Licht der Kerze vor ihr stand. Ehe er sich besinnen konnte, drängte sie ihn zum Bettlager.

„Weißt du noch, wie uns als Kinder im Zwerchhaus liebkosten?", hauchte sie. Francis, von dem exotischen Duft berauscht, ließ Annemarie gewähren. Das anfänglich ungute Gewissen war plötzlich wie weggeblasen. Der zärtlichen Versuchung konnte er nicht widerstehen. Gedanklich verbrüderte er sich mit Adam aus dem Paradies, dem es wohl ebenso ergangen sein musste. Rasch zog sie ihr Schlafkleid über den Kopf und forderte Francis auf, sich ebenfalls zu entkleiden. Annemarie hockte sich auf seinen nackten Schoß und strich mit ihren sinnlichen Händen über seinen Körper. Erregt spürte er den heißen Hauch der Liebe, blieb aber wie ein gelehriger Schüler stumm und tief atmend ausgestreckt liegen. Ihre festen Brüste drängten ihn förmlich dazu, sie zu streicheln. Annemarie erwies sich als eine im Liebesspiel erfahrene Frau. Sie bedrängte ihn nicht, sondern überschüttete ihn mit sinnlicher Zärtlichkeit. Er wähnte sich im siebenten Himmel, jedoch immer mit einem verstohlenen Blick hinunter in das drohende Höllenfeuer. Seine aufsteigende Lust schwoll zu einem ekstatischen Verlangen an und wischte jede Furcht vor göttlicher Strafe hinweg ...

97

Früh am Sonntagmorgen, es war das Fest des heiligen Nikolaus, zog ein Tross von italienischen Arbeitern durch das Hammertor hinaus in Richtung Süden. Sie hüteten sorgsam ein Westerwälder Keramikgefäß mit graublauer Salzglasur, in dem das Herz des Hingerichteten zur endgültigen Beisetzung in seiner Heimatgemeinde mitgeführt wurde. Doch Klas, der sich ihnen angeschlossen hatte und seinem Abenteuer in Mailand entgegenfieberte, ahnte nichts davon.

Nach dem Hochamt genehmigten sich Francis und Hennes wie gewöhnlich ein wohltuendes Schwitzbad. Der Bader hatte neuerdings einen Außenbereich hinter der Badstube an der Lahn abgeschirmt, wo sie beide nackt und erhitzt an der kaltfrischen Luft Abkühlung suchten.

„Im Schnee wird es erst recht angenehm sein", freute sich Francis.

Georg fehlte wieder. Seine Frau und sein Sohn waren noch immer krank. Klas hatte sich am gestrigen Abend verabschiedet. So waren sie zu zweit und sprachen über das Kloster. Bruder Ludolf verrichte kaum noch seine Arbeiten im Kräutergarten, erzählte Hennes. Er sei schon recht schwach mit seinen achtzig Jahren. Meist säße er bei seinem Bitterling und schaue dem jüngeren Bruder zu, der seine Aufgabe übernommen habe. Oft erkundige er sich nach Francis und freue sich, dass sich sein gelehriger Schüler zu einem anerkannten Bader entwickelt habe. Dagegen spüre Bruder Ansgar schon, dass die Kranken nicht mehr so zahlreich erschienen, weil die sich jetzt zunehmend zum Wundheiler am Katzenturm orientierten. Aber das störe ihn nicht, auch er freue sich für Francis.

Wann denn seine Priesterweihe anstehe, fragte Francis.

„Das hat noch Zeit. Erst mache ich die Ausbildung zum Scholaster."

„Dann kannst du noch keine Beichte abnehmen?"

„Nein, aber warum fragst du? Hast du gesündigt, mein Sohn?"

Eigentlich müsste er ihm gestehen, eine verhängnisvolle Sünde begangen zu haben. Er wollte sein Seelenheil retten, und dazu brauchte er die Absolution des Priesters.

In der folgenden Nacht quälte ihn der Gedanke, direkt in die Hölle zu fahren, wenn er ohne Absolution sterben müsste. Am Montagmorgen, an dem das Badhaus wie gewöhnlich geschlossen war, machte er sich bei den ersten Sonnenstrahlen auf den vertrauten Weg zum Franziskanerkloster. Schickte ihm der Herr mit dem Sonnenlicht ein Zeichen? Der Tag versprach trocken und freundlich zu werden. Ein garstiger Gestank stieg ihm in die Nase von den Fassbindern, welche die Fässer mit Pech auf der Straße abdichteten. Sie nutzten die Trockenheit, solange sie noch anhielt. Ein kurzer Blick auf die Fischschirn reichte: Anton Diezinger war von seiner Cöllnreise zurückgekehrt. Mit einem flüchtigen „Grüß Gott" eilte Francis weiter, nicht ohne sich auszumalen, welche Strafe ihn erwarten würde, sollte ihn der gehörnte Fischhändler wegen Ehebruchs anschwärzen. Die ruchlose Tat könnte mit einem blamablen Eselsritt durch die Stadt hin zum Pranger oder gar mit dem schändlichen Tod durch den Strang geahndet werden. Zu seinem Überdruss trat auch noch der knöchrige Schultheiß Opper aus dem Rathaus, warf ihm einen zornigen Blick zu und verschwand ohne Gruß in der Plötze. Francis hatte sich zweifelsfrei Feinde gemacht: den Schultheiß Opper, den Leyendecker Lindeck, den Bader Herman Kraus. Vor allem den Diezinger, der noch nicht wusste, dass er einmal sein größter Widersacher werden würde. Von dem unverschämten Patrizier in Franckfurt ganz zu schweigen.

Bruder Ludolf fand er in der warmen Klosterküche beim Gemüseputzen. Mühsam erhob der sich von seinem Stuhl. Die Knochen wollen nicht mehr so, meinte er und freute sich, Francis zu sehen. Der musste ihm viel von der Badstube und von seinem Auftritt vor dem Gericht erzählen. Schließlich kam Francis zögerlich mit der Bitte heraus, die Beichte ablegen zu dürfen.

„Na, dann lass uns hinübergehen in die Sebastianskirche. Absolution gibt es nur im Beichtstuhl oder am Totenbett."

Francis kniete sich vor das kleine mit Holzstäben abgeschirmte Fenster, wo er Bruder Ludolf ein kurzes, unverständliches Gebet murmeln hörte. Vorsichtshalber zog er den Vorhang sorgsam zu, damit ja niemand seiner Beichte lauschen konnte.

„Was hast du mir zu beichten, mein Sohn?"

„Ehrwürdiger Vater, ich habe schwer gesündigt", begann Francis und erklärte nun ausführlich und halbherzig entschuldigend, wie er gegen das zehnte Gebot verstoßen hatte. Der Pater hörte geduldig zu, fragte nicht insistierend wie ein Richter, sondern ermutigte Francis wie ein Freund, alles zu gestehen, was Gott erzürnt haben könnte. Francis beichtete wie ein kleiner Junge, der seine Eltern belogen hatte. Nur nichts vergessen. Auch wenn er fast keine Luft mehr bekam, so als schnüre ihm der Henkersstrick die Gurgel ab.

„Liebst du diese Frau?"

„Ich gestehe, ich hatte mir eine Ehe mit ihr vorgestellt. Aber sie hat sich für einen anderen entschieden."

„Antworte, liebst du sie?"

Was meinte er mit Liebe? Dass er sich nach ihr verzehre? Dass er jeden Augenblick an sie dachte und sich ausmalte, sie zu küssen, sich mit ihr zu vereinigen? Die wilden Begierden seiner ekstatischen Träume mit ihr realisieren zu wollen? Oder eine Familie mit ihr gründen zu wollen: Hochzeit, Haus, Kinder, Schule oder sogar Universität, Schwiegertochter, Enkel, Erbe gerecht verteilen und abtreten? Ein solches Gefühl hegte er nicht für Annemarie, wenn er aufrichtig in sich hineinhörte. Dem Georg, dem traute er solche Empfindungen für seine Katherina zu. Er aber verspürte Zuneigung, Verliebtsein, das Verlangen, Annemarie zu beschützen, sie glücklich zu machen, sie lachen zu sehen. Reichte das für die Liebe?

„Liebe ist es wohl nicht, eher Mitleid und Vertrautheit, die ich auch einem Freund gewähren würde."

„Was hast du empfunden, als du dich mit ihr vereinigt hast?"

„Körperlich eine starke Erregung, wie ich es noch nie empfunden habe. Dazu eine Explosion der Gefühle, wie ich sie mir im

Moment der größten Glückseligkeit vorstelle. Meine Gedanken waren entrückt; ich war nicht mehr in der Kammer der Frau, sondern ..."

„Gut, gut, das reicht, mein Sohn", unterbrach ihn Bruder Ludolf mit gütiger Stimme. Wenn er so zu ihm sprach, dann konnte er sicher mit dem befreienden Segen nach Hause gehen, hoffte Francis.

„Pater, ich bereue in Demut meine Sünden. Erbarme dich meiner, o Herr."

Während des Schuldbekenntnisses hatte Bruder Ludolf vermieden, ihn anzusehen. Nun neigte er sich zum Sünder, blickte ihm lange in die Augen und flüsterte schließlich:

„Mein Sohn, so wie Eva im Paradies den Adam verführt hatte, so wurdest du auch Opfer einer Versuchung. Soweit ich es sehe, nahm eine verzweifelte Frau den Ehebruch in Kauf, um ihre Ehe zu retten. Aus dem Alten Testament kenne ich die Geschichte von Abrahams Frau Sara, die keine Kinder bekam und deshalb ihrem Mann die Zofe Hagar zuführte, die dann statt ihr einen Sohn Ismael gebar. Mein Sohn, bist du dir denn sicher, dass ihr Ehemann zeugungsunfähig ist und nicht diese Frau?"

„Seine erste Frau hatte er verstoßen, weil sie keine Kinder gebar."

„Nun, das wird sich wohl noch klären, spätestens in neun Monaten. Sei es, wie es sei, ich rate der Sünderin dringend, ihren Fehltritt zu beichten. Nur so kann ihr Seelenheil gerettet werden. Nun zu dir, mein Sohn. Du konntest der unsittlichen Versuchung nicht widerstehen, obwohl ich dir keine unredliche Absicht unterstelle. Adam und Eva wurden dafür aus dem Paradies gewiesen. Jeder Beichtvater, der dich nicht kennt, würde dich ebenfalls aus der christlichen Gesellschaft ausschließen. Aber du bist mir wie ein leiblicher Sohn. Ich glaube dir, dass du nicht den Vorsatz hegtest, einen Ehebruch zu begehen. Aber als Mann warst du schwach, empfänglich für weibliche Schmeichelei. Aus falschem Gerechtigkeitssinn gepaart mit Mitleid konntest du der Verführung nicht widerstehen. Schon als Kind fiel mir dein selbstloses Verhalten auf, deine Fürsorge für die Mitmenschen. Ja, ich glaube dir, mein Sohn, dass du letztendlich den Seelenfrieden dieser armen Frau retten wolltest. Dennoch, du hast schwer gesündigt."

Er machte eine kurze Pause, als wollte er sich noch einmal besinnen. Kalter Schweiß trat auf Francis' Stirn.

Zögerte Ludolf mit der Absolution? Dann sprach der Beichtvater mit fester Stimme:

„Unter Abwägung der Umstände deines Vergehens und unter Berücksichtigung meiner persönlichen Fürsprache bei unserem barmherzigen Herrn lege ich dir als Buße auf, ein Jahr lang auf den Beischlaf zu verzichten und künftig die Hände von der auf ewiglich vermählten Frau zu lassen. Du wirst sie weder mit Blicken noch mit Worten deine Gefühle wissen lassen. Bis zum Valentinstag, dem Fest der Verliebten, sollst du dreimal die Woche fasten und jeden Tag das Opus Dei der klösterlichen Stundengebete inklusive der Vigil sprechen, so wie du es vom Klosterleben gewohnt bist. Zudem lege ich dir eine Blutswallfahrt nach Walldürn auf, wobei du zumindest das Teilstück ab Elz mitgehst. Darüber hinaus wirst du ein Votivgemälde für die Sebastianskirche spenden, als Dank für die gütige Vergebung. Unsere Franziskaner in Hadamar werden dich dabei beraten. Bei jedem Kirchenbesuch soll dich das Kirchengemälde an deine Sünde erinnern und dich zu einem Bußgebet auffordern. Hast du mich verstanden?"

„Ja, ehrwürdiger Pater. Meine Sünde tut mir von Herzen leid, ich bekenne mich schuldig und danke für die milde Buße."

Nun faltete Bruder Ludolf seine Hände zum Gebet und sprach die Lossprechung:

„Gott, der barmherzige Vater, hat durch den Tod und die Auferstehung seines Sohnes die Welt mit sich versöhnt und den Heiligen Geist gesandt zur Vergebung der Sünden. Durch den Dienst der Kirche schenke ich dir Verzeihung und Frieden und spreche dich los von deinen Sünden. *Ego te absolvo a peccatis tuis in nomine Patris et Filii et Spiritus Sancti, Amen.*"

98

Als Kind hatte er seine Sünden gebeichtet. Er war unkeusch gewesen, hatte masturbiert. Später bereute er die frivolen Berührungen eines Mädchenkörpers. Die schwerste Verfehlung hatte er aber nicht dem Bruder Ludolf, sondern einem Vikar in der Stiftskirche gebeichtet:

„Ehrwürdiger Vater, ich habe den Pater Phillip Högel verflucht, weil der Guardian mich aus dem Kloster werfen will."

Die kindlichen Beichten endeten meist mit Reuegebeten: zehn Vaterunser und Ave Marie, drei Glaubensbekenntnisse oder Bibellesungen. Bruder Ludolf hatte nun andere kirchliche Strafregister gezogen, die ihm bisher unbekannt waren. Den Verzicht auf den Beischlaf konnte er verschmerzen. Sicher, das weibliche Geschlecht faszinierte ihn, erregte ihn. Er mochte seine Annemarie, wie sie lächelte, mit ihm Geheimnisse teilte. Die Berührung ihres Körpers wühlte seine Sinne auf. Andererseits gab es auch Seiten am weiblichen Geschlecht, die er ganz und gar nicht schätzte, wie die Aufdringlichkeit von Anna, der Schwester Katherinas. Und wenn er ehrlich zu sich selbst war, dann reizte ihn eine Ehe noch nicht, vielleicht überhaupt nicht. Ihm fehlte das elterliche Vorbild. Er wuchs nur unter Männern auf, in einer Gemeinschaft ohne Streit, mit gegenseitigem Respekt und Freundlichkeit. Jedenfalls soweit er das Klosterleben kennengelernt hatte. Freundschaft bedeutete ihm mehr als Liebe.

Die zweite Auflage, die Hände von Annemarie zu lassen, stellte für ihn kein Problem dar. Schließlich wollte sie doch nur die Ehe mit ihrem Anton retten, da war für Francis kein Platz mehr. Die klösterlichen Stundengebete waren ihm eine Last, vor allem die Vigil, wenn er mitten in der Nacht niederknien sollte. Hinsichtlich des Fastens wollte er sich eine Ausrede für die Magd ausdenken, warum er in nächster Zeit Fleisch vermeiden wollte. Die Blutswallfahrt startete erst wieder im nächsten Jahr am Dreifaltigkeitssonntag, da hatte er noch Zeit. Ludolf hätte ihm auch die

Wallfahrt nach Beselich auferlegen können, die war nicht so anstrengend. Wahrscheinlich musste eine Verfehlung des Leibes mit einer körperlichen Anstrengung gesühnt werden? Höchst erstaunt war Francis aber über die letzte Bußauflage: die Stiftung eines Votivbildes. Plötzlich erschienen ihm die edlen Stiftungen an die Kirche und die pompösen, mit Namen versehenen Votivbilder in einem anderen Licht. Waren diese großherzigen Kirchenspenden etwa auch auf Bußauflagen zurückzuführen, um schwere Schuld zu sühnen? Er verwarf den Gedanken. Ob die Spender freiwillig oder als Buße diese Stiftungen einbrachten, war doch egal. Alle dienten dem Zweck, Schuld zu tilgen und die seelische Läuterung im Fegefeuer zu verkürzen.

Die Barockschule Hadamar hatte in den letzten Jahren einen weit über die Landesgrenze hinaus reichenden Ruf für barocke Kirchenmalerei, Altäre und Statuen erworben. Dort gab Francis ein Gemälde mit einem lieblichen Madonnengesicht, das Jesuskind mütterlich im Arm haltend, in Auftrag. Dreißig Gulden wäre er bereit, dafür zu zahlen. Der Schutzjude werde ihm das Geld sicher leihen, der hatte doch auch dem Freiherrn von Walderdorff die nötigen Mittel für den neuen Hof vorgestreckt.

Mittwochs trieb sich Francis in der Fleischgasse herum, vielleicht könne er Annemarie kurz sprechen. Ein kalter Wind fegte durch die enge Gasse und wehte die scheußlichen Gerüche nach geronnenem Blut und unappetitlichen Innereien von den Metzgerschirnen sowie nach faulenden Abfällen und stinkenden Fäkalien vom Stadtbach hinweg. In der kalten Jahreszeit war es wahrhaft angenehmer, hier einzukaufen, als im Hochsommer, wenn sich Scharen von Schmeißfliegen auf die blutigen Auslagen stürzten. Nur der schmierige Belag auf der mit Basaltköpfen gepflasterten Gasse setzte seinen Schuhen gehörig zu, vor allem wenn sie aus feinem, hellem Leder geformt waren, wie sie sich Francis nun leistete. Als gelernter Gerber achtete er natürlich auf modisches und hochwertiges Schuhwerk, was sich allmählich zu einer Marotte entwickelte, denn sein Schuhschrank war bestückt mit den verschiedensten prachtvollen Exemplaren. Bei dem nassen Wetter hatte er sich Trippen unter die roten, spanischen Schnürstiefel geschnallt, um mit den hölzernen, kurzen Stelzen Abstand zu dem Morast zu gewinnen und das feine Leder nicht zu beschmutzen.

Annemarie erspähte ihn bei der gegenüberliegenden Schirn des Metzgers Dapprich, nickte mit dem Kopf kurz zur kleinen Gasse neben der Schlachterei, die zum ‚Hansams Mist' führte. Mit pochendem Herzen wartete Francis auf dem mit Gülle durchtränkten Platz, seine Treter waren nun trotz der Trippen vollends bis zum Beinkleid beschmutzt. Wenig später gesellte sich Annemarie zu ihm, wobei sie geschickt die garstigen Pfützen vermied. Vorsichtig umsehend flüsterte sie kaum hörbar:

„Francis, alles ist so gelaufen wie geplant. Anton hat nichts gemerkt."

„Ich habe meine Sünde gebeichtet und die Absolution erhalten. Du solltest auch bereuen und deine Seele erleichtern."

„Ich traue mich nicht. Ich traue keinem, auch nicht dem Priester. Meine Angst vor Anton ist größer als vor der Hölle."

„Geh zu Pater Ludolf ins Franziskanerkloster, der ist weise und barmherzig. Er wird dir Verständnis entgegenbringen, und vor allem kannst du dich bei ihm auf das Beichtgeheimnis verlassen."

99

Von Zeit zu Zeit suchte Francis das Haus seines Freundes Georg an der Bergstraße auf. Die Stimmung dort war meist melancholisch. Georg war verzweifelt, er haderte mit Gott und dem Schicksal. Die Ärzte verließen kaum noch die Krankenzimmer seiner Katherina und des kleinen Peter, dessen gesundheitlicher Zustand Anlass zur größten Sorge gab. Georg verschmähte die Mahlzeiten. Er magerte ab bis auf die Knochen. Seine geröteten, matten Augen ließen erkennen, dass er keinen Schlaf fand. Stundenlang saß er niedergeschlagen im Sessel, stierte apathisch vor sich hin und schüttelte immer wieder den Kopf. Warum, warum Herr, hast du uns verlassen? Hatte er gesündigt oder Gott gelästert? Welche Schuld hatte er auf sich geladen, wessen Zorn verursacht? Die unbeantworteten Fragen marterten ihn, nagten an seiner Seele und ließen ihn am gerechten und barmherzigen Gott zweifeln. Francis saß schweigend bei ihm. Er wusste keine tröstenden Worte für seinen Freund. Nach einer geschlagenen Stunde, in der Georg nicht einmal hochgeblickt hatte, wollte Francis sich davonschleichen. Doch gerade da trat der Arzt mit sorgenvoller Miene ein.

„Peter ist soeben in Frieden eingeschlafen. Der Herr hat ihn von seinem Leid erlöst."

Fassungslos schlug Georg die Hände vors Gesicht und weinte bitterlich. Der Stiftskaplan Heinrich Diestel stand unschlüssig vor ihm, um ihm den geistlichen Trost zu spenden. Doch Georg reagierte nicht.

„Geht bitte, lasst mich allein", flüsterte Georg. Francis ging auf ihn zu, strich ihm über sein Haar. Georg schaute erschrocken auf, als ob er seinen Freund erst jetzt bemerkt habe, erhob sich und umarmte Francis. Beide Männer lagen sich nun weinend in den Armen.

„Es tut mir so leid für dich. Es tut mir so leid", schluchzte Francis, drückte den zitternden Georg noch einmal fest an seine

Brust und verließ das Trauerhaus. Er stieg den kurzen Weg zur Stiftskirche hinauf, wo er einen traurigen Blick auf die Turmwohnung des Glöckners warf. Ob Georgs Eltern ahnten, dass sie soeben ihren Enkel verloren hatten? Die Georgskirche war menschenleer. Seine Schritte hallten, als er durch das Hauptschiff zur vordersten Bank schritt. Er schaute auf das Kreuz des Ziborienaltars hinauf und faltete die Hände, dann versank er in ein stilles Gebet für den kleinen Peter. Lag denn der Sinn des Lebens nicht darin, mit einem gottgefälligen, irdischen Leben das ewige Leben zu verdienen? Warum bekam der kleine Peter keine göttliche Chance dafür? Bedeutete ein kurzes, sündenfreies Leben den sofortigen Einzug ins himmlische Reich? Warum war es dem jungen Peter nicht vergönnt, dem Herrn als Ministrant zu dienen, so wie sein Vater? Warum, warum, warum? Nachdenklich schlenderte er zum Taufbecken hinüber, strich über die steinernen Figuren. Er seufzte bei dem Gedanken, dass sowohl der kleine Peter als auch er hier in die christliche Gemeinschaft aufgenommen worden waren. Schweren Herzens entschloss er sich, die steinerne Wendel zur Glöcknerwohnung hinaufzusteigen.

Bei der schlichten Beerdigung des Jungen – Georg bestand auf einer Beisetzung in aller Stille nur im engsten Familienkreis – konnte Katherina nicht zugegen sein. Der Tod ihres Sohnes hatte sie so tief mit Schmerz erfüllt, dass sich ihr Gesundheitszustand bedenklich verschlechterte. Georg war am offenen Grab seines Sohnes kaum wiederzuerkennen. Kraftlos, ohne Lebensmut und sichtlich gealtert nahm er apathisch Abschied von seinem geliebten Peter. Kein dramatischer Abschied, vielmehr leise und liebevoll, so als decke er seinen Sohn vor dem ewigen Schlaf mit einer warmen Decke zu. Allen Anwesenden lief ein kalter Schauer den Rücken hinunter, jedem trieb es bittere Tränen in die Augen. Jeder schloss den kleinen Peter noch einmal liebevoll ins Herz und erbat inbrünstig seinen himmlischen Frieden. Alle fühlten sie aufrichtig mit dem verzweifelten Georg und waren in Gedanken bei Katherina, die wohl trotz der beruhigenden Mittel unerträgliche Seelenqualen erdulden musste. Die Ärzte diagnostizierten bei ihr die Schwindsucht, die durch unheilvolle Miasmen verursacht worden sein könnte. Ob denn im Hause gefährliche Dünste dem Boden entstiegen, vielleicht aus dem angrenzenden Stall? Gab es Anzeichen, dass sich von hier einmal die Pest ausgebreitet hatte? Doch sie behielten ihre fürchterlichen Mutmaßungen für sich, weder Katherina noch Georg wollten sie solche Gedanken zumuten. Offiziell führten sie die Krankheit auf das ungesunde Gleichgewicht der Körpersäfte zurück, nahmen aufgrund der körperlichen Schwäche Katherinas bald Abstand vom Aderlass und gaben ihr den Samen von Bockshornklee. Dieser war das einzig bekannte Heilmittel gegen die Schwindsucht, die vor allem in den südlichen Ländern so viele Menschen dahingerafft hatte.

100

Während Katherina den Verlust ihres geliebten Peters nicht verwinden konnte, freute sich Annemarie überglücklich über die Geburt eines Sohnes. Anton Diezinger fand zu seiner ursprünglichen Liebe zu seiner Frau zurück. Er schwebte voller Vaterstolz im siebten Himmel und ließ seinen Sohn vom Stiftsdekan Diestel auf den Namen Felix taufen. So als wolle er sein überschäumendes Glück auch im Namen festhalten. Mit einem Mal war er nicht mehr der unscheinbare Fischhändler aus der Altstadt, sondern gehörte nun zu den ehrenwerten Bürgern der Stadt, die ihre gesellschaftlichen Pflichten vor Gott und der Welt erfüllt hatten. Nur einmal wunderte er sich, warum das Kind blonde Haare zeigte, wo seine doch dunkelbraun und ihre rotbraun waren. Annemarie beruhigte ihn, ihr Großvater sei blond gewesen. Das sei in ihrer Familie durchaus keine Seltenheit. Anton gab sich mit der Erklärung zufrieden; das kleine Feuermal im Nacken fiel ihm nicht weiter auf.

Die Taufe feierte Anton mit einem großzügigen Fest. Er lud alle Nachbarn und Fischhändler ein. Sogar den verhassten Schultheiß Johann Opper, der, aus welchen Gründen auch immer, seiner Einladung Folge leistete. Man munkelte, die beiden verbände ein düsteres Geheimnis. Das Gerede war berechtigt: Als Opper eines Abends den betrunkenen Diezinger wegen nächtlicher Ruhestörung unflätig abgekanzelt hatte, antwortete Anton im Suff: „Vom Enkel einer Hexe lass ich mir nichts sagen!“ Opper bestellte ihn tags drauf ins Rathaus. Von diesem Zeitpunkt an schlossen sie ein stillschweigendes Abkommen zum Vorteil Diezingers, der die Rachsucht des Schultheißen dennoch kennenlernen sollte.

Für jeden sichtbar, war mit Felix das Glück in Diezingers Haus zurückgekehrt. Stolz hielt Anton seinen Sohn im Arm und reichte ihn seiner Annemarie nur zum Stillen. Vor aller Welt verwöhnte er seine Frau, um die früheren Missstimmungen vergessen zu machen. Annemarie zeigte sich fortan mit einem strahlenden

Madonnengesicht und einem geheimnisvollen Lächeln, so wie es schon der italienische Maler Leonardo da Vinci vor über einhundertsechzig Jahren in einem Porträt der Gioconda trefflich auf dünnes Pappelholz gezaubert hatte.

Natürlich war Francis zur Tauffeier nicht eingeladen worden. Von wem auch? Den Diezinger hatte er seit dem Besuch in der Badstube nicht mehr gesprochen. Und Annemarie? Die würde vor Scham in den Boden versinken. Francis hatte natürlich von Felix gehört, aber gesehen hatte er seinen Sohn noch nicht. Vielleicht war es auch besser so, obwohl ihn jene verhängnisvolle Nacht nicht mehr losließ. Immer wieder suchte er auch wochentags die Franziskanerkirche auf, kniete vor seinem Votivgemälde nieder und bereute demütig seine Schuld. Hoffentlich fordert der Diezinger nicht noch ein Kind von seiner Frau, schoss es ihm durch den Kopf. Nein, nein und nochmals nein. Das konnte Annemarie nicht von ihm erwarten!

Francis war gerade von seinem Reuegebet geläutert ins Badhaus zurückgekehrt, als er zu seinem Entsetzen den Diezinger auf der Schwitzbank sitzen sah.

„He, Bader, spendiere er den Herrschaften einen Roten auf meine Kosten. Auf dass mein Sohn Felix brunzen kann."

„Herzlichen Glückwunsch, Herr Diezinger, wie ich gehört habe, ein strammer Junge!", schmeichelte Francis. Er holte einen Krug Runkeler Roten und Becher für die sechs Badegäste.

„Bader, stoße er mit an. Schließlich seid Ihr nicht ganz unschuldig, dass mir meine Annemarie einen Sohn gebar."

Zu Tode erschrocken ließ Francis seinen gefüllten Becher Wein fallen. Seine Füße standen in dem roten Saft, der sich in seiner Vorstellung in Blut verwandelte. Die schwülheiße Luft raubte ihm den Atem, fast ohnmächtig sank er auf eine Liege. Hatte Diezinger Lunte gerochen, oder hatte Annemarie ihm gar die Wahrheit gestanden?

„Bader, was ist mit Euch?", hörte Francis ferne Stimmen und schaute in die aufgerissenen Augen des Diezingers. Der legte ihm ein kaltes Handtuch auf die Stirn, was ihn wieder in die vertraute Umgebung zurückbrachte.

„Hab noch nichts gegessen", stammelte Francis kleinlaut entschuldigend.

„Kommt, trinkt auf meinen Felix. Wahrscheinlich habe ich mein Glück Eurem Zaubermittel zu verdanken."

„Wovon sprecht Ihr?"

„Von dieser ägyptischen Liebesgöttin, wie heißt sie noch?"

„Hathor. Ihr meint das Duftwasser, das ich Euch gegeben habe? Träne der Hathor."

„Genau. Meine Annemarie ist ganz verrückt danach, und ehrlich gesagt, mir geht es genauso."

Nicht nur dir, dachte Francis und atmete tief durch. Er sah sich schon vom Schultheiß ins Lochgefängnis verbannt und hatte bereits den Galgen vor Augen. Doch nun zog er seinen Kopf wieder aus der Schlinge und vernahm die Lobesworte über ein Parfüm, das sich von diesem Zeitpunkt an zu einem Kassenschlager entwickeln sollte.

101

Urplötzlich warf der Krieg seine furchterregenden Schatten voraus: A. D. 1672 griff Frankreich die Niederlande an. Die Prophezeiung des Gerichtsschreibers Jakop Schupp, der französische König Ludwig XIV. werde nur die Zeit abwarten, hatte sich bestätigt: Kardinal Mazarin war gestorben, der König war nun vierundzwanzig Jahre alt und gierig nach Macht. Schultheiß Johann Opper ließ die Mauern besetzen. Francis schob Wachdienst im Löhrturm. Er absolvierte die Schießübungen im Schießgraben nahe dem Diezer Tor, zu denen alle wehrfähigen Männer verpflichtet wurden. Der Schultheiß hatte ihn zum Feldscher ernannt, um die zahlreichen Handverletzungen beim Umgang mit der klobigen Hakenbüchse zu versorgen. War die Büchse nicht mit dem Haken unter dem Lauf an einer Mauer oder einem Ast fixiert, musste der Schütze wegen des gewaltigen Rückschlags um sein Wohl fürchten. Nicht zu selten ging der Schuss nach hinten los.

Zum Glück blieb es beim Wachdienst und den Wehrübungen. Die Bevölkerung wurde vom Krieg verschont. Dennoch zahlte die Stadt die Zeche der Soldeska und musste bald eine Sondersteuer erheben.

Im Frühjahr des nächsten Jahres fanden sich nach langer Zeit wieder drei Freunde in der Badstube ein: Georg, Hennes und Francis. Er müsse endlich wieder unter die Leute, meinte Georg. Seine Katherina sei gottlob auf dem Weg der Genesung. Sie esse wieder, habe das Bettlager verlassen und steige sogar zum Gebet die Lange Treppe zur Georgskirche hinauf. Hennes hatte inzwischen seine Scholasterausbildung in Fulda absolviert und berichtete seinen Freunden aufgeregt, worüber sich seine Lehrmeister in Fuldaer Kloster die Köpfe heiß geredet hatten:

„Unsere Zeit befindet sich in einem gewaltigen Umbruch!"

„Meinst du den neuen Krieg, Hennes?", fragte Francis.

„Nein, wir sind mitten in einer Auseinandersetzung zwischen den Wissenschaften und der Kirche, anders ausgedrückt: Es schwelt ein Konflikt zwischen Vernunft und Glauben."

„Du sprichst von Luther, der ist schon über einhundertzwanzig Jahre tot, falls du das vergessen hast."

„Vielleicht fing es damals an. Nein, es geht um ein neues Weltbild, um Wissenschaftler wie Galileo Galilei aus Florenz und Johannes Kepler aus Graz, die das Sonnensystem neu definieren und sich damit gegen alle Lehren der Kirche stellen."

„ Worüber streiten sich die Gelehrten mit der Kirche?"

„Über die Kosmologie. Ob die Sonne oder die Erde im Mittelpunkt des Sonnensystems steht. Was meint ihr? Steht die Erde still?"

„Natürlich, die Sonne bewegt sich, geht im Osten auf, im Westen unter. Und wenn ich nachts vom Turm den Himmel beobachte, sehe ich, wie die Sterne wandern", stellte Georg mit Nachdruck fest.

„Das ist auch der Standpunkt der Kirche, den sie aus der Bibel ableitet. Doch diese superschlauen Astronomen meinen, mithilfe der Mathematik nachgewiesen zu haben, dass die Sonne unbewegt im Mittelpunkt stehe und die Himmelskörper um die Sonne kreisen. Sie stützen sich dabei auf eine alte These eines gewissen Nikolaus Kopernikus, der seine Überlegungen zu Luthers Zeiten anonym in Umlauf gebracht hatte. Dann kam dieser Kepler, bestätigte die Theorie von Kopernikus und leitete sogar astronomische Gesetze daraus ab. Kein Wunder, dass seine Mutter der Hexerei beschuldigt wurde; er starb vor vierzig Jahren. Etwa zur gleichen Zeit lebte auch dieser Italiener Galileo – sein Vater war übrigens Tuchhändler. Galileo bestätigte nochmals die Theorien von Kopernikus und Kepler, und zwar theoretisch und praktisch mithilfe eines Fernrohrs, das er sich zusammengebastelt hatte."

„Hennes, wenn die klugen Gelehrten davon so überzeugt sind...", warf Francis ein. Doch Hennes ließ ihn nicht ausreden und dozierte im Stile eines kirchlichen Lehrmeisters:

„Wir stoßen jetzt an eine elementare Frage: Glauben wir der Bibel oder der Mathematik? Glauben wir der Kirche oder diesen

Wissenschaftlern? Nach der kirchlichen Lehre setzen wir unser Weltbild einem dreistöckigen Haus gleich: im Obergeschoss der göttliche Himmel, ebenerdig die Erde und im Keller die Hölle. Wenn die Wissenschaftler nun die Erde aus dem Zentrum rücken, existieren die Menschen am Rand unseres Weltbildes. Gott im Himmel wacht nun nicht mehr über die Menschen, er ist ihnen fern geworden. Nein, nein, die Bibel bleibt das Maß der Menschen. Der Papst hatte die Lehre dieses Kopernikus als ketzerisch verurteilt. Nun kommt dieser Galileo und wärmt sie noch einmal auf, weil er sie aus wissenschaftlicher Sicht als richtig ansieht und das noch in einem Buch veröffentlicht. Was macht also der Papst? Die römischen Inquisitoren haben dem Galileo A. D. 1633 die Folterwerkzeuge gezeigt. Er solle alles, was er in seinem Buch über die bewegte Erde geschrieben habe, widerrufen und abschwören."

„Und, hat er oder hat er nicht?"

„Er hat und wurde unter Hausarrest gestellt, wo er wöchentlich sieben Bußpsalmen beten musste. Manche behaupten, er habe trotzig gemurmelt: ‚Und sie bewegt sich doch!', als er den Gerichtssaal der Inquisition verließ. Er forschte weiter, so beobachtete er – dummerweise ohne jeden Lichtschutz – die Sonne und insbesondere die Sonnenflecken. Stellt euch vor, die Sonne soll befleckt sein, wo sie doch als Symbol für die unbefleckte Maria gilt. Der Mann war ein Ketzer. Zur Strafe erblindete er und starb A. D. 1642 im Alter von achtundsiebzig Jahren."

„Soso, er starb, als ich geboren wurde, also lange her. Warum regst du dich dann auf, er ist tot."

„Die Veröffentlichungen seiner Theorien konnte die Kirche nicht verhindern. Allmählich finden seine Thesen immer mehr Zustimmung selbst unter Kirchenmännern. Diese unseligen Häretiker entfernen sich von der wörtlichen Auslegung der Schrift und erkennen Glauben und Wissenschaft als zwei getrennte Disziplinen an. Schon tritt ein neuer Mathematiker in die Fußstapfen Galileos: Der Engländer Isaak Newton, er könnte vom Alter her ein Zwillingsbruder von dir sein, Francis. Mit dreiundzwanzig hat er ein aufsehenerregendes Buch – es heißt *Quaestiones* –

geschrieben, das die Kräfte des Universums definiert. Er entwickelte eine Theorie des Lichtes und behauptete, dass die Erde Massen anziehe; deswegen plumpse alles auf den Boden. Die Mathematik gewinnt zulasten der kirchlichen Lehre immer mehr die Oberhand."

In die schwitzende Runde platzte unbemerkt ein Tuchmacher, der die plaudernden Freunde jäh unterbrach:

„Mich schickt der Meister Ölp. Der Geselle Georg möge so schnell wie möglich nach Hause kommen."

102

Francis war nun mit Hennes allein zurückgeblieben. Sie gingen zum Wein über und ruhten sich auf den Liegen aus.

„Der Arme kommt nicht zur Ruhe. Mir tut es in der Seele weh zu sehen, wie sich sein vollkommenes Glück in so großes Leid verwandelt. Drücken wir ihm die Daumen, dass sein Kummer unbegründet ist. Wo waren wir stehen geblieben? Hennes?"

„Wenn du den Konflikt mit den Wissenschaften meinst, dann beim englischen Naturphilosophen Newton."

„Was soll ein einzelner Wissenschaftler schon ausrichten?"

„Die Geistlichen fürchten einen Generalangriff auf die Allwissenheit der Kirche, auf einen Verlust von Macht und Einfluss. Schließlich sind die Anfeindungen nicht auf die Naturwissenschaftler begrenzt. Sie erhalten Unterstützung von den Philosophen, wie zum Beispiel dem Franzosen René Descartes. Der hatte während des Krieges in einer warmen Badstube in der Nähe von Ulm Schutz vor dem kalten Winter gesucht und über sich und die Welt philosophiert. Schließlich hatte er beschlossen, nichts für wahr zu halten, was nicht eindeutig erklärt werden könne. Er zweifelte an allem, was seine Augen sahen, sogar an dem, was er dachte. Seine Gedanken könnten ja auch von Dämonen gesteuert sein."

„Da hat er wohl nicht so ganz unrecht. Ich kenne einige, bei denen man zweifeln muss, ob sie tatsächlich meinen, was sie sagen."

„Descartes fragte sich auch, ob es etwas gäbe, an dem er nicht zweifeln muss, und beantwortete die Frage so: Ich weiß, dass ich es bin, der zweifelt. Daraus hatte er ein Prinzip abgeleitet: *Cogito ergo sum*, ich denke, also bin ich. Als er den Astronomen Johannes Kepler kennenlernte, setzte er sich zum Ziel, als Aufklärer Klarheit ins Dunkel der Wissenschaften zu bringen. Dann erfuhr er, wie die Inquisition mit seinem Kollegen Galileo Galilei umgesprungen war, und spottete über den Papst und die Kirche. Zwar glaubte er an Gott, aber an einen abstrakten Gott, quasi als oberste Instanz, die er als Schöpfer an den Beginn des Universums gesetzt hat. Mit seinen Zweifeln, seiner Weigerung, nichts zu akzeptieren, was nicht wissenschaftlich, mathematisch bewiesen sei, schürte er ein gefährliches Feuer gegen die Dogmen der Kirche. Er bringt Himmel und Erde durcheinander. Glaube und Vernunft stehen sich seitdem feindlich gegenüber. Diese Männer haben eine ketzerische Tür aufgestoßen."

„Lebt dieser Descartes noch?"

„Nein. Aus Angst vor der Inquisition landete er schließlich am Hof der schwedischen Königin Christine als Scholaster. Doch die wollte immer zur frühen Morgenstunde im ungeheizten Zimmer lernen. Descartes starb mit dreiundfünfzig Jahren an einer Lungenentzündung."

„Wäre er besser in der warmen Badstube geblieben. Übrigens, war das die schwedische Königin, von der man behauptet, sie habe auf dem Weg nach Innsbruck in Wallmerod Quartier genommen, weil ihr der kalte Westerwaldwind nicht behagte?"

„Genau die. So haben wir eine Verbindung des Westerwaldes zu Descartes hergestellt. Prost! Gib mir noch einen Roten, dann sollte ich mich aber sputen."

„Hennes, verzeih mir, wenn ich jetzt eine gegensätzliche Auffassung vertrete. Glauben heißt, nicht wissen. Vernunft heißt wissen; wissen um die von Gott gegebenen Naturgesetze. Die Wissenschaft bringt die reine Wahrheit ans Licht und löst sich von der dogmatischen Kirchenlehre, die die Christen zu unkritischen Menschen macht. Der menschliche Geist sucht aber nach Wahrheit. Ich meine, Glaube fängt dort an, wo die Wissenschaft an Grenzen stößt."

„Francis, du stellst dich auf die Seite der Vernunft? Ich kann es kaum fassen!"

Hennes war entsetzt. Der sonst so fromme Ministrant aus dem Kloster wagte es, die Allwissenheit der allmächtigen Kirche infrage zu stellen, den kirchlichen Anspruch, im Alleinbesitz der Wahrheit zu sein, zu leugnen? Der ehemals naive, unkritische Sohn der mächtigen Kirche muckte auf wie ehemals der protestantische Bruder Martin! Würde dieser Disput ihre Freundschaft gefährden?

Francis indessen kam der Fratzenkopf mit den zwei Gesichtern in der Barfüßergasse in den Sinn. Der Januskopf schaute gleichzeitig nach links und rechts die Straße entlang, um böse Unholde zu vertreiben. Für Francis bekamen die Fratzen urplötzlich eine andere allegorische Bedeutung: Zeigte das nach rechts blickende, die Zunge herausstreckende Gesicht nicht auf die Sebastianskirche, also auf den Klerus? Und nach links streckte es die Zunge in Richtung Kornmarkt, zum Rathaus aus. Gab die zweigesichtige Fratze wieder, was der Hausherr vom Klerus und von der weltlichen Obrigkeit hielt? Und wiesen die geschlossenen Augen vielleicht darauf hin, es sei besser, die Augen zu verschließen? Waren so manche Zeichen und Schnitzereien vielleicht doch nicht so naiv zu deuten und verbarg sich dahinter ein versteckter Hinweis auf eine neue Denkweise?

Der Bartscherer Johannes Raab unterbrach ihre philosophischen Gedanken.

„Francis, bei dir ist ein Haarschnitt fällig, und dein Bart sollte auch gestutzt werden."

Er kannte seinen Kollegen. Wenn Johannes ihn so aufforderte, hatte er etwas Wichtiges auf dem Herzen, meist jedoch nichts Gutes.

103

Francis' blonde Locken fielen bis auf die Schultern herab, wie bei den Heiligen auf den Fresken in der Badstube. Sein Backenbart färbte sich immer mehr ins Rötliche, je mehr er sich verdichtete. Für jeden stand eindeutig fest, der Bader war kein Mann aus der heimischen Region, weder vom Rhein und schon gar nicht aus dem Westerwald. Francis selbst behauptete von sich, aus dem Norden zu stammen. Das hatte er vom blonden Abdecker Gustav abgeschaut. Seine auffallend stattliche, kraftvolle Statur zog so manchen bewundernden Blick der Frauen auf sich. Wenn er einem sich ungebührlich benehmenden Badegast androhte, ihn hinauszuwerfen, kehrte sofort Ruhe in der Badstube ein, und alle gaben sich manierlich.

„Francis", begann Johannes Raab und kürzte mit forschen Schnitten das wallende Haar, „Ich fürchte, wir bekommen Ärger. Nicht wegen deiner langen Haare, obwohl sich schon einige weibisch gedrehte Locken zeigen. Nein, es geht um einen Mann mit Namen Johann Philipp Klos. Kennst du ihn?" Francis verneinte. „Den Namen sollst du dir merken. Klos ist vor fünf Jahren nach Lympurg gekommen. In der Böhmergasse will er bald die zweite Apotheke in Lympurg eröffnen. Der Mann ist resolut. Er hat seine Vorteile fest im Blick und legt sich, wenn es sein muss, mit jedem an. Am Stammtisch hat er verkündet, er wolle dir das Handwerk legen. Du würdest Heilmittel in der Badstube verabreichen und so den Apothekern das Geschäft verhunzen."

„Also, daher weht der Wind. Ein Dummschwätzer macht auf sich aufmerksam. Soll er doch mal in die Badstube kommen und sich umsehen. Ich verkaufe keine Heilkräuter."

„Richtig, du verkaufst keine Kräuter, sondern Aufgüsse, Sud, Tinkturen und Salben. Sollten sich deine Patienten nicht eigentlich in der Apotheke versorgen? Hast du die Heilmittel nicht aus Franckfurt mitgebracht?"

„Natürlich, die gibt es hier nicht zu kaufen."

„Vielleicht kann sie aber der Apotheker besorgen? Fest steht, er hat dich ins Visier genommen, und bald wird er abdrücken, wenn er seine Freunde um sich geschart hat. Der Klos hat erstaunliche Beziehungen. Vor fünf Jahren hat er die Schwester des kurtrierischen Kellers Heinrich Wenzel geheiratet. Und Wenzel war vorher Schultheiß in Niederbrechen und Elz und für ein Jahr auch in Lympurg. Wenn du jetzt noch weißt, dass der Klos über beträchtliche Besitztümer in Niederbrechen verfügt, kannst du dir vorstellen, woher der Klos den Wenzel kennt. Ich würde mich nicht wundern, wenn er es einmal bis zum Bürgermeister bringt."

„Du kennst doch jeden und hörst alle Gerüchte. Was weißt du noch über ihn? Hat er eine dunkle Stelle?"

Raab hielt beim Schneiden inne, geschwind vergewisserte er sich, dass niemand in der Badstube war, und fuhr flüsternd fort:

„Also, man munkelt, in seiner Taufurkunde seien Vater und Mutter nicht genannt. Keiner weiß, wo er aufgewachsen ist. Trotzdem ist es schon eigenartig, dass er im Kloster Arnstein getauft wurde. Man hatte gehört, dass er den Abt Anton Schlinckmann als ‚Vetter' bezeichne. Unbekannt ist auch, woher er sein bedeutendes Vermögen hat. Lass uns mal spekulieren. Das Kloster Arnstein untersteht der Schutzherrschaft des Trierer Erzstiftes. Warum heiratet der Klos ausgerechnet die Tochter des kurtrierischen Kellers von Lympurg? Schicksal? Oder wollte man ein uneheliches Kind des Abtes in die ehrbare Gesellschaft Lympurgs einführen? Vielleicht auch mit einer großzügigen Mitgift?"

104

Katherina kam Georg mit Tränen in den Augen schon an der Tür entgegen. Gott sei Dank, seine Frau war wohlauf!

„Georg, dein Vater ist heute beim Läuten der Glocken zur Mittagsvesper tot umgefallen. Der Medicus meint, sein Herz hat plötzlich versagt. Deine Mutter hat ihn gefunden."

Er suchte einen Halt, sein Kopf fühlte sich blutleer an, die Hände zitterten. Nahm das Leid kein Ende? Wie viel Trauer und Schmerz konnte ein einzelner Mensch aushalten? Erst nahm der Herr ihm seinen Peter, dann noch seinen Vater, den er vor zwei Tagen noch bei bester Gesundheit angetroffen hatte. Nie wäre es ihm in den Sinn gekommen, die Stunden des Vaters seien gezählt. Wie gelähmt vor Schmerz umarmte Georg stumm seine Frau und seine schluchzende Mutter. Sie sorgte sich, wer denn im Turm Wache halten sollte. Schließlich könnten die Franzosen jederzeit wieder vor den Toren auftauchen.

Wo denn der Vater jetzt sei, fragte er. Katherina führte ihn in das Zimmer, in dem auch sein Peter auf dem Totenbett aufgebahrt gewesen war. Die ersten Trauergäste hatten sich eingefunden. Georg musste sich beherrschen, sie nicht auf der Stelle hinauszuwerfen. Aber es gehörte sich, dass die Gemeinschaft am Tod eines Nachbarn Anteil nahm. Wie der Glöckner so dalag, meinte man, er schliefe friedlich und fest.

„Hat er denn die Letzte Ölung erhalten?"

„Ja, deine Mutter hatte gleich den Vikar gerufen, der die Mittagsvesper halten wollte", antwortete Katherina. „Da hat er noch gelebt. Aber als Bruder Ansgar kam, gab er bereits kein Lebenszeichen mehr von sich."

Er atmete tief durch, drückte dem totenblassen Gesicht ein Kuss auf die Stirn und legte noch einmal seine Hände auf die gefalteten, kalten Hände seines Vaters.

„Georg Schmidt", sprach ihn eine tiefe Stimme an. Den schmächtigen Mann hatte seine Mutter hereingeführt. „Zunächst möchte ich Euch mein Beileid aussprechen. Euer Vater war ein getreuer und zuverlässiger Turmwächter." Der Schultheiß Johann Opper kehrte den Vorgesetzten des Turmwächters heraus. Georg wusste, dass sein Vater ihm aus dem Wege gegangen war. Der verstorbene Vorgänger Johann Anton Kalckofen dagegen stapfte schon mal zu seinem Vater hinauf, brachte eine Kanne Wein mit und blieb eine Nachtwache lang bei ihm. Das würde dem neuen Schultheiß niemals in den Sinn kommen.

„Die Sicherheit der Stadt verlangt es, zumal ein Krieg im Land tobt, dass wir den Turm besetzt halten. Der Rat wird bereits morgen über die Nachfolge Eures Vaters beraten. Der Ordnung halber frage ich Euch, ob Ihr Euch für die Stelle des Turmwächters bewerben wollt."

Es war naiv zu glauben, der Schultheiß sei gekommen, um dem Toten die letzte Ehre zu erweisen. Typisch für den unbeliebten, knöchrigen Opper. Andererseits war Kriegszeit, der Turm musste besetzt werden. Ob er sich vorstellen könne, im Turm zu wohnen? Aber natürlich, Georg war doch dort aufgewachsen und kannte jeden Winkel. Als Kind hatte er davon geträumt, hier als Turmwächter zu dienen. Von der Tuchmacherei war er inzwischen so weit entfernt wie Klas von Lympurg. Er suchte die Ruhe, er flüchtete vor den Menschen und deren Problemen. Der Posten des Turmwächters war zudem sehr gut bezahlt, ausreichend für das Leben mit Katherina. Aber wäre sie auch dazu bereit?

„Ihr wisst, ich bin Tuchmacher von Beruf. Dennoch, ich bin grundsätzlich nicht abgeneigt, in den Turm zu ziehen. Muss mich aber noch mit meiner Frau beraten, schließlich käme auf sie eine enorme Umstellung zu. Ich gebe Euch morgen früh Bescheid."

„Einverstanden. Aber für heute Nacht sorgt Ihr noch für die Wache. Schließlich wird sie bezahlt."

105

Vor ihm stand eine Kanne Messwein, die der Dekan seinem Vater wohl noch hatte zukommen lassen. Der Ofen strahlte eine angenehme Wärme aus – die Frühjahrsnächte konnten noch empfindlich kalt sein –, und Georg sinnierte über sein schweres Schicksal. Er philosophierte über den Sinn des Lebens. Langsam senkte sich die Dämmerung über die schwarzen Schieferdächer und die rauchenden Schornsteine. Er hatte die Hunde noch versorgt, als sie wütend nach Futter bellten. Eine beklemmende Ruhe umgab ihn, wie er es noch nie erlebt hatte. Niemals hatte ihn die Stille gestört, geschweige denn verängstigt. Georg sah hinunter auf den Friedhof. Dort würde man morgen ein Grab ausheben, direkt neben dem seines kleinen Peters. Es fröstelte ihn. Er schlang eine Decke um seinen Leib und kämpfte mit den Tränen. Der Friedhof vermittelte eine beklemmende Stimmung. War der Gottesacker die Endstation der Menschen oder das Ziel oder nur eine Zwischenstation zum himmlischen Leben?

Mitten in seine Gedanken hinein hörte er plötzlich, wie jemand mit schweren Schritten keuchend die Treppe heraufschlurfte.

„Georg, ich bin es, Hennes. Katherina hat mich zu dir geschickt."

„Danke, dass du kommst. Ich kann die vielen Besucher im Haus nicht ertragen. Willst du einen Schluck Roten?"

„Gerne. Der Tod deines Vaters tut mir so leid für dich. Du hast mein ganzes Mitgefühl. Der Herr hat dir eine schwere Prüfung auferlegt."

„Prüfung oder Strafe? Wenn ich nur wüsste warum? Warum bestraft er mich, wofür soll ich büßen?"

„Deine Gedanken haben einen falschen Ansatz. Wir Menschen denken in Kategorien von Schuld und Sühne, Gott nicht. Es geht nicht darum, dich zu bestrafen. Niemals würde der Allmächtige ein Leben nehmen, um jemanden zu bestrafen. Das ist töricht, das darfst du nicht glauben. Dein Sohn und dein Vater waren krank. Krankheit ist eine natürliche Erscheinung, die uns alle treffen kann. Wir sind der Natur und dem täglichen Leben ausgesetzt mit allen Gefahren und Freuden."

„Wieso sagst du dann, der Herr habe mir eine schwere Prüfung auferlegt?"

„Im Psalm siebenundsiebzig heißt es: ‚Ich denke und sinne des Nachts und rede mit meinem Herzen; mein Geist muss forschen. Hat Gott vergessen, gnädig zu sein oder sein Erbarmen im Zorn verschlossen?' Du siehst, die menschlichen Zweifel sind alt, natürlich und allemal verständlich. Mit deinem Schmerz musst du allein fertig werden. Du kannst Gott um Beistand bitten, aber er kann dir den Schmerz nicht nehmen. Matthäus berichtet in der Bergpredigt: ‚Selig sind die, die da Leid tragen; denn sie sollen getröstet werden.' Deshalb bin ich hier, dich zu trösten, dir im Schmerz zur Seite zu stehen."

„Und die Prüfung des Herrn? Was meinst du damit?"

„Sie besteht darin, wie du deinen Kummer besiegst, ob du trotz des Leids unseren Herrgott preisen wirst. Viele sind an dieser Prüfung zerbrochen. Aber du doch nicht. Dein Leben mit Katherina liegt noch vor dir."

Stumm wie die Vögel bei Nacht blickten sie auf die graue Stadt, das kalte Mondlicht, das sich in der Lahn spiegelte, und lauschten dem „*Kikiki*" des Turmfalken. Ihr Schweigen war eine sehr intime Form der Kommunikation, eine Art vertrauliche Telepathie, wie sie nur unter Menschen möglich ist, die sich nahe stehen.

„Mein Leben wird sich gewaltig ändern. Ich beabsichtige, meinem Vater im Amt als Turmwächter zu folgen."

„Deine Entscheidung. Ich wünsche dir, dass deine Katherina frohen Herzens folgen wird. Komm, lass uns noch einmal auf deinen Vater anstoßen, dann muss ich aber zurück ins Kloster."

Sie saßen noch eine Weile stumm in der dunklen Turmwohnung, nippten ab und zu am Weinbecher, bis die Turmuhr anschlug und Hennes zur Rückkehr ins Kloster mahnte.

„Hennes, was ist der Sinn und das Ziel des Lebens?"

Jetzt durfte er nicht gehen, nicht bei dieser Frage. Also setzte sich Bruder Johann wieder, nahm den zu erwartenden strafenden

Blick des Guardians in Kauf und sich selbst Zeit, seine Gedanken zu ordnen.

„Über diese Frage streiten die Wissenschaftler zurzeit sehr heftig mit den Klerikern. Manche meinen, Gott habe eine perfekte Welt erschaffen und greife danach nicht mehr regulierend ein; er kenne aber den Ausgang. Wir selbst würden daher unser Leben bestimmen; jeder von uns suchte seinen Sinn, jeder definierte sein Ziel und seinen Sinn selbst. Anders die Auffassung der Kirche. Die Bibel sagt dazu bei Johannes: ‚Der Sinn des Lebens besteht darin, den zu finden, der das Leben selbst ist, nämlich Jesus Christus.' Mit anderen Worten, du sollst ein gottgefälliges Leben führen, als Vorstufe für das Leben nach dem Tod. Das Leben ist eine Bewährungszeit. Somit ist auch das Ziel bestimmt: Das Ziel des Lebens ist der Tod! Wenn du dein Leben auf Gott ausrichtest, wirst du deinen Peter und deinen Vater wiedersehen, denn wir alle sind zur ewigen Herrlichkeit berufen."

Den Blick stur auf den Gottesacker gerichtet, hörte Georg zu wie bei einer Predigt, wobei er wie in der Kindheit das Gefühl hatte, etwas Bedeutendes gehört, jedoch nicht verstanden zu haben.

„Schwierig. Vielleicht bin ich jetzt nicht in der Stimmung, mich mit einem solch ernsten Thema auseinanderzusetzen. Ich spüre, wie zwei unerwartete Schwerthiebe wesentliche Teile meines Lebens abgetrennt haben. Wie soll ich noch ein gottgefälliges Leben führen, wenn Gott mein Leben verstümmelt? Was mir zu schaffen macht, ist die Endgültigkeit, das Unabänderliche und meine Hilflosigkeit, die mich verdammt zu akzeptieren, obwohl ich mich mit aller Macht dagegen sträube. Was zählt da ein theoretischer Streit unter Gelehrten."

„Georg, zum Leben gehörten Trauer und Schmerz. Aber dahinter ist immer Freude und Liebe", meinte Bruder Johann, als er sich aufmachte, die dunkle, steinerne Wendeltreppe hinabzutasten.

Georg wurde tatsächlich nach der Beerdigung seines Vaters vom Magistrat mit Zustimmung der Stiftsherren zum Türmer bestellt.

Er war der erste Lympurger Turmwächter mit einem zünftigen Beruf. So mancher Glöckner hatte sich in der Vergangenheit den mühsamen Abstieg erspart und den gemeinen Unrat einfach aus dem Turmfenster entsorgt, was schlimme Spuren an der Fassade hinterließ. Daher bestanden die Stiftsherren auf einer Kaution von einhundert Gulden für die Beseitigung der Verunreinigungen. Das Pfand lag noch von seinem Vater vor. Katherina stimmte dem Umzug von Beginn an zu. Die Ärzte hatten ihr empfohlen, das Haus an der Bergstraße zu verlassen. Sie befürchteten einen gesundheitsgefährdenden Einfluss, ohne anzudeuten, dass auf dem Grundstück Miasmen zu vermuten seien. Letztlich willigte Georgs Mutter ein, in ihr Haus einzuziehen und die Turmwohnung den jungen Leuten zu überlassen.

Es war der erste Todestag von Peter. Georg bat Heinrich Diestel, inzwischen schon fast zwanzig Jahre im Amt des Dechanten von Sankt Georg, die Totenmemoria zu lesen. Nach der Messe geleitete ihn Georg in die Sakristei.

„Ihr wart immer wie ein Oheim zu mir und zu meinem Vater wie ein Bruder. Ich möchte Euch dafür auf meine Weise danken und Euch etwas geben." Georg schritt zum Schrank mit den *Vasa non sacra* und holte ein Paket hervor, entfernte die Wolldecke und stellte eine Plastik auf den Tisch der Sakristei: die Eichenholzstatue ‚Heiliger Georg zu Pferde' aus dem Jahre A. D. 1420.

„Gütiger Gott, meine allerliebste Georgsfigur! Wir glaubten, sie sei geplündert worden. Woher hast du sie, mein Sohn?"

„Ehrwürdiger Pater, mein Vater hat im Krieg die wichtigen Schätze der Kirche geborgen. Ich habe damals den Heiligen Georg versteckt und geschworen, ihn der Kirche zurückzugeben, sobald ich zum Turmwächter ernannt werde."

„So, und wenn du nicht ..."

„Ihr habt keinen Besseren, ich habe dem Herrn vertraut."

106

Als sein Partner Johannes Raab Francis erklärte, er müsse den Sonntag nach Trinitatis verreisen und Francis müsse ihn vertreten, fiel es ihm wie Schuppen von den Augen: Seine Wallfahrt nach Walldürn hatte bereits in Cölln begonnen. Am nächsten Tag würde sie Elz erreichen, seinen Startpunkt für die Blutswallfahrt, die ihre Entstehung einer Ungeschicklichkeit des Walldürner Pfarrers zu verdanken hatte: Der hatte nämlich während der Messe den Kelch mit dem konsekrierten Wein umgestoßen. Der rote Wein hatte sich über das Korporale ergossen und hinterließ auf dem Leinentuch die Gestalt des gekreuzigten Christus, umgeben von elf Häuptern mit Dornenkronen. Papst Eugen hatte das Blutkorporale der besonderen Verehrung empfohlen und die Wallfahrer zu einer Kirchengabe aufgefordert. Den Pilgern wurde ein Ablass ihrer Sündenstrafen von drei Jahren und drei Quadragenen gewährt. Von den Spenden sollte die renovierungsbedürftige Pfarrkirche zu einer Wallfahrtsbasilika umgebaut werden.

Francis reihte sich morgens um fünf in die lange Prozession der Pilger ein. Über hundert Gläubige hatten schon drei Tagesmärsche in den Beinen. Es sollte noch vier anstrengende Tage dauern, bis sie in Walldürn einträfen. Die erste Tagesetappe nach Schönborn im Taunus gestaltete sich für Francis zur Tortur. Sein neues, festes Schuhwerk drückte, bald schmerzten ihn die aufgeplatzten Blasen auf den Fußsohlen. Als er seinem Marschnachbarn sein Leid klagte, meinte dieser lakonisch, schließlich sei man auf einer Blutswallfahrt. Ob er denn auch ein Gelübde erfülle, wollte der wissen, und Francis wich geschickt einer Antwort aus. Der Begleiter stellte sich als Horatio Sibelius aus Hadamar vor. Von da ab legten sie die lange Strecke gemeinsam zurück, freundeten sich an und erzählten sich in den Gebets- und Gesangspausen gegenseitig ihre Lebensgeschichte. Sibelius war vom verstorbenen Fürsten Johann Ludwig von Nassau-Hadamar zu seinem Syndicus berufen worden. Nun war er als Rechtsberater des Fürstensohnes Moritz Heinrich in Hadamar tätig. Kurz vor Walldürn gestand er dem Francis sogar, warum er jedes Jahr die Wallfahrt mitmache: Der damalige mächtige Graf Ludwig gönnte sich ein standesgemäßes Schloss in Hadamar. Aber seine Mittel waren verbraucht. Also erhöhte er drastisch die Steuern. Doch als seine Untertanen die Abgaben nicht mehr erbringen konnten, löste der Graf die Steuerschulden durch Einziehung von Wald- oder Ackerland ab. So gelangten ganze Dörfer in seinen Besitz, wie es A. D. 1637 mit dem Dorf Dapprich geschah. Seine Aufgabe als Syndicus war die vertragliche Abwicklung, die mit viel Leid für die Betroffenen verbunden war. Er gelobte, zu büßen und sich auch für diejenigen einzusetzen, die hilflos der Obrigkeit ausgeliefert waren.

Als sie Seite an Seite die Wallfahrtskirche Walldürn betraten, wusste Francis, dass sein Sündenregister erheblich gemildert war und er zudem einen wichtigen Vertrauten gefunden hatte. Dass er dessen Dienste einmal in einer prekären Situation in Anspruch nehmen würde, hätte sich Francis zu diesem Zeitpunkt nicht träumen lassen.

107

Nach vier Jahren kehrte Klas in seine Heimatstadt zurück. Im Anschluss an das Hochamt zum Erntedankfest saßen die vier Freunde seit langer Zeit wieder gemeinsam beim Schwitzbad. Georg, Klas und Francis hockten wie die Hühner auf der Stange gegenüber dem heißen Ofen. Hennes dagegen hatte die tiefere, kühlere Bank genommen, nachdem ihm einmal auf der obersten Bank übel geworden war. Das war bei seiner inzwischen beachtlichen Körperfülle auch nicht verwunderlich.

Alle lauschten gespannt den Erlebnissen des Wandergesellen:

„Ei, meine Zeit in Mailand beeindruckte mich am meisten. Meine italienischen Freunde verschafften mir zunächst eine etwas einfache, aber angenehme Bleibe bei Verwandten. Dort fühlte ich mich ganz wohl, die Gastfreundschaft war überwältigend, wenn nicht die Tochter des Hauses ein wenig zu aufdringlich geworden wäre."

„Wie sah sie aus, die heißblütige Italienerin?", fragte Francis vorlaut.

„Erstens, Lucia sah aus wie eine unschuldige Madonna mit feurigen, schwarzen Augen, aber glaubt mir, die hatte es faustdick hinter den Ohren. Zweitens, sie war mit zwölf Jahren viel zu jung für mich und auch zu gefährlich, denn hätte ich mich in ein Abenteuer mit ihr eingelassen, wäre ich jetzt nicht hier, sondern mit zwei Bambinos in Mailand. Drittens, ihre Mama war das stramme, füllige Exemplar einer Matrone, an ihr konnte ich mir die korpulente Entwicklung der jungen Madonna vorstellen. Und darüber hinaus wachte der Vater mit Argusaugen über seine Lucia, und hätte ich sie angerührt, hätte er mich erschlagen. Aber das trotzköpfige Mädchen machte mir immer wieder schöne Augen, die Mutter sah es mit Wohlwollen, der Vater zückte das Messer. So musste ich der Verlockung entfliehen, was ich bedauerte. Denn ich lebte recht gut und vor allem ohne Geldsorgen dort. Also bin ich vorübergehend in das Mailänder Zunfthaus der Zimmerleute gezogen, eine Absteige, die im krassen Gegensatz zu meiner vorherigen, sauberen Unterkunft stand. Doch bevor ich weiter erzähle, möchte ich dem Francis ein Buch geben, das ich in Mailand erstanden habe." Er kramte einen in lateinischer Sprache verfassten, dicken Wälzer mit dem Titel „Kanon der Medizin" hervor. Da könne er nachlesen, was gesund macht. Als Verfasser war ein gewisser Avicenna angegeben. Francis hatte den Namen nie gehört, auch nicht von Bruder Ansgar. Klas klärte ihn schnell auf: Der richtige Name sei Ibn Sina, geboren vor fast fünfhundert Jahren in Persien. Ein Moslem also, kein Wunder, dass der Klostermedicus ihn nicht kannte. Und trotzdem so bedeutend, dass die Mailänder Apotheker den Avicenna, wie sie ihn nannten, in einem Glasfenster des Mailänder Doms verewiglicht hätten. Avicenna habe versucht, die Religion Mohammeds und die Vernunft Aristoteles' miteinander zu versöhnen. Seine medizinischen Erkenntnisse würden bis heute beachtet, jedenfalls in Italien und vor allem in Mailand.

„Das Werk werde ich Bruder Ansgar zeigen, mal sehen, was er davon hält", bedankte sich Francis. Hennes schaute nachdenklich auf das Buch, als störe ihn etwas. Klas sah ihn fragend an.

„Die christliche Lehre wird nicht nur von den Wissenschaftlern des Abendlandes infrage gestellt, sondern auch Andersgläubige rütteln an den Grundpfeilern der Kirche", ereiferte sich Hennes und erntete von seinen Freunden ein mitleidiges Kopfschütteln.

„Bruder Johann, auch du wirst dich daran gewöhnen müssen, dass die Menschen ihren Verstand benutzen. Dass dieser Avicenna mit seinen Therapien Erfolg hatte, wird durch die Ehrung im Mailänder Dom wohl bestätigt. Niemand fragt nach seiner religiösen Einstellung. Georg, dir wäre es auch egal gewesen, wenn er deinen Peter hätte retten können. Die Zeit, wo wir auf jede Frage eine Antwort allein in der Bibel suchen, scheint vorbei zu sein. Das bedeutet aber noch lange nicht, dass das Ende der katholischen Kirche eingeläutet wird. Dennoch werden wir uns wohl oder übel daran gewöhnen müssen, althergebrachte Meinungen über Bord zu werfen."

„Aber es erschreckt mich schon, wenn im Mailänder Dom einem Moslem gehuldigt wird, dazu in Italien, dem Mutterland der Kirche."

Klas erwiderte, dass er viele gegensätzliche Diskussionen darüber in Mailand gehört hatte. Die meisten wüssten nichts von diesem Heiler. Außerdem gingen die Italiener etwas pragmatischer mit dem Thema um. Obwohl Mailand unter spanischer Herrschaft stehe, blicke man dort nach Frankreich, Holland und England, weil von dort Veränderungen ausgingen, die auch Lympurg eines Tages erreichen würden. Klas sei vor allem auf das Buch eines Engländers mit Namen Robert Boyle aufmerksam gemacht worden. Der räume mit allen Zauberern, Schwarzkünstlern, Goldmachern, Geisterbeschwörern und Scharlatanen auf. Das sei alles reiner Humbug. Was Francis besonders interessieren dürfte, er verteufele auch die Temperamentenlehre der Medizin.

„Das kann doch wohl nicht wahr sein", sprang Francis auf. „Seit zweitausend Jahren stützen wir uns auf die Viersäfte- und Temperamentenlehre. Hippokrates, Galen, Hildegard von Bingen und die vielen anderen Ärzte können sich doch nicht von einem einzelnen, dahergelaufenen Pseudowissenschaftler in die Schranken weisen lassen."

Die Freunde lachten lauthals und schadenfroh. Noch vor einer Minute hatte er dem Hennes ausführlich erklärt, dass gewisse Wissenschaftler den Allwissenheitsanspruch der Kirche aushebeln könnten. Aber sobald es um Lehren gehe, die er zeit seines Baderlebens vertreten habe, dann solle die Wahrheit der Wissenschaft nicht gelten?

„Francis, du sprichst mit gespaltener Zunge." Hennes hatte wieder Oberwasser bekommen. „Komm, lass uns einen Pakt schließen. Ich werde mich intensiv mit den neuen Theorien beschäftigen, Bücher dieser Gelehrten beschaffen und studieren. Dann bilde ich mir selbst ein Urteil, obwohl das nicht so ganz meinem klösterlichen Eid entspricht. Mal sehen, was der Guardian dazu meint. Und du kniest dich in die neuesten Erkenntnisse der wissenschaftlichen Medizin. Die entsprechenden Veröffentlichungen kann ich dir vielleicht besorgen. Wahrscheinlich muss ich sie danach unter Verschluss halten und darf sie keinem anderen Bruder zugänglich machen. Aber ich gebe euch recht, wir können nicht den Kopf in den Sand stecken und ausblenden, was um uns geschieht. Erst wenn wir die neuen Lehren kennen, können wir uns ein Urteil bilden."

„Und wer entscheidet, ob wir die neue Wahrheit übernehmen?", fragte Francis provokativ.

„Natürlich die Kirche, sie entscheidet, ob die neue Lehre in Einklang mit der biblischen Lehre steht!"

„Traust du dir das nicht selber zu? Sind wir wirklich vom Papst und seiner Kirche abhängig? Sind wir unmündig, selber zu urteilen?", erregte sich Francis weiter.

„Nun lasst aber mal den ganzen theoretischen Streit über das neue Weltbild beiseite", unterbrach Georg den philosophischen Disput.

„Entschuldige, Klas", unterbrach ihn Francis. „Ich glaube, da ist jemand an der Tür zum Wundraum."

108

Der Mann war auffallend elegant gekleidet – gelbe Lederstiefel, schwarze Schaube mit seidenen Puffärmeln, tiefblauer Dreizackhut – und sah sich im Konsultationsraum neugierig um, zu neugierig für den Geschmack von Francis.

„Mein Herr, womit kann ich Euch dienen?"

„Seid Ihr der Bader hier? Mich plagen Magenkrämpfe. Ihr könnt mir sicher die passenden Heilkräuter geben?"

„Welche Art von Schmerzen verspürt Ihr? Druckschmerzen, Schluckbeschwerden, Verdauungsprobleme, Reizmagen, Gallenkoliken, Magengeschwüre? Schmerzen in der Magengegend können verschiedene Ursachen haben. Habt Ihr Euch schon untersuchen lassen?"

„Ja, ja. Die Ärzte meinen, mein Magen sei nur gereizt von zu fetten und zu scharfen Speisen. Sie hatten mir einen Kräutersud verschrieben, aber ich habe die Rezeptur vergessen."

„Wer hat Euch untersucht?"

„Ein Medicus in Wiesbaden."

„Was erwartet Ihr von mir? Soll ich Euch noch einmal untersuchen?"

„Wofür? Ich weiß doch, was mir Schmerzen bereitet. Gebt mir nur die Kräuter für einen Magensud."

„Guter Mann, Ihr seid hier beim Bader, nicht in der Apotheke. Seid Ihr aus Lympurg?"

„Ich lebe schon seit einigen Jahren hier."

„Dann kennt Ihr doch die Apotheke von Johann Erben in der Barfüßergasse. Der wird Euch weiterhelfen."

„Aber man sagte mir, dass ich auch bei Euch Kräuter kaufen könne."

„Wer behauptet das? Ich verkaufe keine Kräuter."

„Darf ich einen Blick in den Raum hinter Euch werfen? Nach meinen Informationen lagern dort die Kräuter."

„Wer seid Ihr, dass Ihr Euch so für mein Laboratorium interessiert?“

„Das tut nichts zur Sache, wollt Ihr mir nun das Lager freiwillig zeigen, oder nicht?“

Die unverschämte Art des Mannes ließ Francis vorsichtig werden. Er rief nach seinen Freunden. Sie sollten doch einen Moment zu ihm kommen. Rasch warfen sie sich ein Tuch um die Hüften und standen nun barfüßig dem Fremden gegenüber.

„Kennt einer von euch diesen Mann?“, fragte Francis.

„Habt Ihr nicht die Schwester des kurfürstlichen Kellers Heinrich Wenzel geheiratet? Ich habe Euch doch schon einige Male gesehen, wie Ihr ins Schloss gegangen seid“, sagte Georg.

Als Francis den Namen Wenzel vernahm, dämmerte es ihm: Vor ihm stand Johann Philipp Klos, der sich als neuer Apotheker niederlassen wollte. Sein Partner Johannes Raab hatte ihm geraten, dass er sich diesen Namen gut merken sollte. Dieser Mann wolle seine Badstube schließen. Sollte er zeigen, dass er ihn nun erkannt hatte? Sollte er sein Wissen über ihn in die Waagschale werfen? Nein, den Trumpf behielt er noch in der Hand.

„Entschuldigt bitte, dass ich Euch nicht kenne, mein Herr. Meine Ehre als Bader verbietet mir, Heilkräuter ohne vorherige Untersuchung zu verabreichen. Erlaubt mir, Euren Magen abzutasten. Danach lade ich Euch ein, ein Schwitz- oder Wannenbad zu nehmen, um den Körper zu beruhigen. In der Zwischenzeit bereite ich einen Absud vor, den Ihr heiß und schluckweise zu Euch nehmt. Vielleicht ist auch ein Aderlass vonnöten, das werden wir aber später sehen.“

„Um Gottes willen, Ihr wollt nur an meiner Pein gutes Geld verdienen. Nein, nein, gebt mir die Kräuter, und dann verschwinde ich.“

„Ich sagte Euch schon, dass ich keine Kräuter verkaufe. Geht zur Apotheke.“

„Unverschämt. Was fällt Euch ein, mir Eure Hilfe zu verweigern. Ich werde mich beim Stadtrat beschweren. Macht Platz, dann schaue ich mich selbst in Eurem Vorratsraum um.“

Zornesröte stieg ihm ins Gesicht. Wütend schob er Francis zur Seite, der sich nicht wehrte. Georg und Klas versperrten ihm jedoch den Zutritt zum Laboratorium. Überraschend für Francis und Hennes machte Klas kurzen Prozess mit dem Mann. Er schnappte ihn am Kragen seiner Schaube und führte ihn recht unsanft hinaus. Georg warf ihm seinen Dreizack hinterher, der zu allem Verdruss in eine Pfütze fiel. Denn es hatte heftig zu regnen begonnen.

109

Bist du die ganze Zeit in Mailand geblieben?"
„Ei, mit einigen Zimmergesellen machte ich mich auf Wanderschaft, die mich sogar bis Rom geführt hat. In Mailand habe ich eine Einnahmequelle entdeckt, die mich von da an auf dem ganzen Weg begleitet hat. Ich hatte mich mit Künstlern angefreundet, die ich bei den Arbeiten im Dom kennengelernt hatte. Die begnadeten Barockkünstler bemalten die Statuen der Altäre und erhielten von den Adligen private Aufträge, den Hausherrn oder die Familie zu porträtieren. Damit verdienten sie gutes Geld. Eines Tages nahmen sie mich mit in eine Adelsfamilie. Zunächst half ich nur beim Anmischen der Farben, wobei mich ein aufgewecktes Kind immer wieder störte. Schließlich setzte ich den nervenden Bengel auf einen Stuhl, nahm einen Rotstift und zeichnete sein Gesicht. So wie ich damals dein Porträt gemalt hatte, Francis. Es muss mir wohl gut gelungen sein, denn die Hausherrin war voll des Lobes und kaufte mir die Zeichnung ab. Ich hatte keinen Preis verlangt, aber sie belohnte mich fürstlich. Anschließend zeichnete ich die anderen vier Kinder der Fürstin, die mich dann an die Verwandtschaft weiter empfahl. So erarbeitete ich mir einen guten Ruf als Kinderporträtist und verdiente viel Geld. Ich ließ mir Empfehlungsschreiben geben, die ich dann auch bei den anderen Stationen meiner Wanderschaft verwenden konnte."

Klas sprudelte nur so vor Begeisterung über seine Erlebnisse auf der italienischen Wanderschaft. Eines Tages hätten seine Gesellenbrüder plötzlich von Frankreich geschwärmt, von Paris und dem Schloss Versailles. Dort würde der junge König in Saus und Braus leben und das Geld mit vollen Händen für die schönen Künste ausgeben. So hätten sie sich nach Frankreich aufgemacht.

„In Lyon verspürte ich Heimweh. Mir fehlte das Vertraute, die Freunde, mein gewohntes Essen. Ich sehnte mich nach Lympurg zurück. So habe ich mich entschlossen, nicht weiter in Richtung

Paris zu marschieren, sondern schloss mich einer Gruppe von Tippelbrüdern an, die gen Norden zog. Ehrlich gesagt hatte ich noch vor, die Wirkungsstätte der niederländischen Meister Rubens und Rembrandt aufzusuchen. Doch Rembrandt war gerade vor vier Jahren gestorben, Rubens vor zwanzig Jahren. Da habe ich mir den weiteren Weg gespart. Mit meinen Kinderporträts hatte ich gutes Geld verdient, um nun eine eigene Zimmerwerkstatt aufzumachen. Jetzt lege ich die Meisterprüfung als Zimmermann ab, und danach könnt ihr euch auf eine große Feier einstellen. Denn ich werde heiraten."

„Welch Überraschung. Gratuliere dir. Wer ist denn die Glückliche?", fragte Francis und schenkte die Becher seiner Freunde voll. Der Klas machte mal wieder Nägel mit Köpfen. Einen solchen Tatendrang waren sie von ihm aus früheren Zeiten nicht gewohnt. Die Wanderjahre hatten Klas verändert, ihn zum Mann gemacht, der seinen Weg zielstrebig und konsequent verfolgte. Welch Gegensatz zu dem kränklichen, trotzköpfigen Klas, den Francis bei seinem ersten Besuch in der Gerberei erlebt hatte!

„Ihr werdet es nicht glauben. Es ist Adelheid, die Tochter des Meisters Adam. Ich habe sie gleich nach meiner Rückkehr aufgesucht. Ei, ihr Bild ging mir einfach nicht aus dem Kopf. Niemals hätte ich damit gerechnet, dass sie noch ledig ist. Aber sie meinte, sie habe auf mich gewartet. Wenn das nicht Liebe ist! Mit dem Vater habe ich auch schon gesprochen. Aber diesmal nicht als Lehrjunge oder als Geselle, sondern auf Augenhöhe von Mann zu Mann. Ich habe ihm klargemacht, ich werde die Adelheid nehmen, mit oder ohne seinen Segen. Und wenn er seiner Tochter die Mitgift versage, dann wäre es mir auch recht. Schließlich hat er eingewilligt. Er hat mich sogar gefragt, ob ich bereit wäre, die Schreinerei zu übernehmen. Sein Sohn Matthes sei wohl mit der Werkstatt überfordert. Nein, nein, ich will mein eigener Herr sein und keinen Ärger mit Verwandten provozieren."

110

Das schwer beladene Fuhrwerk hatte schon einen langen Weg hinter sich. In den letzten Maitagen A. D. 1676 kam es die Mosel entlang über Coblentz nach Montabaur. Dort steuerte der Zweispänner am Abend das Quartier im Schloss nördlich der Altstadt an. Der Fuhrmann kannte sich aus. Schließlich legte er auf der Thüringischen Straße die Strecke von Trier nach Lympurg zweimal im Jahr zurück, um im Auftrag des ehrwürdigen Kurfürsten Karl Kaspar von Leyen dem Lympurger Amtmann Hugo Reinhard von Hattstein das Weindeputat zu bringen. Wie gewöhnlich hatte der Kutscher zwei Fässer geladen, die aufrecht stehend auf der Ladefläche transportiert wurden. Der Wettergott meinte es nicht gut mit dem Fuhrmann, den seine Kollegen nur unter dem Namen Jupp kannten. Seitdem er die Trierer Stadtmauern verlassen hatte, hatte Petrus die Wolkenschleusen weit geöffnet. Immer wieder holte er die Branntweinflasche heraus, um sich wenigstens innerlich zu erwärmen und die nasse Kälte im Suff zu verdrängen.

Die Torwächter von Montabaur ließen sich nur kurz das Schreiben des Kurfürsten zeigen. Er durfte, ohne Akzise zu zahlen, in die Stadt einfahren. Niemand beachtete das Gespann, das von einem scheinbar schlafenden, in einen grauen Wachsmantel gehüllten Kutscher gelenkt wurde. So zogen die ermüdeten Gäule das Fuhrwerk langsam in der abendlichen Dämmerung durch die Innenstadt und die tiefen Wasserlachen, die sich in dem ausgefahrenen Weg gebildet hatten. Als er die Pfarrkirche passierte, erinnerte er sich an einen ungewöhnlichen Transport. Damals hatte er den weiß geäderten, schwarzen Schupbacher Marmor für den neuen Taufstein herangekarrt. Was hatte er schon alles für den Trierer Kurfürsten in dessen großflächigem Herrschaftsgebiet erledigen müssen! Zwanzig Jahre war er schon in seinen Diensten. Er rühmte sich, bisher seiner Arbeit ohne schweren Unfall, Achsbruch und ohne dass die Pferde durchgingen nachgekommen zu sein.

Jetzt freute er sich auf eine warme Bleibe im Schloss. Der Weg führte steil hinauf zur alten Burg. Der Erzbischof Dietrich von Wied hatte in Erinnerung an seinen Kreuzzug der Burg den Namen des biblischen Bergs Tabor gegeben und aus Mons Tabor wurde Montabaur. Das Schloss war ziemlich heruntergekommen. Es bedurfte einer grundlegenden Renovierung, die aber immer wieder aus Geldmangel zurückgestellt wurde. Dem Fuhrmann sollte es egal sein. Er erhielt eine warme Gemüsesuppe und Brot, dazu Bauchfleisch und Bier, so viel er wollte. Im Stall schlief er sich seinen Rausch auf dem Strohlager aus. Die Gäule wurden ebenfalls versorgt. Am nächsten Tag sollte es mit frischen Pferden weitergehen.

Mürrisch saß er nach dem Hirsebrei und der dünnen Fleischbrühe als Morgenspeise auf seinem Kutscherbock. Er schaute griesgrämig in den regenverhangenen Morgenhimmel und stellte sich auf eine ungemütliche Fahrt zum Schloss auf dem Lympurger Felsen ein. Die angespannten jungen Pferde blickten sich unruhig um, so als ob sie nachschauen wollten, welcher Antreiber denn die Zügel heute in der Hand halte. Wahrscheinlich bemerkten sie, dass der Kutscher ihnen fremd war, vielleicht spürten sie auch, dass sie heute zu einer unheilvollen Reise aufbrachen, zu einem ersten längeren Ausflug in unbekanntes Terrain.

Als ihm nach einer Stunde der erste kalte Wind aus dem Westerwald ins Gesicht blies, griff der Kutscher zur Branntweinflasche. Vielleicht hätte er sich die unerfahrenen Zugtiere vorher ansehen sollen. Ständig musste er die Kandare anziehen, sie in ihrem Lauf zügeln, da er befürchtete, sie würden zu schnell ermüden. Die Strecke bis Lympurg sah keine größere Rast vor, und schon gar keinen Pferdewechsel.

Für seinen Geschmack erreichten sie zu schnell das Eisenbachtal und das Kirchspiel Naumborn. Erst in Nentershausen gönnte er den stürmischen Pferden eine kurze Rast und sich einen größeren Schluck seines Muntermachers. Regen setzte ein, erst fein, nieselig, dann immer stärker mit schweren Tropfen. Schließlich schüttete es so stark, dass der Fahrweg völlig unter Wasser stand. Nun sollte sich zeigen, ob die Zugtiere diesen erschwerten Anforderungen gewachsen waren. In Görgeshausen entschied er sich für einen weiteren Halt, um den Regenguss abzuwarten. Er hatte Zeit, das Lymburger Becken war erreicht. Noch eine Stunde, dann wäre er am Ziel seiner Fahrt, sofern er unbeschadet durch Diez kommen würde. Es wäre nicht das erste Mal gewesen, dass ein unverfrorener Diezer sich erdreistete, die für den Lympurger Amtmann bestimmten Weinfässer unter Gewaltandrohung zu erbeuten. In diesem Fall wäre er nicht nur seine Ladung, sondern auch seinen Lohn vorzeitig los. Also zog er eine graue Plane über die Fässer. Er schickte ein Stoßgebet zum Herrgott, beruhigte seine nervösen Pferde, nahm noch einen kräftigen Schluck zur Stärkung und setzte seine Fahrt bei nachlassendem Regen fort.

III

Gegen Schlag eins erreichte Jupp mit einem derben Gassenhauerlied auf den Lippen die Annakirche vor dem Diezer Tor in Lympurg. Die ausgesprochen gute Laune Jupps darüber, ohne Schaden Diez durchfahren zu haben, verflog jäh beim Anblick der grauen Schieferdächer. Mit Recht, denn nun warteten die schmalen, gefürchteten Gassen von Lympurg auf die viel zu jungen Pferde. Er verfluchte seine Nachlässigkeit, die halbwüchsigen Gäule ohne sorgfältige Überlegung angespannt zu haben. Sie würden sich in der beklemmenden Enge der Häuser ängstigen, scheuen und schließlich durchgehen. Warum hatte er nur nicht einen Ruhetag in Montabaur eingelegt, um dann mit seinen zuverlässigen Pferden nach Lympurg zu fahren? Die Annakirche zog ihn magisch an. Sollte er vielleicht doch lieber ein Gebet sprechen und Gott um seinen Beistand für eine unfallfreie Durchfahrt bitten? Dazu musste er das Fuhrwerk nur eine kurze Strecke in den Hof des angrenzenden Hospitals lenken. Hier hatte er schon einmal übernachtet, als er zur späten Stunde vor verschlossenem Stadttor stand. Das Hospital gewährte jedem Hilfesuchenden Unterschlupf, nicht gerade komfortabel, aber immerhin ein Strohlager. Die fliegenden Händler im Hospitalhof boten Brot, Wurstwaren und Getränke an, wenn auch zu horrenden Preisen. Das sorgte für Verdruss bei den zünftigen Stadtbäckern und -schlachtern, die sie erschlagen würden, setzten sie nur einen Fuß in die Stadt.

Jupp zögerte noch. Eine dunkle Wolke hing drohend über den Dächern von Lympurg. Wenn er jetzt einen Abstecher in die Kirche machen oder sich mit Brot oder Branntwein versorgen würde, könnte der Regen einsetzen und das Basaltpflaster in eine Rutschbahn verwandeln. Wer weiß, wie seine unerfahrenen Gäule darauf reagierten. Also ließ er vom Gebet ab und trank sich noch einmal Mut an. Dann fuhr er forsch auf das Diezer Tor zu, den hohen, in die Mauer eingelassenen viereckigen Wehrturm mit dem spitzen Dach. Vielleicht hätte er doch besser ...

„Kennt Ihr Euch in der Stadt aus?“, fragte der Torwächter, als er das Begleitschreiben des obersten Landesherrn sah. Wahrscheinlich wollte er nur vertuschen, dass er nicht lesen konnte. Allein das erzbischöfliche Siegel zeigte seine Wirkung.

„Ihr fahrt über die Plötze links hinauf zur Salzgasse und dann geradeaus in den Fischmarkt. Etwa in Höhe des Rathauses müsst Ihr Euch rechts halten. Dort führt die Eulengasse hinauf zur Stiftskirche und zum Schloss. Wartet noch, ich gebe Euch einen Ausscheller mit.“

Jupp kannte die schlauen Sprüche der Torwächter, die sich seiner Meinung nach nur aufblasen wollten. Er ließ ihn gewähren und hörte nur mit halbem Ohr zu. Hoffentlich kam der Ausscheller bald, ohne ihn könnte er nicht losfahren. Aber der war unterwegs, und Jupp musste notgedrungen warten. Hätte er das gewusst, dann wäre er doch zur Annakirche abgebogen. Tatsächlich setzte der Regen ein, und nicht zu knapp.

„Wollt Ihr zum Schloss?“, ein junger, als Säcker gekleideter Mann sprach ihn an. „Ich gehe Euch voran. Bedenkt aber, es geht stets bergauf, passt also auf!“

„Noch so ein Schlaumeier“, dachte Jupp. „In zehn Minuten bin ich am Ziel.“

Mit einem Ruck zogen die Gäule an und folgten dem Kapuzenmann mit der Schelle im Abstand von fünf Fuhrwerken, damit die Händler rechtzeitig gewarnt wurden. Noch gab es keinen Grund zur Sorge. Einige auffallend gut gekleidete Männer schritten über die Plötze, zogen ab und zu den Hut zur Begrüßung und verschwanden im Zunfthaus der Tuchmacher. Das Fuhrwerk fuhr nun direkt auf die Salzwaage zu, vorbei am Haus des Tuchmachers Ölp. Dort musste Jupp seine Gäule noch einmal lautstark antreiben. Im Fischmarkt verengte sich der Fahrweg. Die Händler hatten die Schirme heruntergeklappt. Die Passanten drängten sich an die Hauswände. Das laute, helle Schellen des vorauseilenden Säckers war trotz des heftigen Schauers deutlich zu hören. Die Pferde rissen die Augen auf. Sie fürchteten sich panisch vor den hohen Fassaden links und rechts des Weges und vor den Wassermassen, welche die Gasse hinunterflossen. Jupp spürte die Müdigkeit seiner Tiere und die Angst vor dem Regen. In Höhe des Rathauses, kurz bevor sich die Gasse in die Fahrgasse hinunter zur Lahnbrücke und die Eulengasse hinauf zum Schloss teilte, kam es dann zu dem tragischen Unfall.

112

Direkt dem Diezingerhaus gegenüber lag das Steinerne Haus, das dem verstorbenen Wollweber Hans Georg Rath gehört hatte. Nun lebte seine Witwe Sara zusammen mit dem zwölfjährigen Sohn Johann Georg allein in diesem feudalen Gebäude, einem Schmuckstück der Stadt und feuersicher dazu. Johann Georg war ein aufgeweckter Junge, der meist seinen Großvater – den Gerichtsschreiber Schupp – im Rathaus gegenüber aufsuchte. Der hatte immer Zeit für ihn. Der Gerichtsschreiber Schupp war zwar offiziell nicht mehr im Amt. Er übernahm jedoch gern die Vertretung des jungen Johann Wilhelm Wenzel, vor allem wenn er krank war oder wenn es um heikle Fälle ging. Zu diesem Zweck durfte er sein Büro im Rathaus behalten.

Als der Ausscheller mit der hellen Glocke den kurfürstlichen Weintransport ankündigte, drückte sich Johann Georg gehorsam an die Wand des Nachbarhauses. Er verfolgte das übliche Schauspiel der vorbeiziehenden Fuhrleute. Die jungen Pferde glaubten wohl kurz vor dem Ziel zu sein und schmissen sich noch einmal tüchtig ins Zeug. Plötzlich sahen sie, wie sich der Weg teilte. Der Kutscher machte keine Anzeichen, sie in die eine oder andere Richtung zu lenken. Also steuerten sie forsch den bequemeren Weg an, den Fahrweg hinunter zur Lahn. Wie vom Blitz getroffen, riss Jupp nun an den Zügeln und schrie die Zugtiere an, um sie nach rechts hinauf zur Eulengasse zu treiben. Die Korrektur war zu spät, zu heftig. Die Pferde sprangen in panischer Angst hoch, zogen scharf zur Seite. Die Passanten fürchteten, sie würden die Haustür beim Diezinger eintrampeln. Das linke Wagenrad geriet auf einen vorspringenden, steinernen Abweiser und zerbrach mit lautem Krachen. Die Vorderachse sprang ruckartig aus den Lagern. Das Fuhrwerk verklemmte sich und bewegte sich keinen Deut mehr, sosehr die Gäule auch zerrten. Als Folge kippten die Fässer mit dem klösterlichen Wein für den Amtmann um, rutschten von der Ladefläche. Sie knallten auf das Basaltpflaster, das sich im Nu rot färbte. Das erste herunterfallende Fass rollte direkt auf den wie versteinert dastehenden Johann Georg zu. Es prallte gegen ihn und zerschellte an der Wand. Der vor Schmerzen schreiende Junge war überschüttet mit Rotwein. Seine Mutter hörte seine Schreie. Sie eilte herbei und wischte den klebrigen Traubensaft aus seinem Gesicht. Dabei stellte sie verwundert fest, dass ihre Schürze nicht nur vom Wein rot war, sondern auch von Blut, das ihr Sohn ausspuckte.

„Hilfe, helft mir, mein Johann ist verletzt!“, schrie sie. Im Nu hatten sich die Nachbarn um ihn geschart. Jakop Schupp und der Schultheiß Opper stürmten sofort aus dem Rathaus.

„Holt eine Trage und schafft ihn ins Hospital“, kommandierte der Schultheiß. Dann nahm er sich den Kutscher Jupp vor, der im hohen Bogen vom Kutschbock herunterflogen war und mit Mühe versuchte, seine Pferde zu beruhigen.

„Kutscher, seid Ihr betrunken oder habt Ihr geschlafen? Wo wollt Ihr denn hin?“

„Ich bin im Auftrag des Kurfürsten unterwegs zum Amtmann auf das Schloss“, erwiderte der. Er besann sich sogleich, wie er den Unfall rechtfertigen sollte, hatte er doch einen Augenblick nicht aufgepasst und die Gäule laufen lassen. Vielleicht hatte ihn der Branntwein müde gemacht. Sein Hilfe suchender Blick fiel hinüber auf den Hauseingang des Fischhändlers. Dort stand eine junge Frau in der Tür mit einem blonden Kind auf dem Arm und sah dem Geschehen zu.

„Die Schickse war schuld, die war schuld!“, schrie er lauthals. Opper verstand nicht, schaute abwechselnd auf Annemarie Diezinger und den Kutscher.

„Was hat denn die Frau getan?“, raunzte er, wobei er einen strengen Gesichtsausdruck auflegte, um ihn allein mit dieser Gestik einzuschüchtern, ja die Wahrheit zu sagen.

Jupp nahm sich noch etwas Zeit zum Überlegen, indem er seine verängstigten Tiere zum Brunnen des Fischmarktes führte und dort anband. Opper folgte ihm.

„Also, was hat die Frau mit Eurem Unfall zu tun?“

„Aus dem Kellerloch des verfluchten Hauses ist eine schwarze Katze herausgesprungen und geradewegs in die Beine meiner Zugtiere gesaust. Meine Gäule scheuten und gingen durch. Ich habe noch gehört, wie diese Frau dort dem Hexentier Befehle erteilte. Ohne Zweifel, das Weib ist eine verdammte Hexe, die dem Kurfürsten schaden will."

Heftiger Regen prasselte auf die Gasse und spülte den Wein hinweg, der den Platz vor dem Rathaus rot färbte, als kündigte sich ein Blutgerichtsprozess an.

113

Das von Jupp erfundene Katzentier war ein geschickter Schachzug. Katzen sollten die Pest verbreitet haben. Der Begriff ‚Ketzer' wurde von Katze abgeleitet. Man behauptete, eine zwanzigjährige Katze verwandle sich in eine Hexe und eine hundertjährige Hexe wieder in eine Katze. Schultheiß Opper überlegte kurz, ob er dem Kutscher, trotz seiner Branntweinfahne, die Geschichte mit dem verhexten Katzentier abnehmen sollte. Wenn er behauptete, die Annemarie Diezinger besitze eine Katze und sogar noch eine schwarze dazu, dann reichte es aus, um sie der Hexerei zu verdächtigen. Besser, er schlug sich mit einer vermeintlichen Hexe herum als mit einem Mann des Kurfürsten. Schließlich war er selbst in den Diensten des Erzbischofs, und der garantierte seinen Sold. Hinzu kam, dass er noch Rachegedanken gegen Diezinger hegte. Zumindest ein langer, kostspieliger Prozess sollte dem Fischhändler schaden. Die Frau musste nicht unbedingt auf dem Scheiterhaufen enden. Der gnädige Landesfürst würde schon dafür sorgen. Zudem war die Frau noch jung. Sie könnte noch Kinder bekommen und war sowieso per Gesetz von der Todesstrafe verschont.

„Kann er die Anschuldigungen vor dem Blutgericht wiederholen?"

Erleichtert bekräftigte Jupp, auch vor dem Gericht bei seiner Aussage zu bleiben, sie sogar unter Eid zu bekräftigen. Kurz entschlossen wies Opper die Gerichtsknechte an, Annemarie zu verhaften. Die Arme stand noch in der Haustür. Sie sah gespannt zu, wie man den vor Schmerzen ohnmächtigen Johann Georg hinunter zum Diezer Tor und weiter zum Hospital trug, wie die verängstigten Pferde beruhigt wurden und der Schultheiß den betrunkenen Kutscher vernahm.

„Was soll ich mit dem Unfall zu tun haben?", entrüstete sich Annemarie, als die Gerichtsdiener sie unsanft anfassten.

„Das wird sich klären. Wo ist Euer Mann?"

„In Cölln, er kommt erst am Wochenende zurück."

„Der Junge kommt derweil ins Waisenhaus. Abführen!", entschied Opper, ohne mit der Wimper zu zucken.

So laut auch Annemarie um Hilfe schrie und sich losreißen wollte, um ihren Felix aus den Fängen der Häscher zu befreien, so wenig erntete sie das Mitleid der verdutzten Leute auf der Straße. Die Gaffer drehten sich um und verkrümelten sich. Nur nicht einmischen, sonst war man selbst noch verdächtig nach dem Motto: Mitgefangen, mitgehangen. Die Büttel zerrten die wütend lamentierende Annemarie ins Ratshaus und stießen sie in eine dunkle Kellerzelle.

Als sie zum ersten Verhör in die Gerichtsstube geschleppt wurde, zitterte sie am ganzen Körper. Ihr Gesicht hatte eine aschfahle Farbe angenommen. Die Haare hingen wirr um den Kopf, denn sie hatte bei der Verhaftung die Haube verloren. Kaum konnte sie sich vor Aufregung auf den Beinen halten.

„Gebt mir meinen Felix zurück", schrie sie den Gerichtsschreiber Jakop Schupp und den Schultheißen Opper an, die einzigen Personen, die sie kannte. Anwesend war auch noch ein Gerichtsschöffe, der wohl das Sagen hatte, denn er fragte nach dem Alter des Kindes. Als er erfuhr, dass der Knabe bereits knapp zwei Jahre sei, entschied er, das Kind solle im Waisenhaus bleiben. Dann verkündete Opper die Anklage:

„Annemarie Diezinger, Ihr werdet der Hexerei beschuldigt. Der kurfürstliche Fuhrmann versichert, eine schwarze Katze sei aus Euerm Kellerfenster gesprungen und habe auf Euer Geheiß hin die Pferde scheu gemacht. Durch den Unfall wurde der Sohn der ehrbaren Witwe Rath schwer verletzt. Die Hospitalärzte haben Rippenbrüche und innere Verletzungen festgestellt. Gebt Ihr zu, eine schwarze Katze in Eurem Haus zu halten? Gebt Ihr zu, das Tier veranlasst zu haben, den Unfall zu verursachen? Gebt Ihr zu, mit dem Teufel im Bunde zu sein? Gebt Ihr zu, eine Hexe zu sein?"

Jakop Schupp schrieb mit, war jedoch in Gedanken bei seinem verletzten Enkel Johann Georg, der ihm ans Herz gewachsen war. Natürlich kochte er innerlich vor Wut. Wut auf wen? Auf den Kutscher oder auf die Diezingersche? Egal, der oder die Schuldige würde sich herausstellen, zur Not auch durch Folter. Nachdenklich blickte er in das verstörte, verschreckte Gesicht von Annemarie. Bei Gott, Mitleid konnte er nicht empfinden. Erinnerte er sich doch an die beschwörenden Worte des Hexenpredigers Waldschmidt, die dieser vor Jahren hier am Rathaus an die Menge gerichtet hatte: Der Teufel verbarg sich stets hinter einer raffinierten Maske!

„Was fällt Euch ein, ich habe keine Miiens bei mir. Gewiss, ab und zu schleicht sich ein streunendes Katzentier ins Haus, angelockt vom Fischgeruch. Aber ich schwöre bei Gott, heute ist keine Katz aus unserem Kellerloch vor die Füße der Pferde gesprungen. Der Kutscher lügt, die Heilige Maria ist mein Zeuge."

„Lasst die heiligen Schwüre, Frau", erwiderte der Schöffe freundlich. Annemarie glaubte schon, in ihm einen Fürsprecher zu sehen. „Ihr gebt also nicht zu, die Katze verhext zu haben. Ich stelle fest, hier steht Aussage gegen Aussage. Deshalb werden wir uns zur Beratung zurückziehen. Bringt die Angeklagte zurück in den Karzer."

Nach einer Stunde erschien der Gerichtsschreiber Schupp und erklärte der verstörten und elend aussehenden Annemarie, das Verhör werde am nächsten Tag fortgesetzt.

114

Im Grunde stellten die Gerichtsmänner am nächsten Morgen die gleichen Fragen. Immer wieder hackten sie auf der ominösen Katze herum, die Annemarie verhext haben sollte. Ihr war speiübel aus Sorge um ihren Felix, vor Hunger und aus Furcht, als Hexe zu gelten. Ihr schoss die schreckliche Geschichte des jungen Mädchens von Cölln durch den Kopf. Wenn wenigstens Anton zur Hilfe kommen würde, aber der ahnte nichts von ihrem Schicksal.

Gegen Mittag führte man sie gefesselt durch die Fahrgasse und die Löhrgasse hinunter zum Katzenturm. Sie wehrte sich mit aller Kraft, die sie noch aufbringen konnte. Schrie laut um Hilfe. Schrie nach ihrem Felix, schrie nach ihrem Mann, aber kein Gaffer kam ihr zu Hilfe. Im Gegenteil, die meisten lachten sie schadenfroh aus. Es flog sogar ein Stein, der sie jedoch zum Glück verfehlte. Die Meute hatte sie kurzerhand zur Hexe gestempelt.

Das gruselige Karzerloch stank bestialisch. Annemarie musste sich übergeben. Als man ihr einen widerlichen Hirsebrei reichen wollte, lehnte sie aus Furcht ab, davon krank zu werden. Dann hockte sie sich wie ein geprügelter Hund in die Ecke des dunklen Lochs und weinte bitterlich.

Nach der Prozessordnung musste das Gericht nach dem zweiten Verhör erneut zusammentreten, um die weiteren Maßnahmen zu beraten. Schultheiß Opper beantragte, streng nach den dem *Modus precedendi* vorzugehen und nunmehr in die peinliche Befragung einzutreten.

„Warum wollt Ihr die Frau quälen?“, warf ein Schöffe ein. „Wir wissen doch alle, dass sie mit dem Leben davonkommt. Der Kurfürst würde niemals eine Todesstrafe unterzeichnen, zumal das Weib noch im gebärfähigen Alter ist.“

„Horchemol. Wollt Ihr das Vergehen ungesühnt lassen? Mein Johann Georg wird vielleicht sterben, nach allem, was mir die

Ärzte berichteten, und Ihr wollt niemanden zur Rechenschaft ziehen?", entrüstete sich Schupp, und sein Wort hatte Gewicht.

„Schultheiß, glaubt Ihr dem Kutscher? Hatte der nicht ziemlich getrunken?", fragte der Schöffe.

„Bei dem kalten Wetter genehmigen sich alle Fuhrleute einen Schluck. Seine Behauptung klang plausibel. Den Kutscher der Lüge zu bezichtigen wird schwerer zu beweisen sein, als die Frau der Hexerei zu überführen. Also treten wir in die peinliche Untersuchung ein, ab nach Kassel. Die Frau wird es schon überleben", entschied der Schultheiß aus Feigheit, die Aussage des kurfürstlichen Fuhrmanns anzuzweifeln. Wenn er die Hexenanklage verfolgte, würde letztlich nur eine entehrte und der Stadt verwiesene Frau übrig bleiben. Der Fall wäre dann abgeschlossen, der Diezinger hätte seine Lektion erhalten, der Stadtschreiber war beruhigt und keine Menschenseele wäre geopfert worden.

Ohne Skrupel ließ der feige Schultheiß den Scharfrichter Nicolaus Nagel rufen. Er sollte das Geständnis einer Hexe herbeiführen. Ohne Geständnis kein Urteil, ohne Urteil keine Begnadigung. Als Nagel erfuhr, dass es sich dabei um die Frau des Fischhändlers handelte, beeilte er sich, ins Rathaus zu kommen. Unterwegs kalkulierte er seinen Lohn, der mit jedem Tag fürstlicher ausfallen würde – je nachdem, welche Werkzeuge er einsetzen würde. Zudem winkten freie Beköstigung und Wein. Alle Kosten gingen natürlich zulasten des Fischhändlers, und bei dem gab es genug zu holen. „Hoffentlich ist das Weib jung und hübsch", dachte er voller Gier und Wolllust. Er würde die Folter wie üblich im Kellerraum des Rathauses im Beisein des Schultheißen, zweier Schöffen und des Gerichtsschreibers vollziehen. Zunächst würde er ihr nur die Folterwerkzeuge vorstellen. In den meisten Fällen reiche die Demonstration der möglichen Torturen jedoch nicht für ein Eingeständnis aus. Daher würde er die Delinquentin entkleiden müssen und ausführlich nach Hexenmalen untersuchen. Das war die angenehmste Stufe der Folter. Nicolaus Nagel schwelgte in seinen sadistischen Träumen. Erst wenn auch das noch nicht zu einem Geständnis führte, würden tags darauf

Daumen- und Beinschrauben angesetzt, sie auf eine Leiter gezogen oder auf den spanischen Bock gesetzt und ausgepeitscht. Das war die unangenehme Seite der peinlichen Befragung. Denn hier musste der Scharfrichter höllisch achtgeben, dass die Gefolterte keinen zu großen gesundheitlichen Schaden nahm. Und Gott bewahre ihn vor Selbstmord oder Tod während der Folter! Dann wäre sein Lohn dahin und sein Ruf ebenfalls.

115

Das Gerücht, eine Hexe wäre in Lympurg gestellt worden, verbreitete sich schneller in der Stadt als der Schwarze Tod, der gerade in Mainz grassierte. Die Nachricht, Annemarie warte im Katzenturm auf die peinliche Befragung durch den gefürchteten Scharfrichter Nagel, erreichte auch die Badstube. Nur den Wams übergeworfen, rannte Francis die wenigen Schritte hinüber zum Turmgefängnis. Er versuchte die Wächter zu bewegen, ihn zu der Gefangenen zu lassen. Eigentlich sollten sie ihm den Gefallen tun, hatte er ihnen doch einmal pro Woche freien Zugang ins Badhaus gewährt.

„Bader, versteht doch, der Schultheiß reißt uns den Kopf ab, wenn er erfährt, dass wir Euch zu ihr gelassen haben.“ Die beiden Wächter steckten die Köpfe zusammen, schauten immer wieder auf Francis und erklärten: „Wenn Ihr mit der Diezinger sprechen wollt, dann könnt Ihr es, aber von hier aus durch die geschlossene Tür.“

„Annemarie, hörst du mich, ich bin es, Francis. Kann ich dir helfen?“

„Ich weiß nicht, wohin die meinen Felix gebracht haben. Anton ist noch in Cölln. Kannst du dich um Felix kümmern?“

„Versprochen“, rief er noch. Dann drängten ihn die Wächter vom Turm weg. Die Gerichtsknechte, begleitet von einer bewaffneten Eskorte, waren im Anmarsch. Francis lief hinüber zur Badstube und beobachtete, wie sie Annemarie fesselten und die Löhrgasse hinauf vorbei an der Lohgerberwerkstatt schleppten. Die glasigen Augen rot umrändert vom Weinen, die blassen Wangen waren eingefallen wie bei einer todkranken Frau. Ihre offenen Haare hingen zottelig und fettig auf die Schultern. Das ehemals malvenfarbene Samtkleid war beschmutzt mit dunkler Erde, Kot und Erbrochenem. Die Schuhe hatte man ihr wohl schon abgenommen. Erstaunlich, in welch kurzer Zeit sich ein Mensch so drastisch verändern konnte. Von seiner liebreizenden

Annemarie war nichts mehr übrig geblieben. Sie gab wahrhaftig das furchterregende Bild einer Hexe ab. Vor Erschöpfung versagten ihr die Beine. Die Büttel aber schleiften sie erbarmungslos weiter, vorbei an den glotzenden Menschen, die sich hastig bekreuzigten.

Mit einem tiefen Seufzer trat Francis in seine Badstube ein. Er nahm einen zuverlässigen Badknecht zur Seite und wies ihn an, sich sofort auf den Weg zum Syndicus in das Hadamarer Schloss zu machen. Mit dem habe er sich während der Wallfahrt angefreundet; der solle umgehend nach Lympurg kommen. Dann suchte er Klas auf, um mit ihm zu beraten, wie sie Annemarie helfen und Felix ausfindig machen könnten.

In der Zwischenzeit versuchte der scheinheilige Scharfrichter Nagel, Annemarie mit heuchlerischen Engelszungen zu bewegen, die Hexerei einzugestehen:

„Schöne Frau, erspart uns und Euch diese unangenehme Tortur. Hier habe ich ein Schriftstück vorbereitet. Ihr braucht es nur zu unterschreiben. Dann könnt Ihr wieder gehen. Glaubt mir, je schneller wir Euer Geständnis haben, umso gnädiger wird auch das Urteil ausfallen."

Hätte Annemarie doch nur unterschrieben! Stattdessen starrte sie ihn an wie eine leblose Holzpuppe. Auf dem Stuhl, auf den sie gezerrt worden war, klebte Blut. Die Luft war zum Zerschneiden dick. Kein Wunder, denn ein Fenster gab es nicht in dem feuchten Kellerraum. Rußende Fackeln brannten an den Steinwänden, reizten die Augen und erwärmten die Folterkammer. In der Ecke saß der alte Schreiber Schupp mit einem unförmigen Brillengestell an einem kleinen Holztisch. An der Seite beobachteten zwei Schöffen und der Schultheiß auf einer Bank regungslos das barbarische Geschehen, wie bei einem Schauspiel der Komödianten.

„Dumm Orschel, hört Ihr mich? Wollt Ihr gestehen?"

„Lasst mich zu meinem Felix. Ich habe nichts Böses getan!", schluchzte sie, ohne eine Träne im Auge, den Männern hilflos ausgeliefert. Sie schickte stille, flehentliche Stoßgebete zur Heiligen Jungfrau Maria und beschloss, keine Fragen mehr zu beantworten.

„Gerichtsschreiber, notiere er, des Mensch verweigere auch nach nochmaliger Befragung ein Geständnis. Ich werde ihr daher jetzt die Daumenschrauben, Fußschrauben und die anderen Folterwerkzeuge zeigen und deren Wirkung erläutern, so wie es die Prozessordnung vorsieht.“

Er redete auf Annemarie ein, malte ihr die höllischen Schmerzen aus, welche die Foltergeräte verursachen konnten, und ermahnte sie immer wieder, zu gestehen. Dann würden ihr die peinlichen Qualen erspart. Doch Annemarie schien unbeeindruckt, entweder hatte sie nicht verstanden, oder – was eher anzunehmen war – sie hatte einfach nicht zugehört und zugeschaut, so als ob sie die Demonstration des Schreckens nichts anginge. Vielleicht war sie aber auch schon einer Ohnmacht nahe.

„Gerichtsschreiber, notiere er, die Delinquentin zeige keine Regung, nachdem ich ihr die Folter erklärt habe. Störrisch beharrt die Feierhex, zu schweigen. Auffällig ist, dass sie keine Träne weint, ein klares Indiz dafür, dass der Teufel mit ihr im Bunde ist.“

116

Klas hatte in Erfahrung bringen können, dass der kleine Felix im Waisenhaus des Hospitals vor dem Diezer Tor untergebracht war. Ein Besuch beruhigte sie: Der Junge plärrte zwar ununterbrochen und verlangte nach seiner Mama, aber aus gesundheitlicher Sicht gab es keinen Grund zur Sorge. Sie begnügten sich damit, zumal am nächsten Tag Anton Diezinger wieder aus Cölln zurückerwartet wurde. Dann könnte er sich um Felix kümmern. Die liebevollen, väterlichen Blicke, die Francis dem Jungen mit klopfendem Herzen zugeworfen hatte, missdeutete Klas als Mitleid.

„Annemarie, hörst du mich? Hier sind Klas und Francis. Wir haben deinen Felix im Waisenhaus getroffen. Es geht ihm gut. Mach dir keine Sorgen", rief Francis vor der verrammelten Tür des Karzerlochs. Er wiederholte seine Worte noch einmal lauter. Doch er erhielt keine Antwort. Jedenfalls konnte er keine hören.

„Wächter, wie steht es um die Gefangene? Sie gibt kein Lebenszeichen von sich! Ich verlange, dass Ihr sofort nachseht."

Der Wächter war für das Leben der Gefangenen verantwortlich und musste mit einer drakonischen Strafe rechnen, würde sich Annemarie durch Selbstmord vorzeitig einer Verurteilung entziehen. Erschrocken schloss er sofort mit einem rostigen Schlüssel das schwere Schloss auf und öffnete die wuchtige Eichentür einen Spalt weit. Wie ein Häuflein Elend kauerte Annemarie auf dem Boden. Sie hob den Kopf und stierte in das helle Licht, unfähig, jemanden zu erkennen.

„Hat sie etwas gegessen? Können wir ihr Essen bringen?"

„Sie rührt nichts an, schon seit drei Tagen. Auch Wasser verschmäht sie. Wenn sie so weitermacht, steht sie die Tortur nicht durch."

„Annemarie, wir holen dich hier heraus, vertrau uns. Aber bitte, bleibe bei Kräften. Du musst essen. Denke an deinen Felix!" Doch Annemarie hielt sich apathisch die Ohren zu.

Am Nachmittag traf der Hadamarer Rechtsgelehrte in der Badstube ein und ließ sich den Vorfall schildern. Ohne Umschweife verlangte er sofort im Rathaus, mit dem Schultheiß zu sprechen. Man bat ihn zu warten. Nach einer halben Stunde hielt es den Syndicus nicht mehr auf seinem Stuhl. Er schritt auf die Stube des Schultheißen zu, öffnete wütend die Tür und erschrak vor der heillosen Unordnung, die er auf dem mit allerlei Gerätschaften, Schriftstücken und Büchern überladenen Richtertisch registrierte. Sofort fiel ihm das teuflische *Malleus Maleficarum* in die Augen, abgegriffen und ziemlich ramponiert. Hatte sich der Schultheiß mit dem Studium des Hexenhammers auf die Folter der jungen Frau vorbereitet? Auf dem dicken Wälzer lag ein Totenschädel, der mit seinen finsteren Augenhöhlen drohendes Unheil verhieß. Die noch vereinzelt erhaltenen Zähne bissen auf eine Schatulle mit dünnen Holzstäbchen. Eines davon lag schon bereit, um es zu brechen und die Teile dem Armen Sünder vor die Füße zu werfen. Hoffentlich nicht vor die der unschuldigen Annemarie. Der Syndicus hatte zunächst den in der Ecke hockenden, schlafenden Gerichtsbüttel nicht bemerkt.

„Was sind denn das für Methoden?", schrie er den verdutzten Mann an. „Werdet Ihr fürs Schlafen gelohnt? Ich meine, da ist ein Rapport an den Kurfürsten fällig. Ich will auf der Stelle den Schultheiß sprechen. Holt ihn unverzüglich herbei."

Der Büttel schnappte verdattert seine Mütze und eilte in den Keller. Kurz darauf erschien er mit Johann Opper, der unwirsch fragte, wer er denn sei und was er wolle.

„Mein Name ist Horatio Sibelius, Syndicus des Fürsten von Nassau-Hadamar. Für Euren Kurfürsten inspiziere ich die Gerichtsprotokolle und erstelle Gutachten für die Urteilsfindung. Wie ich höre, habt Ihr eine Frau der Hexerei beschuldigt. Was geschieht mit ihr?"

„Woher wisst Ihr das? Wer hat Euch gerufen?"

„Das geht Euch nichts an. Was geschieht mit dem Weib?"

„Wir verhören sie streng nach der dem *Modus Procedendi* des Hexenhammers. Alles exakt nach den Buchstaben des Gesetzes."

„Ihr wisst doch sicherlich, dass Jugendliche, Schwangere, Kranke, Irre und Alte vom peinlichen Verhör ausgeschlossen sind. Die beschuldigte Frau ist noch nicht vierzig Jahre alt. Habt Ihr eine Schwangerschaft ausgeschlossen?"

„Wir haben keine Anzeichen ...", stotterte der Schultheiß.

„Also nicht. Und Ihr wisst doch hoffentlich, dass ein Weib im gebärfähigen Alter nicht vom Malefizgericht verurteilt werden kann. Warum in Gottes Namen setzt Ihr die Frau den peinlichen Qualen aus? Entzückt sich der Scharfrichter an ihrem jungen Körper? Wollt Ihr Euch auf Kosten des Kaufmanns bereichern, beköstigen und Wein saufen? Habt Ihr sichergestellt, dass der Kutscher die Wahrheit sagte? Habt Ihr Zeugen für diese vermaledeite Katze? Nein? Was seid Ihr nur für ein erbärmlicher Schultheiß. Lasst das Weib gehen, ermahnt sie und stellt sie unter Beobachtung. Ich empfehle, den Kutscher eingehend zu befragen und ihm notfalls die Folter anzudrohen."

In diesem Moment traten die beiden Schöffen mit ernsten Mienen ins Zimmer. Schultheiß Johann Opper wollte sie gerade gereizt auffordern, den Raum zu verlassen, da erklärten sie:

„Die Angeklagte Diezinger ist bei der körperlichen Inspizierung nach Hexenmalen verstorben."

117

Anton Diezinger wunderte sich, sein Haus leer vorzufinden. Annemarie war sicher mit dem Jungen noch unterwegs, vielleicht noch beim Gottesdienst. Er rollte die Fischfässer mit dem Kanthaken ins Erdgeschoss, versorgte die Pferde und ging nachdenklich die wenigen Schritte zum Rathaus. Am Brückentor hatte man ihm ausgerichtet, der Schultheiß müsse ihn dringend sprechen. Opper wartete schon auf ihn. Mit wenigen Worten eröffnete er dem entsetzten Anton, dass seine Frau im Zuge einer peinlichen Befragung gestorben sei.

„Annemarie eine Hexe? Seid Ihr wahnsinnig? Das geht doch nicht mit rechten Dingen zu!"

„Diezinger, niemand mag es akzeptieren, wenn eine nahestehende Frauensperson der Hexerei beschuldigt wird. Aber der Satan ist ein hinterlistiger und höchst geschickter Bursche. Jedem von uns fällt es schwer, die Töchter des Teufels zu erkennen, darum müssen wir streng nach dem Hexenhammer vorgehen."

„Hört auf, dummes Zeug zu reden. Annemarie ist keine Hexe, dafür lege ich meine Hand ins Feuer. Woran ist sie gestorben? Wer hat sie umgebracht?"

„Der Scharfrichter Nagel führte das Verhör. Er hat ihr kein Leid angetan, fragt den Gerichtsschreiber. Nagel behauptet, der Teufel habe ihr das Leben genommen, damit sie einer Verurteilung zuvorkomme."

Inzwischen kam der Gerichtsschreiber Schupp herein und bat, Diezinger unter vier Augen sprechen zu können. Sie gingen hinaus und setzten sich in einen kleinen Raum, wobei Schupp sorgfältig die Tür verschloss.

„Diezinger, was ich Euch jetzt sage, muss unter uns bleiben, verstanden? Der Scharfrichter trägt keine Schuld am Tod Euer Frau. Er hat sie, wie es die Prozessordnung vorsieht und wie es das Gericht angeordnet hatte, nach Hexenmalen und Amuletten untersucht. Er fand zunächst ein Amulett, das einen Drudenfuß darstellt. Wisst Ihr, woher sie das Amulett hatte?"

„Sie erwähnte mal, es vom Bader bekommen zu haben; es solle ihr Glück bringen und Unheil abwehren."

„Bei der körperlichen Untersuchung fand der Scharfrichter einige Muttermale. Eines fand er versteckt unter den Schamhaaren. Die Nadelprobe ergab, dass kein Blut heraustrat, was als Hexenbeweis gilt. Zusätzlich stellte Nagel fest, dass Eure Frau nicht fähig war zu weinen. Ein eindeutiges Zeichen ..."

„Ihr macht mir Angst, Schreiber Schupp. Meint Ihr, ich war mit einer Hexe verheiratet?"

„Nun, ich will nicht richten, ich habe nur protokolliert. Eines muss ich Euch noch sagen: Eure Frau verlor das Bewusstsein. Nicolaus Nagel versuchte sie zurückzuholen, aber vergebens. Kurz bevor sie die Augen verdrehte, stöhnte sie noch einmal. Es fiel mir besonders auf, da sie sonst keinen Laut von sich gab. Ich meine gehört zu haben, wie sie den Namen ‚Francis' rief. Und zudem war es der Bader Franciscus Emmerich, der sich für Eure Frau eingesetzt hat. Er hat mit ihr im Katzenturm gesprochen und den Rechtsgelehrten geholt."

Anton Diezinger saß da wie vom Blitz getroffen. Fassungslos schnappte er nach Luft. Er hatte diesem Kerl vertraut. Steckte etwa mehr dahinter als nur eine Freundschaft aus der Zeit, als beide beim Gerber wohnten? Erst das Amulett, dann hatte sie den Namen des Baders gerufen. Warum nicht seinen? Hatte sie ihn hinterlistig hintergangen?

„Meint Ihr, meine Frau hatte eine Liebschaft mit dem Bader? Ist Felix etwa die Brut dieser Verbindung? Unglaublich. Wo ist Felix jetzt?"

„Wir haben ihn ins Waisenhaus bringen lassen."

„Gut, er soll da so lange bleiben, bis ich Gewissheit habe. Wer kann mir mehr über diesen verdammten Bader sagen? Wie kann ich ihm das Handwerk legen?"

„Nach meiner Kenntnis will der neue Apotheker Johann Philipp Klos gegen den Bader vorgehen. Ihr trefft ihn in der neuen Gaststube ‚Zu den drei Kronen' in der Salzgasse an."

118

Diezinger schloss den Fischladen. Er zermarterte sich den Kopf: War Annemarie vielleicht doch eine Hexe? War sein Felix eine Satansbrut oder Frucht eines Ehebruchs mit diesem verfluchten Bader? Hatte der ihm nicht ein Parfüm angedreht? Von wegen ‚Träne der Hathor', Hexentränen hatte er ihm verkauft! Wie er so sinnierend und mit sich hadernd auf dem Bett lag, klopfte es an der Haustür. Er rührte sich nicht, doch dann hämmerte es lautstark. Ärgerlich schaute er zum Fenster hinaus.

„Anton Diezinger, der Kurfürst hat in seiner Gnade entschieden, dass Eure Frau ein christliches Begräbnis erhält. Die Beisetzung findet morgen Schlag elf auf dem Friedhof der Sankt Sebastianskirche statt", schrie der Amtsbote hinauf, drehte sich um und trollte sich. Jetzt musste er sich entscheiden: entweder trauernder oder betrogener Ehemann zu sein. Solle er am Grab um Gottes Frieden für die Seele seiner Frau beten oder um Gnade für die Hexe nachsuchen? Ohne Zweifel war Annemarie von den Lympurgern zur Hexe abgestempelt worden. Andererseits würde sie auf dem geheiligten Acker verscharrt, mit oder ohne den Segen der Kirche. Was mochten die Franziskaner dazu sagen?

„Mein Sohn, ich kannte deine Frau Annemarie", sagte ihm der greise Bruder Ludolf, als Diezinger ihn im Kloster aufsuchte. „Sie kam regelmäßig zur Beichte. Glaubt mir, sie ist reines Herzens und ohne Sünde gestorben."

„Meint Ihr, Annemarie war zu Unrecht angeklagt?"

„Der Hexenprozess war ein fürchterlicher Irrtum. Nein, nie und nimmer war Annemarie eine Hexe. Traut den Aussagen des Scharfrichters nicht. Der ist nur an Euerm Geld interessiert."

„Werdet Ihr Annemarie mit dem Segen der Kirche bestatten?"

„Aber natürlich. Alles ist vorbereitet. Sie ist schon aufgebahrt. Wollt Ihr sie noch einmal sehen?"

Mit langsamen Schritten suchten sie einen kahlen Raum auf. Der einfache Holzsarg stand in der Mitte, zwei Kerzen brannten am Kopfende. Annemarie lag da wie eine schlafende Prinzessin. Sie ließ keine Anzeichen von Qualen erkennen, im Gegenteil, auf ihrem Gesicht lag ein Hauch von Zufriedenheit und friedlicher Ruhe. Sein Herz krampfte sich zusammen. Der Mönch hatte recht, Annemarie konnte niemals verhext sein. Liebevoll strich er ihr über das rote, sorgsam gekämmte Haar, als fürchtete er sich, sie aufzuwecken. Dann beugte er sich über ihr rosiges Gesicht, drückte ihr einen Kuss auf die Stirn und weinte bitterlich. Bruder Ludolf richtete ihn vorsichtig auf.

„Mein herzliches Beileid, mein Sohn."

„Was muss ich noch erledigen für die Beisetzung?", schluchzte er.

„Alles Notwendige ist getan. Die Emmerichs haben sich liebevoll darum gekümmert."

„Die Emmerichs? Ihr meint den Bader und den Klas Emmerich?"

„Genau, Annemarie konnte wahrlich auf ihre Freundschaft zählen."

Dieser Bader verfolgt mich, dachte er. Zorn stieg in ihm auf. Vielleicht war Annemarie keine Hexe, aber war sie ihm auch treu gewesen?

„Sagt, Bruder Ludolf, wie soll ich nun mit meinem Sohn verfahren? Wahrscheinlich wird er doch in Lympurg als Teufelsbrut angesehen. Kann ich ihn wirklich mit reinem Herzen als meinen ehelichen Sohn ansehen?"

Das waren die Momente, in denen Bruder Ludolf am liebsten davonlaufen würde. Einerseits konnte er das Beichtgeheimnis nicht brechen, andererseits durfte er auch nicht lügen. Jetzt war Diplomatie gefragt.

„Ich stimme Euch zu, der Felix wird immer einen Makel mit sich tragen. Egal, ob Ihr ihn aufzieht oder das Waisenheim. Der Junge tut mir leid. Er ist der Unschuldigste von allen. Hört deshalb meinen Vorschlag: Holt ihn aus dem Heim heraus und übergebt ihn dem Kloster. Im Schoße der Kirche fragt niemand nach seiner Herkunft. Beim Herrn ist jeder willkommen, ob Teufelsbrut oder Frucht eines Ehebruchs."

Warum sprach dieser Mönch von Ehebruch? Wusste er etwas? Aber jede weitere Frage erübrigte sich. Der Mönch war an seine Verschwiegenheit gebunden. Trotzdem, seine Worte waren eindeutig.

„Danke, Bruder, für den Rat. Wahrscheinlich wäre es für Felix tatsächlich das Beste, ihn im Kloster aufwachsen zu lassen."

„Dankt nicht mir, dankt dem Bader Francis. Der hat den neuen Guardian überzeugt."

Jetzt platzte Anton Diezinger der Kragen.

Sein Zorn wuchs ins Unermessliche, als er den Bader und Klas am nächsten Morgen sichtlich tief trauernd am Grab stehen sah. Der neue Klostervorsteher Pater Johann in der Nachfolge von Heinrich Diestel übergab Annemaries Leichnam dem gütigen Herrn: Asche zu Asche, Erde zu Erde. Anton beschlich das Gefühl, dieser Francis hätte seine Frau verloren und nicht er. Es ärgerte ihn maßlos, dass der Guardian Johann nach der Einsegnung – nachdem er ihm sein Mitgefühl ausgesprochen hatte – auf Francis zuging und diesem und Klas sichtlich bewegt kondolierte. Dann reichte er auch dem neuen Turmwächter die Hand. Warum stand Bruder Ludolf ebenfalls bei diesen Männern? Hatte er es mit einer Verschwörung der Kirche zu tun und nicht des Teufels?

119

Drei Tage später, der Abend war kalt und dunkel, erschien ein Stadtknecht beim Bader. Er sollte sofort zum Fischhändler Diezinger eilen, der liege krank danieder. Wahrscheinlich müsste er ihn schröpfen. Ungewöhnlich, dass der Schultheiß einen Boten schickte, dazu noch, um ihn zum Fischhändler zu rufen. Aber wer wusste schon, welche undurchsichtige Verbindung zwischen den beiden bestand. Es passte ihm nicht, die Badstube zu verlassen. Sein Partner Johannes Raab besuchte seine Familie im Taunus und konnte ihn nicht vertreten. Dennoch schnappte er seine Badertasche und stieg die Löhrgasse hinauf zum Fischmarkt. Auf sein Klopfen hin öffnete eine alte Magd die verschlossene Tür des Diezingers.

„Ihr seid neu hier?", fragte er.

„Ja, ich helfe nur aus. Mein Herr hat mich gebeten, nach dem Diezinger zu sehen, solange er krank ist."

„Euer Herr? Wem dient Ihr?"

„Dem Johann Philipp Klos. Ihr seid doch der Bader? Folgt mir in die Schlafstube."

Nach dem ersten Eindruck erschien die schwere Krankheit des Diezingers nicht so ernst zu sein, aber Francis wollte nicht vorschnell urteilen. Diezinger stöhnte, legte eine Hand auf die Brust und zeigte mit der anderen auf den Bauch. Francis begann, ihn sorgsam abzutasten. Ab und zu schrie der Kranke auf. Der Wundheiler schüttelte ungläubig mit dem Kopf. Die Symptome passten nicht zusammen.

„Untersucht auch meinen Rücken und legt mir Schröpfgläser an. Ich zahle Euch dafür, und lasst Euch Zeit."

Francis wollte sich nicht dem Vorwurf aussetzen, er habe für den armen Kranken nicht die nötige Sorgfalt und Zeit aufgebracht, obwohl er zu der Diagnose kam, die Umstände um den Tod seiner Frau hätten bei ihm seelische Schmerzen verursacht, die sich nun in körperlich empfundener Pein ausdrücken würden. Also ging er behutsam und ohne Hast vor, jedoch immer auf der Hut, denn seltsam kam es ihm schon vor. Was wollte Diezinger wirklich von ihm?

Den perfiden Plan, der hinter dem Krankenbesuch steckte, konnte Francis nicht ahnen: Während seiner Abwesenheit erschienen der Apotheker Klos und der Leyendeckermeister Lindeck in der Badstube. Sie setzten sich zunächst in eine warme Wanne. Kurze Zeit später stürmten drei nackte Frauen aus dem Umkleideraum in die Badstube. Die überrumpelten Badknechte forderten sie mit Nachdruck auf, das Bad sofort zu verlassen. Aber die setzten sich ungeniert in die Wanne des Apothekers und des Leyendeckers, ein Weibsbild gesellte sich zu den Männern auf den Schwitzbänken. Die Knechte bestanden lauthals und drohend darauf, dass die Metzen sofort die Badstube verlassen sollte. Denn Francis hatte ihnen eingehämmert, sie würden auf der Stelle hinausgeworfen werden, duldeten sie auch nur ein Weibsbild im Haus. Doch vor allem durch die besänftigenden und fordernden Sprüche des Apothekers Klos, des Lindecks und der anderen Gäste gaben die Knechte schließlich nach. Als dann eine der Frauen aus dem Vorraum Wein und Schnaps holte und die Flaschen herumreichte und sich Klos ungeniert mit einem Weib in der Wanne vergnügte, fielen alle Hemmungen. Im Nu glich die sonst so keusche Badstube einem Freudenhaus. Mitten in den Trubel platzte ein neuer Gast, der jedoch nicht beabsichtigte zu baden. Er stand mit seiner braunen Schaube und dem ausladenden Filzhut mitten im Trubel und blickte sich um. Ein Ausdruck der Abscheu und der Fassungslosigkeit stand ihm im Gesicht.

„Wo ist der Bader?“, schrie er einen Badknecht an und erntete höhnisches Gelächter der angetrunkenen, wollüstigen Männer. Eine nackte Dirne schlich sich an ihn heran und schmeichelte ihm:

„Edler Herr, entzürnt Euch nicht, steigt zu mir in die Wanne und vergnügt Euch. Für einen halben Gulden könnt Ihr auch mehr haben.“

„Kraft meines Amtes schließe ich sofort die Badstube. Verlasst auf der Stelle das Haus. Alle. Hinaus. Nur die Knechte bleiben. Wo ist der Bader?“

„Wer seid Ihr, dass Ihr Euch anmaßt, hier Befehle zu erteilen?", regte sich ein Badegast auf.

„Mein Name ist Georg Mallempre. Als Sendschöffe habe ich für den christlichen Lebenswandel zu sorgen. Das Badhaus erweist sich als Lasterhöhle. Schluss damit. Macht, dass Ihr fortkommt, sonst übergebe ich Euch dem Schultheiß."

Im Nu flohen die Gäste, auch der Apotheker Klos und der Leyendecker mit den Hübscherinnen, die sie von der Rosengasse engagiert hatten. Inzwischen sah sich der Sendschöffe in den Räumen um. Vor allem den Schrank mit den Kräutern, Amuletten und Talismanen inspizierte er mit Erstaunen. Die Anhänger mit der SATOR-Formel, dem AGLA-Schriftzug und dem Pentagramm steckte er vorsichtshalber ein.

Spät am Abend kehrte Francis zurück, noch immer unschlüssig, warum er zum Fischhändler gerufen worden war. Denn eines stand fest, ernstlich krank war er nicht. Die verängstigten Badknechte berichteten zögerlich über den absonderlichen Abend. Und dann fiel es Francis wie Schuppen von den Augen: Der Einfall der Dirnen und der Besuch des Sendschöffen waren von Diezinger, Lindeck und dem Apotheker inszeniert worden. Jetzt musste er mit dem Schlimmsten rechnen.

120

Schon verbreiteten sich wilde Gerüchte in der Stadt. Die Badstube am Katzenturm sei ein Hort der Hurerei. Natürlich blieben die Gäste sofort aus. Sein Partner, gerade heimgekehrt und erbost über den Vorfall, machte ihm herbe Vorwürfe. Am Morgen drangen bewaffnete Stadtknechte in die Badstube. Der Gerichtsbüttel erklärte dem erschrockenen Bader, er sei verhaftet. Sie ließen ihm nicht einmal die Zeit, seine Schaube zu holen, nur in Wams und Hose bekleidet, forderten sie ihn auf, mitzukommen. Der Weg zum Rathaus geriet für Francis zum Spießrutenlauf. Erstaunlich, dass die Menschen sich so schnell auf die Seite der Obrigkeit stellten und den Bader schadenfroh mit derben Beleidigungen verhöhnten. Im Gerichtsraum warteten bereits der Schultheiß Opper, der Gerichtsschreiber Schupp und zwei Schöffen. Schupp las die Anklageschrift vor:

„Bader Franciscus Emmerich, Ihr betreibt eine Badstube am Katzenturm mit der Genehmigung des Stadtrates. Die Visepatentes enthalten bestimmte Auflagen. Es ist Euch untersagt, weiblichen Gästen den Zutritt ins Badhaus zu gewähren. Es ist Euch untersagt, Trinkgelage zu dulden. Jede Form der Hurerei ist in der Badstube strengstens verboten. Es ist Euch ferner nicht gestattet, Kräuter anzubieten. Das ist den Apotheken vorbehalten. Eine Inspektion unseres ehrwürdigen Sendschöffen Georg Mallempre hat ergeben: In Eurer Badstube treiben sich Dirnen herum, die ihre Dienste öffentlich anbieten. Den Gästen wird schamlos Alkohol während des Badens angeboten, der alle Hemmungen und alle sittlichen Barrieren vertreibt. In Eurer Badstube hat der Sendschöffe einen Vorrat von Heilkräutern vorgefunden. Sie stammen nachweislich nicht aus der Lympurger Apotheke. Ihr verletzt somit die Gewerbeordnung der Stadt. So viel zum ersten Teil der Anklage. Gebt Ihr die Verfehlungen zu?“

„Nein, ich gebe die Verfehlungen nicht zu. Als vereidigter Geselle und Bader achte ich auf die Einhaltung der Sitten. Solange ich Bader bin, hat noch keine Frau die Badstube als Gast betreten dürfen. An dem besagten Tag, als der Sendschöffe zur Inspektion erschien, war ich zu einem Kranken gerufen worden ..."

„Haltet ein, wir sind noch nicht beim Verhör. Ihr gebt also die Euch zur Last gelegten Verfehlungen nicht zu?", unterbrach ihn der Schultheiß unwirsch mit dem festen Willen, dem Bader eine Lektion zu erteilen. Von diesem Kerl lasse er sich doch nicht vorführen. Hatte der doch beim Hexenprozess einen Rechtsgelehrten gerufen, der ihn abgekanzelt und dem er eine Rüge durch den Stadtrat zu verdanken hatte. „Lest den zweiten Teil der Anklage vor."

„Der Bader wird vom Sendschöffen beschuldigt, satanische Amulette anfertigen zu lassen und zu verkaufen. Insbesondere wurde der Drudenfuß gefunden, ein Zeichen der Hexenmagie. Bader Emmerich, Ihr werdet beschuldigt, mit dem Teufel im Bund zu stehen."

„Das ist doch dummes Zeug, was Ihr da sagt", antwortete Francis ruhig und gelassen. Noch war er sich sicher, dass sich die Anklage in Luft auflösen werde. „Die Amulette werden in dieser Form überall verkauft. Schaut Euch doch mal in Franckfurt auf dem Markt um. Die Zeichen stellen doch kein Teufelswerk dar."

„Ich stelle fest, der Delinquent bestreitet die Vorwürfe. Das zweite Verhör ist für morgen früh angesetzt. Bringt den Bader in den Katzenturm."

Auch am zweiten Tag der Befragung waren sich alle darin einig, dass der Bader zu keinem Geständnis bereit sein würde. Also musste das Malefizgericht entscheiden, ob der Missetäter durch Folter zu einem Geständnis bewogen werden könne. Schultheiß Opper plädierte vehement für die peinliche Befragung. Die Schöffen standen aufseiten des Apothekers Klos, der sich bei ihnen mit Duftseifen, edlen Ölen und Parfüms eingeschmeichelt hatte und der schon als nächster Ratsherr gehandelt wurde. Francis hatte keine Chance, der peinlichen Befragung durch den Scharfrichter Nicolaus Nagel zu entgehen.

Der nasskalte, schmierige Boden im Katzenturmgefängnis widerte ihn an. Johannes Raab hatte eine Decke besorgt, ebenso Handtücher und die wärmende Schaube. Diese durfte er jedoch dem Gefangenen nicht persönlich übergeben. Die Wächter hatten – nach gutem Zureden und einer Flasche Branntwein – die Wäsche in die Ecke des Karzers gelegt. Gegen Abend reichten sie ihm eine warme Fleischsuppe herein mit einem Gruß der alten Magd aus der Badstube.

Mit gestärktem Magen ging er noch einmal die Anklagepunkte in Gedanken durch. Immer wieder schüttelte er den Kopf. Jeder vernünftige Mensch musste doch feststellen, dass hinter der Anklage eine gemeine Intrige steckte. Er nahm sich vor, den Syndicus aus Hadamar noch einmal als seinen Fürsprecher zu rufen, sofern das Gericht nicht einsichtig war. Im dunklen Loch des Katzenturms dachte er an die arme Annemarie, die an gleicher Stelle letztlich auf ihren Tod gewartet hatte. Ob ihm das gleiche Schicksal drohte?

121

Es überraschte den Francis schon, als ihm der Gerichtsschreiber eröffnete, das Gericht habe den Scharfrichter Nagel mit der peinlichen Befragung beauftragt. Der witterte wieder ein höchst lukratives Geschäft. Der Diezinger musste fast neun Gulden berappen für das Verhör seiner verstorbenen Frau – das entsprach dem jährlichen Salär eines Nachtwächters – und die Rechnungen für Beköstigungen begleichen. Beim Bader gab es mit Sicherheit noch mehr zu holen.

„Wen haben wir denn da? Den Bader Franciscus Emmerich. Habe schon von Euch gehört. Der Abdecker Gustav hat mir einiges erzählt. Er meinte, wir wären wohl Kollegen, weil Ihr angeblich auch heilen könnt. Also, Kollege Franciscus, wie wollt Ihr denn die schweren Anschuldigungen des Sendschöffen vom Tisch wischen? Da habt Ihr doch keine Chance. Folgt meinem Rat, gebt die Anschuldigungen zu, und wir sind für heute fertig", riet ihm der scheinheilige Nicolaus Nagel mit seiner Fistelstimme. Der Schultheiß, die beiden Schöffen und der Gerichtsschreibers nickten zustimmend. Im Folterraum des Rathauses brannten vier Spanholzfackeln und warfen gespenstische Schatten auf die Männer. Es schien, als habe man sich zu einem mystischen Treffen eines Geheimbundes eingefunden.

„Scharfrichter Nagel, nennt mich niemals mehr Kollege", drohte Francis. „Ich stehe auf der ehrbaren Seite, Ihr dagegen nicht. Ihr habt Blut an Euren Händen und mehr Leichen gesehen als ich Fliegen. Leichen von Eurer Hand, wobei Ihr Euer Handwerk noch nicht einmal versteht, wenn ich nur an die unsägliche Tortur erinnere, die Ihr einst dem Italiener zugefügt habt. Und wagt es nicht, mich anzufassen. Ich schwöre, dann lege ich auch Hand an Euch an, dann ist es um Euch geschehen. Nun zu Euch, Gerichtsschreiber. Notiere er: Der Delinquent weist die aus der Luft gegriffenen Anschuldigungen mit Nachdruck von sich. Er sei Opfer eines infamen Komplotts geworden. Der Delinquent nennt als Hintermänner die Namen Johann Philipp Klos, Arnt Lindeck und Anton Diezinger. Die Männer hegen persönlichen Groll gegen den Delinquenten und haben Hübscherinnen engagiert, die an dem bewussten Tag in die Badstube unerlaubt eingedrungen sind, während der Bader an das vermeintliche Krankenbett des Diezingers..."

„Haltet ein, Emmerich, noch führe ich die Untersuchung und ich bestimme, was ins Protokoll aufzunehmen ist", schrie ihn Nagel zornig an, aber Francis ließ sich nicht beirren.

„Der Gerichtsschreiber ist angehalten, das aufzuschreiben, was der Delinquent sagt. Also schreibe er: Dem Apotheker Philipp Klos, unehelicher Sohn des Abtes vom Kloster Arnstein, ist meine Badstube ein Dorn im Auge. Der Leyendecker Arnt Lindeck hegt Rache gegen mich, weil er in einem Rechtsstreit unterlag. Was der Diezinger mir vorwirft, weiß ich nicht. Jedenfalls gibt der Delinquent die Anschuldigungen nicht zu."

Irritiert wies der Scharfrichter auf die eisernen Schrauben und Streckvorrichtungen hin. Die Schöffen rutschten neugierig auf der Bank hin und her, einen so dreisten Todeskandidaten hatten sie hier noch nicht erlebt.

„Seid Ihr mit der Schreckensschau fertig? Sie hat mich nicht beeindruckt. Die Qualen werde ich erdulden, aber sollte der Foltermeister mich verstümmeln oder mir körperlichen Schaden zufügen, wird er an meiner Statt hier sitzen. Habt Ihr das, Schreiber? Und Ihr, Schultheiß, passe er ja auf, dass der Henker nicht zu weit geht. Was habt Ihr nun vor, Nicolaus Nagel?"

„Knechte, reißt ihm die Kleider vom Leib. Ich muss ihn untersuchen."

„Jetzt bedauert Ihr, dass ich kein Weibsbild bin, nicht wahr, Nagel?"

„Die Diezingerhexe war mir lieber."

Plötzlich verkrampfte sich sein Hals, und Wut stieg in ihm auf. Die Knechte zerrten ihm seinen Wams vom Leib, entkleideten ihn vollends. Sie drückten ihn auf den großen Holztisch, wobei seine Beine an der Tischkante herunterbaumelten. Vorsichtshalber legten sie ihm Schließeisen an – zwei Eisenringe um die Handwurzeln verbunden mit einer Kette – und hielten die Arme über seinem Kopf fest. Francis lag da wie auf einem Operationstisch, bereit für den ersten Schnitt. Mein Gott, welche Qualen musste seine Annemarie hier ausgestanden haben!

„Da haben wir das erste eindeutige Zeichen", rief Nagel erfreut aus. „Schreiber, notiere er: Der Delinquent weist am Nacken ein münzgroßes Feuermal auf, ein *Stigma Diaboli*, einen Teufelsbiss. Ich nehme nun die Nadelprobe vor. Es fließt kein Blut."

„Ihr redet Kabbes. Wie soll Blut fließen, wenn Ihr nicht hineinstecht?", konterte Francis.

„Am kleinen Finger der rechten Hand des Delinquenten fehlt ein Glied. Nach unbestrittener Meinung der Experten handelt es sich dabei um ein eindeutiges Geheimzeichen, das jede Hexe und jeder Werwolf kennt: Dieser Mann ist ein Teufelskind, die Brut des Satans mit einer Hexe. Natürlich, jetzt erinnere ich mich: In Euren Dokumenten fehlte doch die Geburtsurkunde. Sagt mir, wer war Euer Vater, wer Eure Mutter? Wo wurdet Ihr geboren? Habt Ihr Geschwister?"

„Das Fingerglied habe ich durch einen Unfall im Kloster verloren. Bruder Ansgar hat es amputiert, befragt ihn."

„Alles Lüge. Und was habt Ihr über Eure Eltern zu berichten?"

Francis schwieg. Diese Runde ging an den Scharfrichter.

„Der Delinquent verweigert zu seiner Herkunft jegliche Angabe. Er bestreitet nicht, vom Teufel abzustammen. Habt Ihr das, Schreiber?"

„Was habt Ihr mit ihr gemacht?", fragte Francis.

„Mit wem?"

„Mit der Diezinger."

„Das Gleiche, wie ich es mit Euch machen werde. Die Frau aber war hübscher und stank nicht so nach faulen Eiern wie Ihr. Habt Ihr den Schwefelgeruch, Schreiber? Die Hexe versuchte mich sogar noch auf dem Foltertisch zu betören mit ihrem süßen Hexenduft. Doch ich habe diese List durchschaut, und sogleich wechselte der liebliche Wohlgeruch zu einem bestialischen, fauligen Gestank des Teufels." Nagel erkannte triumphierend, dass die gelassene Mimik des Delinquenten sofort verschwunden war, als er auf Annemarie zu sprechen kam. Jetzt konnte er ihn aus der

Reserve locken. „Und Eure Nibbel sind kümmerlich im Vergleich zu den festen Knospen der Frau, aus denen ein milchiges Teufelssekret herausquoll, das höllisch auf der Zunge brannte. Zum Glück habe ich es sofort ausgespuckt, sonst wäre mein Mund verätzt worden von dieser Satansmilch, mit der sie die Teufelsbrut stillte. Habt Ihr vielleicht Anteil an dem Knaben der Hexe? Habt Ihr das Kind mit der Hexe gezeugt?"

Francis verkrampfte sich, er holte hörbar Luft und schwieg. Jetzt wurde es gefährlich für ihn. Er beschloss, keine Antworten mehr zu geben. Dieser Nagel war ein gerissener Hund. Der Scharfrichter stellte sich derweil zwischen seine Beine, drückte sie auseinander und erzählte wollüstig weiter von der Hexenfolter, an der er sich zu ergötzen schien:

„Der Delinquent weist den Vorwurf, mit der Hexe Diezinger ein Kind gezeugt zu haben, nicht zurück. Habt Ihr das, Schreiber? Die Hexe lag auch hier auf diesem Tisch, allerdings haben wir sie so platziert, dass ihre Beine bequem lagen und der Kopf in der Luft hing. Sie wehrte sich heftig aber vergebens, als ich mir Zugang zu ihrer Scham verschaffte. Schließlich mussten wir sie am Tisch festzurren, als ich ihre rot gelockten Schamhaare einzeln herausriss, bis ihr schwefeliger Hexenschlund frei ..."

Den Satz sollte der vermaledeite Nagel nicht mehr vollenden. Francis Wut war nicht mehr zu zügeln. Dieser grausame und unmenschliche Nagel hatte seine Annemarie eindeutig in den Tod getrieben. Der angestaute Zorn brach explosionsartig aus ihm heraus. Er zog blitzschnell seine Knie auf Hüfthöhe und stieß die Beine mit aller Wucht gegen den schmächtigen Brustkorb des überraschten Scharfrichters. Nagel wurde gegen die rohe Steinwand geschleudert. Die Schöffen rissen die Augen auf und verfolgten versteinert das Geschehen. Francis sprang vom Tisch und drückte mit aller Kraft die Kette seiner Schließeisen gegen die Gurgel des Scharfrichters, wobei der Kopf mehrfach heftig gegen die Kalksteine schlug. Zu spät sprangen die Folterknechte herbei. Sie warfen sich auf Francis und drückten ihn zu Boden, während der Scharfrichter Nicolaus Nagel langsam an der Wand zusammensackte. Dabei hinterließ er eine schaurige Blutspur auf dem rauen Mauerwerk.

122

Genickbruch. Francis hatte den Scharfrichter Nagel für immer zum Schweigen gebracht. Schultheiß Opper musste sich herbe Vorwürfe des Bürgermeisters Heinrich Wenzel gefallen lassen, warum er die Tat nicht verhindert habe, zumal er doch anwesend war. Der Bader würde um die Todesstrafe nicht herumkommen, Opper brauchte sofort einen neuen Scharfrichter: etwa Nagels Stiefsohn Hans Leonard Busch, seit zwanzig Jahren Wasenmeister in Neuhof? Oder Johann Post, der ehrgeizige, aber unfähige Stellvertreter Nagels? Der Rat überließ die Entscheidung dem Kurfürsten. Die Wahl fiel natürlich auf den Carnifex aus Neuhof, weil das Amt schon traditionell in den Händen der Familie Busch war.

Der Kurfürst der Erzdiözese Trier, Karl Kaspar von Leyen, bestätigte zur gleichen Zeit das harte Urteil des Malefizgerichts Lympurg, wobei er aber die Verurteilung als Hexer fallen ließ. Eine kostspielige Überprüfung durch die Gutachter konnte er sich sparen. Der Fall war eindeutig:

„Der Bader Franciscus Emmerich wird wegen Mordes am kurfürstlichen Scharfrichter Nicolaus Nagel zum Tode durch den Strang verurteilt. Die Hinrichtung erfolgt am Nachmittag Schlag zwei des sechzehnten Apriltages A. D. 1676. Sein Leichnam bleibt zur Abschreckung sieben Tage am Galgen hängen. Die vom Gericht geforderte Verbrennung des Leichnams entfällt. Der Nachrichter verscharrt die Leiche auf dem Schindanger. Dem armen Sünder steht keine weitere Gnade zu, zumal seine grausame Tat heimtückisch und vorsätzlich erfolgte.“

Angekettet im dunklen Lochgefängnis im Katzenturm, dachte Francis über seinen mörderischen Wutausbruch nach und bereute schließlich nichts. Der verfluchte Scharfrichter war mit Annemarie und ihm wie mit Vieh, das zum Abschlachten bestimmt war, umgegangen. Das war kein menschliches Verhalten, kein ehrlicher Prozess, sondern ein grausames, demütigendes Schauspiel. Ein vorgefasstes Urteil sollte mit fadenscheinigen Argumenten gerechtfertigt oder mit Folter erzwungen werden. Die Obrigkeit sah zu, niemand zügelte den Scharfrichter. Wohl auch deshalb, weil die Würde eines Menschen nichts galt – noch nicht. Aber die neuen Philosophen und Wissenschaftler vermittelten zumindest die Hoffnung auf eine grundsätzliche Wende.

Die Folterknechte hatten ihn nicht nur vom toten Nagel weggezerrt, sondern auch noch mit den Folterzangen übel zugerichtet, als er gefesselt am Boden lag. Die anderen Zeugen hatten sich diskret zurückgezogen. Wie ein geprügelter Hund krümmte sich Francis vor Schmerzen auf dem von Fäkalien durchtränkten Lehmboden. Sein Kopf brummte wie der Mahlstein der Obermühle. Sein Gesicht war geschwollen und schmerzte. Ob er noch seine Sehkraft hatte, konnte er in der Dunkelheit nicht prüfen. Seine Beine schienen gerädert worden zu sein. Selbst Bruder Ansgar hätte große Mühe, aus ihm wieder einen passablen Menschen zu machen.

Inzwischen berieten Klas, Hennes und Georg in der Badstube, wie sie ihrem Freund helfen konnten. Jeder Versuch, mit ihm Kontakt aufzunehmen, ihm warme Kleidung und Essen zu bringen, wurde von den Wachen vereitelt. Da half auch kein Bestechungsgeld mehr. So saßen sie ratlos auf der Schwitzbank und grübelten.

„Ei, wir könnten ihn befreien, wenn er zum Rathaus gebracht wird“, schlug Klas vor.

„Dann musst du schon eine ganze Armee aufbieten. Auch ein noch so mächtiger Fürsprecher kann nichts mehr ausrichten.“

Hennes, inzwischen zum Priester geweiht und zum Guardian gewählt, betete die ganze Zeit mit gefalteten Händen und gebeugtem Kopf, nackt im Schwitzbad. Was hatte Francis nur zu dieser Tat bewogen? Wollte Francis etwa den Tod Annemaries rächen? Es wäre ihm durchaus zuzutrauen. Instinktiv dachte er an den greisen Bruder Ludolf, der ihm in den Ohren lag, er möge doch den Sohn der Annemarie Diezinger in das Kloster aufnehmen. Zunächst stand er dem Vorschlag skeptisch gegenüber. Warum setzte sich Ludolf so vehement für den Diezingersohn ein? Doch als auch Francis ihn bat, sich um den kleinen Felix zu kümmern, und als der Fischhändler sogar zustimmte, ließ er den Jungen ins Kloster holen. Immer wenn er ihn dort sah, musste er an Francis denken, denn der Kleine begeisterte sich für das *Herbularius* und hatte sich Bruder Ansgar zu seinem Ersatzvater erkoren, genau wie Francis damals. Wie sie so grübelten, platzte Klas mit einer Idee heraus.

123

Beim Abdecker Gustav kündigte sich der Besuch des Stadtknechtes an. Gustav hatte sich bei seinem Vorgesetzten Nagel krankgemeldet, als er hörte, dass er bei dem peinlichen Verhör von Francis als Folterknecht anwesend sein sollte. Er konnte es bei Gott nicht übers Herz bringen, seinen eigenen Sohn zu foltern! Dennoch sorgte er sich nicht um Francis, hatte er doch unter der Hand vom Henker Nagel erfahren, dass man Francis nur eine Lektion erteilen wollte. Der Vorwurf, Francis habe mit dem Teufel einen Pakt geschlossen, sei nicht zu beweisen. Aber die Möglichkeit der peinlichen Befragung wollte er sich schon wegen des Geldes nicht entgehen lassen. Die qualvolle Folter sollte aber dem Francis erspart werden. Der Büttel brachte einen griesgrämig dreinschauenden Mann mit, den Gustav nicht kannte. Erst als der ihm aber seinen Namen sagte, wusste Gustav sofort, wen er vor sich hatte.

„Womit habe ich die Ehre verdient, den Wasenmeisterkollegen Hans Leonard Busch aus Neuhof zu begrüßen?“

„Abdecker Gustav, der Kurfürst hat mich mit sofortiger Wirkung zum neuen Scharfrichter bestellt.“

„Was ist mit Nicolaus Nagel?“

„Mein Stiefvater wurde bei einem Verhör ermordet. Und deshalb bin ich hier. Der Mörder sitzt im Katzenturm ein. Das Todesurteil ist gesprochen. Er muss hängen. Die Folterknechte haben ihn übel zugerichtet. In dem erbärmlichen Zustand werde ich ihn nicht zum Galgen führen. Der endliche Rechtstag mit öffentlicher Urteilsverkündung ist in zwei Tagen vorgesehen. Bis dahin sollten wir aus ihm wieder einen halbwegs ansehnlichen Menschen machen. Ihr werdet nach ihm sehen.“

Als Gustav seinen geschundenen Sohn im Katzenturm erkannte, fuhr ihm das blanke Entsetzen in die Glieder. Nicht nur wegen des gesundheitlichen Zustandes, sondern wegen der Gewissheit, er werde Francis am Galgen hängen sehen.

„Wo bekomme ich Fackeln, warmes Wasser, Tücher her?", fragte er Francis.

„Lasst alles, was Ihr braucht, aus der Badstube holen. Die Magd möge mir auch einen Salbeiaufguss zubereiten. In meinem Behandlungszimmer findet ihr verschiedene Salben und einen Hanfsamenbrei. Bringt mir alle meine Arzneitöpfe mit, denn Euer Menschenfett lasse ich nicht an meine Haut." Es war das erste Mal, dass Francis die Heilkünste an seinem eigenen Körper anwenden wollte. Francis konnte sich bald in einer trockenen, erhellten Gefängniszelle, ohne an den Stock geschlagen zu sein, behandeln lassen. Der Abdecker folgte seinen fachlichen Empfehlungen.

„Warum? Warum nur hast du den Nagel getötet?"

„Darüber möchte ich nicht sprechen. Er hat es verdient."

„Auch wenn du das jetzt mit dem Tod büßen musst?"

„Ja, auch dann. Ich würde es noch einmal tun. Erlaubt Ihr mir, Besuch zu haben?"

„Nein, ausgeschlossen, solange du dein Urteil nicht vernommen hast. Übermorgen verkündet der Schultheiß beim endlichen Rechtstag das offizielle Urteil. Danach hast du als armer Sünder zwei Tage Zeit, dich von der Welt zu verabschieden."

Die Krankenversorgung lenkte Gustav ein wenig von seinen quälenden Gedanken ab. Solle er sich Francis als Vater zu erkennen geben? Dann nehme er seinem Sohn jede Illusion, die ihm noch verblieben war: die Illusion, doch ehelich geboren zu sein. Würde das kurz vor seinem Tod etwas ändern? Francis betrachtete ihn als guten Freund, als Kollegen in medizinischer Hinsicht, als Helfer in der Not. Nein, er wollte es dabei belassen und sein Geheimnis bewahren. Also sprach er mit Francis über die Heilmittel, die Kräuter und die *Tinctura Laudanum*, die Francis eine ruhige Nacht bescherte. Gustav übernachtete im Badhaus, um gleich am frühen Morgen wieder für den Gefangenen zu sorgen. Am dritten Tag war Francis so weit hergestellt, dass er vor den endlichen Rechtstag treten konnte.

124

Glockenschläge kündigten die Urteilsverkündung an. Francis wurde in sauberen Kleidern – es waren dieselben, die er in Franckfurt getragen hatte – in den großen Raum des Rathauses geführt. An den grün verhängten Tischen saß Schultheiß Johann Opper in dem roten Gewand des Richters. Vor ihm auf dem Tisch lagen die Prozessakten, darauf ein einfacher Holzstab und daneben sein ziseliertes Schwert. Die Schöffen und der Gerichtsschreiber hatten an den Tischseiten Platz genommen, alle in festlichem Schwarz gekleidet. Die Fenster waren weit geöffnet, so dass die versammelte Menschenmenge am Fischmarkt das Urteil vernehmen konnte, das der Gerichtsschreiber Jakop Schupp verkündete:

„Franciscus Emmerich, Bader zu Lympurg, Ihr steht vor dem endlichen Blutgericht unter dem Vorsitz des ehrwürdigen Schultheißen Johann Opper. Ihr seid angeklagt, den Scharfrichter Nagel ermordet zu haben. Das Gericht ist in der vorgeschriebenen Besetzung zusammengetreten und hat sein Urteil gefällt. Franciscus Emmerich, bekennt Ihr Euch zu Euer Schuld?"

„Ja, ich bekenne mich dazu, den verlogenen und bestialischen Menschenfolterer Nicolaus Nagel im Namen aller, die seine grausamen Qualen erdulden mussten, seiner gerechten Strafe zugeführt zu haben. Möge er in der Hölle schmoren."

„Ich konstatiere, der Delinquent hat sein Vergehen zugegeben. Das Malefizgericht hat in seiner ordentlichen Sitzung das Strafmaß beraten und unserem ehrwürdigen Kurfürsten vorgelegt. Nach dessen Zustimmung ergeht somit rechtskräftig folgendes Urteil: Der Bader Franciscus Emmerich wird wegen Mordes ..."

Bei den letzten Worten erhob sich das Gericht. Der Schultheiß nahm den schwarzen Stab, der vor ihm auf dem Tisch lag, zerbrach ihn und warf die Teile vor die Füße des Gefangenen: „Gott sei deiner Seele gnädig!" Beifall rauschte sowohl im Raum als auch draußen vor dem Rathaus auf, wo die Nonnen schluchzend dreimal das Kreuz vor der Brust schlugen.

„Ruhe, ich gebiete Ruhe“, fuhr der Gerichtsschreiber fort. „Die Hinrichtung findet am Donnerstag Schlag zwei auf dem Galgenberg zu Lympurg statt. Der arme Sünder trifft sich zuvor mit dem Gericht zur Henkersmahlzeit Schlag elf im Rathaus.“

Unvermittelt stießen die Schöffen polternd die Stühle um und verließen mit würdevollen Schritten den Raum, wahrscheinlich zum gemeinsamen Mahl.

Zurück im Lochgefängnis erwartete der Abdecker Gustav den armen Sünder und drückte den überraschten Francis mit Tränen in den Augen schluchzend an sich. Francis ließ es irritiert geschehen. Er empfand die Umarmung als angenehmen Trost, vor allem, da Gustav schwieg.

„Könnt Ihr meine Freunde bitten, mich zu besuchen? Ich darf doch jetzt Besuch empfangen, oder?“

„Natürlich, ich sage in der Stuffa Bescheid. Der neue Henker verlangt von mir, dass ich den Galgen aufstelle und ihm bei der Hinrichtung assistiere. Das erste Mal in meinem Leben widert mich mein Handwerk an. Ich mache Schluss.“

„Warum willst du deinen Broterwerb aufgeben? Vielleicht beruhigt es mich ja, dich unter dem Galgen in meiner Nähe zu wissen.“

Gustav heulte wie der greise Abraham, der seinen Sohn Isaak opfern sollte, umarmte den verstörten Francis und eilte wie von Furien gehetzt zum Badhaus.

125

Ei, was war denn mit dem Schinder los? Der flennte wie ein Schlosshund!“, meinte Klas, der als Erster an der schweren Gefängnistür erschien.

„Keine Ahnung, aber das Urteil ging ihm wohl an die Nieren. Er soll den Galgen aufstellen. Kommst du allein?“

„Die anderen warten draußen. Die Wächter lassen nur einen zu dir hinein. Also, um es kurz zu machen. Ich habe den Syndicus über dein Schicksal informiert. Leider konnte er noch nicht kommen. Er musste zum Kurfürsten nach Trier reisen. Aber deine Sterne stehen schlecht. Mord im Beisein von ehrbaren Zeugen, was soll der Syndicus dagegen unternehmen? Alle Achtung, du Retter der Geschändeten. Hoffentlich hat es Annemarie auch im Himmel vernommen. Jedenfalls wird es ein schönes Wiedersehen geben, du und Annemarie. Du hast sie von Anfang an geliebt, nicht wahr? Und sage mir ehrlich, beim peinlichen Verhör warst du mit deinen Gedanken mehr bei Annemarie, als dass du deinen Kopf aus dem Schlamassel ziehen wolltest. War deine Liebe stärker als die Furcht vor dem Tod?“

„Du hast ja recht, Klas. Wasch mir nur den Kopf. Vielleicht habe ich alles unterschätzt, bin hochnäsig, blind und töricht gewesen. Obwohl ich schon schlechte Erfahrungen mit unserer Rechtsprechung gemacht hatte, glaubte ich anfangs immer noch, in meinem Fall würden Wahrheit und Gerechtigkeit siegen.“

„Francis, du hast einen Menschen umgebracht. Ist dann die Todesstrafe nicht gerecht?“

„Aber so weit hätte es nicht kommen dürfen…“

„Du hast dich zum Richter über die Gräueltaten des Henkers aufgespielt. Solltest du das nicht dem lieben Gott überlassen, wenn er über uns am Jüngsten Tag urteilt? Ich komme morgen wieder. Soll ich jetzt den Hennes reinlassen, der muss gleich wieder ins Kloster zurück.“

Mit gefalteten Händen schritt Pater Johann wie zum Stundengebet herein, blass, kurzatmig und verschwitzt. Als wollte er den Teufel vertreiben, küsste er zunächst sein Holzkreuz, das um seinen Hals baumelte.

„Francis, du hast schwere Schuld auf dich geladen. Ich möchte dir die Beichte abnehmen."

„Hier? Noch liege ich nicht auf dem Sterbebett."

„Das Sterbebett ist dir versagt. Unter diesen Umständen werde ich dich nun von deinen Sünden befreien, damit du reuevoll unserem Herrn entgegentreten kannst."

„Aber pass mit der Buße auf, Hennes. Eine Wallfahrt werde ich wohl nicht mehr antreten können."

„Mein Gott, woher nimmst du nur die Kraft, in deiner Situation auch noch zu scherzen. *In nomine Patris, et Filie et Spiritus Sankti....*"

Nach der Beichte und der Absolution beteten sie einen Psalm, und Hennes versprach, Francis in die klösterlichen Stundengebete einzuschließen. So wie auch die Brüder Ludolf und Ansgar eine *Oration* für ihn sprechen wollten. Dann verabschiedete er sich, indem er beteuerte, er werde ihn bei seinem letzten, schweren Weg begleiten. Francis bat ihn, die Schwester Margarethe im Kloster Bethlehem zu informieren.

„Übrigens, Schwester Mathilde ist nun Äbtissin, Mater Freneghin ist vorige Woche verstorben."

Danach trat Georg in das Kerkerloch, bleich, traurig, mitfühlend. „Warum muss ich jetzt auch noch meinen besten Freund verlieren? Warum? Das Leben ist hart. Gott ist hart, wir verstehen seine Wege nicht. In meinen Gedanken abends im Turm stoße ich immer wieder an Grenzen. Aber eines habe ich gelernt: Den einzigen Trost kann mir nur Gottes Wort geben. Die Bibel ist jetzt mein ständiger Begleiter. Hier, Francis, ich lasse sie dir hier. Schau hinein, Gottes Wort wird dir helfen."

„Ich habe nie mitbekommen, dass du so fromm bist."

„Ich war auch kein gottergebener Diener der Kirche. Aber meine Schicksalsschläge haben mich verändert. Folgst du dem Wort Gottes, verändert sich dein Leben."

„Na, wenn das nicht zu spät ist. Wie geht es Katherina?"

„Gesundheitlich gut. Wir erwarten ein Kind und sind Gott so dankbar. Das Leben im Turm ist zwar einfach, hat aber auch seine guten Seiten."

„Schön für euch, grüß Katherina von mir und auch ihre Schwester, wie heißt sie denn noch, Anna?"

„Da wird sich Anna aber freuen. Die schwärmt immer noch für dich."

126

Vor der Henkersmahlzeit am Donnerstagmorgen war sein Galgenhumor verflogen, obwohl man ihm die letzten Stunden so angenehm wie möglich gestaltete. Francis war unausstehlich, schimpfte unflätig mit den Wärtern. Er warf ihnen das Morgenessen vor die Füße und trampelte auf den roten Cordobalederschuhen herum, die Johannes Raab für ihn hatte machen lassen. Er weigerte sich, die Haare zu richten, verlangte Branntwein und erhielt auch eine Flasche, die er fast zur Hälfte in einem Zug austrank. Erst als Hennes erschien und ihn tadelnd ansah, berappelte sich Francis. Er atmete tief durch und folgte vulgär keifend den bewaffneten Stadtwächtern die Löhrgasse hinauf zum Rathaus, das mit roten Fahnen bestückt war. Unterwegs erspähte er die Schwestern des Klosters Bethlehem, die laut betend mit leidvollen, verweinten Gesichtern vor dem Rathaus ausharrten. Aus glasigen Augen starrte Francis sie an, als flehe er um ihre Vergebung. Doch die fassungslosen Nonnen senkten die Häupter und beteten noch inbrünstiger.

Das Henkersmahl sollte Frieden zwischen dem Gericht sowie dem Henker und dem armen Sünder schließen und das Gewissen der Schöffen beruhigen. Der große Tisch, an dem der Stab über Francis gebrochen worden war, war nun mit einem weißen Tuch bedeckt. Ein Kerzenleuchter verlieh dem Henkersmahl etwas Feierliches. Die Tafel erinnerte Francis an das Hochzeitsmahl von Georg. Die Schöffen, Schultheiß Opper, Gerichtsschreiber Schupp und der neue Scharfrichter Busch hatten bereits Platz genommen, alle in feinsten Festtagskleidern. Zwei Stühle am Kopfende waren für Francis und Pater Johann reserviert. Ein eifriger Diener wollte dem armen Sünder eine Gerstensuppe auftun. Doch Francis schickte ihn barsch fort mit den Worten:

„Bringe er einen Schoppen Runkeler Roten!" Der Knecht schaute den Schultheiß fragend an. Als der nickte, stellte er Francis eine Kanne Wein auf seinen Platz und reichte den anderen Tischherren die Suppe.

„Francis, es ist nicht gut, seinem Herrn trunken vor die Augen zu treten. Bitte zügele dich“, ermahnte ihn Hennes vorwurfsvoll und nahm ihm den Krug aus der Hand. „Iss erst, wenigstens eine Kleinigkeit.“

„Du meinst, der Herrgott verübelt mir, wenn ich mich in der letzten Stunde meines Lebens nicht mehr sittsam benehme? Der alte Herr wird es mir verzeihen.“

Hennes sah ihn an, als wolle er ihm die erteilte Absolution wieder entziehen.

„Also gut, dir zuliebe. Gib mir von der Ribbeschbeer und dem Sauerkraut, um dem Tod mit Anstand und vollem Bauch entgegenzusehen.“

Gerade wurden die Suppenschalen abgetragen, als es an der Tür laut wurde.

„Lasst uns hinein und wagt es nicht, mich aufzuhalten“, schrie eine Stimme, die Francis kannte: der Syndicus Horatio Sibelius aus Hadamar. Zum Erstaunen aller trat auch der Amtmann Hugo Reinhard von Hattstein herein. Schultheiß Opper erhob sich sofort, wischte sich die Reste der Gerstensuppe aus dem Zickenbart und erwies dem Amtmann seinen Gruß:

„Amtmann, Ihr wollt dem Henkersmahl beiwohnen? Einen Stuhl für den Amtmann!“

„Lasst es gut sein, Schultheiß. Der Syndicus Sibelius hat etwas vorzutragen, hört ihn an.“

„Ehrenwertes Gericht, Ihr habt über den Bader Franciscus Emmerich den Stab gebrochen. Mit Recht, ein gemeiner Mord verdient eine gerechte Strafe.“

Francis griff verzweifelt zum Rotweinbecher. Jetzt musste er sich wohl oder übel in sein Schicksal fügen. Aus, Ende, Galgen. Hennes hielt ihn davon ab, den Becher zum Mund zu führen.

„In unserem Gerichtswesen gibt es manchmal Fügungen, die wir als Fingerzeig Gottes ansehen. Wir sollten uns davor hüten, sie zu missachten.“

Sibelius wartete ab, bevor er weitersprach, bis absolute Stille im Raum herrschte.

„Höret genau zu. Es entspricht unserem Rechtsbewusstsein, dass ein Delinquent, selbst wenn er schon auf dem Schafott steht, durch Losheiraten begnadigt und befreit werden kann. Insoweit frage ich: Erklärt sich eine Frau bereit, den verurteilten armen Sünder zu ehelichen? Es sollte aber schon eine Jungfrau sein. Denn nur der Jungfräulichkeit wird eine Schuld bereinigende Kraft zugesprochen."

Sogleich stürmten wie auf ein Stichwort Klas und Georg in den Raum mit einer jungen Maid an der Hand. Sie war mit einem weißen Brautkleid bekleidet und strahlte Francis mit einer engelhaften Glückseligkeit an. Francis glaubte, der Wein zeige nun seine verheerende Wirkung. Das war doch Anna, die kleine Schwester Katherinas! Mein Gott, welch hübsches Mädchen war da herangewachsen.

„Francis, willst du mich heiraten?", schrie sie lauthals in den Raum. Hennes stupste den Angesprochenen mit einem barschen „Himmelherrgott" an. Francis zeigte keine Regung, sondern starrte mit aufgerissenen Augen ungläubig auf das Mädchen, als ob er fantasiere.

„Franciscus Emmerich", mischte sich nun der Syndicus ein. „Diese Frau ist bereit, Euch durch Losheiraten vor dem Henker zu retten. Habt Ihr das verstanden? Nun gebt Ihr schon vor allen Zeugen das Eheversprechen, und Ihr seid ein freier Mann!"

Die Worte zeigten Wirkung. Francis erhob sich, sah der jungen Anna in die strahlenden Augen und sprach mit einer sich überschlagenden Stimme:

„Ja, ja, ja. Gott sei mein Zeuge. Ich nehme diese Frau zu meinem Weib." Das Volk grölte draußen auf der Gasse, die Nonnen bekreuzigten sich, und die Wachen zogen mit dem Schinderkarren davon.

„Moment, so einfach geht es denn nun doch nicht. Wer ist die Frau, ist sie noch jungfräulich? Nur unser Kurfürst kann das gefällte Urteil aufheben", ereiferte sich Schultheiß Opper.

Nun erhob der Amtmann seine Hand, als Zeichen, dass er etwas Wichtiges zu verkünden habe. Sofort war gespannte Ruhe im Raum.

„Für den Fall, dass der Bader Emmerich tatsächlich die jungfräuliche Tochter des ehrwürdigen Ratsherrn Johann Müller ehelichen will, hat unser gütiger Kurfürst Karl Kaspar von Leyen auf Empfehlung des Syndicus Sibelius das Urteil abgeändert. Der Verurteilte wird begnadigt, jedoch aus der Stadt Lympurg und dem kurfürstlichen Gebiet verwiesen. Das schriftliche Urteil, unterzeichnet und gesiegelt vom Kurfürsten, hat der Syndicus mitgebracht. Das Urteil ist damit rechtskräftig."

Jubel brach auf der Straße aus, im Saal dagegen herrschte betretene Stille. Syndicus Sibelius führte Anna zu Francis, die ihm um den Hals fiel und so kraftvoll drückte, dass er nach Luft schnappte. Noch immer war ihm die Todesangst ins Gesicht geschrieben.

„Mein Vater hat mir ein Haus am Lahnufer in Diez überlassen. Diez ist nicht kurtrierisch, gehört zur Grafschaft Nassau-Diez. Komm mit mir, alles ist bereits vorbereitet, mein lieber Francis."

Überrumpelt von dieser plötzlichen Wende, konnte er das unbändige Glücksgefühl, dem Henker entwischt zu sein, kaum zügeln. Überschwänglich küsste er Anna, umarmte abwechselnd den Syndicus, dann Hennes, der mit erhobenen Händen mitten im Raum stand und laut betend die unermessliche Barmherzigkeit des allmächtigen Herrn lobpreiste.

Epilog

Francis Emmerich ließ sich im Schatten des Schlosses Oranienstein nieder. Er eröffnete am Lahnufer bald eine neue Stuffa, die sich an dem bewährten Konzept des Badhauses am Katzenturm orientierte, und konnte sich über einen regen Zuspruch freuen. Die Diezer nahmen ihn auf wie einen, zu dem Gott besonders gnädig gewesen war. Mit der Zeit entwickelte er zu seiner Frau Anna eine tiefe Liebe, die mit jedem Tag stärker wurde. Seine aufrichtige Zuneigung entsprang nicht allein der Dankbarkeit, die er ihr schuldete, sondern ihrer freundlichen, innigen Herzenswärme und Güte. Drei Kinder tollten bald im Badhaus herum, das immer wieder gern von seinen Freunden aus Lympurg aufgesucht wurde.

Klas Emmerich erarbeitete sich einen guten Ruf als Zimmermeister. Nach der Hochzeit mit Adelheid kündigte er das Pachtverhältnis mit dem Gerbermeister und zog in das Elternhaus in der Löhrgasse. In Erinnerung an die Jugendzeit mit Francis und Annemarie verzierte er das Fachwerk um das Zwerchhaus mit Ohrmuschelornamenten, Weintrauben- und Apfeldekorationen. Apfelhälften und Weintrauben hatte er Francis zuliebe gewählt. Sie sollten an Annemarie erinnern. Auf seine eindringliche Frage, warum Francis gerade diese Früchte wollte, antwortete dieser, der Apfel sei das Symbol der Liebe, die Trauben das der Ewigkeit.

Pater Johann errichtete als Guardian des Franziskanerklosters eine Schule am Rossmarkt und erweiterte die klösterlichen Besitztümer. Zum Kloster in Lympurg gehörten auch die Klöster Hadamar, Montabaur, Hachenburg und Marienthal sowie ein Gymnasium, eine Brauerei und eine Tuchfabrik.

Felix, der Sohn Annemaries, lebte sich erstaunlich gut im Konvent ein. Er erinnerte mit seiner freundlichen Art an den kleinen Francis, den einst Mater Freneghin zu ihnen gebracht hatte. Sein Vater, der Fischhändler Diezinger, wandte sich sowohl von ihm als auch von Lympurg ab. Er zog in seine Heimatstadt Coblentz.

Der Turmwächter Georg Schmidt absolvierte das Theologiestudium in Mainz, erhielt danach eine Vikarie in der Stiftskirche und wurde letztlich zum Stiftsscholaster berufen. Seine Frau Katherina schenkte ihm noch einen Sohn.

Als der neue Scharfrichter Hans Leonard Busch den Abdecker Gustav aufsuchte, um nachzufragen, warum er sich geweigert hatte, den Galgen zu errichten, fand er ihn aufgeknüpft im Schuppen der Kate vor. In einem Abschiedsbrief bekannte er, ein Deserteur der schwedischen Armee gewesen zu sein. Man möge seine Eltern verständigen. Aus dem Brief ging weder ein Grund für seinen Freitod hervor noch für seine Weigerung, an der Hinrichtung mitzuwirken. Busch suchte beim Schultheiß Opper nach, den Leichnam auf dem Armesünderfriedhof bestatten zu können. Gerichtsschreiber Schupp protokollierte. Dabei erinnerte er sich an den Auftrag, den einst der verstorbene Bürgermeister Johann Meelbaum dem Steinmetz Johannes Mauß erteilt hatte: Er sollte eine Fratze meißeln, die einen grässlichen Schweden darstellen und zur Abschreckung im Brückenturm angebracht werden sollte. Mauß hatte seitdem verzweifelt nach einem passenden Modell Ausschau gehalten. Nun machte ihn Schupp auf den toten Schweden Gustav aufmerksam. Die Knollennase, die knöchrigen Wangen, die aufgerissenen Augen, der verzerrte Mund und der dichte Backenbart. Das war genau die Vorlage, nach der er suchte. Die Bürger gaben der Maske im Brückenturm schnell den passenden Namen:

Die Schwedenfratze.

Nachwort

Wahrheit oder Fiktion? Der Autor legt Wert darauf, hervorzuheben, dass alle namentlich erwähnten Personen – mit Ausnahme der Nonnen, Mönche, des Abdeckers Georg und des Syndicus Sibelius – tatsächlich im 17. Jahrhundert in den genannten Häusern gelebt haben. Die historischen Details verdankt der Autor der intensiven Erforschung der Originalquellen in zahlreichen Archiven, die Herr Johann-Georg Fuchs in bewundernswerter Weise in seinen Veröffentlichungen über das Limburger Patriziat und die Altstadtbauten zusammengestellt hat. Diese Informationen hat der Autor durch zusätzliche Recherchen im Stadtarchiv über die geschichtlichen Ereignisse in der Region, das Stadtleben, die Zünfte, das Justizwesen, den Handel und vieles mehr ergänzt, für die er besonders Herrn Dr. Christoph Waldecker und Frau Monika Jung zu Dank verpflichtet ist. Frau Jung wies den Autor unter anderem auf eine Taufurkunde des Franciscus hin, den einzigen geschichtlichen Beleg für die Existenz seines Protagonisten. Auch das Diözesanarchiv und das Diözesanmuseum unterstützten seine Nachforschungen über Kirchenfragen überaus zuvorkommend. Die Initialzündung für diesen historischen Limburgroman verdankt der Autor einer kompetenten Stadtführung durch Frau Birgid Eisenbach, die ihn vor allem auf die Schwedenfratze im Brückenturm aufmerksam gemacht hatte.

Der Autor empfiehlt dem geneigten Leser nach der Lektüre einen aufmerksamen Rundgang durch die Altstadt, um die erwähnten Örtlichkeiten, Kunstwerke und so manches faszinierende Detail aufzuspüren und so das schöne Limburg neu zu entdecken.

Glossar

Ab nach Kassel	nach den Buchstaben des Gesetzes
Akoluth	katholischer Kleriker mit niederen Weihen
Albe	weißes Untergewand des Priesters
Albus	1 Trierer Gulden = 24 Albus
Andreaskreuz	Schmuckelement am Fachwerk
Assassino	ital., Mörder
Baize	Gastwirtschaft
Barchent	Baumwollflanell
Blößen	für den Gerbprozess vorbereitete Häute
Brimbores	umständliches Gerede, großes Aufheben
Büttel	Gerichtsdiener
Carnifex	Scharfrichter, Henker
Chattes	schäbiger Mensch, Schwindler
Ciborien	Gefäße zur Aufbewahrung der Hostien
Coram publico	in der Öffentlichkeit
Cum pulsa companarum	mit dem Glockenschlag
Dabbes	Tollpatsch
Dachsfell	ungebührlicher Geselle
Daus	As beim Schafkopfspiel
Defenestration	Prager Fenstersturz A.D. 1618
des Mensch	abwertend für Frau
Desperation	Verzweiflung
Dibbern	dumm schwatzen
Dibbes	Töpfe
Dormitorium	Schlafraum im Kloster
Drutten	Hexenhimmel
Ego te absolvo a pecatis tuis	Ich spreche dich los von deinen Sünden

Festa Decanalia	kirchliches Hochfest
Feuerläufer	Zum Feuerlöschen verpflichtete Bürger
Fischmerger	Fischhändler
Fleehutsch	Taugenichts
Fresko	Wandmalerei auf frischem Putz
Geseier	dummes Geschwätz
Gruitbier	gewürztes Bier
Guardian	Klostervorsteher
Hippe	Sense des Gevatters Tod
Hollpotria	Eintopf aus Essensresten
Humores	Körperflüssigkeiten (Blut, Schleim, schwarze und gelbe Galle)
Incubus	Teufel, der mit den Hexen buhlt
Innocente	ital., unschuldig
Kaffer	ungebildeter Bauer
Katzoff	Metzger
Kips	Fell des Jungrindes
Knaggen	hölzerne Konsolen am Fachwerk
Konsekrierter Wein	geweihter Wein für die Eucharistie
Kontributionen	Unterhaltszahlungen an die Besatzungsmacht
Korporale	Altartuch für Hostienschale und Kelch
Krettich	räudig, mit Krätze
Kurfürst	Fürst mit Privileg zur Königs- oder Kaiserwahl
Laudes	klösterliches Stundengebet um 6 Uhr
Leibung	Gewölbefläche im Tor
Levitikus	3. Buch Mose mit Gesetzen über kirchlichen Alltag und Gottesdienst; jmd. die Leviten lesen: tadeln
Leyendecker	Schieferdecker

Lohe	gemahlene Eichenrinde als Gerbmittel für die Lederherstellung
Lohekuchen	Brennmaterial aus gepresster, ausgelaugter Lohe
Luder	totes Tier
Lympurger Tuche	gewebte Wollstoffbahnen 30 Ellen (ca. 20 m) lang, Handelsname: Lympurger Bengel
Maleus Maleficum	Hexenhammer A.D. 1487
Malvasierwein	süßer Weißwein aus Kreta
Maschur	Gehilfe des Abdeckers
Meikes	Händler mit Töpferwaren
Memoria	Gebet zum Gedenken eines Verstorbenen
Modus precedendi	Vorgehensweise, Prozessordnung
Nocturnen	klösterliche Nachtgebete
Novizin	neu ins Kloster eingetretene Ordensschwester
Observanzen	klösterliche Ordensregeln
Oigeplackter	nach Hessen zugezogene Person
Opus Dei	Gotteslob in den klösterlichen Stundengebeten
Oration	liturgisches Gebet
Patrizier	Angehöriger der städtischen Oberschicht, Ratsherren
Phlegmen	schleimige Körpersäfte
Plenipotentarius	kaiserlicher Hauptgesandter mit Generalvollmacht
Polychronie	Vielfarbigkeit
post festum	nachträglich, zu spät
Prim	klösterliches Stundengebet beim Morgengrauen

Profess	feierliche Aufnahme in die Kongregation des Ordens
Putti	Gemälde und Skulpturen in Kindergestalt
Quadragene	Zeit des 40-tägigen Fastens
Raunächte	Zeit vom 24. Dezember bis 6. Januar
Rebbes	Zinsen
Refektorium	Speisesaal im Kloster
Ribbeschbeer	gepökelte Schweinerippe
Säcker	Knechte zum Be- und Entladen der Fuhrwerke
Schirn	klappbarer, offener Verkaufsstand
Scholaster	Schulmeister
Sext	klösterliches Stundengebet um 12 Uhr
Stenz	Knotenstock der Wandergesellen
Stuffa	Badstube
Stuvv	verschließbare Stube in Köln
Syndicus	Rechtsgelehrter
Tappert	Amtstracht eines Herolds
Te Deum Laudamus	Kirchenlied: Großer Gott wir loben dich
Tinctura Laudanum	schmerzstillende Medizin
Torre pendente	schiefer Turm von Pisa
Triforium	aus Dreifachbögen gebildeter Gang über der Empore einer Basilika
Trill (Trulles)	Gitterkäfig in der Nähe des Prangers
Trippen	Holzsohlen zum Schutz der Schuhe vor Dreck
Vasa non sacra	ungeweihtes Kirchengerät
Vena mediana	Vene in der Armbeuge
Vesper	klösterliches Abendgebet

Vierung	Schnittfläche von Lang- und Querschiff einer Kirche
Vigil	Klösterliches Stundengebet um Mitternacht
Visepatentes	behördliche Genehmigungen
Wams	Jacke
Wilder Mann	Schmuckelement am Fachwerk
Zunftlade	rituales Möbelstück der Zünfte mit allen wichtigen Dokumenten
Zwerchhaus	Giebel im Dach, eine Art Dachgaube

Ursula Neeb
Die Siechenmagd
Historischer Frankfurt-Roman
304 Seiten, Broschur
ISBN 978-3-7973-1036-1
€ 9,90

So hat sich die junge Maria, von allen nur Mäu genannt, ihr Leben nicht vorgestellt. Solange sie denken kann, will die Tochter des Abdeckers aus dem Viertel der Unreinen fliehen. Immer hat sie sich gewünscht, Lesen und Schreiben lernen zu dürfen. Aber ihre Träume haben keine Zukunft: Jetzt soll sie sogar auf dem geächteten Gutleuthof Magd werden – dort, wo die an Lepra Erkrankten zum Sterben hingehen. Doch Mäu hat andere Ziele...

„[...] ein opulent spätmittelalterlicher Frankfurt-Roman." (meinJournal)

„Sorgfältig recherchiert und von Geschichtskenntnis geprägt ragt dieses Werk weit über das Niveau vieler historischer Romane hinaus [...]." (FNP Online)